CB056962

O HORROR BATE À PORTA

CONTOS MACABROS

O HORROR BATE À PORTA

CONTOS MACABROS

MARTIN CLARET

SUMÁRIO

Introdução 7

O HORROR BATE À PORTA: CONTOS MACABROS

As dificuldades da vida. A marca da besta 17
Rudyard Kipling

A morte de Halpin Frayser 35
Ambrose Bierce

Ethan Brand - Capítulo de um romance abortivo 55
Nathaniel Hawthorne

A cor do espaço distante 75
H. P. Lovecraft

O riquixá fantasma 113
Rudyard Kipling

A coisa maldita 141
Ambrose Bierce

A história da velha babá 153
Elizabeth Gaskell

A mão parda 181
Sir Arthur Conan Doyle

O convidado de Drácula 201
Bram Stoker

O manuscrito de um louco 219
Charles Dickens

O quarto das tapeçarias 231
Charles Dickens

O poderoso Deus Pã 249
Arthur Machen

O símbolo amarelo 319
Robert W. Chambers

O caso de Lady Sannox 345
Sir Arthur Conan Doyle

O estranho 359
H. P. Lovecraft

O sinaleiro 369
Charles Dickens

Corações roubados 386
M. R. James

Ocorrência na ponte de Owl Creek 399
Ambrose Bierce

O grito da caveira 412
F. M. Crawford

INTRODUÇÃO

O ESPELHO AO LONGO DO ABISMO

FILIPE DE CAMPOS RIBEIRO*

No poema "Paraíso num sonho", o poeta inglês Samuel Taylor Coleridge propõe ao leitor um desafio:

Se um homem pudesse caminhar pelo / Paraíso num sonho / e ter uma flor dada a ele como uma prova de que ele realmente estivera lá / E se ele encontrasse aquela flor em suas mãos ao acordar / Ei, e então?

E aí? Escrito há mais de duzentos anos, esse poema encarna a definição de Italo Calvino sobre o que é um Clássico: uma obra que nunca terminou de dizer o que ela tinha a dizer. Muito já foi escrito sobre o poema-desafio sugerido por Coleridge. Jorge Luis Borges, em *La flor de Coleridge*, invoca as palavras do inglês para defender sua estranha teoria de que todos os poemas não passam de fragmentos de um grande poema universal, que começou a ser escrito e ainda não está terminado. O leitor certamente terá sua própria interpretação sobre o que quis dizer o poeta inglês. A mim, saltou aos olhos uma questão, meio boba: que flor é aquela?

Qual flor o leitor imaginou ter voltado às mãos do homem? O autor não diz. Mas não seria esse o encanto dos poemas?

---

* É professor de inglês, vocalista da banda grunge JAZ e autor das peças *Sexo oral na terra devastada*, *Sono e esquecimento* e *Anuário dos pequenos objetos*. *Terra de sonhos e acaso*, publicado pela Editora Martin Claret, é o seu primeiro romance, e sua maior incursão em seu gênero favorito.

É como se lêssemos que um homem "foi enterrado com a camisa do time". Qual camisa o leitor imagina? Qual a cor dela? Ou se lêssemos que a menina por quem o personagem se perde tem "olhos de ressaca". Como são esses olhos? Nada impede que o leitor imagine olhos vermelhos, como os de uma hippie de alguma viagem que ele nem se lembra mais. Mas, se considerarmos que o romance se passa no Rio de Janeiro, lembraremos da ressaca do mar, as ondas revoltas, indo e vindo, sugando tudo o que resta na areia. Quase podemos ouvir esse mar, à noite, ao nos afastarmos da feirinha de artesanato. E então, os olhos... Esses olhos então seriam magnéticos, violentos em sua beleza e perdição. Ainda assim diferentes na imaginação de cada leitor.

O milagre da literatura, além de nos dizer algo novo sobre a condição humana, é de ser um espelho. Não o espelho viciado dos algoritmos, que nos aprisionam na órbita dos nossos gostos mais óbvios, que recorremos para aplacar o fim de semana com o rosto iluminado por uma tela. E que, como nos lembra Oscar Nestarez, autor de *Bile Negra*, ao nos mostrar nosso reflexo, pode ser assustador.

O espelho da literatura é de outro tipo. Infinitamente mais profundo, já que revela matizes fugidias, instigantes, surpreendentes. É quase como o encontro de amantes narrado na bela balada de Lou Reed: *"Eu vou ser seu espelho / para te mostrar quem você é / caso você não saiba"*. Porque, às vezes, nós mesmos não sabemos mais.

Os contos da coletânea que você agora tem em mãos trazem esse efeito. Mas aqui, o efeito é mórbido. São oito dos melhores contos macabros já escritos na língua inglesa.

Em "O caso de Lady Sannox", de Sir Arthur Conan Doyle — autor de Sherlock Holmes — um escândalo envolvendo um impetuoso cirurgião e a indiscreta Lady do título choca a alta sociedade londrina, e é ponto de partida para uma escalada de loucura.

"Infortunado é aquele a quem as lembranças da infância trazem apenas medo e tristeza". Assim começa o arrasador "O estranho", de H. P. Lovecraft, sobre um jovem confinado numa prisão sem muros, cujo sonho é escapar e ouvir, pela primeira vez, vozes humanas.

Um acidente ferroviário real inspirou Charles Dickens, o autor mais popular do século XIX, a escrever "O sinaleiro", sobre a derrocada de um erudito funcionário raso de ferrovia, para quem um fantasma aparece toda vez que um desastre vai acontecer. O aviso final do fantasma é uma premonição para a mais perturbadora das mortes.

Perturbadores também são os desaparecimentos de órfãos em "Corações roubados", de M. R. James, sonhados pelo jovem órfão admitido na casa de seu primo mais velho, um alquimista recluso. O autor é conhecido como o mestre das histórias de fantasmas, e seus textos estão entre os mais adaptados para o rádio na Inglaterra.

"Ocorrência na ponte de Owl Creek" é o conto de Ambrose Bierce, escritor e veterano da Guerra Civil Americana — ele desapareceria no México, em 1914, participando da Revolução Mexicana. O conto trata, justamente, de um homem prestes a ser executado, que empreende uma fantástica fuga pela vida por uma terra assombrada pelo espírito da guerra.

Já em "O grito da caveira", de F.M. Crawford, são a memória e a culpa por um assassinato, cujo protagonista pode ter sido parcialmente responsável, que o assombram. Quando recebe um velho marinheiro para passar a noite em sua casa, seu desejo é provar a si mesmo que as terríveis aparições que o atormentam não são fruto de sua mente senil.

Até chegarmos a "O poderoso Deus pã", de Arthur Machen. Publicado em 1894, foi demolido pela crítica pelo seu subtexto sexual e degenerado. A reputação do autor seria restaurada nos anos 20, quando foi considerado um clássico da literatura de terror. Stephen King diz que é o melhor conto de terror já escrito. Começa com um médico ocultista, que convida um amigo para testemunhar um experimento, usando sua filha adotiva adolescente — que também é sua amante. Um experimento que mudaria o mundo. Algo dá errado e a menina morre durante a sessão. O que se vê então é uma sucessão de acontecimentos bizarros, envolvendo todos do círculo social desses dois amigos, que corrompe a vida de todos enquanto perambulam por essa Londres do fim do século, até o seu desfecho arrasador. Nunca ninguém construiu uma narrativa assim.

A coletânea deságua na história de um pintor em Paris, que vai se apaixonando pela sua modelo de nu, enquanto a vida ao redor deles vai se desintegrando. É uma bela história de amor, mas você, leitor, sabe o que tem em mãos. A menina começa a ter sonhos repetidos, e o pintor guarda em seu ateliê um exemplar da peça *O Rei Amarelo* que, dizem, enlouquece quem a lê. Esse conto foi a inspiração da série True Detective, exibida recentemente pela HBO. Ele se chama "O símbolo amarelo", e foi escrito por Robert W. Chambers.

Agora, uma curiosidade. Para situar sua peça fictícia, *O Rei Amarelo*, Chambers pega emprestado um lugar mencionado no conto *An Inhabitant of Carcosa*, de Ambrose Bierce. Mais tarde, Chambers se tornaria a maior influência de H.P. Lovecraft, que por sua vez é a inspiração para grande parte do terror contemporâneo.

Dá quase para acreditar na teoria de Borges, do poema infinito, que ele concebeu ao analisar o poema da flor de Coleridge.

Voltando a ela. Posso garantir a alguns leitores que, independente da flor que tenham imaginado quando leram o poema, ao relembrá-lo, num dia qualquer, verão que é uma rosa. Mas isso é para alguns leitores. O poema de Colcridge é uma senha, onde ele escolhe seus leitores. Só a eles está reservada toda a angústia e deslumbramento que o poeta um dia concebeu. Assim eu pensava, tinha descoberto um segredo do poema! Quando então, a realidade se impôs.

Não sabemos se é essa a flor que o autor imaginou! Ou se a flor era mesmo importante para ele. Ou talvez fosse sim importante — é a prenda que se dá para os enamorados, lembra Borges — tão importante que talvez o próprio Coleridge não a tenha elaborado nem para si mesmo... Ou talvez tenha desejado que cada leitor visse sua própria flor, como parte da experiência intransferível do Paraíso. A única certeza que podemos ter é que o poeta, ao escrever seu desafio, tinha um leitor em mente. Um leitor que procurasse entende-lo.

Esse é o leitor que os editores dessa coletânea vislumbram alcançar. Um leitor delicado, um pouco frágil diante do mundo. Um pouco infeliz. Alguém que ousou olhar para o abismo e se fixar nele por um instante a mais do que outros fariam. Alguém para quem, citando Nietzsche, o abismo começou a olhar de volta. E que, citando Goethe, se recusa a amaldiçoar a vida e fugir para o deserto, só porque nem todos os seus sonhos floresceram.

Alguém como o protagonista de "Ocorrência na ponte de Owl Creek" que, ao finalmente escapar dos que o perseguem, olha para o céu e vê estrelas agrupadas em constelações desconhecidas, *"certo de que estavam organizadas em uma ordem que tinha um significado secreto e maligno"*.

Ora, encontrar o sentido por trás da escolha dos editores... Da disposição das figuras em uma foto... Da combinação de roupas que escolhemos para sair, ou da lista das músicas que gravamos para dar a quem gostamos — não é isso, caro leitor, encontrar o sentido oculto por trás das coisas que fazemos, que esperamos das pessoas por quem queremos nos apaixonar?

Esse é um livro para se ler com zelo. Alguns dos contos, para se ler de joelhos. São esses que exigem um leitor especial, disposto a mergulhar fundo e tentar desvendá-los — e que parecem repetir a indagação de Carlos Drummond de Andrade: "*Trouxeste a chave*"?

Boa leitura!

O Horror Bate à Porta

CONTOS MACABROS

AS DIFICULDADES DA VIDA
A MARCA DA BESTA

Tradução:
Paulo Cezar Castanheira

Rudyard Kipling

*Seus deuses ou meus deuses: você sabe,
ou sei eu, quais são mais fortes?*

PROVÉRBIO NATIVO.

A leste de Suez, afirmam alguns, cessa o controle direto da Providência; ali o homem é entregue ao poder dos deuses e demônios da Ásia, a Providência da Igreja da Inglaterra só exerce uma supervisão ocasional e modificada no caso dos ingleses.

Essa teoria explica alguns dos horrores mais desnecessários da vida na Índia: e pode ser esticada para explicar a minha história.

Meu amigo Strickland, da polícia, que conhece bem os nativos da Índia, pode dar testemunho dos fatos do caso. Dumoise, nosso médico, também viu o que vimos Strickland e eu. A conclusão que tirou da evidência foi completamente incorreta. Agora ele está morto; morreu de maneira muito curiosa, descrita em outra parte.

Quando veio para a Índia, Fleete tinha um pouco de dinheiro e algumas terras nos Himalaias, perto de um lugar chamado Dharmasala. As duas propriedades lhe foram deixadas por um tio, e ele veio para financiá-las. Era um homem grande, pesado, amável e inofensivo. Seu conhecimento dos nativos era evidentemente limitado, e ele se queixava das dificuldades da língua.

Veio da sua casa nas montanhas para passar o ano-novo na estação, e se hospedou com Strickland. Na noite de ano-novo houve um grande jantar no clube, e a noite estava desculpavelmente úmida. Quando se reúnem vindo dos pontos mais distantes do império, os homens têm o direito de ser exuberantes. Da fronteira veio um contingente de Catch-em-alive-O's, que durante um ano não tinham visto nem vinte rostos brancos e tinham o hábito de viajar quinze milhas para jantar no forte seguinte, com o risco de receber uma bala khyber onde eles deveriam repousar as bebidas ingeridas. Aproveitaram bem a sua nova segurança, pois tentaram jogar bilhar com uma bola de ouriço encontrada no jardim, e um deles levava o marcador pela sala, entre os dentes. Meia dúzia de agricultores tinham chegado do sul e contavam mentiras ao Maior Mentiroso na Ásia, que tentava superar todas as histórias. Todos estavam lá, cerravam fileiras e avaliavam nossas baixas em número de mortos e feridos caídos durante o ano anterior. A noite estava muito úmida, e lembro que cantamos "Auld Lang Syne"[1] com os pés na taça do campeonato de polo e a cabeça entre as estrelas, jurando que éramos todos amigos queridos. Então, alguns de nós partiram e anexaram a Birmânia, outros tentaram abrir o Sudão e foram abertos pelos *fuzzies*[2] naquela luta cruel em torno de Suaquém, outros encontraram estrelas e medalhas, outros se casaram, o que foi ruim, alguns fizeram outras coisas ainda piores, e também houve quem continuasse preso aos nossos grilhões, lutando para ganhar dinheiro com base em experiências insuficientes.

Fleete começou a noite tomando xerez e bíter, bebeu champanhe até a hora da sobremesa, depois Capri puro e ardente com toda a força do uísque, bebeu Benedictine com o café, quatro ou cinco uísques com soda para aperfeiçoar suas

---

[1] Poema escocês musicado para ser cantado durante a passagem do ano-novo. No Brasil, foi vertido como a "Valsa da Despedida".
[2] Referência aos soldados negros do Sudão.

tacadas de bilhar, cerveja às duas e meia da manhã, fechando a noite com um conhaque envelhecido. Como consequência, ao sair às três e meia da madrugada, para um frio congelante de dez graus negativos, ficou com raiva do seu cavalo por ter tossido e tentou saltar para a sela. O cavalo se soltou e correu para os estábulos; então Strickland e eu formamos uma Guarda de Desonra para levar Fleete para casa.

Nossa estrada atravessava o bazar, próximo a um pequeno templo de Hanuman, o deus-macaco, uma divindade importante, digna de respeito. Todos os deuses têm características boas, assim como todos os sacerdotes. Pessoalmente, dou muita importância a Hanuman, e trato bem o seu povo, os grandes macacos cinzentos das montanhas. Nunca se sabe quando se vai precisar de um amigo.

Havia luz no templo e, quando passamos, ouvimos vozes de homens cantando hinos. Num templo nativo, os sacerdotes se levantam em todas as horas da noite para honrar o seu deus. Fleete correu até os degraus, deu tapinhas nas costas de dois sacerdotes e, com toda seriedade, amassou a cinza do seu charuto na testa da imagem de pedra vermelha de Hanuman. Strickland tentou arrastá-lo para fora, mas ele se sentou e disse solenemente:

— Essshtá veno? A marca da b-bessshta! Eu fiz. Não essshtá ótima?

Em meio minuto o templo ficou agitado e barulhento, e Strickland, que sabia a consequência de profanar os deuses, disse que alguma coisa aconteceria. Ele, em virtude da sua posição oficial, do longo tempo de residência no país e por gostar da companhia dos nativos, já era conhecido dos sacerdotes e se sentiu constrangido. Fleete se sentou no chão, e se recusou a se levantar. Dizia que o "o velho Hanuman" era um travesseiro muito macio.

Então, sem nenhum aviso, um Homem de Prata surgiu de um recesso atrás da imagem do deus. Estava completamente nu naquele frio cortante, e seu corpo brilhava como prata congelada, pois era o que a Bíblia chama de "leproso branco como a neve". Além disso, ele não tinha rosto, porque era um leproso de muitos anos, sua doença pesava sobre ele. Nós dois paramos para levantar Fleete, e o templo se enchia cada vez mais de gente que parecia sair da terra. De repente, o Homem de Prata correu até debaixo dos nossos braços, soltou um ruído igual ao miado de uma lontra, agarrou o corpo de Fleete e deitou a cabeça dele no seu peito antes que pudéssemos arrancá-lo. E então se afastou para um canto miando, enquanto a multidão bloqueava todas as portas.

Os sacerdotes ficaram com muita raiva, mas, quando o Homem de Prata aninhou Fleete, isso pareceu acalmá-los.

Após um minuto de silêncio um deles veio até Strickland e disse, em perfeito inglês:

— Leve o seu amigo embora. Ele já acabou com Hanuman, mas Hanuman não acabou com ele.

A multidão abriu caminho e levamos Fleete para a estrada.

Strickland estava com muita raiva. Disse que nós três poderíamos ser esfaqueados, que Fleete devia agradecer às estrelas por ter escapado sem ferimentos.

Fleete não agradeceu a ninguém. Disse que queria ir para a cama. Estava gloriosamente bêbado.

Fomos em frente, Strickland calado e com raiva. Fleete começou a tremer e suar, dizendo que os cheiros do bazar eram muito fortes, e se perguntava por que permitiam matadouros tão perto das residências inglesas.

— Não está sentindo o cheiro de sangue?

Finalmente, ao raiar do dia, nós o colocamos na cama, e Strickland me convidou para mais um uísque com soda. Enquanto bebíamos, ele mencionou o problema no templo e admitiu que ficou completamente perplexo. Strickland detesta ser mistificado pelos nativos, porque na sua profissão ele deve superá-los com as próprias armas deles. Ainda não conseguiu fazê-lo, mas nos próximos quinze ou vinte anos terá feito algum progresso, ainda que pequeno.

— Eles deviam ter-nos espancado em vez de miar para nós. Eu me pergunto o que queriam. Não gosto nem um pouco disso.

Eu falei que o Comitê Administrativo do templo provavelmente apresentaria uma ação criminal contra nós por insulto à religião deles. Havia uma seção do Código Penal da Índia que tratava exatamente do crime cometido por Fleete. Strickland disse que esperava que eles tomassem essa atitude. Antes de sair, fui olhar o quarto de Fleete e ele estava deitado sobre o lado direito, coçando o lado esquerdo do peito. Às sete da manhã, fui deitar-me sentindo frio, deprimido e inconformado.

À uma da tarde fui à casa de Strickland para saber como estava a cabeça de Fleete. Imaginei que estivesse doendo. Ele estava tomando o café da manhã e não parecia bem. Não estava calmo, pois gritava com a cozinheira porque suas costeletas não estavam malpassadas. Era uma curiosidade um homem capaz de comer carne crua depois de uma noite úmida. Disse isso a Fleete e ele sorriu.

— Vocês criam mosquitos estranhos nesta terra — disse ele. — Estou cheio de picadas, mas todas no mesmo lugar.

— Vamos dar uma olhada nessas picadas — disse Strickland.

— Podem ter desinchado desde hoje de manhã.

Enquanto as costeletas eram preparadas, Fleete abriu a camisa e nos mostrou, um pouco acima do lado direito do peito, uma marca, a cópia perfeita das rosetas negras, as cinco ou seis manchas irregulares arranjadas em círculo na pele do leopardo. Strickland olhou e disse:

— Hoje de manhã estava só cor-de-rosa. Agora está preta.

Fleete correu para o espelho.

— Meu Deus! Está horrível. O que é isto?

Não soubemos responder. Naquele momento chegaram as costeletas e Fleete devorou três do modo mais ofensivo:

só mastigava do lado direito e jogou a cabeça sobre o ombro direito enquanto devorava. Ao terminar, percebeu que estava comportando-se de maneira estranha, pois disse em tom de desculpa:

— Acho que nunca senti tanta fome na minha vida. Comi quase sem mastigar, como um avestruz.

Depois da refeição, Strickland me pediu para ficar.

— Não vá embora. Fique aqui e passe a noite.

Como a minha casa não ficava longe da de Strickland, aquele pedido era absurdo. Mas ele insistiu, e ia dizer alguma coisa quando foi interrompido por Fleete, que declarou, envergonhado, que ainda estava com fome. Strickland mandou um homem até a minha casa para buscar a minha roupa de cama e um cavalo, e nós três descemos até os seus estábulos para matar o tempo até a hora de sairmos a cavalo. O homem que gosta de cavalos nunca se cansa de examiná-los, e, quando dois homens estão matando o tempo dessa maneira, reúnem conhecimentos e mentiras um sobre o outro.

Havia cinco cavalos no estábulo, e nunca vou esquecer a cena quando tentamos examiná-los. Pareciam ter enlouquecido. Recuavam e relinchavam, quase quebravam as baias; suavam e tremiam, espumavam e estavam loucos de medo. Os cavalos de Strickland conheciam-no bem, tal como seus cachorros, o que tornava tudo mais curioso. Saímos do estábulo com medo de os animais se atirarem, em pânico. Então Strickland voltou lá e me chamou. Os cavalos ainda estavam assustados, mas nos deixaram "acariciá-los" e brincar com eles, então colocamos as cabeças deles no nosso peito.

— Eles não estavam com medo de NÓS — comentou Strickland. — Sabe, eu daria três meses de salário se OUTRAGE aqui soubesse falar.

Mas Outrage era mudo, só podia aceitar os carinhos do dono e bufar pelas narinas, como é o costume dos cavalos quando querem explicar certas coisas mas não conseguem.

Fleete retornou enquanto ainda estávamos nas baias, e, no momento em que os cavalos o viram, o medo se manifestou novamente. Mal conseguimos sair dali sem coices. Strickland disse: — Parece que eles não gostam de você, Fleete.

— Tolice — respondeu Fleete —, minha égua me segue como um cachorro. Foi até ela, que estava numa baia isolada. Mas quando afastou as barras, a égua saltou, derrubou-o e fugiu para o jardim. Eu ri, mas Strickland não gostou. Tomou o bigode nas duas mãos e puxou até quase arrancá-lo do rosto. Fleete, em vez de sair em busca da sua propriedade, bocejou, dizendo que estava com sono. Foi para a casa e se deitou, o que era um modo imbecil de passar o dia de ano-novo.

Strickland sentou-se comigo no estábulo e perguntou se eu tinha notado algo peculiar nos modos de Fleete. Eu disse que ele tinha comido como um animal, mas que isso podia ser o resultado de viver sozinho nas montanhas, fora do alcance de uma sociedade refinada e elevada como a nossa. Strickland não achou graça. Creio que nem ouviu o que eu disse, pois sua próxima frase se referiu à marca no peito de Fleete, e eu disse que ela poderia ter sido causada pela mosca espanhola, ou talvez uma marca de nascença, agora visível pela primeira vez. Concordamos que era horrível de ver, e Strickland aproveitou para dizer que eu era um idiota.

— Não posso dizer o que estou pensando — falou ele —, porque você diria que eu sou louco; mas, se puder, fique comigo durante os próximos dias. Quero que você vigie Fleete, mas não me diga o que está pensando até eu tomar uma decisão.

— Mas tenho de jantar fora hoje à noite —, expliquei.

— Eu também — respondeu Strickland —, e Fleete também. Isso se ele não mudar de ideia.

Andamos em silêncio pelo jardim fumando, até nossos cachimbos se apagarem, porque éramos amigos e a conversa estraga o bom fumo. E então fomos acordar Fleete, que já estava acordado, andando pelo quarto.

— Quero mais costeletas — disse. — Podem servir-me mais algumas?

Nós dois rimos.

— Vá vestir-se. Os cavalos estarão prontos em um minuto.

— Está bem. Mas só saio depois de ter comido as costeletas, malpassadas.

Ele parecia falar sério. Eram quatro horas e havíamos tomado o desjejum à uma; ainda assim, durante muito tempo ele exigiu as costeletas malpassadas. Depois vestiu roupas de montaria e saiu para a varanda. Seu cavalo — a égua ainda não fora encontrada — não permitiu que ele se aproximasse. Os três cavalos estavam intratáveis, loucos de medo; finalmente Fleete disse que preferia ficar em casa e comer alguma coisa. Strickland e eu saímos a cavalo. Ao passarmos pelo templo de Hanuman, o Homem de Prata saiu e miou para nós.

— Ele não é um dos sacerdotes habituais — comentou Strickland. — Particularmente, acho que eu gostaria de meter as mãos nele.

Aquela noite, nosso galope na pista de corridas não teve energia. Os cavalos estavam desanimados, moviam-se como se estivessem completamente exaustos.

— O medo após o desjejum foi demais para eles — disse Strickland.

Essa foi sua única observação durante o passeio. Acho que uma ou duas vezes ele praguejou para si mesmo, mas isso não conta.

Voltamos no escuro, às sete horas, e vi que não havia luz no bangalô.

— Bandidos desleixados, os meus empregados!

Meu cavalo recuou diante de alguma coisa bem na entrada de carros; Fleete se levantou sob o seu focinho.

Strickland gritou.

— O que você está fazendo, rastejando pelo jardim?

Mas os dois cavalos saltaram e quase nos derrubaram. Desmontamos ao lado dos estábulos e fomos até Fleete, que estava de quatro sob as laranjeiras.

— Que diabos há de errado com você?

— Nada, nada nesse mundo —, disse Fleete, falando rápido mas com voz gutural. — Estou jardinando e botanizando, sabe? O cheiro da terra é delicioso. Acho que vou dar um passeio, um longo passeio, a noite toda.

Notei então que havia alguma coisa excessivamente errada, e disse a Strickland:

— Não vou sair para jantar.

— Graças a Deus! Vamos, Fleete, levante. Você vai acabar ficando com febre se continuar aí no chão. Vamos entrar para jantar e acender as luzes. Vamos todos jantar em casa.

Fleete se levantou, contrariado, e disse:

— Sem luzes, sem luzes. Está muito mais agradável aqui. Vamos jantar aqui fora, vamos comer mais umas costeletas, muitas delas, malpassadas, sangrentas e com cartilagem.

Ora, uma noite de dezembro no norte da Índia é enregelante, e a sugestão de Fleete era como a ideia de um maníaco.

— Vamos entrar. Vamos entrar imediatamente.

Fleete entrou, e quando foi iluminado pelas lâmpadas vimos que estava lambuzado de terra dos pés à cabeça. Devia ter rolado no jardim. Evitou a luz e foi para o quarto. Era difícil olhar para seus olhos. Atrás deles, não dentro deles, havia uma luz verde, se é que você me entende, e o lábio inferior do homem estava pendurado.

Strickland disse:

— Hoje vai ter encrenca, uma grande encrenca, hoje à noite. Continue com a sua roupa de montaria.

Esperamos e esperamos pela volta de Fleete. Enquanto isso, pedimos o jantar. Podíamos ouvi-lo andando no seu quarto, no escuro. Logo veio do quarto um longo uivo de lobo.

As pessoas escrevem e falam tranquilamente do sangue gelando nas veias, do cabelo arrepiando e coisas assim. As duas sensações são horríveis demais para brincar com elas. Meu coração parou como se uma faca tivesse sido enfiada dentro dele, e Strickland ficou branco como a toalha de mesa.

O uivo se repetiu e foi respondido por outro, vindo de longe no campo.

Aquilo trouxe o horror para o teto dourado. Strickland se lançou correndo até o quarto de Fleete. Eu o segui, e o vimos saindo pela janela. Seus ruídos guturais imitavam um animal selvagem. Ele não foi capaz de responder quando gritamos; apenas cuspia.

Não lembro bem o que se seguiu, mas acho que Strickland deve tê-lo atordoado com uma pancada da descalçadeira, ou eu não teria como me sentar sobre o seu peito. Fleete não falava, só rosnava, e seus rosnados eram de lobo, não humanos. Seu espírito humano devia estar enfraquecendo-se ao longo do dia e finalmente morreu no crepúsculo. Estávamos lidando com uma fera, que antes fora Fleete.

Tudo aquilo estava além de toda a experiência humana e racional. Tentei dizer "hidrofobia", mas não conseguia pronunciar a palavra, pois sabia que estava mentindo.

Amarramos a fera com correias de couro, do *punkah*,[3] amarramos juntos os polegares e os dedões dos pés e a amordaçamos com uma calçadeira, que é uma mordaça muito eficaz quando se sabe usá-la. Levamos então a besta para a sala de jantar e mandamos um homem buscar Dumoise, o médico, pedindo que ele viesse imediatamente. Após despachar o mensageiro e tentar acalmar a respiração, Strickland disse:

— Não adianta. Isso não é trabalho de médico.

Eu também sabia que ele falava a verdade.

---

[3] Ventilador de teto acionado por cordas puxadas por um cule. Muito usado nas casas inglesas da Índia colonial.

A cabeça da fera estava livre, e ela a jogava de um lado para o outro. Quem entrasse na sala pensaria que estávamos curando a pele de um lobo, o delito mais odioso de todos.

Strickland sentou-se sem dizer nada, com o queixo apoiado na palma da mão, observando a fera que se contorcia no chão. A camisa se rasgara durante a luta e exibia a roseta no lado esquerdo do peito, destacando-se como uma pústula.

Enquanto observávamos em silêncio, ouvimos alguma coisa lá fora miando como uma lontra. Levantamo-nos os dois e, respondo por mim, não por Strickland, estávamos fisicamente e de fato nos sentindo mal. Como os homens no Pinafore,[4] dissemos um ao outro que era o gato.

Dumoise chegou, e nunca vi o homenzinho tão chocado, de modo tão pouco profissional. Disse que era um caso penoso de hidrofobia, e que nada poderia ser feito. Pelo menos qualquer medida paliativa só poderia prolongar a agonia. A fera estava espumando na boca. Fleete, conforme contamos a Dumoise, tinha sido mordido por cachorros uma ou duas vezes. Qualquer um que tenha uma meia dúzia de *terriers* pode tomar uma mordida vez por outra. Dumoise não foi capaz de oferecer assistência. Só podia atestar que Fleete estava morrendo de hidrofobia. A fera uivava, pois tinha conseguido livrar-se da calçadeira. Dumoise disse que estava pronto a atestar a causa da morte, que o fim era inevitável. Era um homenzinho bom e se ofereceu para ficar conosco; mas Strickland recusou a oferta. Não queria envenenar o ano-novo do médico. Só lhe pediu para não informar ao público a verdadeira causa da morte de Fleete.

Assim Dumoise foi embora, profundamente agitado. Ao cessar o ruído das rodas da carruagem, Strickland me disse, sussurrando, as suas suspeitas. Eram tão improváveis que ele

---

[4] Nome de uma ópera cômica famosa do fim do século XIX.

não ousava dizê-las em voz alta; e eu, que acreditava nas suas opiniões, estava tão envergonhado por acreditar naquelas suspeitas que fingi não acreditar.

— Mesmo que o Homem de Prata tivesse amaldiçoado Fleete por ter profanado a imagem de Hanuman, a punição não poderia ter chegado tão depressa.

Enquanto eu dizia isso o grito lá fora voltou, e a fera caiu num paroxismo de luta até ficarmos com medo de que as correias que a continham acabassem por ceder.

— Veja! Se isso acontecer seis vezes, farei justiça com minhas próprias mãos. E ordeno que você me ajude.

Strickland foi até o seu quarto e depois de alguns minutos voltou com os canos de uma velha espingarda, um pedaço de linha de pesca, uma corda grossa e sua pesada cama. Relatei que as convulsões foram seguidas por gritos após dois segundos e que a fera parecia mais fraca.

Strickland murmurou:

— Mas ele não pode tirar a vida! Mas ele não pode tirar a vida!

Apesar de saber que argumentava contra mim mesmo, respondi:

— Talvez seja um gato. Tem de ser um gato. Se o Homem de Prata é o responsável, por que ele criou coragem para vir até aqui?

Strickland pôs lenha na lareira, colocou os canos no fogo, espalhou a linha na mesa e quebrou uma bengala em duas partes. Havia noventa centímetros de linha de pesca, tripa enrolada em fio tal como é usada na pesca do masheer,[5] e amarrou as duas pontas num laço.

E então perguntou:

---

[5] Peixe da família das carpas, comum entre o Irã e a Índia.

— Como vamos prendê-lo? Tem de ser preso vivo e sem ferimentos.

Eu disse que tínhamos de confiar na Providência e sair sem fazer barulho com os tacos de polo até a vegetação do jardim, diante da casa. O homem ou o animal que havia gritado estava evidentemente se movendo em volta da casa com a regularidade de uma sentinela. Poderíamos esperar no meio da vegetação e derrubá-lo assim que se aproximasse.

Strickland aceitou a sugestão. Deslizamos pela janela do banheiro, rumo à varanda da frente, cruzamos a passagem das carruagens e entramos na vegetação.

Sob o luar, vimos o leproso surgir de trás da casa. Estava totalmente nu, e de tempos em tempos miava e parava para dançar com a própria sombra. Era uma visão pouco atraente, e ao pensar no pobre Fleete, que sofria tal degradação por causa de uma criatura tão horrível, afastei todas as minhas dúvidas e decidi ajudar Strickland, desde os canos aquecidos até o laço de linha, desde os quadris até a cabeça e de volta aos quadris, todas as torturas que se fizessem necessárias.

O leproso parou por um momento na varanda da frente, e nós saltamos sobre ele com os tacos. Ele era maravilhosamente forte, e tivemos medo de que conseguisse fugir ou se ferir mortalmente antes que conseguíssemos prendê-lo. Tínhamos a ideia de que os leprosos eram criaturas frágeis, mas não era verdade. Strickland puxou suas pernas e o derrubou, e eu pus o pé no seu pescoço. Ele miou horrivelmente, e mesmo através das minhas botas de montaria senti que seus músculos não eram os músculos de um homem limpo.

Ele tentou atacar-nos com a mão e os tocos de pé. Prendemos uma corrente de cachorro em volta dele, sob os braços, e o arrastamos de costas até o saguão e a sala de jantar onde estava a fera. Lá o amarramos com as correias de couro de um baú. Ele não fez nenhuma tentativa de fugir, apenas miou.

Quando o colocamos diante da fera, a cena foi além de qualquer descrição. A fera se curvou para trás num arco, como se tivesse sido envenenada com estricnina, e gemeu penosamente. Muitas outras coisas aconteceram, mas não podem ser descritas aqui.

— Acho que eu tinha razão — disse Strickland. — Agora vamos pedir que ele cure a vítima.

Mas o leproso se limitou a miar. Strickland enrolou uma toalha na mão e tirou os canos do fogo. Eu passei a metade da bengala pelo laço de linha de pesca e prendi o leproso confortavelmente à cama de Strickland. Então, entendi como homens, mulheres e crianças podem suportar ver uma bruxa queimada viva; pois a fera gemia no chão e, apesar de o Homem de Prata não ter rosto, era possível ver os sentimentos horríveis que passavam pela pedra que tomou o seu lugar, exatamente como as ondas de calor brincam no ferro aquecido ao rubro, por exemplo, canos de arma.

Strickland protegeu os olhos com as mãos durante um momento e começamos a trabalhar. Essa parte não deve ser impressa.

A alvorada começava a raiar quando o leproso falou. Seus miados não tinham sido satisfatórios até aquele ponto. A fera tinha desmaiado de exaustão e a casa estava quieta. Soltamos o leproso e lhe dissemos para extirpar o espírito mau. Ele rastejou até a fera e pôs a mão sobre o lado esquerdo do peito dela. Apenas isso. Então, caiu de cara e chorou, respirando com força.

Observamos a cara da fera e vimos a alma de Fleete voltar aos seus olhos. Então, o suor começou a minar na sua testa, e os olhos, eram agora olhos humanos, se fecharam. Esperamos por uma hora, mas Fleete ainda dormia. Nós o levamos para o seu quarto e pedimos que o leproso fosse embora, oferecendo-lhe a cama, o lençol para cobrir sua nudez, as luvas e as toalhas com as quais o tínhamos tocado, além do chicote que havíamos prendido ao seu corpo. Ele se enrolou no lençol e saiu para a madrugada, sem falar nem miar.

Strickland limpou o rosto e se sentou. Ao longe, na cidade, um gongo soou as sete horas.

— Exatamente vinte e quatro horas! E fiz o suficiente para garantir a minha demissão do serviço, além de um quarto permanente num asilo de loucos. Você acredita que estamos acordados?

Os canos vermelhos tinham caído no chão e queimavam o tapete. O cheiro era completamente real.

Naquela manhã, às onze, fomos juntos acordar Fleete. Olhamos e vimos que a roseta preta de leopardo tinha desaparecido do seu peito. Ele estava tonto e cansado, mas quando nos viu disse:

— Ora, vergonha, amigos. Feliz ano-novo. Nunca misturem bebidas. Estou quase morto.

— Muito obrigado, mas você está um pouco atrasado — disse Strickland. — Estamos na manhã do dia dois. Você dormiu mais profundamente que um dia inteiro.

A porta abriu e o pequeno Durmoise enfiou a cabeça. Tinha vindo a pé, e imaginou que tivéssemos de banhar Fleete.

— Trouxe uma enfermeira. Suponho que ela possa entrar para... o que for necessário.

— Certamente — concordou Fleete, animado, sentando-se na cama. — Traga suas enfermeiras.

Dumoise ficou mudo. Strickland o levou para fora e explicou que podia ter sido um erro de diagnóstico. Mas o médico continuou mudo e saiu correndo da casa. Considerava prejudicada a sua reputação profissional, e estava inclinado a ver aquela recuperação como uma questão pessoal. Strickland também saiu. Quando voltou, disse que tinha ido ao Templo de Hanuman oferecer uma reparação pela profanação do deus, mas como resposta teve garantias de que nenhum homem branco tocara o ídolo, que ele era a encarnação de todas as virtudes que operavam sob uma ilusão.

— O que você acha? — perguntou-me.

— "Há mais coisas..." — eu ia dizendo.

Mas Strickland detesta essa citação. Diz que, de tanto uso, está surrada.

Outra coisa interessante me assustou tanto quanto tudo que aconteceu durante a agitação da noite. Depois de se vestir, Fleete veio à sala de jantar e farejou. Tinha um truque singular quando fungava.

— Cheiro horrível de cachorro aqui — disse. — Você devia realmente cuidar melhor dos seus *terriers*. Tente enxofre, Strick.

Mas Strickland não respondeu. Agarrou as costas de uma cadeira e, sem aviso, teve um acesso impressionante de histeria. É horrível ver um homem forte tomado pela histeria. Percebi então que tínhamos lutado pela alma de Fleete contra o Homem de Prata naquela sala e que nos tínhamos desgraçado para sempre como ingleses. Sorri, engasguei e arquejei tão vergonhosamente como Strickland, enquanto Fleete pensava que ambos tínhamos enlouquecido. Nunca lhe contamos o que tínhamos feito.

Alguns anos depois, quando Strickland já havia casado e por causa da sua esposa passou a frequentar a igreja, revisamos o caso impassivelmente; Strickland sugeriu que eu devia torná-lo público.

Eu mesmo não consigo ver esse passo como capaz de esclarecer o mistério; porque, em primeiro lugar, ninguém vai acreditar numa história tão desagradável e, em segundo lugar, é fato conhecido de todo homem sensato que os deuses dos pagãos são de pedra e latão, portanto, qualquer tentativa de tratá-los de outra forma está merecidamente condenada.

A MORTE DE HALPIN FRAYSER

Tradução:
Paulo Cezar Castanheira

Ambrose Bierce

I

Pois pela morte é criada mudança maior do que tudo que já foi mostrado. Enquanto em geral o espírito que se afastou retorna vez por outra, e é por vezes visto por aqueles em carne e osso (aparecendo na forma do corpo que levava), ainda assim já aconteceu de o corpo verdadeiro, sem o espírito, ter caminhado. E é atestado por aqueles que encontraram os que viveram para falar que um lich[1] *assim criado não tem afeição natural nem lembrança dela, mas apenas ódio. Também é sabido que alguns espíritos, que em vida foram benignos, pela morte se tornam completamente maus.* — HALL

Numa noite escura de verão, um homem, ao acordar de um sono sem sonhos numa floresta, ergueu a cabeça da terra e, olhando por alguns momentos a escuridão, disse: "Catherine Larue". Nada mais disse; ele nem sequer sabia por que havia dito aquilo.

O homem era Halpin Frayser. Viveu em Santa Helena, mas onde vive hoje é incerto, pois está morto. Alguém que pratica o dormir na floresta sem nada sob si além das folhas secas e a terra úmida, e nada por cima além dos galhos dos quais caíram as folhas e o céu do qual caiu a terra, não pode esperar grande longevidade, e Frayser já tinha chegado aos trinta e dois anos. Há pessoas neste mundo, milhões de pessoas, e de longe as melhores pessoas, que consideram aquela uma era muito avançada. São as crianças. Para aqueles que veem a viagem da vida desde o porto de partida, o barco que já percorreu uma

---

[1] Morto-vivo, espírito maligno.

distância considerável parece já estar próximo da praia distante. Mas não é certo que Halpin Frayser tenha chegado à morte por exposição às intempéries.

Passara todo o dia nas colinas a oeste do Napa Valley, procurando pombos e outras caças pequenas da estação. No fim da tarde o tempo ficou nublado e ele se desorientou; embora só tivesse de descer a encosta, sempre o caminho da segurança quando alguém se perde, a ausência de trilhas o impediu de tal forma que ainda estava na floresta quando caiu a noite. Incapaz de penetrar no escuro as moitas de *manzanita* e outros arbustos, completamente perdido e vencido pelo cansaço, deitou-se perto da raiz de uma grande lichieira e caiu num sono sem sonhos. Somente horas depois, no meio da noite, um dos misteriosos mensageiros de Deus — deslizando à frente de uma multidão de seus companheiros que corriam rumo ao oeste, seguindo a linha da aurora — pronunciou a palavra que acorda no ouvido do homem adormecido, e este se sentou e falou, sem saber por que, um nome, não sabia de quem.

Halpin Frayser não era um grande filósofo nem cientista. A circunstância de, ao acordar de um sono profundo à noite no meio da floresta, ter falado em voz alta um nome que não tinha na memória nem na mente não lhe provocou uma curiosidade iluminada para investigar o fenômeno. Apenas achou estranho, e com um ligeiro tremor, como se respeitasse o frio da noite, deitou-se novamente e dormiu. Mas esse sono já não foi sem sonhos.

Sonhou que estava caminhando por uma estrada poeirenta que parecia branca na sombra crescente de uma noite de verão. De onde vinha e aonde levava, e por que viajava por ela, ele não sabia, embora tudo parecesse simples e natural, como é comum nos sonhos; pois, na Terra Além da Cama, as surpresas deixam de perturbar e o julgamento repousa. Logo chegou a uma encruzilhada; ali havia uma outra estrada menos movimentada, com a real aparência de estar abandonada havia muito tempo, porque, pensou ele, de certo levava a algum lugar mau. Mesmo assim, ele a tomou sem vacilar, impelido por uma necessidade imperiosa.

À medida que avançava, tomou consciência de que seu caminho era assombrado por existências invisíveis que não conseguia representar de forma clara na mente. Do meio das árvores, dos dois lados, ele ouvia sussurros quebrados e incoerentes numa língua estranha, mas que ainda assim podia entender parcialmente. Pareciam-lhe falas fragmentadas de uma monstruosa conspiração contra seu corpo e sua alma.

Já se passara muito tempo depois do anoitecer, mas, ainda assim, a floresta interminável por onde viajava era iluminada por um brilho pálido sem ponto de difusão, pois a misteriosa iluminação não permitia nenhuma sombra. Uma poça rasa na depressão do sulco antigo de uma roda, como se houvesse chovido recentemente, atraiu seu olhar com um brilho vermelho. Ele se dobrou e mergulhou a mão nela, que manchou seus dedos; era sangue! Sangue, ele então observou, estava por todo lado à sua volta. As plantas que cresciam viçosas na margem da estrada mostravam sangue em borrões e golfadas nas suas folhas grandes e largas. Manchas de poeira seca entre os sulcos salpicadas de pontos, como se por uma chuva vermelha. Grandes maculações vermelhas poluíam os troncos das árvores e o sangue pingava como orvalho de suas folhas.

Tudo isso ele observou com um terror que não parecia incompatível com o cumprimento de uma expectativa natural. Pareceu-lhe tudo expiação de algum crime que, apesar de ter consciência da sua culpa, ele não conseguia lembrar. Diante das ameaças e mistérios que o rodeavam, a consciência era um horror adicional. Em vão ele procurou, num reexame mental retrógrado da sua vida, reproduzir o momento do seu pecado; cenas e incidentes desordenados voltaram à memória, uma imagem apagando a outra, ou se misturando com ela em confusão e obscuridade, mas em nenhuma delas ele teve um vislumbre do que procurava. Esse malogro aumentou o seu terror; sentiu-se como alguém que assassinou no escuro, sem saber quem nem por quê. Tão assustadora era a situação — a luz misteriosa queimava com ameaça tão silenciosa e terrível; as plantas nocivas, as árvores que por anuência comum são investidas de uma melancolia ou caráter pernicioso bem ali diante da sua visão, conspirando contra a sua paz; do alto e de todos os lados chegavam os sussurros chocantes e os suspiros de criaturas tão obviamente não desta terra —, tudo era tão assustador, que ele não foi capaz de suportar mais, e, com grande esforço para quebrar um feitiço maligno que prendia suas faculdades ao silêncio e à inação, gritou com toda a força dos pulmões! Sua voz, quebrada, ao que parece, em uma multidão infinita de sons desconhecidos, seguiu balbuciando e gaguejando para regiões distantes da floresta e morreu no silêncio, e tudo voltou a ser como antes. Mas ele iniciou uma resistência e foi encorajado:

"Não vou submeter-me sem ser ouvido. Talvez haja poderes não malignos viajando por esta estrada amaldiçoada. Vou deixar para eles um registro e um apelo. Vou relacionar meus erros, as perseguições que sofro, eu, um mortal desamparado, um penitente, um poeta que não ofende!". Halpin Frayser era poeta apenas como era penitente: no seu sonho.

Tirando de dentro da roupa uma pequena carteira de couro vermelho, metade da qual tinha folhas para memorando, descobriu que não tinha lápis. Cortou um ramo de arbusto, mergulhou-o numa poça de sangue e escreveu rapidamente. Mal havia tocado o papel com a ponta do seu ramo, quando irrompeu um acesso baixo de riso, a uma distância desmedida, e foi ficando mais alto, parecendo aproximar-se cada vez mais; um riso sem alma, sem coração e sem alegria, como o do mergulhão, solitário na margem do lago à meia-noite; um riso que culminou num grito sobrenatural muito próximo e foi morrendo em lentas gradações, como se o ser amaldiçoado que o emitia se afastasse para a extremidade do mundo de onde tinha vindo. Mas o homem sentiu que não era verdade, que ele continuava próximo e não se movera.

Bem devagar, uma sensação estranha começou a dominar o seu corpo e a sua mente. Não seria capaz de dizer qual, se houve algum, dos seus sentidos foi afetado; ele a sentia mais como uma manifestação da consciência, uma misteriosa tranquilidade mental, de uma presença dominadora, uma malevolência sobrenatural de natureza diferente das existências invisíveis que enxameavam em sua volta e superior a elas em poder. Sabia que uma delas havia emitido aquele riso pavoroso. E, agora, parecia aproximar-se dele; de que direção não sabia dizer, não ousava conjecturar. Todos os seus medos anteriores foram esquecidos ou fundidos no terror gigantesco que agora o mantinha em transe. Fora isso, ele tinha só um pensamento: completar o seu apelo escrito aos poderes benignos que, atravessando a floresta assombrada, talvez pudessem salvá-lo se lhe fosse negada a bênção da aniquilação. Escrevia com terrível rapidez, o sangue nos seus dedos corria sem renovação pelo ramo, mas, no meio de uma frase, suas mãos negaram servir à sua vontade: seus braços caíram ao lado do corpo e o livro à terra. Impotente para se mover ou gritar, ele se viu encarando o rosto nitidamente desenhado e os olhos sem expressão da sua mãe, ali parada, branca e em silêncio, vestida para o túmulo!

II

Na juventude, Halpin Frayser vivia com os pais em Nashville, Tennessee. Os Fraysers eram ricos, com uma boa posição naquela sociedade que sobreviveu ao naufrágio gerado pela Guerra Civil. Seus filhos tiveram as oportunidades sociais e educacionais da sua época e lugar, e responderam às boas associações e instrução com maneiras amáveis e mentes cultas. Sendo o mais novo e não muito robusto, Halpin foi um tanto mimado. Tinha uma dupla desvantagem, a da atenção da mãe e a da omissão do pai. Frayser pai era o que era todo homem sulista de posses: um político. Sua região, ou melhor, sua seção e estado demandavam seu tempo e atenção de maneira tão exigente que, para os membros da sua família, ele era obrigado a dar um ouvido parcialmente ensurdecido pelo trovão dos capitães políticos, inclusive por seus próprios gritos.

O jovem Halpin tinha uma tendência sonhadora, indolente, muito romântica, um tanto mais dedicada à literatura que ao direito, a profissão para a qual foi criado. Entre os parentes que professavam o moderno credo da hereditariedade se entendia que nele o caráter do falecido Myron Bayne, um bisavô materno, tinha revisitado os vislumbres da Lua, pelos quais Bayne foi suficientemente afetado a ponto de ser um poeta de considerável distinção colonial. Se não chegou a ser especialmente observado, era observável que um Frayser que não fosse o orgulhoso possuidor de um suntuoso volume das ancestrais "obras poéticas" (impressão paga pela família e há muito retiradas de um mercado inóspito) era de fato um Frayser raro, havia uma indisposição ilógica para honrar o grande falecido na pessoa do seu sucessor espiritual. Halpin era em geral condenado como uma ovelha negra intelectual, pronta a qualquer momento a desgraçar o rebanho balindo com métrica. Os Fraysers do Tennessee eram pessoas práticas, não práticas no sentido popular de devoção a atividades sórdidas, mas por terem um robusto desprezo por todas as qualidades de um homem inadequadas à vocação saudável para a política.

Para fazer justiça ao jovem Halpin, deve-se dizer que, apesar de nele estarem fielmente reproduzidas as características mentais e morais atribuídas pela história e tradição familiar ao famoso bardo colonial, sua sucessão ao dom e à faculdade divina terá sido puramente inferencial. Não somente nunca se soube que ele tivesse cortejado a Musa, mas, na verdade, ele não seria capaz de escrever corretamente um verso para se salvar do Matador dos Sábios. Ainda assim, não havia como saber quando a faculdade adormecida poderia despertar e tanger a lira.

De qualquer forma, o jovem foi nesse intervalo uma ovelha negra muito independente. Entre ele e sua mãe havia a mais perfeita simpatia, pois secretamente a senhora era discípula devotada do grande e falecido Myron Bayne, embora com o tato geral e justificadamente admirado em seu caráter feminino (apesar dos caluniadores empedernidos, que insistem em ser tal tato essencialmente a mesma coisa que astúcia), ela sempre cuidou de esconder essa fraqueza de todos os olhos, a não ser dos olhos daqueles que também a compartilhavam. A culpa comum de ambos com relação a isso foi uma ligação adicional entre eles. Se durante a juventude de Halpin sua mãe o "mimara", ele tinha certamente feito a sua parte para ser mimado. À medida que crescia, até chegar àquela vida adulta que atinge um sulista que não se importa com o caminho tomado pelas eleições, a ligação entre ele e sua linda mãe, a quem desde a primeira infância ele chamou de Katy, tornou-se a cada ano mais forte e mais terna. Nessas duas naturezas românticas era evidente, de forma característica, aquele fenômeno negligenciado, a dominância do elemento sexual em todas as relações da vida, fortalecendo, suavizando e embelezando até mesmo as relações de consanguinidade. Os dois eram praticamente inseparáveis, e os estranhos que observavam seus modos não raro os viam erroneamente como amantes.

Certo dia, ao entrar no *boudoir* da sua mãe, Halpin Frayser beijou-a na testa, brincou um pouco com um cacho de cabelo escuro que se soltara dos grampos e disse com um óbvio esforço para aparentar calma:

— Você se importaria muito, Katy, se eu fosse chamado à Califórnia por algumas semanas?

Não foi necessário que Katy respondesse com os lábios, suas faces deram uma resposta instantânea. Evidentemente ela se importaria e muito; as lágrimas inundaram seus grandes olhos castanhos como testemunho corroborativo.

— Ah, meu filho — suspirou, olhando o rosto dele com infinita ternura —, eu devia saber que este dia chegaria. Não fui eu que passei acordada a metade da noite chorando, porque, durante a outra metade, sonhei que o Avô Bayne me apareceu em sonho e parou ao lado do retrato dele, ainda jovem, também, e belo, apontando o seu na mesma parede? E, quando olhei, pareceu-me que eu não era capaz de ver as feições; você tinha sido pintado com um lenço no rosto igual ao que colocamos nos mortos. O seu pai riu de mim, mas você e eu, querido, sabemos que essas coisas sempre têm razão. E eu vi por baixo do pano as marcas de mãos no seu pescoço; perdoe-me, mas não estamos acostumados a esconder essas coisas um do outro. Talvez você tenha outra interpretação. Talvez isso não tenha sido um aviso de que você vai para a Califórnia. Ou, quem sabe, você talvez me leve com você?

É preciso confessar que essa interpretação inteligente do sonho, à luz de evidências recentemente descobertas, não foi considerada inteiramente digna de confiança pela mente mais lógica do filho; tivesse ele, pelo menos naquele momento, uma convicção de que o sonho fazia prever um desastre mais simples e imediato, ainda que menos trágico, que a visita à costa do Pacífico. Halpin Frayser teve a impressão de que seria garroteado em sua terra natal.

— Não existem fontes medicinais na Califórnia? — resumiu a Sra. Frayser antes que ele tivesse tempo de lhe dar o verdadeiro significado do sonho. — Lugares onde uma pessoa se recupera de reumatismo e nevralgia? Veja, meus dedos estão tão rígidos... e tenho quase certeza de que sou acometida por fortes dores durante o sono — ela estendeu a mão para que ele a examinasse. Que diagnóstico o jovem pode ter pensado ser melhor esconder com um sorriso, o historiador não é capaz de declarar, mas sente-se obrigado a dizer que dedos menos rígidos e mostrando menos evidências, até mesmo de dores insensíveis, raramente foram submetidos a exame médico pelo mais íntegro paciente desejoso de uma receita de cenários desconhecidos. O resultado foi que dessas duas pessoas excêntricas com noções igualmente excêntricas de dever, uma foi para a Califórnia, como exigido pelo interesse do seu cliente, e a outra permaneceu em casa, de acordo com um desejo que seu marido não tinha sequer consciência de ter manifestado.

Halpin Frayser caminhava durante uma noite escura pelo cais de São Francisco quando subitamente algo o surpreendeu e o desconcertou, e ele se fez marinheiro. Foi, de fato, "shangaizado" a bordo de um navio imponente, e viajou para um país longínquo. Seus infortúnios também não terminaram com a viagem, pois o navio foi lançado à terra numa ilha do Pacífico Sul, e só seis anos depois os sobreviventes foram resgatados por uma audaz escuna mercante e levados de volta a São Francisco.

Apesar de pobre na bolsa, Frayser não era menos orgulhoso em espírito do que tinha sido nos anos que pareceram ter ocorrido séculos e séculos antes. Não aceitava assistência de estranhos, e foi enquanto vivia com um companheiro sobrevivente perto da cidade de Santa Helena, esperando notícias e dinheiro de casa, que saiu, caçando e sonhando.

III

A aparição que enfrentava o sonhador na floresta assombrada, uma coisa tão igual, ainda assim tão diferente da sua mãe, era horrível! Não provocava amor nem desejos em seu coração; não veio acompanhada de lembranças agradáveis de um passado dourado, não inspirava sentimentos de nenhuma espécie — todas as melhores emoções estavam envoltas em medo. Tentou virar-se e fugir da frente dela, mas suas pernas pareciam de chumbo; não foi capaz de levantar os pés do chão. Seus braços caíram inertes ao lado do corpo. Manteve apenas o controle dos olhos, que não ousou afastar das órbitas sem brilho da aparição, pois sabia não ser uma alma sem corpo, mas a mais assustadora de todas as existências que infestavam aquela floresta assombrada, um corpo sem alma! No seu olhar vazio não havia amor nem piedade nem inteligência, nada a que dirigir um pedido de misericórdia. "O apelo não se sustenta", pensou com uma absurda reversão ao jargão profissional, tornando a situação mais horrível, como a brasa de um charuto iluminando um túmulo.

Por um tempo — em que o mundo pareceu tão logo tornar-se cinzento pela idade e o pecado, e a floresta assombrada, depois de cumprir o seu propósito na monstruosa culminação dos seus terrores, desapareceu da sua consciência com todas as visões e sons —, a aparição continuou próxima, encarando-o com a malevolência descuidada de uma fera selvagem. Então esticou as mãos à frente e saltou sobre ele com incrível ferocidade! Aquela atitude liberou as energias físicas dele sem libertar a sua vontade; sua mente ainda estava encantada, mas seu corpo poderoso e seus membros ágeis, dotados de uma vida própria cega e insensata, resistiram vigorosamente e bem. Por um instante ele pareceu ver aquela disputa antinatural entre uma inteligência morta e um mecanismo vivo apenas como espectador: essas ilusões existem nos sonhos; ele então recuperou sua identidade quase como se saltasse para dentro de si, e o autômato tenso tinha uma vontade de mando tão alerta e feroz como a do seu assustador antagonista.

Mas que mortal é capaz de enfrentar a criatura dos seus sonhos? A imaginação que cria o inimigo já está vencida; o resultado do combate é a causa do combate. Apesar das suas lutas, apesar da sua força e atividade, que pareciam perdidas num vazio, ele sentiu os dedos frios se fecharem em torno da sua garganta. Trazido de volta à terra, ele viu acima de si, à distância de uma mão da própria face, o rosto morto e distorcido, e então tudo tornou-se negro. Um som igual à batida de tambores distantes, o murmúrio de um enxame de vozes, um grito forte lançando tudo no silêncio... Halpin Frayser sonhou que estava morto.

IV

A uma noite clara e quente se seguiu uma manhã de névoa muito úmida. Por volta do meio da tarde do dia anterior formou-se uma leve brisa de vapor, mero adensamento da atmosfera, o fantasma de uma nuvem preso à encosta oeste do monte Santa Helena, bem no alto, ao longo das altitudes estéreis próximas ao topo. Era tão fina e tão diáfana, tão parecida com um sonho tornado visível, que alguém poderia ter dito: "Olhe depressa! Logo ela vai desaparecer".

Em instantes ela se tornou maior e mais densa. Em uma de suas extremidades, prendia-se à montanha, na outra estendia-se para o norte e o sul, reunindo pequenas manchas de névoa que pareciam sair da encosta no nível exato, com um desejo inteligente de ser absorvida. E assim ela cresceu e cresceu, até que o topo não fosse mais visto do vale e sobre este se estendesse um dossel opaco e cinzento. Em Calistoga, próxima do início do vale e do sopé da montanha, houve uma noite e uma manhã sem estrelas. A neblina, descendo sobre o vale, tinha avançado para o sul, engolindo uma fazenda depois da outra, até apagar completamente a cidade de Santa Helena, a quinze quilômetros de distância. A poeira da estrada estava riscada de sulcos; as árvores pingavam umidade; os pássaros repousavam em silêncio nos seus abrigos; a luz matinal era pálida e assustadora, sem cor nem fogo.

Dois homens saíram da cidade de Santa Helena à primeira luz da madrugada e caminharam rumo ao norte, ao longo da estrada para Calistoga. Levavam armas nos ombros, e ainda assim ninguém que conhecesse essas questões os teria confundido com caçadores de pássaros ou animais. Um deles era auxiliar de xerife em Napa e o outro era detetive em São Francisco: Holker e Jaralson respectivamente. O trabalho dos dois era caçar homens.

— Ainda estamos longe? — perguntou Holker enquanto caminhavam, seus pés levantavam a poeira branca sob a superfície úmida da estrada.

— A Igreja Branca? Só uns oitocentos metros — respondeu o outro. — Por falar nisso, ela não é branca nem é igreja; é uma escola abandonada, cinzenta pelo tempo e pelo descaso. Antigamente lá se rezavam missas, quando ainda era branca, e há um cemitério que seria o deleite de um poeta. Você é capaz de adivinhar por que eu o chamei e lhe disse para vir armado?

— Ora, esse tipo de coisa nunca me incomodou. Sempre acabei descobrindo que você era muito comunicativo na hora certa. Mas, se me permite tentar adivinhar, você quer que eu o ajude a prender um cadáver no cemitério.

— Você se lembra de Branscom? — perguntou Jaralson, tratando com a devida desatenção o humor do colega.

— O sujeito que cortou a garganta da mulher? Claro que lembro; perdi uma semana de trabalho no caso e tive muitas despesas. Há uma recompensa de quinhentos dólares por ele, mas nenhum de nós pôs os olhos nele. Você não está querendo dizer...

— Estou. Ele esteve o tempo todo debaixo do nariz de todos vocês. Vem à noite ao velho cemitério da Igreja Branca.

— Aquele demônio! Foi lá que enterraram a mulher dele.

— Bem, vocês deviam ter tido o bom senso de suspeitar que algum dia ele voltaria ao túmulo dela!

— O último lugar onde alguém poderia esperar que ele voltasse.

— Mas vocês esgotaram todas as outras possibilidades. Sabendo do seu fracasso, plantei lá uma armadilha para ele.

— E você o encontrou?

— Maldição! Ele me encontrou. O canalha sempre levou vantagem e me fazia viajar. Graças a Deus ele não me esfaqueou. Ele é bom, e calculo que a metade daquela recompensa é suficiente para mim, caso você esteja necessitado.

Holker riu com bom humor, e explicou que seus credores nunca foram mais importunos.

— Eu só queria mostrar-lhe o terreno e arquitetar um plano com você — o detetive explicou. — Achei que seria melhor estarmos armados, mesmo durante o dia.

— O homem deve estar louco — disse o auxiliar de xerife.

— A recompensa é pela sua captura e condenação. Se ele está louco, não pode ser condenado.

O Sr. Holker ficou tão profundamente afetado por esse possível fracasso da justiça que parou involuntariamente no meio da estrada. Depois, retomou a caminhada com um zelo abatido.

— Bem, ele parece louco — concordou Jaralson. — Tenho de admitir que nunca vi um infeliz mais mal barbeado, mal tosquiado e desgrenhado fora da honrada ordem dos vagabundos. Mas eu fui atrás dele, e não posso decidir abrir mão dele. E, de qualquer forma, existe glória para nós. Não existe outra alma que saiba que ele está deste lado das Montanhas da Lua.

— Está bem — disse Holker —, vamos chegar e examinar o terreno — e acrescentou, nas palavras de uma antiga inscrição de túmulos: — "onde em breve você vai jazer", quero dizer, se o velho Branscom se cansar de você e da sua intrusão impertinente. Por falar nisso, outro dia me disseram que esse não é o verdadeiro nome dele.

— E qual é?

— Não me lembro. Eu tinha perdido o interesse no infeliz e o nome não se fixou na minha memória, acho que alguma coisa parecida com Pardee. A mulher cuja garganta ele teve o mau gosto de cortar era viúva quando a conheceu. Tinha vindo para a Califórnia para visitar alguns parentes, existe gente que de vez em quando faz essas coisas. Mas, você já sabe de tudo isso.

— Naturalmente.

— Mas, sem saber o nome correto, por que feliz inspiração você conseguiu encontrar o túmulo certo? O homem que me disse o nome comentou que estava entalhado na cabeceira da cama.

— Não sei qual é o túmulo certo — Jaralson aparentemente estava um tanto relutante em admitir sua ignorância de ponto tão importante do seu plano. — Tenho observado o lugar em geral. Uma parte do nosso trabalho hoje de manhã vai ser identificar aquele túmulo. Aqui está a Igreja Branca.

Durante uma boa distância a estrada fora margeada por campos nos dois lados, mas agora havia, à esquerda, uma floresta de carvalhos, lichieiras e abetos gigantescos cujas partes inferiores mal eram vistas, escuras e fantasmagóricas, na neblina. A vegetação rasteira era, em alguns lugares, espessa, mas não impenetrável. Por um tempo Holker não avistou nada do edifício, mas quando entraram na floresta ele se revelou, num contorno cinzento indistinto através da neblina, parecendo enorme e distante. Mais alguns passos e ele surgiu à distância de um braço, nítido, escuro de umidade e insignificante em tamanho. Tinha a forma comum de uma escola rural, pertencia à classe arquitetônica do caixote; tinha uma base de pedras, um teto coberto de musgo e espaços vazios para janelas, de onde os vidros e caixilhos haviam partido muito tempo antes. Estava arruinado, mas não era uma ruína, um típico substituto californiano do que passou a ser conhecido nos guias de viagem como "monumentos do passado". Mal olhando essa estrutura pouco interessante, Jaralson entrou na vegetação rasteira úmida.

— Vou mostrar onde ele me assaltou — disse. — É aqui o cemitério.

Aqui e ali entre os arbustos se viam pequenos cercados que continham os túmulos, às vezes apenas um. Eram reconhecidos como túmulos pelas pedras descoloridas ou placas apodrecidas na cabeça e no pé, inclinadas em todos os ângulos possíveis, algumas caídas; pelas cercas arruinadas em volta, ou, raramente, pelo próprio monte que mostrava o cascalho entre as folhas caídas. Em muitos casos, nada marcava o ponto onde jaziam os restos de algum pobre mortal que, deixando "um grande círculo de amigos entristecidos", havia sido por eles abandonado, exceto uma depressão na terra, mais duradoura que a dos espíritos dos amigos enlutados. As trilhas, se trilhas tivessem existido, estavam há muito obliteradas; árvores de tamanho considerável puderam crescer nos túmulos e empurravam com raízes e galhos as cercas circundantes. Sobre tudo pairava aquele ar de abandono e decadência, que em outros lugares parece não se ajustar de modo tão certo e significativo quanto numa aldeia dos mortos esquecidos.

À medida que os dois homens, Jaralson à frente, forçavam a passagem entre as árvores novas, o homem de iniciativa parou de repente e trouxe a arma até a altura do peito. Emitiu uma nota grave de aviso e parou imóvel, os olhos fixos em alguma coisa à frente. Com dificuldade, impedido pela vegetação, seu companheiro, apesar de não ver nada, imitou a postura e parou, preparado para o que desse e viesse. Instantes depois Jaralson se moveu cautelosamente para a frente, seguido pelo outro.

Sob os galhos de um abeto enorme jazia o corpo de um homem. Parados em silêncio acima do corpo, eles notaram os pormenores que atraem primeiro a atenção — o rosto, a atitude, as roupas —, tudo que da forma mais imediata e simples responde às perguntas silenciosas da curiosidade solidária.

O corpo estava deitado de costas, as pernas abertas. Um braço junto ao corpo, o outro para o lado; mas este último estava curvado, a mão próxima à garganta. Os dois punhos estavam cerrados com força. Toda a atitude era de resistência desesperada, mas ineficaz, a quê?

Ao lado estavam uma espingarda e uma sacola de caça, através de cujas malhas se via a plumagem de pássaros mortos. Por todo lado havia evidências de luta furiosa; pequenos brotos de carvalho venenoso curvos e desnudados de folhas e casca; folhas mortas e em decomposição tinham sido arrastadas em montes e espinhaços nos dois lados das pernas pela ação de outros pés que não os dele; ao lado dos quadris se viam impressões inconfundíveis de joelhos humanos.

A natureza da luta era evidenciada por um olhar à garganta e ao rosto do morto. Enquanto o peito e as mãos eram brancos, a garganta e o rosto estavam roxos, quase pretos. Os ombros jaziam sobre um monte baixo, e a cabeça estava voltada para trás em um ângulo impossível; os olhos inchados fitavam o vazio, na direção oposta à dos pés. Da espuma que lhe enchia a boca aberta, projetava-se a língua, negra e também inchada. A garganta mostrava contusões horríveis; não reles marcas de dedos, mas ferimentos e lacerações feitos por duas mãos fortes, enterradas na carne mole, mantendo a pressão até muito depois da morte. Peito, garganta e rosto estavam molhados; a roupa estava saturada; gotas de água condensada da neblina enfeitavam os cabelos e o bigode.

Tudo isso os dois homens observaram sem nada dizer, quase a um olhar. Então, Holker falou:

— Pobre-diabo! Foi um castigo violento!

Jaralson examinava atento a floresta em torno, a espingarda engatilhada presa nas duas mãos, com o dedo no gatilho.

— O trabalho de um maníaco — completou sem tirar os olhos da floresta. — Executado por Branscom-Pardee.

Algo meio oculto entre as folhas que se moviam sobre a terra atraiu a atenção de Holker. Era uma caderneta de couro vermelho. Ele a apanhou e abriu. Continha folhas de papel branco para memorandos, e sobre a primeira folha estava o nome "Halpin Frayser". Escritas em vermelho nas páginas seguintes, rabiscadas rapidamente e quase ilegíveis, estavam as linhas a seguir, que Holker leu em voz alta enquanto o seu companheiro continuava a examinar os limites cinza-escuros daquele mundo estreito, ouvindo algo preocupante nas gotas que caíam de todos os galhos carregados:

Enfeitiçado por um encanto misterioso, parei
Na escuridão iluminada de uma floresta encantada.
O cipreste e a murta trançavam os galhos,

Significantes, em fatal irmandade.

O salgueiro meditativo sussurrou para o teixo;
Sob eles a sombra mortal da noite e a arruda
Com *immortelles* entretecidas em estranhas
Formas funéreas, e cresciam urtigas horríveis.

Nenhum canto de pássaro nem zumbido de abelhas,
Nenhuma folha leve levantada pela brisa benfazeja:
O ar todo estagnado, e o Silêncio era
Uma coisa viva que respirava entre as árvores.

Espíritos conspiradores sussurravam no escuro,
Mal ouvidos, os segredos tranquilos do túmulo.
Sangue as árvores todas pingavam; as folhas
Brilhavam à luz-feitiço com uma cor rósea.

Gritei bem alto! O encanto, não quebrado,
Se apoiava sobre meu espírito e minha vontade.
Sem alma, sem coração, sem esperança e solitário,
Lutei contra os monstruosos presságios do mal!

Finalmente o...

Holker parou; não havia mais nada a ler. O manuscrito se interrompia assim, na metade de uma linha.

— Parece Bayne — disse Jaralson, que era um quase erudito à sua moda. Tinha reduzido a vigilância e parou, olhando o corpo.

— Quem é Bayne? — Holker perguntou sem curiosidade.

— Myron Bayne, um sujeito que floresceu nos primeiros anos da nação, mais de um século atrás. Escreveu coisas muito melancólicas; eu tenho a sua obra completa. Esse poema não está nela, mas deve ter sido omitido por engano.

— Está frio — comentou Holker. — Vamos parar por aqui; temos de chamar o legista de Napa.

Jaralson não disse nada, mas fez um movimento de concordância. Bem rente ao local onde terminava a pequena elevação de terra em que jaziam a cabeça e os ombros do morto, seu pé esbarrou em algo duro sob as folhas decompostas da floresta. Deu um chute para ver o que era. Tratava-se de uma cabeceira de cama, e sobre ela se viam palavras que ele mal conseguiu decifrar: "Catherine Larue".

— Larue, Larue! — Holker exclamou com animação repentina. — Ora, esse é o verdadeiro nome de Branscom, e não Pardee. E, pelo amor de Deus, agora tudo me volta à memória, o nome da mulher assassinada era Frayser!

— Há aqui um mistério ignóbil — disse o detetive Jaralson. — Detesto tudo que é assim.

Então à frente deles, saindo da neblina, aparentemente de muito longe, ouviu-se o som de uma risada, um riso baixo, deliberado e sem alma, com não mais alegria que o da hiena que vagueia no deserto à noite; um riso que se tornou cada vez mais alto, mais claro, mais distinto e terrível, até parecer sair do lado de fora do círculo de visão de ambos; um riso tão antinatural, tão desumano, tão diabólico, que enchia aqueles caçadores de homens com um senso de terror indizível! Não moveram suas armas, nem pensaram nelas. Assim como surgira do silêncio, assim também o riso morreu; de um grito culminante que parecera estar dentro dos seus ouvidos, ele se afastou na distância até que suas notas enfraquecidas, alegres e mecânicas se reduziram ao silêncio, a uma distância imensurável.

ETHAN BRAND

CAPÍTULO DE UM ROMANCE ABORTIVO

Tradução:
Paulo Cezar Castanheira

Nathaniel Hawthorne

Bartram, operário calcinador, um homem duro, pesado, enegrecido de carvão, estava sentado vigiando o forno, ao anoitecer, enquanto seu filhinho brincava de construir casas com fragmentos de mármore espalhados. De repente, os dois ouviram uma gargalhada vinda da encosta abaixo deles; uma gargalhada não alegre, mas lenta, até solene, como o vento sacudindo os galhos na floresta.

— Pai, o que é isso? — perguntou o menino, abandonando o brinquedo e se apertando entre os joelhos do pai.

— Ah, algum bêbado, eu acho — respondeu o calcinador —, algum sujeito alegre no bar da aldeia, que não teve coragem de rir muito alto lá dentro com medo de arrancar o teto da casa. Por isso, aí está ele, sacudindo a barriga no sopé do Gray Lock.

— Mas, pai — insistiu o menino, mais sensível que o obtuso idiota de meia-idade —, ele não está rindo como um homem alegre. É por isso que o barulho me assusta!

— Não seja bobo, filho! — gritou o pai asperamente. — Você nunca vai chegar a ser um homem, eu juro; há muito da sua mãe em você. Já o vi assustar-se até com o sussurro de uma folha. Ora! Aí vem o sujeito alegre. Você vai ver que não há mal algum nele.

Enquanto conversavam, Bartram e seu filhinho vigiavam sentados o mesmo calcinador que tinha sido o cenário da vida solitária e meditativa de Ethan Brand antes de ele começar a busca pelo Pecado Imperdoável. Como vimos, muitos anos já haviam passado desde a noite portentosa em que se desenvolveu pela primeira vez a IDEIA. Mas o forno calcinador na encosta da montanha continuava sem defeito, não havia sido mudado em nada desde que ele lançara os seus obscuros pensamentos no brilho intenso da fornalha e os fundira no pensamento único que se apossou da sua vida. Era uma estrutura em torre, rude, redonda, de cerca de seis metros de altura, uma construção pesada de pedras brutas, com um volume de terra acumulada em torno da parte mais larga da sua circunferência, de forma que blocos e fragmentos de mármore pudessem ser trazidos em carroças e atirados lá dentro, pelo alto. Havia uma abertura na base da torre, como a boca de um forno, mas suficientemente grande para permitir a entrada de um homem curvado, e dotada de uma porta maciça. Com a fumaça e os jatos de fogo que saíam pelas fendas e frestas dessa porta — que parecia ser a própria entrada da encosta —, ela lembrava nada mais que a entrada para as regiões infernais, que os pastores das Montanhas Aprazíveis tinham o costume de mostrar aos romeiros.

Existem muitos fornos iguais naquele trecho da região, usados para queimar o mármore branco que compõe grande parte da substância das colinas. Alguns deles — construídos anos antes e há muito abandonados, com ervas crescendo no vazio do interior aberto para o céu e capim e flores silvestres crescendo nas frestas das pedras — parecem relíquias da Antiguidade, e ainda serão pulverizados com os líquens de séculos futuros. Outros, nos quais o operário calcinador ainda alimenta o fogo diário, oferecem pontos de interesse a quem está viajando entre as colinas e se senta num tronco ou numa lasca de mármore para conversar com o homem só. É uma ocupação solitária e, às vezes, quando se é inclinado a pensar, intensamente contemplativa, como se provou no caso de Ethan Brand, que meditou sobre aquele estranho objetivo, em anos idos, enquanto alimentava o fogo nesse mesmo forno.

O homem que agora vigiava o fogo era de uma espécie diferente, e não se perturbava com pensamento algum, a não ser os poucos necessários ao seu trabalho. A intervalos frequentes, ele arrastava o peso ruidoso da porta de ferro ou agitava as brasas imensas com uma vara comprida. Dentro do forno se viam as chamas ondulantes e selvagens e o mármore queimando, quase fundido com a intensidade do calor; já, do lado de fora, o reflexo do fogo tremulava na complexidade escura da floresta em volta, mostrando no primeiro plano um pequeno quadro luminoso e vermelho da cabana, a fonte ao lado da porta, a figura atlética e enegrecida de carvão do operário calcinador e a criança meio assustada, encolhendo-se na proteção da sombra do pai. Quando a porta foi novamente fechada, reapareceu a luz suave da Lua meio cheia, que tentava sem resultado traçar as formas indistintas das montanhas vizinhas; e, mais alto no céu, havia uma congregação diáfana de nuvens, ainda tingidas pelo róseo pôr do Sol, apesar de no fundo do vale o Sol já ter desaparecido havia muito tempo.

O menino se aproximou ainda mais do pai, pois se ouviram passos subindo a encosta e uma forma humana afastou os arbustos que se juntavam sob as árvores.

— Olá! Quem vem lá? — gritou o calcinador, irritado com a timidez do filho, porém meio infectado por ela. — Avance e se mostre, como um homem, ou vou jogar este pedaço de mármore na sua cabeça!

— Você me oferece uma saudação grosseira — disse uma voz melancólica que se aproximava. — Ainda assim, não pretendo nem desejo uma que seja mais gentil, nem mesmo diante do meu próprio fogo.

Para ver com mais clareza, Bartram abriu a porta de ferro do forno, de onde emergiu imediatamente um jato violento de luz, que atingiu o rosto e o corpo do estranho. A um olhar desatento, não parecia haver nada de notável no seu aspecto, o de um homem magro e alto vestindo roupas camponesas marrons e grosseiras, com o bordão e os sapatos pesados de um andarilho. Quando se aproximou, fixou os olhos muito brilhantes na luz da fornalha, atentamente, como se visse, ou esperasse ver, lá dentro algum objeto digno de nota.

— Boa noite, estranho — disse o operário calcinador —, de onde você vem tão tarde do dia?

— Venho da minha busca — respondeu o andarilho —, pois ela finalmente terminou.

"Bêbedo!... Ou louco!" — murmurou Bartram para si mesmo. "Esse sujeito vai dar-me trabalho. Quanto mais cedo eu o dispensar, melhor."

O menino, todo trêmulo, sussurrou para o pai, implorando para que ele fechasse a porta do forno, para não haver tanta luz; pois existia alguma coisa no rosto do homem que metia medo, mas ele não conseguia desviar o olhar. E, de fato, até mesmo os sentidos embotados e apáticos do calcinador começaram a se impressionar com algo indescritível naquele rosto fino, rude e pensativo, de cabelos grisalhos, soltos, e olhos fundos que brilhavam como fogo na entrada de uma caverna misteriosa. Mas, ao fechar a porta, o estranho se voltou para ele e falou num tom calmo e familiar, fazendo Bartram sentir que ele, afinal, era um homem são e sensato.

— Vejo que o seu trabalho se aproxima do fim — disse o homem. — Esse mármore já está queimando há três dias. Mais algumas horas e a pedra vai converter-se em cal.

— Ora, quem é você? — perguntou o calcinador. — Parece conhecer o meu trabalho tão bem como eu mesmo.

— E tenho de conhecer — disse o estranho —, pois fiz esse mesmo trabalho durante muitos anos, e também aqui, neste mesmo lugar. Mas, você é novo por estas bandas. Nunca ouviu falar de Ethan Brand?

— O homem que saiu em busca do Pecado Imperdoável? — Bartram deu uma risada.

— Ele mesmo — respondeu o estranho. — E achou o que procurava, por isso está de volta.

— O quê! Então você é o próprio Ethan Brand? — gritou o calcinador, estupefato. — Sou novo por aqui, como você disse, e comentam que já se passaram dezoito anos desde que você partiu do sopé do Gray Lock. Mas posso dizer-lhe que o pessoal ainda fala de Ethan Brand naquela vila, e da missão que o levou para longe deste forno de calcinação. E então, você encontrou o Pecado Imperdoável?

— Isso mesmo!

— Se for uma pergunta aceitável — continuou Bartram —, onde ele poderia estar?

Ethan Brand colocou o dedo sobre o próprio coração:

— Aqui!

E então, sem demonstrar alegria no rosto, mas como se movido por um reconhecimento involuntário do absurdo infinito de procurar em todo o mundo o que estava mais próximo de si mesmo, e de procurar em todos os corações menos no seu próprio o que não estava escondido em nenhum outro peito, ele rompeu numa risada de desprezo. Era a mesma risada lenta e pesada que quase assustara o calcinador ao anunciar a aproximação do viandante.

Aquela risada entristeceu a encosta solitária da montanha. O riso, quando fora de lugar, de tempo, ou quando explode a partir de um estado desordenado de sentimentos, pode ser a modulação mais terrível da voz humana. O riso de alguém que dorme, mesmo uma criança pequena, o riso do louco, o riso selvagem aos berros de um idiota de nascença são sons que às vezes provocam tremores quando os ouvimos, e preferimos sempre esquecer. Os poetas nunca imaginaram manifestações de demônios ou de duendes tão assustadoramente adequadas quanto o riso. E mesmo o calcinador obtuso sentiu os nervos abalados quando aquele estranho examinou o próprio coração e explodiu numa risada que rolou para longe na noite, e reverberou indistintamente entre as colinas.

— Joe — disse ele ao filhinho —, corra até a taverna na aldeia e diga aos folgazões de lá que Ethan Brand voltou e que ele encontrou o Pecado Imperdoável!

O menino disparou para a sua missão, à qual Ethan Brand não opôs objeção; aliás, mal pareceu notar. Sentou-se num tronco, olhando fixamente a porta de ferro do forno. Quando o menino já não podia ser visto nem mais se ouviam os seus passos pisando primeiro nas folhas caídas e depois na trilha pedregosa da montanha, o calcinador começou a lamentar a sua saída. Sentiu que a presença do pequeno tinha sido uma barreira entre o convidado e ele próprio, que ele agora teria de tratar, de coração para coração, com um homem que acabara de confessar ter cometido o único crime para o qual o céu não oferecia clemência. Esse crime, no seu indistinto negrume, parecia lançar sombras sobre ele. Os pecados do próprio calcinador subiram dentro dele, amotinando a sua memória com uma agitação de formas más que afirmavam o parentesco com o Pecado Mestre, o que quer que isso possa ser, que é concebido e afagado no âmbito da natureza corrupta do homem. Eram todos uma única família; corriam entre o seu peito e o de Ethan Brand e levavam saudações sombrias de um para o outro.

Então Bartram se lembrou das histórias desse homem estranho que entraram para a tradição local, desse homem que chegou até ele como uma sombra da noite e se pôs à vontade no lugar que já fora seu, depois de uma ausência tão longa que até pessoas mortas, mortas e enterradas há anos, teriam mais direito que ele a estar à vontade. Ethan Brand, era o que se dizia, havia conversado com o próprio Satã diante das chamas daquele forno. No passado, a lenda fora motivo de riso, mas agora parecia terrível. De acordo com essa história, antes de partir na sua busca, Ethan Brand se havia acostumado, noite após noite, a invocar um demônio fitando o forno quente, para conversar com ele sobre o Pecado Imperdoável; homem e demônio trabalhando para criar a imagem de uma culpa que não podia ser expiada nem perdoada. E, com o primeiro raio de Sol sobre a montanha, o demônio entrava pela porta de ferro para se instalar no elemento mais intenso de fogo, até ser novamente convocado para participar da tarefa horrível de estender a possível culpa do homem além do alcance da infinita misericórdia celeste.

Enquanto o calcinador lutava contra o horror desses pensamentos, Ethan Brand se levantou do tronco e abriu a porta do forno. Essa ação se ajustava tão bem à ideia na mente de Bartram que ele quase esperou ver o rubro Rei do Mal sair da fornalha furiosa.

— Espere! Espere! — gritou com uma trêmula tentativa de riso; pois sentia vergonha do medo, apesar de estar dominado por ele. — Pelo amor de Deus, não invoque o seu demônio agora!

— Homem! — respondeu severamente Ethan Brand. — Para que eu preciso do demônio? Eu o deixei atrás de mim, seguindo os meus passos. É com pecadores sem importância que ele se ocupa. Não tema por eu abrir a porta. Só estou agindo de acordo com o antigo costume, e vou avivar o seu fogo, como o calcinador que já fui.

Mexeu os vastos carvões, colocou mais lenha e se curvou para olhar o interior da prisão do fogo, sem medo do brilho feroz que tornava o seu rosto vermelho. O calcinador sentou-se, observando, e suspeitava do objetivo desse estranho convidado; se não para invocar um demônio, pelo menos para lançar-se nas chamas e assim desaparecer do olhar do homem. Ethan Brand, entretanto, recuou em silêncio e fechou a porta do forno.

— Já olhei — disse ele — dentro de muitos corações humanos sete vezes mais quentes de paixões pecaminosas que o fogo deste forno. Mas, não descobri neles o que eu procurava. Não, não o Pecado Imperdoável!

— O que é o Pecado Imperdoável? — perguntou o calcinador; e então se afastou mais do companheiro, tremendo de medo de que a sua pergunta fosse respondida.

— É o pecado que cresceu no meu próprio peito — respondeu Ethan Brand de pé, com o orgulho que distingue todos os entusiastas do tipo dele. — Um pecado que não cresceu em nenhum outro lugar! O pecado de um intelecto que triunfou sobre o senso de fraternidade com o homem e a reverência por Deus, e sacrificou tudo às suas poderosas exigências! O único pecado que merece a recompensa da agonia imortal! De boa vontade, se tivesse de fazer tudo novamente, eu incorreria a culpa. Intrépido, aceito o castigo!

— O homem perdeu a cabeça — murmurou o calcinador para si mesmo. — Talvez seja um pecador como todos nós, nada mais provável; mas posso jurar, ele é também louco.

Entretanto, ele se sentia incomodado com a situação, sozinho com Ethan Brand naquela encosta selvagem, e ficou feliz ao ouvir o murmúrio de vozes e passos do que parecia ser um grupo numeroso, tropeçando nas pedras e roçando a folhagem. Pouco depois surgiu todo um regimento preguiçoso, acostumado a lotar a taverna da vila, composto de três ou quatro indivíduos que, desde a partida de Ethan Brand, bebiam misturas de aguardentes diante da lareira durante o inverno e fumavam cachimbo sob a varanda no verão. Rindo ruidosamente e misturando todas as vozes em uma conversa sem cerimônia, irromperam sob o luar e nas linhas de luz do fogo que iluminavam o espaço aberto diante do forno de calcinação. Bartram voltou a escancarar a porta, inundando o lugar de luz para que todos tivessem a visão clara de Ethan Brand, e este a deles.

Ali, entre outros antigos conhecidos, estava um homem antes onipresente, agora quase acabado, que antes com certeza seria visto no hotel de qualquer aldeia próspera do país. Era um agente. Aquele espécime do gênero era um homem murcho e ressecado, enrugado e de nariz vermelho, vestindo um casaco marrom bem feito, com botões de latão, que, durante não se sabe quanto tempo, manteve sua mesa de canto no salão do bar, e ainda fumava o que parecia ser o mesmo charuto aceso havia vinte anos. Tinha grande fama como contador de piadas curtas, embora, quem sabe, menos por causa do humor intrínseco do que pelo sabor de conhaque e fumaça de charuto que impregnava todas as suas ideias e expressões, além da sua própria pessoa. Outro rosto bem lembrado, apesar de ter sofrido alterações, era o do advogado Giles, como as pessoas ainda o chamavam por cortesia; um velho maltrapilho, vestindo camisa suja e calça de tecido grosseiro. Esse pobre sujeito fora advogado durante o que ele chamava de seus melhores dias, um profissional astuto em grande voga entre os litigantes da aldeia; mas a bebida, em todas as suas formas, consumida em todas as horas do dia, de manhã, de tarde e à noite, levou-o a abandonar o trabalho intelectual para realizar vários tipos de trabalho braçal, até que, enfim, e para citar sua própria frase, caiu no caldeirão de sabão. Em outras palavras, Giles passou a ser, modestamente, um operário que fabricava sabão. Tornou-se, por fim, um fragmento de ser humano: parte de um pé foi cortada por um machado e uma de suas mãos foi arrancada inteira pela garra diabólica de uma máquina a vapor. Ainda assim, apesar de a mão corpórea ter desaparecido, permaneceu no local uma mão espiritual, pois ao estender o toco do pulso Giles jurava que sentia o polegar e os dedos invisíveis, tudo tão vívido como antes da amputação. Era um coitado mutilado e infeliz; mas um coitado que o mundo não pisoteava, não tinha o direito de desprezar este e nenhum outro estágio da sua infelicidade, pois ele ainda mantinha a coragem e o espírito de um homem, nunca precisou de caridade. Com apenas uma mão, infelizmente a esquerda, lutava uma batalha ferrenha contra a carência e as circunstâncias hostis.

No meio do grupo havia também outro personagem que, apesar de certos pontos de semelhança com o advogado Giles, tinha várias diferenças. Tratava-se do médico da aldeia, um homem de mais ou menos cinquenta anos que, num período anterior da vida, era apresentado como quem fazia visitas profissionais a Ethan Brand durante a suposta insanidade deste. Agora era uma figura de semblante furioso, rude e brutal, ainda que meio cavalheiresa, com alguma coisa selvagem, arruinada e desesperada na fala e em todos os detalhes dos seus gestos e modos. O conhaque dominava esse homem como um espírito mau, e tornava-o grosseiro e violento, como um animal selvagem e infeliz, como uma alma perdida; supunha-se haver nele uma habilidade maravilhosa, dons inatos de cura, além dos que a ciência médica poderia oferecer, e por isso a sociedade tomou conta dele e não permitiu que afundasse para além do seu alcance. Assim, oscilando para lá e para cá sobre o seu cavalo, e resmungando junto do leito, ele visitava todos os quartos de doente por muitas milhas na região, entre as cidades das montanhas, e às vezes levantava um moribundo como se por milagre ou, então, com a mesma frequência, é claro, enviava o paciente para um túmulo aberto muitos anos antes do que seria devido. O doutor mantinha na boca um cachimbo eterno, sempre aceso com o fogo do inferno (como disse alguém fazendo alusão ao hábito de praguejar).

Esses três notáveis avançaram e saudaram Ethan Brand, cada um à sua maneira, convidando-o sinceramente a compartilhar o conteúdo de certa garrafa preta, em que, afirmavam, encontraria coisa que valia muito mais a pena do que procurar o Pecado Imperdoável. Mente alguma, que se tenha torturado em meditação intensa e solitária em busca de um estado de entusiasmo, é capaz de sofrer o tipo de contato com modos baixos e vulgares de pensar e sentir a que Ethan Brand era agora submetido, e que o faziam duvidar, estranho dizer, uma dúvida dolorosa, de que tivesse de fato encontrado o Pecado Imperdoável, e que o tivesse encontrado dentro de si mesmo. Toda a questão em que ele tinha exaurido a vida, e mais que a vida, parecia uma ilusão.

— Deixem-me! — disse ele com violência. — Seus animais selvagens, que se transformaram assim, ressecando a alma com bebidas de fogo! Não quero nada de vocês. Anos e anos atrás procurei nos seus corações e não achei nada para o meu propósito. Vão embora!

— Ora, seu patife grosseiro! — gritou o doutor, furioso. — É assim que se responde à bondade dos seus melhores amigos? Então deixe-me dizer a verdade: você não encontrou o Pecado Imperdoável, assim como o menino Joe ali não o encontrou. Você não passa de um louco, como eu lhe disse vinte anos atrás; nem melhor nem pior que um louco, e o melhor companheiro do velho Humphrey aqui!

Apontou um velho maltrapilho, com longos cabelos brancos, rosto magro e olhos incertos. Durante alguns anos, no passado, esse velho passeou entre as montanhas perguntando sobre a filha a todos os viajantes que encontrava. A moça, ao que parece, tinha fugido com uma trupe de artistas de circo; e vez por outra chegavam à vila notícias dela, e se contavam lindas histórias da sua aparência brilhante ao cavalgar no picadeiro, ou de como realizava feitos maravilhosos na corda bamba.

O pai de cabelos brancos se aproximou de Ethan Brand e olhou o seu rosto.

— Dizem que você correu toda a terra — falou ele, torcendo as mãos com força. — Você deve ter visto a minha filha, pois ela é uma figura grandiosa no mundo, todos vão vê-la. Ela mandou notícia para o seu velho pai, ou disse quando vai voltar?

Os olhos de Ethan Brand se desviaram dos olhos do velho. Aquela filha, de quem ele esperava ansioso uma palavra de saudação, era a Ester da nossa história, a moça que, com propósito tão frio e desumano, Ethan Brand fizera cobaia do seu experimento, e durante o processo consumiu, absorveu e talvez tenha aniquilado a sua alma.

— Sim — murmurou, afastando-se do velho viajante. — Não é ilusão. Existe um Pecado Imperdoável!

Enquanto se passavam essas coisas, uma cena alegre acontecia na área alegre de luz, ao lado da fonte e diante da porta da cabana. Vários jovens da aldeia, homens e mulheres, tinham corrido para a colina, levados pela curiosidade de ver Ethan Brand, o herói de tantas lendas conhecidas da infância. Mas, não achando nada notável no seu aspecto, nada além de um viajante bronzeado, bem-vestido e com os sapatos empoeirados, sentado olhando o fogo, como se imaginasse figuras entre as brasas, esses jovens logo se cansaram de observá-lo. Acontece que havia outro divertimento ao alcance das mãos. Um velho judeu alemão, viajando com um diorama nas costas, estava passando pela estrada da montanha em direção à aldeia no momento em que o grupo saía de lá e, na esperança de conseguir algum lucro no dia, o artista os acompanhou até o forno de calcinação.

— Venha, velho holandês! — gritou um dos jovens. — Deixe-nos ver as suas figuras, se você jurar que vale a pena vê-las!

— Claro, capitão — respondeu o judeu. Fosse por uma questão de cortesia ou artifício, ele chamava a todos de capitão. — Vou mostrar a vocês, de fato, algumas figuras soberbas!

Então, colocando a sua caixa na posição adequada, convidou os rapazes e moças a ver pelos orifícios de vidro, e passou a exibir uma série dos mais horríveis rabiscos e manchas de tinta que nenhum artista itinerante jamais teve coragem de impor ao seu círculo de espectadores, como se fossem espécimes de obras-primas. As figuras estavam gastas, rasgadas, cheias de rachaduras e rugas, sujas de manchas de fumo e, de modo geral, na condição mais deplorável. Algumas pretendiam ser cidades, edifícios públicos e castelos arruinados da Europa; outras representavam as batalhas de Napoleão e as batalhas navais de Nelson; e no meio delas se via uma mão gigantesca, marrom e peluda, que poderia ser vista como a Mão do Destino, apesar de, na verdade, ser apenas a mão do apresentador com o dedo indicador apontando várias cenas do conflito, enquanto o proprietário dava as ilustrações históricas. Quando, com muita alegria, diante da sua deficiência de mérito, a apresentação foi concluída, o alemão pediu a Joe que pusesse o rosto na caixa. Visto através das lentes, o rosto rosado e redondo assumiu o aspecto mais estranho imaginável de uma imensa criança titânica, com a boca a abrir um grande sorriso, os olhos e todas as outras feições transbordando de alegria com a piada. Mas, de repente, aquele rosto alegre empalideceu e sua expressão se transformou em horror, pois o menino facilmente impressionável se assustou com o olho de Ethan Brand fixado sobre ele através da lente.

— O senhor dá medo ao pequeno homem, capitão — disse o alemão, levantando a silhueta escura e forte do rosto, antes abaixada. — Mas olhe novamente, e vou fazer o senhor ver algo admirável, palavra de honra!

Ethan Brand olhou por um instante o interior da caixa e depois, recuando, fitou o alemão. O que havia visto? Aparentemente nada, pois um jovem curioso que tinha olhado quase no mesmo instante só viu um espaço de lona vazio.

— Agora eu me lembro de você — murmurou Ethan Brand para o apresentador.

— Ah, capitão — sussurrou o judeu de Nuremberg com um sorriso triste —, descobri que esse Pecado Imperdoável é uma questão pesada na minha caixa! Por minha fé, capitão, carregá-la pela montanha exauriu meus ombros neste longo dia.

— Cale-se! — respondeu Ethan Brand, severo. — Ou entre naquela fornalha!

A apresentação do judeu mal tinha terminado quando um cachorro velho e grande, que parecia ser o próprio dono, já que ninguém no grupo reclamou a sua posse, decidiu que era hora de se fazer objeto de atenção pública. Até então ele se mostrara um cachorro muito calmo e bem-disposto, indo de um para outro e, por ser sociável, oferecendo a cabeçorra para um carinho de qualquer mão gentil que estivesse disposta a tanto trabalho. Mas agora, de repente, esse quadrúpede grave e venerável, por iniciativa própria, sem a menor sugestão de ninguém, começou a correr atrás do rabo, que, para aumentar o absurdo da cena, era muito mais curto do que devia. Nunca se vira tamanha ansiedade na busca de um objeto que não poderia jamais ser alcançado; nunca se ouviu tamanha explosão de rosnados, latidos e mordidas, como se uma ponta do corpo do ridículo animal fosse inimiga mortal e imperdoável da outra ponta. O vira-lata girava cada vez mais rápido, e mais rápido fugia a brevidade inalcançável da sua cauda; e cada vez mais altos e ferozes se tornavam a animosidade e os seus uivos de raiva; até que, completamente exausto e tão distante do seu objetivo como sempre estivera, o cachorro velho e idiota interrompeu a sua exibição, tão de repente como tinha começado. Logo depois voltou a ser tão manso, calmo, sensato e respeitável na sua postura como quando se apresentara ao grupo.

Como se poderia supor, a apresentação foi saudada com riso unânime, palmas e gritos de bis, e o cachorro respondeu agitando tudo que podia ser agitado da cauda; mas parecia completamente incapaz de repetir o esforço tão bem-sucedido de divertir os espectadores.

Enquanto isso, Ethan Brand tinha voltado para o tronco e, movido pela percepção de alguma analogia remota entre o próprio caso e o daquele vira-lata a perseguir a própria cauda, irrompeu numa risada terrível que, mais que qualquer outra simbologia, expressava as condições do seu ser interior. A partir daquele momento, acabou a alegria do grupo; estavam todos consternados, temendo ouvir aquele som funesto reverberando no horizonte, temendo que uma montanha o ribombasse para a seguinte e prolongasse o horror nos seus ouvidos. Então, murmurando uns para os outros que já era tarde, que a Lua já tinha quase sumido, que a noite de agosto estava esfriando, correram todos para casa, deixando o calcinador e o pequeno Joe tratarem como pudessem do convidado indesejado. Não fossem esses três seres humanos, o espaço aberto na encosta seria de solidão, engastada na vasta escuridão da floresta. Além do horizonte escuro, a luz do forno iluminava os troncos imponentes e a folhagem quase negra dos pinheiros, misturada com o verdor mais claro dos carvalhos, bordos e álamos novos, enquanto aqui e ali jaziam os cadáveres gigantescos de árvores decompondo-se no solo coberto de folhas. E pareceu ao pequeno Joe, um menino timorato e imaginativo, que a floresta silenciosa prendia a respiração até que alguma coisa terrível acontecesse.

Ethan Brand jogou mais lenha no fogo e fechou a porta do forno; então, olhando por sobre o ombro o calcinador e seu filho, mandou, em vez de aconselhar, que os dois fossem descansar.

— Quanto a mim — disse —, tenho problemas sobre os quais sou obrigado a meditar. Vou vigiar o fogo, como fazia nos velhos tempos.

"E suponho que vai chamar o demônio do forno para lhe fazer companhia", murmurou Bartram, que aumentava a amizade com a garrafa preta mencionada antes. "Mas pode vigiar, se quiser, e chame tantos demônios quantos queira! Quanto a mim, prefiro muito mais um bom sono."

— Venha, Joe!

Ao seguir o pai entrando na cabana, o menino olhou para trás, na direção do viajante, e lágrimas desceram dos seus olhos, pois o seu espírito jovem teve uma intuição da solidão terrível e fria em que aquele homem se tinha envolvido.

Depois que eles saíram, Ethan Brand sentou-se, ouvindo os estalos da lenha em chamas e olhando os pequenos espíritos do fogo que saíam pelas frestas da porta. Mas, essas ninharias, antes tão conhecidas, prenderam muito pouco a sua atenção, pois lá no fundo da mente repassava a mudança gradual, mas maravilhosa, que se fizera dentro dele por meio da busca a que se havia devotado. Lembrou-se de como o orvalho da noite tinha caído sobre ele, de como a floresta escura tinha sussurrado para ele, como as estrelas brilharam sobre ele, um homem simples e amoroso a observar o fogo nos anos passados, sempre cismando enquanto a lenha queimava. Lembrou-se da ternura, do amor e da simpatia pela humanidade, e da pena pela culpa e angústia humanas com que ele havia contemplado pela primeira vez aquelas ideias, que depois se tornaram a inspiração da sua vida; lembrou-se da reverência com que tinha olhado dentro do coração do homem, vendo-o como um templo originalmente divino e que, apesar de profanado, ainda merecia a consideração de sagrado por um irmão; lembrou-se do medo terrível com que havia pedido o insucesso da sua busca e orado para que o Pecado Imperdoável nunca lhe fosse revelado. Seguiu-se então aquele vasto desenvolvimento intelectual que, no seu progresso, perturbou o equilíbrio entre coração e mente. A Ideia que dominou a sua vida tinha operado como meio de educação; continuara a cultivar seus poderes ao ponto mais alto a que eles eram suscetíveis; ela o havia erguido do nível de um trabalhador iletrado até chegar ao de uma eminência entre as estrelas, aonde os filósofos da terra, carregados do conhecimento das universidades, poderiam tentar sem sucesso subir depois dele. Tudo para o intelecto! Mas onde ficava o coração? Este, de fato, tinha definhado, contraído, endurecido, perecido! Deixara de participar da pulsação universal. Havia perdido o controle da cadeia magnética da humanidade. Não era mais o homem-irmão, abrindo as câmaras ou as masmorras da nossa natureza humana com a chave da simpatia sagrada, que lhe dava o direito de participar de todos os seus segredos; agora era um observador frio, que via a humanidade como o objeto do seu experimento e, no final, convertia homem e mulher em seus títeres, puxando os fios que os fazia moverem-se conforme os graus de crime necessários ao seu estudo.

Assim, Ethan Brand se tornou um demônio. Começou a sê-lo a partir do momento em que a sua natureza moral deixou de manter o ritmo de melhoramento em paralelo com seu intelecto. E agora, como o seu maior esforço e inevitável desenvolvimento, como a flor linda e brilhante e a fruta rica e deliciosa do trabalho da sua vida, ele tinha produzido o Pecado Imperdoável!

"O que mais tenho a procurar? O que mais a realizar?", disse Ethan Brand para si mesmo. "A minha tarefa está terminada, e bem terminada!"

Partindo do tronco com certo entusiasmo nos passos, subindo o monte de terra que se erguia contra a circunferência da fornalha de calcinação, ele chegou ao topo da estrutura. Era um espaço de talvez três metros de diâmetro, de um lado a outro, apresentando uma vista da superfície superior da imensa massa de mármore quebrado com que se enchia o forno. Todos esses muitos blocos e fragmentos de mármore estavam vermelhos e incandescentes, enviando grandes jatos de chamas azuis que tremiam no alto e dançavam loucamente, como se estivessem dentro de um círculo mágico, e depois mergulhavam e voltavam a se erguer com atividade múltipla e contínua. Quando o homem solitário se curvou diante e acima desse terrível fogo corporificado, o calor explosivo se lançou contra ele com um sopro que o teria queimado e murchado num instante.

Ethan Brand ficou de pé e elevou os braços ao alto. As chamas azuis brincavam no seu rosto, e lhe davam a luz terrível e medonha que poderia ajustar-se à sua expressão; era um demônio a ponto de se lançar nesse abismo de intenso tormento.

— Ó, Mãe Terra — gritou ele —, que já não és mais minha Mãe e em cujo seio este corpo nunca será desintegrado! Ó, humanidade, cuja fraternidade eu lancei fora e pisoteei o teu grande coração! Ó, estrelas do céu, que há muito brilharam sobre mim, como se a me guiar para a frente e para o alto! Adeus a todos, para sempre. Venha, elemento mortal do Fogo, agora meu amigo familiar! Abraça-me como eu te abraço!

Naquela noite, o som de um ribombo assustador de riso rolou pesadamente no sono do calcinador e do seu filho pequeno; formas escuras de horror e angústia assombraram os sonhos de ambos, e pareciam ainda presentes na rude choupana quando abriram os olhos para o dia.

— Acorde, menino, acorde! — gritou o calcinador, olhando à sua volta. — Graças aos Céus, a noite afinal acabou; e em vez de passar outra noite como esta, vou vigiar o meu forno completamente acordado durante um ano. Esse Ethan Brand, com essa impostura de um Pecado Imperdoável, não me fez favor nenhum ao tomar o meu lugar!

Saiu da choupana seguido pelo pequeno Joe, que segurava com força a mão do pai. O Sol da manhã já derramava o seu ouro sobre as montanhas, e, apesar de ainda estarem na sombra, os vales sorriam alegres diante da promessa de um dia claro que se aproximava depressa. A aldeia, aprisionada pelos morros que se erguiam suavemente em torno dela, parecia ter descansado em paz no côncavo da grande mão da Providência. Todas as casas eram claramente visíveis; as pequenas torres das duas igrejas apontavam para o alto e recebiam o brilho prévio da luz do céu ensolarado no galo do seu topo. A taverna estava agitada, e a figura do velho agente ressecado na fumaça, charuto na boca, era vista sob a varanda. A velha montanha Gray Lock era glorificada com uma nuvem dourada sobre a cabeça. Da mesma forma, espalhadas sobre o peito das outras montanhas em volta, havia massas de névoa branca, em formas fantásticas, algumas delas já bem no fundo do vale, outras bem altas, perto do topo, e ainda outras da mesma família de névoa ou nuvem pairando na radiância dourada da atmosfera superior. Quase parecia que um homem mortal poderia ascender às regiões celestiais passando de uma para outra das nuvens que descansavam sobre as montanhas, e delas para a irmandade superior que navegava no ar. A terra estava tão ligada ao céu que era um sonho olhar para ela.

Para completar aquele encanto do familiar e do caseiro que a natureza adota tão imediatamente numa cena como aquela, a diligência descia a estrada da montanha com estrépito, e o cocheiro fez soar a buzina, enquanto o eco capturava as notas e as interligava numa harmonia rica, variada e elaborada, de que o executante original só podia reivindicar uma pequena parte. As grandes montanhas executavam um concerto, cada uma contribuindo com uma melodia de doçura no ar.

O rosto do pequeno Joe de repente se iluminou.

— Papai querido — gritou ele, saltando alegremente para a frente e para trás —, aquele homem estranho foi embora, o céu e as montanhas parecem todos alegres por isso!

— É verdade — respondeu o calcinador com uma imprecação —, mas ele deixou o fogo baixar, e se quinhentas barricas de cal não se perderem não há de ser graças a ele. Se eu encontrar o sujeito por aqui outra vez, vou ter vontade de jogá-lo numa fornalha!

Levando na mão o longo bastão, ele subiu ao topo do forno. Depois de uma pausa, chamou o filho.

— Venha cá, Joe!

O pequeno Joe subiu correndo pela terra acumulada e parou ao lado do pai. Todo o mármore estava queimado, numa cal perfeita e branca. Mas, na superfície, no meio do círculo, também branco como a neve e completamente convertido em cal, um esqueleto humano, na atitude de uma pessoa que, depois de uma longa labuta, se deitou para um longo repouso. Entre as costelas, estranho dizer, se via a forma de um coração humano.

— O coração do sujeito era feito de mármore? — exclamou Bartram, perplexo diante do fenômeno. — De qualquer forma, ele está queimado no que parece uma cal especialmente boa; e, juntando todos os ossos, meu forno está meia barrica mais rico por causa dele.

Assim dizendo, o rude calcinador ergueu o seu bastão e, ao deixá-lo cair sobre o esqueleto, os restos de Ethan Brand se quebraram em lascas.

A COR DO ESPAÇO DISTANTE

Tradução:
Paulo Cezar Castanheira

H. P. Lovecraft

A oeste de Arkham[1] as colinas sobem agrestes, e há vales com florestas fechadas que nenhum machado cortou. Existem vales escuros e estreitos, onde as árvores se inclinam de uma forma fantástica e onde pequenos regatos correm sem nunca terem recebido sequer o lampejo de um raio de Sol. Nas encostas suaves há fazendas, antigas e pedregosas, com chalés baixos cobertos de musgo meditando eternamente os segredos da Nova Inglaterra sob o abrigo de grandes rochedos; mas, agora, estão todos vazios, as largas chaminés desmoronando e as paredes laterais revestidas abaulando perigosamente sob os tetos *gambrel*.[2]

As pessoas do passado se foram, e estrangeiros não gostam de viver lá. Franco-canadenses tentaram, italianos tentaram e os poloneses chegaram e partiram. Não por causa de alguma coisa que se veja, ou ouça, ou se possa manusear, mas por causa de alguma coisa imaginada. O lugar não é bom para a imaginação e não traz sonhos repousantes à noite. Deve ser isso o que mantém os estrangeiros a distância, pois o velho Ammi Pierce nunca lhes contou nenhuma lembrança dos dias estranhos. Ammi, cuja cabeça foi um tanto excêntrica durante anos, é o único que ainda permanece, ou que fala dos dias passados; e ele tem coragem para tanto porque a sua casa é muito próxima do campo aberto e das estradas movimentadas em torno de Arkham.

---

[1] Nome de uma cidade fictícia do estado de Massachusetts, nos EUA, usada pelo autor em diversos textos.
[2] Tipo de telhado de duas águas de base com duas inclinações de cada lado, muito usado para construções agrícolas, como o celeiro americano.

Antes, houve uma estrada que corria sobre as colinas e atravessava os vales, passando exatamente onde é hoje a charneca; mas as pessoas deixaram de usá-la e a nova estrada foi aberta bem mais ao sul. Vestígios da antiga ainda podem ser encontrados no meio das ervas daninhas daquele lugar deserto, e alguns deles vão permanecer mesmo depois de muitas das depressões serem inundadas pelo novo reservatório. Então as florestas escuras serão derrubadas e a charneca se estenderá até bem abaixo das águas azuis, cuja superfície vai refletir o céu e ondular sob o Sol. E os segredos dos dias estranhos se juntarão aos segredos das profundezas; e se juntarão ao conhecimento do velho oceano, e a todo o mistério da terra primal.

Quando percorri as colinas e os vales executando o levantamento topográfico para o novo reservatório, me disseram que o lugar era diabólico. Foi o que me disseram em Arkham, e como ela é uma cidade muito antiga, cheia de lendas de feiticeiras, pensei que o mal estivesse ligado a algo que durante séculos as vovós contaram às crianças. O nome "charneca maldita" me pareceu muito estranho e teatral, e me perguntei como ele havia entrado no folclore de um povo puritano. Então vi por mim mesmo aquele sombrio entrelaçamento de vales e encostas a oeste, e nada que não o seu próprio mistério ancestral passou a me espantar. Eu a vi pela manhã, mas as sombras sempre pairam ali. As árvores cresciam muito fechadas, os troncos eram grandes demais para qualquer floresta da Nova Inglaterra. Havia um enorme silêncio nas trilhas escuras entre elas, e o terreno era muito macio, com o musgo e os tapetes úmidos de anos infinitos de decomposição.

Nos espaços abertos, principalmente ao longo da estrada velha, havia poucas fazendas nas encostas; às vezes com todos os edifícios de pé, às vezes com apenas um ou dois, e às vezes com uma chaminé solitária ou um celeiro. Ervas e arbustos daninhos reinavam, e coisas furtivas se arrastavam sob a vegetação. Acima de tudo isso pairava uma névoa agitada e opressiva; um toque de irreal e grotesco, como se algum elemento vital de perspectiva ou *chiaroscuro* estivesse torto. Não me espantou que os estrangeiros não quisessem ficar, pois essa não era uma região onde se pudesse dormir. Parecida demais com uma paisagem de Salvator Rosa;[3] parecida demais com alguma xilogravura proibida de um conto de terror.

Mas nem mesmo isso era tão ruim quanto a maldita charneca. Eu o soube no momento em que cheguei a ela, no fundo de um vale espaçoso; pois nenhum outro nome se ajustaria tão bem àquilo, e nada se ajustaria tão bem àquele nome. Era como se um poeta tivesse inventado a frase por ter visto exatamente aquela região. Ao vê-la, pensei que devia ser o resultado de um incêndio; mas por que nada de novo se havia desenvolvido naqueles vinte mil metros quadrados de desolação cinzenta que se espalhava, aberta para o céu como um lugar corroído por ácido nas florestas e campos? Espalhava-se principalmente ao norte da estrada antiga, mas ocupava um pouco do outro lado. Senti uma estranha relutância ao me aproximar, e finalmente cheguei, mas apenas porque o meu trabalho me obrigou a atravessá-la e deixá-la para trás. Não havia nenhuma vegetação, de qualquer espécie, naquela ampla extensão, mas somente uma poeira ou cinza fina que nenhum vento parecia mover. As árvores próximas eram doentias e atrofiadas, e muitos troncos mortos se erguiam ou jaziam em decomposição na margem. Ao caminhar apressado por ali, vi à minha direita tijolos e pedras caídos de uma velha chaminé e de um celeiro, e a boca negra escancarada de um poço abandonado, cujos vapores estagnantes executavam truques estranhos com as nuanças da luz do Sol. Mesmo a longa subida na floresta escura à frente me pareceu agradável, por comparação, e deixei de me espantar com os murmúrios assustados do povo de Arkham.

---

[3] Salvator Rosa (1615–1673) foi um pintor, poeta e músico italiano, pertencente à escola Barroca.

Nunca houvera casa ou ruína nas proximidades; mesmo nos dias antigos, o lugar devia ter sido solitário e remoto. E, ao crepúsculo, temeroso de passar novamente por aquele lugar assustador, tomei outro caminho de volta à cidade, pela curiosa estrada ao sul. Tive um vago desejo de que algumas nuvens se juntassem, pois uma estranha timidez diante dos profundos vazios no céu acima havia tomado conta da minha alma.

À noite, perguntei aos velhos de Arkham sobre a charneca maldita, e o que significava a expressão "dias estranhos" evasivamente murmurada por tantas pessoas. Mas não obtive boas respostas, a não ser que o mistério era muito mais recente do que eu pensava. Não era uma questão de velhas lendas, mas alguma coisa ocorrida durante a vida das pessoas que falavam. Acontecera durante os "oitenta", e uma família havia desaparecido ou sido morta. Quem contava nunca era exato; e, como todos me diziam para não dar atenção às histórias loucas do velho Ammi Pierce, eu o procurei na manhã seguinte, depois de saber que ele vivia sozinho num velho chalé instável, onde as árvores começam a se tornar bem grossas. Era um lugar assustadoramente antigo, e já tinha começado a exalar o leve odor miasmático que adere às casas que permanecem de pé por muito tempo. Só depois de bater com muita insistência consegui acordar o velho, e, quando ele veio arrastando timidamente os pés até a porta, percebi que não estava feliz por me ver. Não era tão frágil como eu esperava; mas tinha os olhos abaixados de uma forma curiosa, e as suas roupas malcuidadas e barba branca o faziam parecer muito abatido e triste.

Sem saber como lançá-lo nas suas histórias, fingi um assunto de trabalho; falei a ele do meu levantamento e fiz perguntas vagas sobre o distrito. Ele era muito mais vivo e culto do que eu fora levado a acreditar, e antes que me desse conta, já estava entendendo tanto sobre o assunto quanto qualquer pessoa com quem eu tivesse conversado em Arkham. Ele não era igual aos outros caipiras que eu tinha conhecido nas áreas onde deveria haver um novo reservatório. Dele não vieram protestos pelas velhas florestas e terras de cultivo que seriam perdidas, embora talvez viessem se a sua casa não estivesse fora dos limites do futuro lago. Alívio era tudo que ele demonstrava; alívio diante da destruição dos antigos vales que havia percorrido durante toda a vida. Estariam melhor agora, sob a água, melhor sob a água desde os dias estranhos. E, com essa abertura, a sua voz rouca baixou enquanto o seu corpo se inclinava para a frente, e o seu indicador direito começou a apontar de forma trêmula e impressionante.

Foi então que ouvi a história, e enquanto a voz desconexa murmurava, rouca, tremi repetidamente, apesar do dia de verão. Muitas vezes tive de arrancar o narrador dos seus devaneios, separar pontos científicos que ele sabia apenas por uma lembrança de papagaio meio apagada da fala de algum professor, ou preencher as lacunas onde o seu senso de lógica e continuidade se rompia. Quando terminou, não me espantei por sua memória ter falhado um pouco, ou o povo de Arkham não gostar de falar muito sobre a charneca maldita. Voltei correndo para o meu hotel, antes do pôr do Sol, pois não queria ver as estrelas nascerem sobre mim em campo aberto; e no dia seguinte retornei a Boston, para me demitir do meu emprego. Não me sentia capaz de retornar àquele caos obscuro de velhas florestas e encostas, ou de voltar a enfrentar a maldita charneca cinzenta, onde um poço negro escancarava a boca ao lado de tijolos e pedras desmoronados. Agora o reservatório logo vai ser construído, e todos aqueles velhos segredos estarão seguros sob muitos metros de água. Mas nem mesmo assim eu gostaria de visitar a região à noite, pelo menos não sob as estrelas; e nada me convenceria a beber a nova água da cidade de Arkham.

Tudo tinha começado, disse o velho Ammi, com o meteorito. Antes dele, desde os julgamentos das bruxas, nunca houvera lendas loucas e, mesmo então, aquelas florestas a oeste não provocavam nem a metade do medo da pequena ilha no Miskatonic, onde o demônio tinha o seu tribunal ao lado de um altar solitário mais antigo que os índios. Não havia florestas assombradas, e a sua escuridão fantástica nunca foi terrível antes dos dias estranhos. Então chegou aquela nuvem branca ao meio-dia, aquela fileira de explosões no ar, e o pilar de fumaça do vale, bem longe na floresta. E, à noite, toda Arkham ficou sabendo da grande rocha que caiu do céu e se enterrou no chão, ao lado do poço na fazenda de Nahum Gardner. Era a casa que ficava onde depois estaria a charneca maldita; a bela casa branca de Nahum Gardner, entre jardins e pomares férteis.

Nahum havia ido à cidade para avisar ao povo sobre a pedra, e no caminho parou na casa de Ammi Pierce. Ammi tinha então quarenta anos, e todas as coisas estranhas se fixavam com força na sua mente. Ele e a mulher foram até lá com os três professores da Universidade Miskatonic, que na manhã seguinte correram a ver o estranho visitante vindo de algum espaço estelar desconhecido. Perguntavam-se por que no dia anterior Nahum havia dito que a pedra era muito grande. Tinha encolhido, disse Nahum, indicando o monte marrom sobre a terra rasgada e o capim queimado, próximo ao poço arcaico na frente do seu jardim; mas os homens sábios responderam que pedras não encolhem. O seu calor se prolongou persistentemente, e Nahum declarou que ela havia emitido um brilho fraco à noite. Os professores testaram com um martelo de geólogo e descobriram que, estranhamente, ela era macia. Na verdade, era tão macia que quase parecia plástico; eles então cortaram uma amostra com uma goiva — em vez de lascar com uma talhadeira — para levar à universidade e fazer testes. Usaram um balde velho da cozinha de Nahum, pois até mesmo aquele pequeno pedaço se recusava a esfriar. Na viagem de volta, pararam na casa de Ammi para descansar e ficaram preocupados quando a Sra. Pierce observou que o fragmento se tornava cada vez menor e estava queimando o fundo do balde. Na verdade, não era grande, mas talvez eles tivessem extraído menos do que pensavam.

No dia seguinte — tudo isso aconteceu em junho de 1882 —, os professores partiram novamente, em grande excitação. Ao passarem pela casa de Ammi, contaram a ele as coisas estranhas que ocorreram com a amostra, como ela desaparecera completamente quando a colocaram em uma proveta de vidro. A proveta também havia desaparecido, e os sábios falaram da estranha afinidade da pedra pela sílica. Ela havia agido de forma quase inacreditável naquele laboratório bem-ordenado; não reagia e não mostrava gases oclusos ao ser aquecida no carvão, era completamente negativa no bórax e depois se mostrou não volátil em qualquer temperatura, inclusive na da chama do maçarico de oxi-hidrogênio. Sobre uma bigorna, ela se revelou bastante maleável, e no escuro a sua luminosidade era muito marcante. Recusou-se teimosamente a ficar fria, e logo a universidade ficou realmente empolgada. Ao ser aquecida diante do espectroscópio, expôs faixas brilhantes diferentes de todas as cores conhecidas do espectro normal, assim houve muitas conversas agitadas sobre novos elementos, bizarras propriedades óticas e outras coisas que os homens de ciência perplexos costumam dizer quando se veem diante do desconhecido.

Como ela era muito quente, testaram-na num cadinho com todos os reagentes adequados. Água não resultou em nada. O mesmo com ácido clorídrico. Ácido nítrico e até mesmo *aqua regia* simplesmente chiaram e esguicharam contra a sua tórrida invulnerabilidade. Ammi teve dificuldade em lembrar todas essas coisas, mas reconheceu alguns dos solventes quando os mencionei na ordem comum de uso. Amônia, soda cáustica, álcool e éter, o nauseabundo dissulfeto de carbono e muitos outros; mas, apesar de o peso diminuir de forma contínua com o tempo, e o fragmento parecer esfriar lentamente, não houve mudança nos solventes que provasse ataque à substância.

Porém, sem dúvida, tratava-se de um metal. Em primeiro lugar, era magnético; e depois da imersão em solventes ácidos parecia haver traços dos padrões de Widmanstäten encontrados em ferro meteórico. Quando o resfriamento se tornou considerável, os testes foram conduzidos em vidro; e foi numa proveta de vidro que os professores deixaram todos os fragmentos tirados durante os trabalhos da amostra original. Na manhã seguinte, fragmentos e proveta haviam desaparecido sem deixar vestígios, e somente uma área queimada marcava o lugar na prateleira de madeira onde tinham sido deixados.

Os professores disseram tudo isso a Ammi quando pararam à sua porta, e mais uma vez ele os acompanhou para ver o mensageiro pétreo das estrelas, embora dessa vez sua mulher não fosse junto. O meteorito com certeza havia diminuído, e mesmo os sóbrios professores não podiam duvidar da verdade do que viam. Em volta da massa marrom que encolhia perto do poço havia um espaço vago, exceto onde a terra afundara; apesar de no dia anterior a pedra ter dois metros, agora mal tinha um metro e meio. Ainda estava quente, e os sábios estudaram a sua superfície com curiosidade ao tirar outro pedaço maior, com martelo e talhadeira. Dessa vez cortaram profundamente e, quando afastaram a massa menor, viram que o núcleo da coisa não era homogêneo.

Expuseram o que parecia ser o lado de um grande glóbulo colorido embutido na substância. Era quase impossível descrever a cor, que lembrava uma das faixas do estranho espectro do meteoro; só por analogia eles a chamaram de cor. De textura brilhante, ao ser batido de leve pareceu quebradiço e oco. Um dos professores bateu com força com um martelo e ele se abriu com um estalo nervoso. Nada foi emitido, e todo traço da coisa desapareceu com a perfuração, deixando um espaço esférico oco de cerca de setenta e cinco milímetros de diâmetro; todos pensaram ser provável que outros seriam descobertos à medida que a substância externa desaparecesse.

Inútil conjecturar. Assim, após uma tentativa fútil de perfurar para encontrar outros glóbulos, os pesquisadores partiram novamente com o novo espécime, que no laboratório se mostrou tão desconcertante quanto o seu predecessor. Além de ser quase plástico, ter calor, magnetismo, uma leve luminosidade, esfriar levemente sob ácidos fortes, possuir um espectro desconhecido, desaparecer no ar e atacar compostos de sílica, resultando em destruição mútua, não apresentava nenhuma característica identificadora; e, ao final dos testes, os cientistas da universidade foram forçados a reconhecer que não eram capazes de classificá-lo. Não tinha nada do planeta, mas um pedaço do grande espaço exterior; e, como tal, dotado de propriedades externas e obediente a leis externas.

Naquela noite houve uma tempestade, e no dia seguinte, quando os professores saíram da casa de Nahum, tiveram mais um triste desapontamento. A pedra, apesar de magnética, devia ter alguma propriedade elétrica peculiar; pois, como disse Nahum, ela havia "atraído raios" com uma persistência singular. Seis vezes no espaço de uma hora o fazendeiro viu um raio atingir o sulco no jardim da frente, e quando a tempestade chegou ao fim não sobrava nada, a não ser um buraco afogado em terra desbarrancada, ao lado do velho poço. As escavações não deram frutos, e os cientistas confirmaram o fato do completo desaparecimento. O fracasso era total, e, assim sendo, não havia mais nada a fazer senão voltar para o laboratório e testar outra vez o fragmento evanescente guardado com cuidado em chumbo. Aquele fragmento tinha durado uma semana, no fim da qual nada de valor fora aprendido sobre ele. Ao terminar, não sobrou nenhum resíduo, e com o tempo os professores já não tinham tanta certeza de que realmente haviam visto com olhos alertas aquele vestígio oculto dos abismos espaciais; aquela única, estranha mensagem de outros universos e outros reinos da matéria, força e existência.

Como era natural, os jornais de Arkham exploraram o incidente com patrocínio universitário, e enviaram repórteres para entrevistar Nahum Gardner e sua família. Pelo menos um diário de Boston também enviou um escritor, e Nahum se tornou rapidamente uma espécie de celebridade local. Era um homem magro e amável, de mais ou menos cinquenta anos, que vivia com a mulher e três filhos na casa simpática da fazenda, no vale. Ele e Ammi, bem como as suas mulheres, se visitavam com frequência; depois de todos aqueles anos, Ammi só tinha para ele palavras elogiosas. Nas semanas seguintes, ele parecia levemente orgulhoso pela atenção que sua fazenda atraía, e sempre falava do meteorito. Os meses de julho e agosto seguintes foram quentes; Nahum trabalhou duro na colheita de feno no seu pasto, do outro lado do regato Chapman; o seu carro barulhento cortava fundos sulcos nas faixas sombreadas. O trabalho o cansava mais que nos outros anos, e ele sentia que a idade começava a pesar.

Chegou então o tempo das frutas e da colheita. Peras e maçãs amadureciam devagar, e Nahum jurou que os seus pomares prosperavam como nunca antes. As frutas cresciam até alcançar um tamanho fenomenal e um brilho raro, e com tal abundância que ele teve de comprar barricas extras para guardar a colheita futura. Mas, com o amadurecimento veio o amargo desapontamento, pois toda aquela linda produção tinha doçura ilusória, nem um único item era bom para comer. No sabor delicioso das peras e maçãs surgiu um amargor secreto e nauseante, de forma que mesmo uma leve mordidela induzia uma aversão duradoura. O mesmo se deu com os melões e tomates, e Nahum viu, amargurado, que toda a sua colheita estava perdida. Ligando rapidamente os acontecimentos, declarou que o meteorito tinha envenenado o solo, e agradeceu aos céus o fato de a maior parte das outras culturas estar num terreno mais alto, junto da estrada.

O inverno chegou cedo, e foi muito frio. Ammi via Nahum cada vez mais raramente, e observou que ele começava a parecer preocupado. O restante da sua família também parecia mais taciturno; as idas à igreja ou a vários eventos sociais da região ficaram mais esparsas. Ninguém encontrou causa para essa reserva ou melancolia, embora todos na família confessassem vez por outra uma saúde mais debilitada ou uma sensação de vaga inquietude. O próprio Nahum deu a declaração mais definitiva quando disse que se sentia perturbado por algumas pegadas na neve. Eram as pegadas normais de esquilos vermelhos, coelhos brancos e raposas, mas o fazendeiro, pensativo, afirmou duvidar disso, não estava muito certo quanto à natureza das pegadas e sua disposição na neve. Ele nunca foi mais específico, mas parecia pensar que elas não eram tão características da anatomia e hábitos conhecidos de esquilos, coelhos e raposas. Ammi ouvia sem interesse essa conversa, até uma noite em que algo cruzou com o seu trenó diante da casa de Nahum, quando voltava de Clark's Corners. A Lua apareceu mais cedo, um coelho cruzou a estrada e os saltos daquele animal eram mais longos do que gostariam Ammi ou o seu cavalo. Este último, na realidade, quase fugiu correndo e precisou ser contido por uma rédea firme. Desde então Ammi teve mais respeito pelas histórias de Nahum, e se perguntou por que os cachorros de Gardner pareciam tão medrosos e trêmulos toda manhã, sem a menor vontade de latir.

Em fevereiro, os garotos McGregor, de Meadow Hill, saíram para caçar marmotas, e não muito longe da fazenda de Gardner recolheram um espécime muito peculiar. As proporções do corpo pareciam levemente alteradas, de uma forma estranha, impossível de descrever, ao passo que a cara tinha uma expressão que ninguém jamais havia visto numa marmota. Os garotos ficaram muito assustados e logo jogaram a coisa fora, e assim só seus relatos grotescos chegaram às pessoas da região. Mas os cavalos assustados perto da casa de Nahum já eram coisa bastante conhecida, e o ponto inicial de um ciclo de lendas murmuradas estava rapidamente assumindo forma.

As pessoas juravam que a neve derretia mais depressa perto da fazenda de Nahum do que em qualquer outro lugar, e no início de março houve uma discussão assustada no armazém de Potter, em Clark's Corners. Stephen Rice passou pela casa de Gardner pela manhã e observou copos-de-leite brotando da lama na margem da floresta, do outro lado da estrada. Nunca antes se viram coisas daquele tamanho, com cores tão estranhas que não caberiam em palavras. As suas formas eram monstruosas, e o cavalo bufou devido a um cheiro que pareceu a Stephen completamente sem precedentes. Naquela tarde várias pessoas passaram por ali para ver as plantas anormais, e todos concordaram que coisas como aquelas nunca deveriam brotar num mundo saudável. As frutas ruins do outono anterior foram livremente mencionadas, e circulou de boca em boca que havia veneno na terra de Nahum. Claro, foi o meteorito; e, lembrando-se do quanto os homens da universidade tinham achado estranha aquela pedra, vários fazendeiros falaram a eles sobre o veneno.

Um dia eles fizeram uma visita a Nahum; mas, por não gostar de histórias fantásticas, foram muito conservadores nas suas inferências. As plantas eram certamente diferentes, mas os copos-de-leite são um tanto estranhos na forma e cor. Talvez algum elemento mineral da pedra tenha penetrado no solo, mas logo seria lavado. E quanto às pegadas e aos cavalos assustados, claro que eram apenas conversa de caipira, certamente iniciada pelo meteorito. Na verdade, não havia nada que homens sérios pudessem fazer em casos de fofoca descontrolada, pois caipiras supersticiosos dizem e acreditam em qualquer coisa. E, assim, durante todos os dias estranhos os professores se mantiveram afastados, com desprezo. Apenas um deles, mais de um ano e meio depois, ao receber dois frascos de poeira para análise num caso policial, lembrou-se de que a cor estranha dos copos-de-leite era muito parecida com uma das faixas anômalas de luz exibida pelo fragmento de meteoro no espectroscópio, igual ao frágil glóbulo encontrado dentro da pedra caída do espaço infinito. De início, as amostras na análise desse caso emitiram as mesmas faixas estranhas, embora mais tarde elas tenham perdido essa propriedade.

As árvores floresciam prematuramente na fazenda de Nahum, e à noite elas balançavam ominosamente ao vento. O segundo filho de Nahum, Thaddeus, um rapaz de quinze anos, jurava que elas também balançavam quando não havia vento; mas a isso nem mesmo os rumores davam crédito. Porém, com certeza havia agitação no ar. Toda a família Gardner desenvolveu o hábito de não falar das coisas que ouvia, sons aos quais não poderia dar nome de maneira consciente. Ouvir era, de fato, mais um produto dos momentos em que a consciência parecia quase fugir. Infelizmente esses momentos aumentavam a cada semana, até tornar conhecimento comum que "havia alguma coisa errada com a família de Nahum". Quando brotaram, as primeiras saxífragas tinham outra cor estranha; não igual, mas claramente aparentada à dos copos-de-leite e também desconhecida de qualquer um que as visse. Nahum levou alguns brotos a Arkham e os mostrou ao editor do *Gazette*, mas aquele dignitário se limitou a escrever sobre eles um artigo cômico, em que os receios dos caipiras eram expostos a um educado ridículo. Nahum errou ao contar ao insensível homem da cidade como as gigantescas borboletas manto-de-luto se comportavam em relação àquelas saxífragas.

Abril trouxe uma espécie de loucura para o povo da região, a estrada que passava pela casa de Nahum caiu em desuso, até ser finalmente abandonada. Era a vegetação. Todas as árvores do pomar floresciam em cores estranhas, e através do solo pedregoso do jardim e da pastagem adjacente surgiu uma planta bizarra, que somente um botânico seria capaz de associar à flora da região. Não se via nenhuma cor saudável, com exceção do capim e das folhagens verdes; mas por toda parte se viam aquelas variantes prismáticas de algum tom primário subjacente, doentio, sem lugar entre as cores conhecidas do planeta Terra. As "culatras de holandês" tornaram-se uma ameaça sinistra, e as raízes cresciam insolentes, na sua perversão cromática. Ammi e os Gardners pensaram que grande parte daquelas cores tinha uma espécie de familiaridade perturbadora, e decidiram que elas lembravam o glóbulo quebradiço no meteoro. Nahum arou e semeou os quarenta mil metros quadrados de pasto e o terreno do alto, mas não fez nada na terra em volta da casa. Sabia que não valeria a pena, e esperou que as estranhas germinações do verão retirassem todo o veneno do solo. Agora estava preparado para praticamente tudo, acostumara-se à sensação de algo ao seu lado prestes a emitir um ruído. A marginalização da sua casa pelos vizinhos afetou-o, claro; mas afetou ainda mais a sua mulher. Os meninos não sofreram tanto, pois passavam o dia na escola; mas não conseguiam evitar o medo dos boatos. Thaddeus, um garoto especialmente sensível, foi quem sofreu mais.

Em maio chegaram os insetos, e a casa de Nahum se transformou num pesadelo de zumbidos e rastejamentos. Muitos bichos não eram comuns no aspecto e nos movimentos, e os seus hábitos noturnos contradiziam toda a experiência anterior. A família começou a vigiar durante a noite, vigiar em todas as direções aleatoriamente, à procura de alguma coisa, não sabia o quê. Foi então que eles souberam que Thaddeus estava certo quanto às árvores. A Sra. Gardner foi a próxima a vê-las da sua janela, quando observava os galhos inchados de um bordo contra o céu enluarado. Os galhos sem dúvida se moviam, e não havia vento. Devia ser a seiva. O estranhamento tinha entrado em tudo que crescia. Mas a descoberta seguinte não foi feita por ninguém da família Gardner, pois a familiaridade os havia embotado. O que eles já não viam foi visto por um tímido vendedor de moinhos de vento de Bolton que, desconhecedor das lendas da região, passou por ali certa noite. O que ele contou em Arkham mereceu um parágrafo curto no *Gazette*; foi lá que todos os fazendeiros, inclusive Nahum, o viram pela primeira vez. A noite era escura e as lâmpadas da charrete eram fracas, mas nas proximidades de uma fazenda no vale que, todos entenderam pelo relato, devia ser a propriedade de Nahum, a escuridão não era tão densa. Uma luminosidade fraca, mas distinta, parecia unir toda a vegetação — capim, folhas e flores —, e em certo instante um elemento separado de fosforescência se moveu furtivamente no terreno próximo ao celeiro.

Até então o capim parecera intocado e as vacas pastavam livremente no terreno perto da casa, mas já no final de maio o leite começou a ficar ruim. Então Nahum levou as vacas para as terras altas e o problema acabou. Pouco tempo depois, a mudança no capim e nas folhas se tornou evidente aos olhos: toda a verdura se tornava cinzenta e desenvolvia uma qualidade singular de fragilidade. Ammi era então a única pessoa que ainda visitava o lugar, e as suas visitas se tornavam cada vez mais espaçadas. Quando terminaram as aulas, os Gardners se viram totalmente isolados do mundo, e por vezes permitiam que Ammi resolvesse coisas para eles na cidade. Curiosamente, enfraqueciam física e mentalmente, e ninguém se surpreendeu quando circulou a notícia da loucura da Sra. Gardner.

Aconteceu em junho, mais ou menos na data do aniversário da queda do meteoro, e a pobre mulher gritou por causa de certas coisas no ar que ela não conseguia descrever. Nos seus desvarios, não havia um único substantivo específico, apenas verbos e pronomes. As coisas se moviam, se alteravam e esvoaçavam, e os ouvidos reagiam a impulsos que não eram realmente sons. Alguma coisa lhe estava sendo tomada, ela estava sendo drenada de alguma coisa, e alguma coisa se prendia a ela que não devia prender-se, alguém tinha de afastá-la, nada ficava imóvel à noite, as paredes e janelas se moviam. Nahum não a mandou para o asilo do condado; deixou-a andar pela casa enquanto ela não fizesse mal a si própria ou aos outros. Mesmo quando a sua expressão mudou, ele não fez nada. Mas quando os filhos passaram a ter medo dela e Thaddeus quase desmaiou diante das caretas que ela lhe fazia, ele decidiu mantê-la trancada no sótão. Em julho ela já não falava, rastejava de quatro e, antes do fim daquele mês, Nahum teve a ideia louca de que ela parecia levemente luminosa no escuro, como agora lhe parecia ser o caso da vegetação próxima.

Um pouco antes de tudo isso os cavalos debandaram. Algo os tinha assustado durante a noite, e os relinchos e coices nas baias foram terríveis. Parecia não haver nada que os acalmasse, e quando Nahum abriu a porta do estábulo eles todos saltaram para fora, como veados assustados. Foi necessária uma semana para encontrar os quatro, e quando foram encontrados estavam inúteis e intratáveis. Alguma coisa se havia rompido nos seus cérebros, e todos tiveram de ser sacrificados a tiros. Nahum tomou um cavalo emprestado de Ammi para fazer feno, mas o animal se recusou a se aproximar do celeiro. Recuava, empacava, relinchava e, no fim, não fez nada além de levá-lo para o pátio, enquanto os homens usavam sua força para levar a pesada carroça suficientemente perto do celeiro para trabalhar com o forcado. E durante todo esse tempo a vegetação se tornava cinzenta e quebradiça; até as flores, antes de cores tão estranhas, agora ficavam cinzentas, e as frutas nasciam cinzentas, deformadas e sem gosto. Ásteres e arnicas floresciam cinzentas e distorcidas, e as rosas, zínias e malvas-rosa no jardim tinham uma aparência tão blasfema que o filho mais velho de Nahum as arrancou com a enxada. Os insetos estranhamente inchados morreram por essa época, e até as abelhas deixaram as suas colmeias e fugiram para a floresta.

Por volta de setembro toda a vegetação se desmanchava num pó cinzento, e Nahum temia que as árvores morressem antes que o veneno fosse lavado do solo. A sua mulher agora tinha acessos de gritos horríveis, ele e os filhos viviam em constante estado de tensão nervosa. Agora eram eles que evitavam as pessoas, e, quando a escola reabriu, os rapazes não compareceram. Mas foi Ammi, numa das suas raras visitas, que percebeu que a água do poço já não era boa. Tinha um gosto horrível, que não era exatamente fétido nem exatamente salobro, e ele aconselhou o amigo a cavar outro poço nas terras altas, para ser usado enquanto o solo não voltasse a ser bom. Mas Nahum ignorou o conselho, pois já estava insensível para as coisas estranhas e desagradáveis. Ele e os filhos continuaram a usar a água estragada tão descuidada e mecanicamente como comiam suas refeições pobres e mal cozidas, e executavam as suas tarefas ingratas e monótonas ao longo dos dias sem propósito. Havia neles uma resignação impassível, como se caminhassem em outro mundo, entre linhas de guardas sem nome, até o destino certo e conhecido.

Thaddeus enlouqueceu em setembro, depois de uma visita ao poço. Tinha ido com um balde e voltou de mãos vazias, gritando e agitando os braços, caindo às vezes num riso nervoso ou num cochicho a respeito do "movimento das cores lá embaixo". Dois casos numa única família já era ruim demais, porém Nahum manteve a coragem. Deixou o filho correr louco durante uma semana, até começar a tropeçar e se machucar; então trancou-o num quarto no sótão, na frente do quarto da sua mãe. A maneira como gritavam um com o outro de trás das portas trancadas era terrível, em especial para o pequeno Merwin, para quem eles conversavam numa língua terrível, que não era desta terra. Merwin estava ficando assustadoramente imaginativo, e sua agitação piorou depois que o seu irmão, o amigo preferido, foi trancado no sótão.

Quase ao mesmo tempo, começou a mortandade entre os animais. As galinhas se tornavam cinzentas e morriam depressa, com a carne muito seca e ruidosa ao corte. Os porcos engordavam muito além do comum e depois passavam por mudanças repugnantes, que ninguém conseguia explicar. A carne era evidentemente inútil, e Nahum não sabia mais o que fazer. Nenhum veterinário rural ousava aproximar-se da sua fazenda, e os veterinários da cidade de Arkham estavam perplexos. Os suínos começaram a se tornar cinzentos e frágeis e cair aos pedaços antes de morrerem, e os seus olhos e focinhos desenvolveram alterações singulares. Era tudo muito inexplicável, pois eles nunca tinham sido alimentados com a vegetação corrompida. Então alguma coisa atacou as vacas. Certas áreas, às vezes todo o corpo, se tornavam secas ou comprimidas, e eram comuns colapsos atrozes ou desintegrações. Nos estágios finais, e o resultado era sempre a morte, haveria passagem ao cinzento e à fragilização, como acontecia aos porcos. Não se tratava de envenenamento, pois todos os casos ocorriam num estábulo fechado e sem perturbações. Nenhuma mordida de animais ambulantes poderia ter trazido o vírus, pois qual animal da terra pode passar através de obstáculos maciços? Só podia ser uma doença natural, mas que doença poderia provocar tais resultados estava além da capacidade de entendimento de todos. Quando chegou a colheita, não havia animal sobrevivente no lugar, pois gado e aves estavam mortos e os cachorros tinham fugido. Os cachorros, três no total, desapareceram todos uma noite, e nunca mais se soube deles. Os gatos já tinham fugido algum tempo antes, mas a sua fuga quase não foi notada, pois agora não parecia haver mais ratos, e somente a Sra. Gardner estimava os graciosos felinos.

No dia dezenove de outubro, Nahum chegou cambaleando à casa de Ammi com notícias pavorosas. A morte havia chegado para o pobre Thaddeus no seu quarto, no sótão, e de uma forma indescritível. Nahum cavou um túmulo no cemitério da família, atrás da fazenda, e colocou lá o que tinha encontrado. Não podia ser nada vindo de fora, pois a janelinha com barras e a porta trancada estavam intactas; mas parecia o que havia acontecido no estábulo. Ammi e sua mulher consolaram o homem aflito da melhor forma possível, mas tremeram ao fazê-lo. O terror puro parecia prender-se aos Gardners e a tudo que tocavam, e a própria presença de um deles na casa era um sussurro de regiões inominadas e inomináveis. Ammi acompanhou Nahum até a casa com a maior relutância, e fez o que pôde para acalmar os soluços histéricos do pequeno Merwin. Zenas não precisava ser acalmado, pois ultimamente não fazia nada além de olhar o espaço e obedecer às ordens do pai; Ammi pensou que o seu destino foi misericordioso. Vez por outra os gritos de Merwin recebiam uma resposta abafada do sótão, e, a um olhar interrogador de Ammi, Nahum disse que a esposa estava cada dia mais fraca. Quando a noite se aproximava, Ammi conseguiu ir embora; pois nem mesmo a amizade era suficiente para fazê-lo ficar naquele lugar quando começasse o brilho fraco da vegetação e as árvores talvez balançassem sem vento. Era muita sorte Ammi não ser mais imaginativo. Mesmo como estavam as coisas, a sua mente se alterava muito pouco; mas fosse ele capaz de ligar e refletir sobre todos os fatos portentos à sua volta, ter-se-ia tornado um maníaco absoluto. Ao crepúsculo, ele correu para casa, os gritos da louca e do menino nervoso soando horrivelmente nos seus ouvidos.

Três dias depois, Nahum irrompeu bem cedo na cozinha de Ammi e, na ausência do anfitrião, gaguejou uma história desesperada enquanto a Sra. Pierce ouvia, aterrada. Dessa vez era o pequeno Merwin. Havia desaparecido. Saíra tarde da noite com uma lanterna e um balde para água e não tinha voltado. Havia dias que ele vinha desestruturando-se, e mal sabia o que estava fazendo. Gritava por tudo. Houve um grito desvairado vindo do jardim, mas, antes que o pai pudesse chegar à porta, o menino tinha desaparecido. Não se via o brilho da lanterna que ele levara e nenhum vestígio do menino. Naquele momento, Nahum pensou que a lanterna e o balde também haviam desaparecido; mas quando chegou a manhã e o homem voltou da busca de toda a noite nas florestas e campos, descobriu algumas coisas muito curiosas perto do poço. Havia uma massa de ferro esmagada e meio fundida que certamente parecia ser a lanterna; ao passo que, ao lado, um cabo curvado e aros tortos de ferro ambos também meio fundidos, pareciam indicar o que sobrara do balde. E era tudo. Nahum estava além da capacidade de imaginar, a Sra. Pierce estava pasmada e Ammi, quando voltou e ouviu a história, não foi capaz de sugerir nada. Merwin tinha desaparecido e não valia a pena contar às pessoas da vizinhança, pois agora elas evitavam todos os Gardners. Também não valia a pena contar às pessoas em Arkham, que riam de tudo. Thad estava morto, e agora Merwin estava morto. Alguma coisa se aproximava, aproximava... e esperava para ser vista e ouvida. Nahum morreria logo e queria que Ammi cuidasse da sua mulher e de Zenas, se sobrevivessem a ele. Tudo aquilo tinha de ser algum tipo de julgamento, embora ele não conseguisse perceber para que, pois, até onde sabia, sempre havia andado de cabeça erguida nos caminhos do Senhor.

Durante duas semanas Ammi não viu Nahum; então, preocupado com o que poderia ter acontecido, superou o medo e fez uma visita à casa de Gardner. Não saía fumaça da grande chaminé, e por um momento o visitante temeu o pior. O aspecto de toda a fazenda era chocante: capim cinzento e seco, folhas no chão, trepadeiras caindo em ruínas frágeis de paredes e telhados arcaicos, e grandes árvores nuas agarrando o céu cinzento de novembro com uma malevolência que Ammi notou ter vindo de alguma mudança sutil no arranjo dos galhos. Mas Nahum estava vivo, afinal. Fraco, deitado num sofá na cozinha de teto baixo, mas perfeitamente consciente e capaz de dar ordens simples a Zenas. O cômodo estava mortalmente frio; e enquanto Ammi tremia de forma visível, o dono da casa gritava em voz rouca, pedindo a Zenas mais lenha. E lenha, de fato, era muito necessária, pois a lareira cavernosa estava apagada e vazia, com uma nuvem de fuligem pairando no vento frio que descia pela chaminé. Logo Nahum lhe perguntou se a lenha extra lhe havia trazido conforto, e então Ammi viu o que tinha acontecido. A corda mais forte por fim se rompera, e a mente do infeliz fazendeiro estava protegida de mais tristeza.

Ammi perguntou com muito tato, mas não conseguiu obter informações claras sobre o desaparecimento de Zenas. "No poço... ele vive no poço..." era tudo que o pai melancólico conseguia dizer. Passou então pela mente do visitante a lembrança repentina da esposa louca, e mudou a linha de inquirição. "Nabby? Ora, aqui está ela!" foi a resposta surpresa do pobre Nahum, e Ammi logo viu que teria de procurar sozinho. Deixou o inofensivo balbuciante no sofá, pegou as chaves no prego ao lado da porta e subiu as escadas rangentes até o sótão. Lá era muito apertado e fétido, e não se ouvia som algum, vindo de nenhuma direção. Das quatro portas, apenas uma estava trancada, e nesta ele experimentou várias chaves do chaveiro que levava consigo. A terceira chave serviu, e depois de algum trabalho Ammi abriu a porta branca e baixa.

Dentro estava muito escuro, pois a janela era pequena e meio obscurecida pelas barras grosseiras de madeira; e Ammi não viu nada no chão de tábuas largas. O fedor era insuportável, e antes de avançar ele teve de recuar para outro cômodo e voltar com os pulmões cheios de ar respirável. Quando entrou, viu algo escuro no canto e, ao examinar mais de perto, deu um grito. Enquanto gritava, teve a impressão de que uma nuvem momentânea eclipsou a janela, e um segundo depois sentiu um sopro, como de uma corrente odiosa de vapor. Cores estranhas dançavam diante dos seus olhos; se um horror presente não o tivesse entorpecido, teria pensado no glóbulo do meteoro que o martelo do geólogo havia quebrado e na vegetação mórbida que brotara na primavera. Tal como estava, só pensou naquela monstruosidade blasfema, que tinha claramente compartilhado o destino inominável do jovem Thaddeus e do gado. Porém, o mais terrível em todo aquele horror era a coisa se mover lenta e imperceptivelmente, enquanto continuava a se desmanchar.

Ammi não me deu outros particulares daquela cena, mas a figura no canto escuro do sótão não reaparece na sua história como um objeto móvel. Há coisas que não podem ser mencionadas, e o que é feito na humanidade comum é por vezes cruelmente julgado pela lei. Entendi que não havia mais nenhuma coisa móvel no sótão, e que abandonar lá qualquer coisa capaz de se mover teria sido um ato tão monstruoso que condenaria ao tormento eterno todo ser responsável. Qualquer um que não um fazendeiro impassível teria desmaiado ou enlouquecido, mas Ammi atravessou a porta baixa e trancou o segredo amaldiçoado atrás de si. Agora teria de cuidar de Nahum, que tinha de ser alimentado e transportado para um lugar onde pudesse receber cuidados.

Começando a descer a escada escura, Ammi ouviu uma pancada embaixo dele. Teve a impressão de que um grito fora abafado, e se lembrou, com receio, do vapor pegajoso que havia soprado por ele no quarto terrível do andar de cima. Qual presença fora animada pelo seu grito e sua entrada no local? Imobilizado por um medo indefinido, ouviu outros sons lá embaixo. Sem dúvida, alguma coisa pesada estava sendo arrastada, e fazia um barulho detestável e pegajoso, como uma espécie demoníaca e suja de sucção. Com o senso associativo aguçado, elevado a alturas febris, pensou inexplicavelmente no que vira no andar de cima. Meu Deus! Que mundo de sonhos assustador era aquele em que se metera? Não ousava mover-se nem para a frente nem para trás; ficou ali tremendo diante da curva negra da escada. Cada mínimo detalhe da cena ardia no seu cérebro. Os sons, a sensação de terror expectante, a escuridão, a dificuldade do degrau estreito e, graças ao Bom Deus, a leve, mas inconfundível, luminosidade visível na madeira trabalhada: nos degraus, chapas, ripas expostas e vigas.

Ouviu-se então um relincho frenético do cavalo de Ammi lá fora, seguido imediatamente por um tropel que indicava a fuga furiosa. No momento seguinte, cavalo e charrete já estavam fora do alcance dos ouvidos, deixando um homem assustado nas escadas escuras a adivinhar o que teria espantado o animal. Mas isso não foi tudo. Houve outro som lá fora. Algo caindo dentro de um líquido — água —, possivelmente um poço. Ele havia deixado Herói solto, e uma roda da charrete devia ter encostado no parapeito e derrubado uma pedra dentro do poço. E, para completar, a fosforescência pálida brilhava naquele trabalho em madeira detestavelmente antigo. Deus! Como era velha a casa! A maior parte construída antes de 1670, e o teto *gambrel* no máximo em 1730.

Agora se ouvia com clareza um ruído fraco, como algo raspando no chão, e Ammi apertou na mão o porrete que por algum motivo havia pegado no sótão. Enchendo-se lentamente de coragem, ele terminou de descer e foi até a cozinha. Mas não completou a caminhada, porque o que procurava já não estava ali. Tinha vindo encontrá-lo e ainda estava pouco mais que vivo. Se ele se arrastara sozinho ou por forças externas, Ammi não sabia; mas a morte o habitara. Tudo tinha ocorrido na última meia hora, mas o colapso, a perda de cor e a desintegração já estavam muito avançados. Era horrivelmente quebradiço, e fragmentos secos se soltavam. Ammi não podia tocá-lo, mas olhou horrorizado a paródia distorcida do que antes fora um rosto.

— O que foi isso, Nahum… o que foi isso? — sussurrou ele.

E os lábios fendidos e inchados só conseguiram estalar uma última resposta.

— Nada... a cor... ela queima... fria e úmida, mas queima... vivia no poço... eu vi... uma espécie de fumaça... igual às flores na última primavera... o poço brilhava à noite... Thad e Merwin e Zenas... tudo vivo... chupava a vida de tudo... naquela pedra... deve ter vindo naquela pedra que amaldiçoou todo o lugar... não sei o que ela quer... aquela coisa redonda que os homens da universidade arrancaram da pedra... eles quebraram... era da mesma cor... a mesma, como as flores e as plantas... devia ter mais delas... sementes... sementes... elas cresceram... vi esta semana pela primeira vez... ficou forte com Zenas... era um menino grande, cheio de vida... abate a sua mente e depois o pega... o esgota... na água do poço... você tinha razão... água do mal... Zenas nunca voltou do poço... não deu para fugir... atrai você... você sabe que alguma coisa vai acontecer, mas não adianta... já vi muitas vezes depois que Zenas foi tomado... onde está Nabby, Ammi?... Minha cabeça não está bem... não sei há quanto tempo eu não lhe dou comida... vai pegar ela se não tomarmos cuidado... só uma cor... o rosto dela já está começando a ter aquela cor, às vezes, à noite... e ela queima e suga... vem de algum lugar onde as coisas não são como aqui... um daqueles professores disse... e ele tinha razão... cuidado, Ammi, ele vai fazer mais... suga a vida...

Mas foi só isso. Não conseguiu mais falar porque desabou completamente. Ammi estendeu uma toalha de mesa vermelha xadrez sobre o que sobrou e saiu para os campos pela porta dos fundos. Subiu a encosta até o pasto de quarenta mil metros quadrados e foi cambaleando até chegar em casa pela estrada do norte e a floresta. Não podia passar pelo poço do qual o seu cavalo tinha fugido. Tinha olhado pela janela e viu que não faltava nenhuma pedra no parapeito. Então, a charrete não havia soltado nada, o som de água viera de outra coisa, que entrara no poço depois de ter acabado com o pobre Nahum.

Quando Ammi chegou à sua casa, os cavalos e a charrete já estavam lá, por isso sua mulher tivera acessos de ansiedade. Depois de acalmá-la sem dar explicações, ele partiu imediatamente para Arkham e notificou as autoridades que a família Gardner já não existia. Não ofereceu detalhes, apenas informou sobre as mortes de Nahum e Nabby, pois a de Thaddeus já era conhecida, e mencionou que a causa parecia ser a mesma estranha condição que já havia matado o gado. Também declarou que Merwin e Zenas tinham desaparecido. Houve muitas perguntas na polícia, e no fim Ammi foi forçado a acompanhar três policiais à fazenda dos Gardners, junto com o juiz criminal, o médico-legista e o veterinário que tinha tratado dos animais doentes. Ele foi contra a vontade, pois a tarde avançava e ele temia o cair da noite naquele lugar amaldiçoado, mas era reconfortante ter a companhia de tanta gente.

Os seis homens foram numa charrete de quatro lugares, seguindo a charrete de Ammi, e chegaram à casa da fazenda pesteada por volta das quatro horas. Por mais acostumados que estivessem a experiências repulsivas, os policiais não deixaram de se emocionar com o que foi encontrado no sótão e sob a toalha vermelha xadrez no chão da sala. Todo o aspecto da fazenda, com sua desolação cinzenta, era terrível demais, porém os dois objetos desintegrados estavam além de todos os limites. Ninguém conseguiu olhar muito tempo para eles, e até mesmo o médico-legista confessou que não havia muito a ser examinado. Seria possível analisar amostras, é claro, e ele se ocupou em obtê-las, e então ocorreu algo muito desconcertante no laboratório da universidade para onde foram levados os dois frascos de pó. Sob o espectroscópio, as duas amostras emitiram um espectro desconhecido, em que muitas das faixas eram exatamente iguais às produzidas pelo estranho meteoro no ano anterior. A propriedade de emitir esse espectro desapareceu depois de um mês, e o pó passou a ser formado principalmente de fosfatos e carbonatos alcalinos.

Ammi não teria contado aos homens sobre o poço se pensasse que eles iriam fazer alguma coisa ali naquele momento. Já se aproximava o ocaso, e ele estava ansioso para se afastar dali. Mas, não conseguiu evitar um olhar nervoso ao guarda-corpo do poço e, quando um detetive perguntou, admitiu que Nahum tinha tanto medo de alguma coisa lá no fundo do buraco, que nem chegou a pensar em procurar Merwin e Zenas lá dentro. Depois disso, todos insistiram que seria necessário esvaziar e explorar o poço, e Ammi teve de esperar, tremendo, enquanto baldes e mais baldes de água fétida eram trazidos para cima e derramados no terreno encharcado. Os homens cheiraram enojados aquele fluido, e perto do fim taparam o nariz por causa do fedor que sentiam. Não demorou tanto quanto esperavam, pois a água estava muito baixa. Não houve necessidade de descrever com muita exatidão o que tinham encontrado. Merwin e Zenas estavam lá, em parte, embora os restos fossem principalmente ossos. Encontraram também um pequeno cervo e um cachorro grande mais ou menos no mesmo estado, e vários ossos de animais pequenos. O lodo e a lama no fundo pareciam inexplicavelmente porosos e borbulhantes, e um homem que desceu com uma vara comprida descobriu que a vara descia até o fundo do poço sem encontrar nenhuma obstrução sólida.

O ocaso caíra, e trouxeram lanternas de dentro da casa. Então, quando se constatou que examinar o poço não traria mais nada de novo, todos entraram e discutiram na antiga sala de estar, enquanto a luz intermitente da meia-lua brincava com a desolação cinzenta de fora. Os homens estavam francamente embaraçados por todo aquele caso, e não conseguiam encontrar nenhum elemento comum que ligasse as estranhas condições vegetais, a doença desconhecida do gado e dos humanos e a morte inexplicável de Merwin e Zenas no poço envenenado. Haviam ouvido a conversa do povo, é verdade; mas não acreditavam que tivesse ocorrido algo tão contrário à lei natural. Não havia dúvida de que o meteoro envenenara o solo, mas a doença de animais e pessoas que não tinham consumido nada produzido naquele solo era outra história. Seria a água do poço? Muito possivelmente. Talvez fosse uma boa ideia analisá-la. Mas que loucura peculiar poderia ter levado os dois meninos a saltar dentro do poço? Os seus atos foram muito semelhantes, e os fragmentos mostraram que os dois sofreram a morte cinzenta quebradiça. Por que tudo ficou tão cinzento e quebradiço?

Foi o juiz criminal, sentado junto à janela que dava para o jardim, quem primeiro notou o brilho em torno do poço. Já era noite, e todo o terreno horroroso parecia levemente iluminado para além da luz incerta do luar; mas esse novo brilho era algo definido e distinto, parecia sair de dentro do buraco negro como a luz suavizada de uma lanterna, dando reflexos embaçados nas pequenas poças do chão, onde a água derramara. Era uma cor estranha, e Ammi, bem como todos os homens reunidos em volta da janela, deu um salto violento. Pois, para Ammi, esse estranho raio de pálido miasma não era desconhecido. Ele já havia visto aquela cor, e tinha medo de pensar o que ela poderia significar. Já a vira no glóbulo, naquele aerólito, dois verões antes, já a vira na vegetação louca da primavera e pensara tê-la visto por um instante naquela mesma manhã, contra a pequena janela gradeada daquele horrível sótão onde coisas sem nome tinham acontecido. Ela brilhou lá por um segundo, e uma corrente úmida e odiosa de vapor havia passado por ele... e depois Nahum fora tomado por alguma coisa daquela mesma cor. Havia dito, no fim, que era igual ao glóbulo e às plantas. Depois, vieram a fuga no jardim e o barulho de água no poço, e agora aquele poço emitia o raio pálido e insidioso com a mesma cor demoníaca.

Faz justiça à vigilância da mente de Ammi o fato de ele, mesmo naquele momento tenso, ter-se intrigado com um ponto essencialmente científico. Ele só conseguia pensar na impressão que também tivera quando viu um vapor durante o dia, contra uma janela que se abria para o céu da manhã, e na exalação noturna em forma de névoa fosforescente que encobria a paisagem negra e amaldiçoada. Não estava certo, era contra a natureza; e então se lembrou das terríveis últimas palavras do amigo ferido: "vem de algum lugar, de onde as coisas não são como são aqui... um daqueles professores disse...".

Os três cavalos amarrados a dois arbustos retorcidos na estrada agora estavam relinchando e batendo os cascos freneticamente. O cocheiro foi à porta para tentar fazer alguma coisa, mas Ammi colocou a mão trêmula no seu ombro.

— Não saia — sussurrou. — Aí tem mais coisas do que sabemos. Nahum disse que alguma coisa vive dentro do poço e suga a sua vida. Disse que devia ser algo que cresceu de uma bola redonda como a que nós todos vimos na pedra do meteoro que caiu um ano atrás, em junho. Suga e queima, ele disse, e é da cor daquela luz que está lá fora agora, que mal conseguimos ver e não sabemos o que é. Nahum pensava que ela se alimenta de tudo que é vivo, e fica a cada dia mais forte. Ele disse que a viu nesta última semana. Deve ser alguma coisa que vem de muito longe no céu, como os homens da universidade disseram do meteoro no ano passado. Como é feito e como funciona não tem nada a ver com o mundo de Deus. É alguma coisa de mais longe.

Então os homens pararam, indecisos, enquanto a luz do poço ficava mais forte e os cavalos batiam os cascos e relinchavam num frenesi crescente. Foi um momento terrível; o terror imperava naquela casa antiga e amaldiçoada, quatro conjuntos monstruosos de fragmentos, dois na casa e dois saídos do poço, do barracão nos fundos, e o raio de iridescência desconhecida e diabólica do fundo lodoso na frente. Ammi conteve o cocheiro por impulso, esquecendo-se de que ele próprio não fora ferido pelo contato com o vapor úmido colorido no quarto do sótão; mas, talvez, tenha sido bom ele ter agido daquela forma. Ninguém jamais vai saber o que havia lá fora naquela noite, e embora a blasfêmia do além não tivesse ferido nenhum ser humano de mente sã, ninguém sabe o que ela poderia ter feito naquele último momento, com sua força aparentemente aumentada e os sinais especiais de propósito que ela logo passaria a exibir sob o céu enluarado e meio nebuloso.

De repente, um dos detetives à janela deu um suspiro forte e curto. Os outros se voltaram para ele e seguiram o seu olhar em direção ao alto. Não houve necessidade de palavras. O que tinha sido objeto de discussões na região já não era mais discutível, e isso porque todos os homens daquele grupo combinaram, sussurrando, que os dias estranhos não seriam mais mencionados em Arkham. É necessário estabelecer a premissa de que não havia vento naquela hora da noite. Um vento começou pouco depois, mas naquele momento não havia absolutamente nenhum. Mesmo as pontas da cerca viva cinzenta e doente e as franjas do teto da charrete continuaram imóveis. E, ainda assim, em meio a essa calma tensa e ateia, os galhos mais altos de todas as árvores no jardim se moviam. Torciam-se de forma mórbida e espasmódica, agarrando as nuvens enluaradas numa loucura convulsiva e epilética; agitavam-se impotentemente no ar pernicioso, como se movidos aos trancos por uma linha de ligação incorpórea com os horrores subterrâneos que lutavam e se retorciam abaixo das raízes negras.

Nenhum deles respirou durante vários segundos. Então, uma nuvem mais escura passou diante da Lua, e a silhueta dos galhos agitados desapareceu momentaneamente. Houve um grito geral abafado de horror, mas rouco e quase idêntico em todas as gargantas. Pois o horror não desapareceu com a silhueta, e num instante assustador da mais profunda escuridão eles viram, coleando no alto daquela árvore, mil pontos luminosos de uma radiância fraca e assustadora, tocando a ponta de cada galho como o fogo de santelmo ou as chamas que desceram sobre a cabeça dos apóstolos no Pentecostes. Era uma constelação monstruosa de luz antinatural, como um enxame de vaga-lumes nascidos de cadáveres dançando sarabandas infernais sobre um pântano amaldiçoado, e a sua cor era a mesma intrusão sem nome que Ammi acabou por reconhecer e temer. Durante todo esse tempo o eixo de fosforescência que saía do poço se tornava cada vez mais brilhante, trazendo à mente dos homens ali reunidos uma sensação de condenação e anormalidade que superava qualquer imagem que a mente consciente pudesse formar. Ela já não *brilhava* mais; *derramava-se*; e, enquanto a corrente disforme de cor inclassificável deixava o poço, parecia fluir diretamente para o céu.

O veterinário tremeu e foi até a porta da frente para colocar nela a barra extra. Ammi não tremeu menos e, por não conseguir controlar a voz, teve de arrastar as pessoas e apontar quando quis atrair a atenção para a luminosidade crescente das árvores. Os relinchos e pancadas dos cascos dos cavalos eram agora absolutamente assustadores, mas nenhuma alma daquele grupo na velha casa ter-se-ia aventurado a sair, por nada neste mundo. Com o passar do tempo, o brilho das árvores aumentou, ao passo que os galhos agitados pareciam cada vez mais tensos, em busca da verticalidade. A madeira da alavanca do poço agora brilhava, e logo um policial apontou estupidamente alguns barracões de madeira e colmeias próximas da parede de pedra a oeste. Eles também começavam a brilhar, embora as carruagens amarradas dos visitantes parecessem ainda não ter sido afetadas. Então houve uma enorme comoção e o som de cascos de cavalos irrompeu na estrada; quando Ammi reduziu a lâmpada para verem melhor, eles perceberam que os cavalos, frenéticos, haviam-se soltado dos arbustos e fugido com a charrete.

O choque soltou várias línguas e sussurros embaraçados foram trocados.

— Isso contagia tudo que é orgânico por aqui — murmurou o médico-legista.

Ninguém respondeu, mas o homem que fora ao poço deu o palpite de que a longa vara que usara devia ter agitado alguma coisa intangível.

— Foi terrível — acrescentou. — Não tinha fundo, só lodo e bolhas, e a sensação de alguma coisa oculta lá embaixo.

O cavalo de Ammi ainda batia os cascos e relinchava ensurdecedoramente lá fora, e quase abafou a voz trêmula e fraca do dono ao murmurar as suas reflexões disformes.

— Ela veio daquela pedra... cresceu lá no fundo... sugou tudo que vivia... alimentou-se de mentes e corpos... Thad e Merwin, Zenas e Nabby... Nahum foi o último... todos beberam a água... a coisa se fortaleceu deles... veio do além... onde as coisas não são como aqui... agora está indo embora.

A coluna de cor desconhecida de repente brilhou mais forte e começou a se tecer em sugestões fantásticas de formatos, que cada espectador descreveu de forma diferente; veio do pobre Herói amarrado um som que homem nenhum, nem antes nem depois, jamais ouviu de um cavalo. Todos naquela sala de estar de teto baixo taparam os ouvidos, e Ammi se afastou da janela com horror e náusea. Palavras não conseguiam explicar... Quando Ammi tornou a olhar, o infeliz animal jazia inerte no terreno, ao luar, entre os varais da charrete. Foi o último grito de Herói, enterrado no dia seguinte. Mas aquele não era um tempo de luto, pois quase nesse momento um detetive chamou silenciosamente a atenção para uma coisa terrível naquela mesma sala, com eles. Na ausência de luz, tornou-se claro que uma leve fosforescência havia começado a impregnar todo o aposento. Brilhava nas tábuas largas do chão e no pedaço de tapete rasgado, e tremulava sobre os vidros das janelas. Subia e descia pelos pilares expostos dos cantos, coruscava em volta da prateleira e da cornija da lareira e infectou as portas e a mobília. A cada minuto eles a viam fortalecer-se, e finalmente se tornou claro que todas as coisas vivas saudáveis tinham de sair da casa.

Ammi lhes mostrou a porta dos fundos e o caminho pelos campos, até o pasto de quarenta mil metros quadrados. Andaram e cambalearam como num sonho, e não ousaram olhar para trás até estarem muito longe, já no terreno alto. Estavam felizes pelo caminho, pois não poderiam ter saído pela porta da frente, passando pelo poço. Já era ruim demais ter de passar pelo celeiro e barracões brilhantes e pelas árvores do pomar que brilhavam com seus contornos retorcidos, demoníacos; mas graças aos Céus os galhos estavam mais retorcidos no alto. Quando cruzaram a ponte sobre o córrego Chapman, a Lua se ocultou atrás de nuvens muito escuras, e tiveram de tatear dali até os campos abertos.

Quando olharam para trás, para o vale e a distante fazenda Gardner no fundo, tiveram uma visão aterradora. A fazenda brilhava com uma mistura medonha e desconhecida de cores; árvores, casas e mesmo o capim e a vegetação que ainda não se tinham convertido à fragilidade cinzenta e letal. Todos os galhos se estendiam para o alto, encimados por línguas de chama repugnante, e rios tremeluzentes do mesmo fogo monstruoso rastejavam pelas vigas do telhado da casa, do celeiro e dos barracões. Era uma cena de uma pintura de Fuseli,[4] e acima de todo o resto reinava aquela exuberância de amorfia luminosa, aquele arco-íris estranho e unidimensional de veneno misterioso do poço, em ebulição, envolvente, sensível, penetrante, cintilante, extenuante e malignamente borbulhante no seu cromatismo cósmico e irreconhecível.

Então, sem aviso, a coisa pavorosa partiu verticalmente para o céu, como um foguete ou meteoro, sem deixar vestígio,

---

[4] Johann Heinrich Füssli (1741-1825) foi um pintor suíço. Em suas obras, apesar de mostrarem traços inicialmente classicistas, pode-se notar a predominância do Romantismo, das emoções e da composição dramática. (N. E.)

desaparecendo através de um buraco redondo e curiosamente regular nas nuvens antes que qualquer um deles tivesse tempo de suspirar ou gritar. Nenhum dos espectadores é capaz de esquecer aquela visão, e Ammi olhou estupefato as estrelas do Cisne, Deneb cintilando acima das outras, onde a cor desconhecida se fundiu na Via Láctea. Mas o seu olhar foi atraído em seguida para a terra, devido a estalos no vale. Foi apenas isso. Só o som de madeira rasgando e estalando, não uma explosão, como juraram muitos outros do grupo. Ainda assim, o resultado foi o mesmo, pois, num instante caleidoscópico febril, da fazenda amaldiçoada e condenada explodiu um cataclismo eruptivo cintilante de faíscas e substâncias antinaturais, ofuscando a visão de alguns que o viram e enviando para o zênite uma nuvem explosiva de fragmentos coloridos e fantásticos que o nosso universo deve por força repudiar. Atravessaram os vapores, que rapidamente se fechavam, e seguiram a grande morbidez que havia desaparecido e, após mais um segundo, eles também desapareceram. Atrás e abaixo só havia uma escuridão a que os homens não ousaram voltar, e por toda parte um vento crescente pareceu cair sobre a escuridão, como rajadas geladas do espaço interestelar. Gritava e uivava, castigava os campos e distorcia as florestas num louco frenesi cósmico, até que pouco depois o grupo trêmulo percebeu que não valeria a pena esperar que a Lua mostrasse o que havia sobrado lá embaixo na terra de Nahum.

Aterrorizados demais até para sugerir teorias, os sete homens trêmulos se arrastaram até Arkham pela estrada do norte. Ammi estava pior que os seus companheiros, e implorou para que o deixassem na sua cozinha em vez de seguirem diretamente para a cidade. Não queria cruzar sozinho a floresta amaldiçoada, castigada pelo vento, até a sua casa na estrada principal. Isso porque ele sofreu um choque a mais, de que os outros foram poupados, e ficou arrasado, com um medo melancólico que não ousou mencionar por muitos anos.

Enquanto os outros naquela colina tempestuosa fixavam os olhos na estrada, impassíveis, Ammi olhou para trás, por um instante, para o vale de desolação que abrigara o seu desafortunado amigo. E, daquele ponto distante, viu alguma coisa se erguer languidamente para depois voltar a cair sobre o lugar de onde o grande horror disforme se lançara para o céu. Era apenas uma cor, mas não qualquer cor da nossa terra ou do céu. E, como Ammi reconheceu aquela cor, e sabia que aquele último resquício devia ainda se ocultar no fundo do poço, desde então nunca foi completamente são.

Ammi nunca chegou novamente perto daquele lugar. Já se passaram quarenta e quatro anos desde o horror, mas ele nunca mais foi lá, e ficará feliz quando o novo reservatório o apagar. Eu também vou ficar feliz, pois não gosto do modo como a luz do Sol mudou de cor perto do poço abandonado por onde passei. Espero que a água fique para sempre muito profunda, mas mesmo assim nunca vou beber dela. Acho que não volto mais à área rural de Arkham. Três dos homens que lá estiveram com Ammi voltaram na manhã seguinte para ver as ruínas à luz do dia, mas não havia ruínas. Somente os tijolos da chaminé, as pedras do celeiro, aqui e ali algum lixo metálico e mineral, e a boca daquele poço nefando. Não fosse o cavalo morto de Ammi, que eles arrastaram e enterraram, e a charrete que pouco depois lhe foi devolvida, toda coisa viva que passara por ali havia desaparecido. Ficaram vinte mil metros quadrados irreais de deserto cinzento, e ali nada mais cresceu. Até hoje a área se espalha para o céu como uma grande mancha queimada por ácido nas florestas e campos, e os poucos que já ousaram olhá-la, apesar das histórias do povo, lhe deram o nome de "charneca maldita".

As histórias rurais são estranhas. Seriam ainda mais estranhas se os homens da cidade e os químicos da universidade se interessassem a ponto de analisar a água daquele poço abandonado, ou a poeira cinzenta que nenhum vento dispersa.

Os botânicos também deveriam estudar a flora deformada nos limites daquele lugar, pois talvez lançassem luz sobre a noção popular de que a influência maligna está espalhando-se, pouco a pouco, talvez dois centímetros e meio por ano. Dizem que a cor da vegetação vizinha não é normal na primavera, que coisas estranhas deixam pegadas na neve fina do inverno. A neve nunca parece tão pesada na charneca amaldiçoada quanto em outros lugares. Cavalos, os poucos que sobraram nesta era motorizada, ficam agitados no vale silencioso, e caçadores que se aproximam da mancha de poeira cinzenta sabem que não podem confiar nos seus cachorros.

Dizem que as influências mentais também não são boas; muitos enlouqueceram nos anos que se seguiram à morte de Nahum, e sempre lhes faltou força para fugir. Então as pessoas mais corajosas deixaram a região, e somente os estrangeiros tentaram viver nas fazendas em ruínas. Mas não conseguiram ficar; e às vezes ficamos a imaginar que ideias além das nossas lhes deram as estranhas histórias de magia que correm em rumores. Os seus sonhos à noite, protestam eles, são horríveis demais naquela região grotesca; e certamente a própria aparência do reino da escuridão é suficiente para agitar uma imaginação mórbida. Nenhum viajante já conseguiu escapar ao senso de estranhamento naquelas ravinas profundas, e os artistas tremem ao pintar florestas espessas cujo mistério tanto é do espírito quanto dos olhos. Eu mesmo sou curioso quanto à sensação que tive no meu único passeio sozinho antes de Ammi me contar a sua história. Quando veio o crepúsculo, desejei que algumas nuvens se juntassem, pois uma estranha timidez quanto aos vazios profundos do céu tinha penetrado a minha alma.

Não me peçam a minha opinião. Não sei, e isso é tudo. Não existe ninguém além de Ammi a quem se possa perguntar, pois o povo de Arkham se recusa a falar dos dias estranhos, e os três professores que viram o aerólito e o seu glóbulo colorido já estão mortos. Houve outros glóbulos, podem ter certeza. Um deles deve ter-se alimentado e fugido, e provavelmente havia outro que chegou muito tarde. Não existe dúvida de que ele ainda está no fundo do poço; sei que existe alguma coisa errada na luz do Sol que vi acima daquela boca miasmática. Os rústicos dizem que a influência maligna avança dois centímetros e meio por ano, então talvez ainda haja uma espécie de crescimento ou nutrição. Mas qualquer que seja o filhote de demônio lá no fundo, ele deve estar amarrado a alguma coisa, caso contrário se espalharia rapidamente. Estaria preso às raízes das árvores que agarram o ar? Uma das atuais histórias de Arkham conta dos gordos carvalhos que brilham e se movem à noite, de uma forma inesperada.

O que é isso, só Deus sabe. Em termos de matéria, suponho que a coisa descrita por Ammi poderia ser chamada de gás, mas esse gás obedecia a leis que não são do nosso cosmos. Não era fruto dos mundos e sóis que brilham nos telescópios e placas fotográficas dos nossos observatórios. Não era a respiração dos céus cujos movimentos e dimensões os nossos astrônomos medem ou consideram vastos demais para serem medidos. Era apenas a cor do espaço distante, um mensageiro assustador de reinos não formados do infinito, além de toda a natureza tal como a conhecemos; reinos cuja simples existência atordoa o cérebro e nos entorpece com as voragens que abre diante de nossos olhos em frenesi.

Duvido muito que Ammi tenha mentido para mim conscientemente, e não acredito que a sua história fosse apenas um ataque de loucura, como me disse o povo da cidade. Alguma coisa terrível chegou às colinas e vales naquele meteoro, e alguma coisa terrível, embora eu não saiba em que proporção, ainda está lá. Vou ficar feliz ao ver a água chegar. Enquanto isso, espero que nada aconteça a Ammi. Ele viu muito daquela coisa, e a sua influência era por demais insidiosa. Por que ele nunca foi capaz de se mudar? Com que clareza ele se lembrava das palavras de morte de Nahum: "não consegue fugir... atrai você... você sabe que alguma coisa vai acontecer, mas não adianta...". Ammi é um homem muito bom, quando a turma do reservatório começar a trabalhar vou escrever para o engenheiro-chefe para cuidar bem dele. Não quero pensar nele como a monstruosidade cinzenta, retorcida e frágil que insiste cada vez mais em perturbar o meu sono.

O RIQUIXÁ
FANTASMA

Tradução:
Paulo Cezar Castanheira

Rudyard Kipling

*Que nenhum sonho mau perturbe o meu repouso,
Nem seja eu molestado pelos poderes da escuridão.*

Hino da Noite.

Uma das poucas vantagens da Índia sobre a Inglaterra é a grande facilidade de travar conhecimentos. Depois de cinco anos de serviço, um homem já conhece na sua província, direta ou indiretamente, duas ou três centenas de funcionários imperiais indianos, todas as cantinas de dez ou doze regimentos ou baterias, e por volta de outras mil e quinhentas pessoas não pertencentes à casta oficial. Após dez anos, o seu conhecimento dobra e, ao fim de vinte, ele já conhece ou sabe alguma coisa sobre todos os cidadãos ingleses no Império e tem condições de viajar para onde quiser sem ter de pagar hospedagem em hotéis.

Viajantes que agem como se o entretenimento fosse um direito embotaram essa boa disposição, mas ainda hoje, se você pertence ao círculo íntimo, ou não é considerado absolutamente indesejável, todas as casas se abrem para você, e nosso pequeno mundo se apresenta gentil e disposto a ajudar.

Há mais ou menos quinze anos Rickett de Kamartha hospedou-se com Polder de Kumaon. Deveria ter ficado duas noites, mas foi derrubado por uma febre reumática e durante seis semanas desorganizou a casa de Polder, interrompeu o trabalho de Polder e quase morreu no quarto de Polder. Este se comporta como se tivesse contraído obrigações eternas com

Rickett, e todo ano manda caixas de brinquedos e presentes para os filhos dele. É a mesma coisa em toda parte. Homens que não se preocupam em ocultar que consideram você um idiota incompetente e mulheres que mancham o seu caráter e não entendem as brincadeiras da sua mulher excedem-se em gentilezas se você adoece ou enfrenta problemas graves.

Além do consultório, Heatherlegh, o médico, mantinha por sua própria conta um hospital — de acordo com seu amigo, um sistema de estábulos para os incuráveis —, que era na verdade uma espécie de casa de recuperação para pessoas prejudicadas pelo estresse do clima. Geralmente, o clima na Índia é sufocante, o número de tijolos[1] é sempre uma quantidade fixa, a única liberdade aceita é a de trabalhar além do expediente sem merecer agradecimentos, e os homens às vezes entram em colapso e se tornam confusos, como as metáforas nesta frase.

Heatherlegh é o médico mais gentil que já existiu, e a sua receita invariável para todos os pacientes é: "não se exponha, não se apresse e mantenha a cabeça fria". Diz ele que o excesso de trabalho mata mais homens do que justifica a importância deste mundo. Insiste em que o excesso de trabalho matou Pansay, que morreu sob os seus cuidados há cerca de três anos. Evidentemente, ele tem o direito de falar com autoridade, e ri da minha teoria de que havia uma fenda na cabeça de Pansay, que por ela passou um pedaço do mundo da escuridão e o levou à morte.

— Pansay enlouqueceu depois do estímulo de uma longa licença no Reino Unido — disse Heatherlegh. — Ele pode ter-se ou não comportado mal com a Sra. Keith-Wessington. Acredito que o trabalho na Colônia Katabundi o perturbou e ele começou a sonhar, a dar excessiva importância a um simples

---

[1] Referência bíblica ao Êxodo 5-8: os judeus deveriam fornecer a mesma quantidade de tijolos, apesar de os egípcios deixarem de fornecer a palha necessária para a fabricação.

namoro no navio da P&O. Estava noivo da Srta. Mannering, e ela com certeza rompeu o compromisso. Ele teve um resfriado febril e desde então se desenrolou toda aquela tolice sobre fantasmas. O excesso de trabalho deu início à sua doença, mantendo-a ativa até matar o pobre-diabo. Sua morte pode ser atribuída ao Sistema: um homem assume o trabalho de dois homens e meio.

Não acredito. Às vezes eu me sentava com Pansay quando Heatherlegh saía para atender os seus pacientes e por acaso eu estava por perto. O homem me deixava profundamente infeliz quando descrevia, numa voz monótona e baixa, a procissão que sempre passava aos pés da sua cama. Falava na língua de pessoa doente. Quando se recuperou, sugeri que escrevesse todo o caso do começo ao fim, sabendo que a tinta poderia ajudá-lo a aliviar a mente. Quando os meninos aprendem um palavrão novo, não descansam enquanto não o rabiscam sobre uma porta. Isso também vale para a literatura.

Estava febril enquanto escrevia, e o estilo melodramático que adotava não o acalmava. Dois meses depois foi considerado apto para trabalhar, mas, apesar de ter sido convocado com urgência para ajudar uma comissão carente de pessoal a atravessar um período de dificuldade, ele preferiu morrer, jurando então que era amaldiçoado por pesadelos. Recebi o seu manuscrito antes da sua morte, e esta é a versão da história, datada de 1885:

> Meu médico me diz que preciso de repouso e mudança de ares. É provável que eu consiga os dois dentro de pouco tempo — um repouso que não seja interrompido pelo mensageiro de casaco vermelho ou pelo canhão do meio-dia, e uma mudança de ares muito além da que me oferece um navio para a Inglaterra. Enquanto isso, estou resolvido a ficar aqui mesmo; em franco desafio às ordens do médico, oferecendo a todo mundo as minhas confidências. Vocês vão entender a natureza precisa da minha

doença; assim poderão também julgar por si mesmos se algum homem nascido de mulher nesta terra cansada já sofreu os tormentos que sofri.

Falando agora como falaria um criminoso condenado antes de cair no ar, a minha história, por mais louca e horrivelmente improvável que possa parecer, exige pelo menos atenção. Que alguém possa acreditar nela, eu não creio de forma alguma. Há dois meses eu teria insultado como louco ou bêbado o homem que tivesse a coragem de contá-la a mim. Há dois meses eu era o homem mais feliz da Índia. Hoje, de Peshawar até o mar, não existe ninguém mais infeliz. O meu médico e eu somos os únicos que conhecem esta história. A explicação dele é que o meu cérebro, a minha digestão e a minha visão estão levemente afetados e provocam as "alucinações" frequentes e persistentes. Alucinações, quem diria! Eu o chamo de idiota; mas ele me atende com o mesmo sorriso tranquilo, a mesma amena atitude profissional, as mesmas suíças ruivas bem aparadas, até eu começar a suspeitar que sou um inválido ingrato e mal-humorado. Mas vocês vão julgar por si mesmos.

Há três anos tive a ventura — a minha grande desventura — de navegar de Gravesend até Bombaim, de volta de uma longa licença, com uma certa Agnes Keith-Wessington, esposa de um funcionário em Bombaim. Vocês não precisam saber que espécie de mulher era ela. Basta saber que, antes do final da viagem, estávamos ambos desesperada e irracionalmente apaixonados. Deus sabe que posso admiti-lo agora sem a menor partícula de vaidade. Em questões como essa existe sempre um que dá e outro que aceita. Desde o primeiro dia da nossa ligação desafortunada, tive consciência de que a paixão de Agnes era mais forte, mais dominante e, se me permitem a expressão, de um sentimento mais puro que o meu. Se ela reconheceu na época esse fato, não sei. Mais tarde ele se tornou amargamente evidente para nós dois.

Chegamos a Bombaim na primavera daquele ano, tomamos cada um o seu caminho e não nos encontramos mais durante os três ou quatro meses seguintes, quando a minha licença e o seu amor nos levaram a Simla. Lá passamos juntos aqueles dias; lá o meu fogo de palha chegou ao seu triste fim, no final daquele ano. Não procuro justificativas. Não ofereço desculpas. A Sra. Wessington renunciou a muita coisa por minha causa, e estava disposta a renunciar a tudo. Dos meus próprios lábios, em agosto de 1882, ela soube que eu estava farto da sua companhia e cansado do som da sua voz. Noventa e nove mulheres em cem ter-se-iam cansado de mim tanto como eu me cansava delas; setenta e cinco entre aquelas cem ter-se-iam vingado de pronto, flertando ativa e ofensivamente com outros homens. A Sra. Wessington era a centésima. Sobre ela, nem a minha aversão abertamente expressa nem as brutalidades cortantes com que eu ornava as nossas entrevistas tinham o menor efeito.

— Jack, querido! — era o seu eterno pio de cuco. — Tenho certeza de que isso tudo é um erro... um erro horrível; voltaremos a ser amigos algum dia. *Por favor,* me perdoe, Jack, querido.

Eu era o ofensor, e sabia. Sabê-lo transformou a minha piedade em sofrimento passivo e, finalmente, em ódio cego — o mesmo instinto, suponho, que leva um homem a pisar com raiva uma aranha que quase o matou. E o ano de 1882 chegou ao fim com esse ódio no meu peito.

No ano seguinte nos encontramos novamente em Simla — ela com o seu rosto monótono e tímidas tentativas de reconciliação, e eu com ódio por ela em todas as fibras do meu ser. Várias vezes não consegui evitar encontrá-la a sós; e em todas as ocasiões as suas palavras eram exatamente as mesmas. Ainda o gemido irracional de que era tudo um erro; ainda a esperança de no fim "sermos amigos". Eu poderia ter visto, se me houvesse preocupado em olhar, que apenas aquela esperança a mantinha viva. Ela se tornava a cada mês mais abatida e magra. Vocês, pelo menos, hão de concordar comigo que essa conduta teria levado qualquer um ao desespero. Era injustificável, infantil, não feminina. Insisto em que grande parte da culpa era dela. E mesmo assim, por vezes, nas negras noites febris de vigília, cheguei a pensar que eu talvez pudesse ser um pouco mais terno com ela. Mas na verdade isso era uma "alucinação". Eu não seria capaz de continuar a fingir que a amava quando isso não era verdade, seria? Teria sido injusto para nós dois.

Encontramo-nos novamente no ano passado — nos mesmos termos de antes. O mesmo apelo cansado e as mesmas respostas ríspidas dos meus lábios. Eu queria pelo menos mostrar a ela o quanto eram desesperadas e erradas as suas tentativas de retomar a antiga relação. Com o passar do tempo, nós nos afastamos — ou seja, para ela ficou difícil me encontrar, pois eu tinha outros interesses, novos e mais absorventes. Quando relembro o ano de 1884 no silêncio do meu quarto de doente, parece um pesadelo confuso, em que se misturavam fantasticamente a luz e a sombra — a minha corte à pequena Kitty Mannering; as minhas esperanças, dúvidas e medos; os nossos longos passeios; as minhas juras trêmulas de afeto; a resposta dela; e vez por outra a visão de um rosto branco passando fugazmente no riquixá de libré branca e preta que antes eu procurava com tanta ansiedade; o movimento da luva branca da Sra. Wessington; e, quando ela me encontrava a sós, o que era muito raro, a monotonia enfadonha dos seus apelos. Eu amava Kitty Mannering; sinceramente, eu a amava do fundo do coração, e com o meu amor por ela aumentava o meu ódio por Agnes. Em agosto, Kitty e eu ficamos noivos. No dia seguinte encontrei os amaldiçoados *jhampanies*[2] ao voltar de um passeio, e, movido por um sentimento passageiro de pena, parei para contar tudo à Sra. Wessington. Ela já sabia.

— Fiquei sabendo que você está noivo, Jack querido — disse, e então sem uma pausa: — Estou certa de que é um erro. Um dia seremos muito amigos, Jack, como sempre fomos.

---

[2] Na Índia, homens que puxam o riquixá.

A minha resposta poderia ter feito até um homem cambalear. Cortou a agonizante mulher à minha frente como o estalo de um chicote.

— Por favor, me perdoe, Jack; eu não queria fazer-lhe raiva; mas é verdade, é verdade!

E a Sra. Wessington desabou por completo. Virei-me e deixei-a terminar o seu passeio em paz, sentindo, mas só por um instante, que eu havia sido indizivelmente cruel. Olhei para trás e vi que ela fizera o riquixá dar meia-volta, suponho que com a ideia de me ultrapassar.

A cena e tudo em volta ficaram fotografados na minha memória. O céu varrido de chuva (estávamos no final da estação úmida), os pinheiros encharcados, a estrada lamacenta e os despenhadeiros negros formavam um cenário melancólico contra o qual se destacavam nitidamente as librés dos *jhampanies*, os painéis amarelos do riquixá e a cabeça loura abaixada da Sra. Wessington. Ela segurava o lenço na mão esquerda e, exaurida, se inclinava para trás sobre as almofadas do riquixá. Dirigi o meu cavalo por uma trilha morro acima, próxima ao reservatório Sanjowlie, e literalmente fugi. Cheguei a pensar ter ouvido um grito abafado: "Jack!". Mas talvez fosse imaginação. Não parei para verificar. Dez minutos depois encontrei Kitty a cavalo; e no prazer da longa cavalgada juntos, esqueci tudo relacionado àquele encontro.

Uma semana depois a Sra. Wessington morreu, e o peso inexpressivo da sua existência foi retirado da minha vida. Fiquei perfeitamente feliz. Antes que se passassem três meses eu já a tinha esquecido por completo, a não ser vez por outra, devido à descoberta de suas antigas cartas que me lembravam desagradavelmente a nossa relação. Em janeiro, eu já tinha desenterrado e queimado o que restava da nossa correspondência. No início de abril daquele ano, 1885, eu estava mais uma vez em Simla — uma Simla semideserta — e profundamente envolvido em colóquios de amor e passeios com Kitty. Foi decidido que devíamos casar-nos no final de junho. Vocês hão de entender, portanto, que, amando

Kitty como eu amava, não exagero quando declaro ter sido o homem mais feliz da Índia naquela época.

Passaram-se quase catorze deliciosos dias sem que eu notasse. Então, estimulado pelo sentido do que era apropriado entre os mortais nas circunstâncias em que estávamos, mostrei a Kitty que um anel de noivado era o sinal exterior e visível da sua dignidade de noiva; que ela devia ir imediatamente à Hamilton's para tirar a medida do anel. Até aquele momento, dou a minha palavra, tínhamos esquecido completamente essa questão tão trivial. À Hamilton's, portanto, nós nos dirigimos no dia 15 de abril de 1885. Tenham em mente que, apesar do que o meu médico possa dizer em contrário, eu estava então na mais perfeita saúde, desfrutando uma mente perfeitamente sã e um espírito absolutamente tranquilo. Kitty e eu entramos juntos na Hamilton's. Ali, independentemente de outras questões, fiz a medição do dedo de Kitty para o anel, na presença de um atendente risonho. Era um anel de safira com diamantes. Dali, descemos a ladeira que leva à ponte Combermere e à loja Peliti's.

Enquanto o meu cavalo Waler tateava com cautela o caminho sobre as pedras soltas, Kitty ria e falava ao meu lado, e toda a Simla — ou melhor, a parte dela que tinha então vindo de Plains — se reunia em torno do salão Reading e da varanda Peliti. Percebi que alguém, aparentemente a grande distância, me chamava pelo nome de batismo. Impressionou-me o fato de ter ouvido aquela voz antes, mas quando e onde não consegui determinar de imediato. No pequeno espaço necessário para percorrer a estrada entre o caminho da loja Hamilton's e a primeira prancha da ponte Combermere, tentei lembrar a meia dúzia de pessoas que poderiam ter cometido aquele solecismo, e decidi que a voz devia estar cantando nos meus ouvidos. Imediatamente em frente à loja Peliti's, meus olhos foram atraídos pela visão de quatro *jhampanies* em libré branca e preta, puxando um riquixá amarelo barato. Depois de um momento, a minha mente voltou ao ano anterior — e à Sra. Wessington —, e tive uma sensação de irritação e repugnância. Não bastava a mulher estar morta e acabada? Os seus serviçais em branco e preto tinham de reaparecer para estragar o meu dia de felicidade? Quem quer que os empregasse agora, pensei, eu o procuraria e pediria um favor pessoal: mudar a libré dos *jhampanies*. Eu próprio contrataria os homens e, se necessário, compraria os casacos das costas deles. É impossível descrever aqui o rio de lembranças indesejáveis que a presença desses serviçais evocava.

— Kitty — gritei —, lá estão novamente os *jhampanies* da pobre Sra. Wessington! Gostaria de saber quem os contratou agora.

Kitty conhecera brevemente a Sra. Wessington, no ano anterior, e sempre se havia interessado pela mulher doente.

— O quê? Onde? — perguntou ela. — Não os vejo em parte alguma.

No momento mesmo em que ela falou, o seu cavalo, desviando de uma mula carregada, lançou-se diretamente na frente do riquixá que avançava. Mal tive tempo de dizer uma palavra de aviso quando, e, para meu indescritível horror, cavalo e amazona passaram através de homens e carruagem, como se fossem feitos de vento.

— O que foi? — exclamou Kitty. — Por que você gritou de maneira tão tola, Jack? Se *estou* noiva, não quero que todo o mundo fique sabendo. Havia espaço de sobra entre a mula e a varanda; se você pensa que não sei montar, veja!

E a voluntariosa Kitty partiu a galope, a cabeça delicada erguida no ar, na direção do coreto, esperando, como ela própria me disse mais tarde, que eu a seguisse. O que tinha acontecido? Na verdade, nada. Ou eu estava louco ou bêbado, ou Simla estava assombrada por demônios. Fiz parar o meu cavalo impaciente e dei a volta. O riquixá também havia dado a volta e agora estava bem na minha frente, ao lado da grade de proteção esquerda da ponte Combermere.

— Jack! Jack, querido! — (Dessa vez não havia dúvida quanto às palavras; elas cantavam no meu cérebro como se fossem gritadas no meu ouvido.) — É um erro horrível, eu sei. *Por favor*, me perdoe, Jack, e vamos ser amigos novamente.

A capota do riquixá tinha caído e lá dentro — como espero e rezo de dia pela morte que temo à noite — sentava-se a Sra. Keith-Wessington, lenço na mão e a cabeça loura curvada sobre o peito.

Durante quanto tempo a olhei, imóvel, não sei. Finalmente, fui despertado pelo meu *syce*,[3] que tomou o freio e me perguntou se eu estava doente. Do horrível ao lugar-comum é apenas um passo. Saltei do cavalo e corri até o Peliti's, quase desmaiando, para tomar um cálice de licor de cereja. Dois ou três casais se reuniam em torno das mesinhas de café, discutindo os mexericos do dia. As suas trivialidades naquele momento eram mais reconfortantes que os consolos da religião. Entrei de imediato na conversa; conversei, ri e gracejei, meu rosto (o vi de relance num espelho) branco e alterado como o de um cadáver. Três ou quatro homens notaram a minha condição; e, com certeza atribuindo-a ao excesso de bebida, caridosamente tentaram afastar-me dos outros frequentadores. Mas eu recusava a me deixar levar. Queria a companhia dos meus, como uma criança corre para o meio do banquete depois de se assustar no escuro. Devia estar falando havia cerca de dez minutos (embora para mim parecesse uma eternidade), quando ouvi a voz clara de Kitty lá fora perguntando por mim. Um minuto depois ela entrou e me censurou por falhar tão claramente nos meus deveres. Alguma coisa no meu rosto a interrompeu.

— Ora, Jack — exclamou —, o que você está fazendo ? O que aconteceu? Você está doente?

Assim, induzido a contar uma mentira, eu disse que o Sol fora demais para mim. Eram quase cinco horas de uma tarde enevoada de abril, e o Sol estivera oculto o dia todo. Percebi o meu erro

---

[3] *Syce*: cuidador de cavalos, na Índia.

tão logo as palavras saíram da minha boca e tentei consertar; cambaleei, desesperado, e segui Kitty numa raiva régia até lá fora, entre o sorriso dos meus conhecidos. Inventei uma desculpa (não me lembro qual), relacionada com o fato de eu me sentir mal, e fugi para o hotel, deixando Kitty terminar sozinha a cavalgada.

No meu quarto, sentei e tentei avaliar com calma a situação. Ali estava eu, Theobald Jack Pansay, um bem-educado funcionário imperial de Bengala, no ano da graça de 1885, presumivelmente em boa saúde mental, com certeza saudável, expulso aterrorizado da companhia da minha amada devido à aparição de uma mulher morta e enterrada oito meses antes. Eram fatos que eu não podia ignorar. Nada estava mais distante do meu pensamento que a lembrança da Sra. Wessington quando Kitty e eu saímos da loja Hamilton's. Nada era mais completamente normal que a parede diante da Peliti's. O dia estava claro. A rua, cheia de gente; ainda assim, aqui, veja bem, desafiando todas as leis das probabilidades, ofendendo o ordenamento da natureza, um rosto saído do túmulo aparecera à minha frente.

O cavalo árabe de Kitty havia passado através do riquixá: e assim se perdera a minha esperança de que uma mulher maravilhosamente parecida com a Sra. Wessington tivesse contratado a carruagem e os cules com a sua antiga libré. Vezes sem conta percorri aquela esteira de pensamentos, e vezes sem conta desisti, confuso e desesperado. A voz era tão inexplicável como a aparição. De início, ocorreu-me a ideia louca de contar tudo a Kitty; de lhe implorar que se casasse imediatamente comigo; de desafiar nos seus braços a fantasmagórica ocupante do riquixá. "Afinal", argumentei, "a presença do riquixá é em si suficiente para provar a existência de uma ilusão espectral. É possível ver fantasmas de homens e de mulheres, mas com certeza não de cules e carruagens. A coisa toda é um absurdo. Imagine o fantasma de um homem das montanhas!".

Na manhã seguinte enviei uma nota penitente a Kitty, implorando que ela esquecesse a minha estranha atitude na tarde anterior.

A minha Divindade ainda estava muito irada, e era necessário um pedido pessoal de desculpas. Expliquei, com a fluência nascida de toda uma noite de ponderações sobre a mentira, que tinha sido atacado por uma súbita palpitação resultante de indigestão. Essa solução eminentemente prática teve efeito; e Kitty e eu saímos aquela tarde, divididos pela sombra da minha primeira mentira.

Apenas um galope em torno de Jakko lhe agradaria. Com os nervos ainda esgotados pela noite anterior, protestei debilmente contra essa ideia, sugerindo a colina do observatório, Jutogh, a estrada de Boileaugunge, qualquer outra coisa que não o passeio por Jakko. Kitty estava com raiva e um tanto magoada: por isso cedi, temendo provocar mais mal-entendidos, e partimos juntos para Chota Simla. Caminhamos grande parte da estrada e, conforme o nosso costume, seguimos a meio galope por mais ou menos um quilômetro e meio abaixo do convento, até o trecho de estrada plana às margens do reservatório Sanjowlie. Os malditos cavalos pareciam voar, e o meu coração batia cada vez mais depressa à medida que nos aproximávamos do topo da subida. Durante toda a tarde a minha mente estivera ocupada com a Sra. Wessington; cada centímetro da estrada de Jakko era testemunha das nossas antigas caminhadas e conversas. As rochas estavam cheias delas; os pinheiros as cantavam acima de nós; sem serem vistas, as torrentes alimentadas pela chuva riam e tagarelavam sobre a história vergonhosa; e o vento nos meus ouvidos cantava em voz alta a iniquidade.

Como um clímax adequado, no meio do nível que os homens chamam de Milha das Senhoras, o Horror me esperava. Não se via outro riquixá, somente os quatro *jhampanies*, a carruagem amarela e a cabeça loura da mulher lá dentro, tudo aparentemente tal como eu os tinha deixado oito meses e quinze dias antes! Por um instante imaginei que Kitty tinha de ver o que eu via, pois possuíamos uma sintonia maravilhosa para todas as coisas. As suas palavras seguintes não me enganaram: "Nem uma alma à vista! Venha, Jack, eu o desafio até os edifícios do reservatório!".

vista! Venha, Jack, eu o desafio até os edifícios do reservatório!". O seu pequeno cavalo árabe nervoso partiu como um pássaro, seguido de perto pelo meu Waler, e disparamos nessa ordem sob os despenhadeiros. Meio minuto nos levou a quase cinquenta metros do riquixá. Puxei o meu Waler e me atrasei um pouco. O riquixá estava exatamente no meio da estrada; mais uma vez o árabe passou por ele, seguido pelo meu Waler. "Jack! Jack, querido! Por favor, me perdoe." Aquele som chegou como um gemido aos meus ouvidos e, depois de um intervalo: "É um erro, um erro horrível!".

Esporeei o meu cavalo como um homem possuído. Quando me virei na direção do reservatório, as librés pretas e brancas ainda esperavam, esperavam pacientemente, sob a ladeira cinzenta, e o vento trouxe até mim o eco zombeteiro das palavras que eu acabara de ouvir. Kitty reclamou muito do meu silêncio durante todo o resto do passeio. Até então eu vinha conversando loucamente e sem propósito. Não conseguia falar de forma natural, nem que disso dependesse a minha vida, e de Sanjowlie até a igreja controlei a língua com cautela.

Naquela noite eu devia jantar com a família Mannering, e mal tive tempo de correr até minha casa para me vestir. Na estrada para Elysium Hill ouvi dois homens conversando no escuro. "É uma coisa curiosa", disse um deles, "como desapareceram por completo todos os traços dele. Você sabe como a minha esposa adorava loucamente aquela mulher (eu mesmo nunca consegui ver nada nela) e queria que eu obtivesse o velho riquixá e os cules a qualquer preço, se isso fosse possível. Um desejo mórbido, penso eu; mas tenho de fazer o que a *Memsahib*[4] manda. Você acredita que o homem que os alugou para ela me disse que todos os quatro, irmãos, morreram de cólera a caminho de Hardwar, pobres coitados, e que ele próprio quebrou o riquixá?

---

[4] *Memsahib*: maneira indiana respeitosa de se dirigir a uma mulher europeia casada.

Disse que nunca usou o riquixá de uma *Memsahib* morta, pois isso traz má sorte. Uma ideia esquisita, não é? Imagine a pobre Sra. Wessington acabando com a sorte de alguém que não a sua própria!". Nesse ponto eu ri; quando ouvi minha própria risada fiquei chocado. Então *existiam* fantasmas de riquixás, e empregos para fantasmas no outro mundo! Quanto a Sra. Wessington pagava aos seus homens? Qual o horário de trabalho deles? Para onde eles haviam ido?

E, como resposta visível à minha última pergunta, vi a Coisa infernal me bloqueando a passagem no crepúsculo. Os mortos viajam depressa, e por atalhos desconhecidos dos cules comuns. Ri novamente em voz alta, depois contive o riso de repente, com medo de estar enlouquecendo. Até certo ponto eu devia estar ficando louco, pois me lembro de ter freado o meu cavalo à frente do riquixá e polidamente saudado a Sra. Wessington: "Boa noite". A resposta dela eu já conhecia muito bem. Ouvi até o final; respondi que já tinha ouvido tudo aquilo antes, mas ficaria encantado se ela tivesse mais alguma coisa a dizer. Um demônio maligno mais forte do que eu deve ter entrado em mim naquela noite, pois tenho a lembrança sombria de durante cinco minutos ter falado tolices sobre aquele dia à Coisa à minha frente.

— Louco como o chapeleiro, ou bêbado, coitado. Max, tente fazê-lo voltar para casa.

Aquela, com toda certeza, não era a voz da Sra. Wessington! Os dois homens me ouviram falando com o ar, e voltaram para cuidar de mim. Foram muito gentis e cheios de consideração, e pelas suas palavras concluí que achavam que eu estava extremamente bêbado. Eu lhes agradeci, confuso, e parti para o meu hotel. Mudei de roupa e cheguei à casa de Kitty meia hora atrasado. Apresentei a escuridão da noite como desculpa; fui censurado pelo atraso tão pouco amável e me sentei.

A conversa já se tornara superficial; sob a cobertura dela, eu falava com a minha querida, quando percebi que na outra ponta da mesa um homem baixo, de suíças ruivas, descrevia com muitos floreios o seu encontro naquela noite com um desconhecido completamente bêbado.

Algumas frases me convenceram de que ele estava repetindo o incidente de meia hora antes. No meio da história ele olhou em volta esperando aplausos, como fazem os contadores profissionais de histórias, e então notou o meu olhar e se calou imediatamente. Houve um silêncio constrangedor, e o homem de suíças ruivas murmurou alguma coisa como ter esquecido o resto, sacrificando assim a reputação de bom contador de histórias que havia construído ao longo dos seis últimos anos. Abençoei-o do fundo do coração e continuei com o meu peixe.

O jantar chegou ao fim; com genuíno pesar eu me afastei de Kitty, pois tinha certeza, como da minha própria existência, que a Coisa estaria esperando-me lá fora. O homem de suíças ruivas, que nos fora apresentado como Doutor Heatherlegh, de Simla, ofereceu-se para me acompanhar enquanto percorrêssemos a mesma estrada. Aceitei com gratidão a oferta.

O meu instinto não me enganara. A Coisa estava de prontidão no Mall, e, o que pareceu uma zombaria diabólica dos nossos costumes, estava de farol aceso. O homem de suíças ruivas tocou imediatamente no assunto, mostrando que estivera matutando durante todo o jantar.

— Ora, Pansay, que diabo aconteceu com você esta noite na estrada Elysium?

O repentino da pergunta arrancou de mim uma resposta antes mesmo de eu estar pronto:

— Aquilo! — respondi, apontando a Coisa.

— Pelo que sei, *aquilo* pode ser ou *delirium tremens*[5] ou os olhos. Ora, você não bebe. Notei durante o jantar, portanto não pode ser *delirium tremens*. Não há sinal dessa psicose, embora você esteja suando e tremendo de medo como um pônei assustado.

---

[5] *Delirium tremens*: forma intensa de psicose causada por abstinência de drogas lícitas ou ilícitas.

Portanto, concluo que sejam seus olhos. E quero entender tudo sobre isso. Venha para casa comigo. Moro na estrada baixa de Blessington.

Para minha intensa felicidade, o riquixá, em vez de nos esperar, continuou cerca de vinte metros à nossa frente, e isso se estivéssemos a passo, trote ou meio galope. Durante toda aquela longa noite eu disse ao meu companheiro quase tudo que contei até aqui.

— Bem, você estragou uma das melhores histórias que já tive a oportunidade de contar — ele disse —, mas vou perdoá-lo devido ao que teve de passar. Agora, venha comigo e faça o que eu mandar; quando eu tiver curado você, jovem, que isso sirva como lição para evitar mulheres e comida indigesta, até o dia da sua morte.

O riquixá se manteve firme à nossa frente; e o meu amigo de suíças ruivas pareceu sentir grande prazer com o meu relato da posição exata do veículo.

— Olhos, Pansay, tudo Olhos, Cérebro e Estômago. E, o maior dos três, o Estômago. Você tem um Cérebro muito convencido, muito pouco Estômago e Olhos completamente doentes. Faça o seu Estômago funcionar bem e o resto seguirá normal. E, acima de tudo, uma pílula para o fígado. A partir de agora, vou tratar sozinho de você, um fenômeno interessante demais para ser esquecido!

Nesse momento estávamos na sombra da estrada Blessington, e o riquixá estacou sob um despenhadeiro coberto de pinheiros. Instintivamente eu também parei, explicando a minha razão. Heatherlegh rogou uma praga:

— Ora, se você pensa que vou passar uma noite fria nesta ladeira por causa de uma ilusão de Estômago-*cum*-Cérebro--*iecum*-Olhos… Meu Deus do Céu! O que é aquilo?

Houve um ruído abafado, uma nuvem cega de poeira bem em frente, um estalo, o ruído de galhos arrancados, e, a cerca de dez metros, do lado do despenhadeiro, os pinheiros, o mato rasteiro e tudo mais rolou até a estrada, bloqueando-a completamente. As árvores, desenraizadas, oscilaram e tremeram por um tempo, como gigantes bêbados na escuridão, e então caíram entre o restante, fazendo um ruído ensurdecedor. Nossos cavalos ficaram imóveis e suando de medo. Quando terminou o estrépito da queda de terra e pedras, o meu companheiro murmurou:

— Homem, se tivéssemos prosseguido estaríamos agora sob um túmulo de três metros. "Há mais coisas entre o céu e a terra..."[6] Venha comigo, Pansay, e agradeça a Deus. Preciso urgentemente de uma bebida.

Refizemos o caminho pelo morro da igreja e cheguei à casa do Dr. Heateherlegh pouco depois da meia-noite.

As suas tentativas de cura começaram quase imediatamente, e durante uma semana não saí da sua vista. Ao longo daquela semana, muitas vezes agradeci à minha boa sorte por me colocar em contato com o melhor e mais gentil médico de Simla. Dia a dia eu me tornava cada vez mais inclinado a aceitar a teoria da "ilusão espectral" de Heatherlegh, aquela que falava sobre olhos, cérebro e estômago. Escrevi a Kitty. Disse-lhe que tive uma leve contusão ao cair do cavalo, o que me mantinha preso em casa por alguns dias, e que estaria recuperado antes de ela ter tempo para lamentar a minha ausência.

Até certo ponto, o tratamento do Dr. Heatherlegh era simples. Consistia em pílulas para o fígado, banhos de água fria e exercícios vigorosos no crepúsculo e ao amanhecer, pois, como ele observou sabiamente, "um homem com torção no tornozelo não caminha vinte quilômetros por dia, e a sua jovem poderia ficar desconfiada se o visse".

Ao final de uma semana, depois de muitos exames da pupila e do pulso, além de diversas instruções relativas à dieta e ao pedestrianismo, Heatherlegh me dispensou tão bruscamente como se encarregara de mim. Eis a sua bênção de despedida:

---

[6] Referência à peça de William Shakespeare *Hamlet*, Cena V, Ato I.

"Homem, posso atestar a sua cura mental, e isso é como dizer que curei a maior parte dos seus males corporais. Agora, retire os seus pertences daqui o mais rápido possível, e vá falar de amor com Miss Kitty".

Esforcei-me para expressar gratidão por sua bondade. Ele me interrompeu:

— Não pense que fiz isso por gostar de você. Calculo que se tenha comportado como um criminoso completo. Mas, ainda assim, você é um fenômeno, e tão estranho como fenômeno quanto como criminoso. Não — testou-me pela segunda vez —, nem uma rúpia, por favor! Vá e veja se consegue descobrir novamente o negócio do olhos-cérebro-estômago. Eu lhe darei um *lakh*[7] cada vez que você conseguir.

Meia hora depois eu estava na sala de visitas com Kitty, bêbado pela felicidade contagiante e pela expectativa de que nunca mais seria perturbado pela presença odiosa da Coisa. Forte, no sentido da minha segurança recém-conquistada, propus de imediato uma cavalgada, de preferência um galope em torno de Jakko.

Nunca me sentira tão cheio de vitalidade e de reles espíritos animais como na tarde do dia trinta de abril. Kitty estava encantada com meu novo aspecto, e me cumprimentou à sua maneira, deliciosamente franca e ousada. Saímos juntos da casa dela, rindo e conversando, e cavalgamos como antes, ao longo da estrada Chota Simla.

Eu estava com pressa de chegar ao reservatório Sanjowlie e lá tornar a minha segurança duplamente garantida. Os cavalos faziam o máximo possível, mas pareciam lentos demais para a minha impaciência. Kitty estava espantada com a minha impetuosidade.

— Ora, Jack! Você está comportando-se como um menino. O que está fazendo?

---

[7] Cem mil rúpias.

Estávamos logo abaixo do convento e, por pura malícia, eu incitava o meu Waler a saltar e a corcovear na estrada, fazendo-lhe cócegas com o laço do chicote.

— Fazendo? Nada, querida — respondi. Só isso. Quando não se fez nada durante uma semana, a não ser ficar deitado, fica-se agitado como estou.

"Cantando e murmurando em alegria festiva,
Alegre por sentir-se vivo;
Senhor da natureza, Senhor da Terra visível,
Senhor dos cinco sentidos."

Mal essa citação havia saído dos meus lábios, contornei uma curva acima do convento; alguns metros adiante podia-se ver além, na direção do Sanjowlie. No centro da estrada plana estavam as librés brancas e pretas, o riquixá amarelo e a Sra. Keith-Wessington. Freei o cavalo, olhei, esfreguei os olhos e creio ter dito alguma coisa. A próxima cena de que me lembro é estar deitado na estrada, com o rosto para baixo, e Kitty acima de mim, aos prantos.

— Ele desapareceu, querida? — perguntei, ofegante. Kitty só chorava, cada vez mais triste.

— O que desapareceu, Jack querido? O que significa tudo isso? Tem alguma coisa errada, Jack. Um erro terrível — essas suas últimas palavras me fizeram levantar, enlouquecido, temporariamente desvairado.

— Sim, tem mesmo alguma coisa errada — repeti —, algo terrível. Venha e veja.

Tenho a lembrança indistinta de que segurei a mão dela e a arrastei pela estrada até onde estava a Coisa, implorando, em nome de Deus, que Kitty falasse com Ela; que lhe dissesse que estávamos noivos; que nem a morte nem o inferno seriam capazes de romper o laço entre nós; e só Kitty saberia o que mais dizer, com o mesmo intuito. Vez por outra eu apelava com paixão ao

Terror no riquixá, para que fosse testemunha de tudo que eu havia dito, que me libertasse da tortura que estava matando-me. Enquanto falava, devo ter contado a Kitty sobre meu relacionamento do passado com a Sra. Wessington, pois a vi prestando atenção, de rosto pálido e olhos em brasa.

— Obrigada, Sr. Pansay — ela agradeceu —, isso é *mais* que suficiente; *Syce ghora láo*.

Os *syce*s, impassíveis como sempre são os orientais, aproximaram-se com os cavalos, e quando Kitty saltou para a sela, segurei o freio do cavalo, insistindo para que ela me ouvisse e me perdoasse. A resposta foi uma chicotada no meu rosto, cortando-o desde a boca até o olho, e uma ou duas palavras de adeus que nem mesmo agora consigo escrever. Assim, calculei, e calculei corretamente, que Kitty sabia de tudo, e voltei cambaleando até o riquixá. O meu rosto estava cortado e sangrando, e o golpe de chicote deixou uma cicatriz lívida, azulada. Eu não tinha mais autoestima. Nesse momento, Heatherlegh, que devia estar seguindo Kitty — e eu, a distância —, se aproximou a meio galope.

— Doutor — eu disse, mostrando o meu rosto —, eis a assinatura da Srta. Mannering na carta de rompimento do noivado e... pretendo agradecer por aquelas cem mil rúpias quando for mais conveniente.

O semblante de Heatherlegh, mesmo na minha infelicidade abjeta, me fez rir.

— Aposto a minha reputação profissional... — ele começou.

— Não seja bobo. Perdi a felicidade da minha vida, e o melhor que você pode fazer é levar-me para casa.

Quando falei, o riquixá desapareceu. Então perdi todo conhecimento do que se passava. O cume do Jakko parecia oscilar e rolar como a crista de uma nuvem, desabando sobre mim.

Sete dias depois (ou seja, no dia sete de maio), tive consciência de que estava deitado no quarto de Heatherlegh, fraco como uma criança. O doutor me observava com atenção, atrás de alguns papéis na sua mesa. As suas primeiras palavras não foram encorajadoras, mas eu estava fraco demais para ser sensibilizado por elas.

— A Srta. Kitty mandou devolver as suas cartas. Vocês se corresponderam muito, jovem. Aqui está um estojo que parece de um anel; veio com um bilhete alegre do Papai Mannering, que tomei a liberdade de ler e queimar. O velho senhor não está feliz com você.

— E Kitty? — perguntei obtusamente.

— Menos decidida que o seu pai, pelo que diz. Você também devia estar expondo várias reminiscências estranhas pouco antes de eu conhecê-lo. Ela diz que um homem que se comportou como você fez com a Sra. Wessington devia matar-se, por compaixão pela humanidade. Ela é uma pequena virago de cabeça quente, a sua namorada. Também acredita que você estava sofrendo de *delirium tremens* quando aconteceu aquela confusão na estrada de Jakko. Diz que vai morrer sem voltar a falar com você.

Gemi e virei para o outro lado.

— Agora você pode escolher, amigo. Esse noivado tem de terminar; e os Mannerings não querem ser muito duros com você. Terminou por causa do *delirium tremens*, ou de ataques epiléticos? Sinto muito, não posso oferecer-lhe uma proposta melhor, a menos que você prefira insanidade hereditária. Decida e digo a eles que são convulsões. Toda Simla sabe daquela cena na estrada de Jakko. Vamos! Eu lhe dou cinco minutos para pensar.

Durante aqueles cinco minutos, acredito que eu tenha explorado completamente os mais baixos círculos do inferno que os homens têm permissão de percorrer na terra. E, ao mesmo tempo, eu próprio me via cambaleando pelos labirintos escuros da dúvida, da infelicidade e do completo desespero. Perguntei-me, como Heatherlegh deve ter-se perguntado na sua cadeira, que alternativa horrível eu deveria adotar. Imediatamente, numa voz que mal reconheci, me ouvi responder:

— Por aqui, as pessoas são escandalosamente reservadas em questões de moralidade. Dê a eles as convulsões, Heatherlegh, e o meu amor. Agora me deixe dormir um pouco mais.

As minhas duas personalidades se juntaram, e era só eu (o eu meio enlouquecido, meio compulsivo) quem rolava na cama, refazendo passo a passo a história do mês anterior.

— Mas estou em Simla — eu repetia para mim mesmo. — Eu, Jack Pansay, estou em Simla, e não existem fantasmas aqui. Não é razoável que aquela mulher finja que existam. Por que Agnes não me tranquilizou? Nunca lhe fiz mal. Poderia ter sido tanto eu como Agnes. Só que eu não voltaria de propósito para matá-la. Por que não posso ficar tranquilo, tranquilo e feliz?

Já havia passado metade da tarde quando despertei: o Sol já estava baixo no céu e eu nem conseguira dormir, como dorme um criminoso condenado sobre a roda, exausto demais para sentir dor.

No dia seguinte não saí da cama. Pela manhã, Heatherlegh me disse que havia recebido uma resposta do Sr. Mannering, e que, graças aos seus (de Heatherlegh) bons ofícios, a história da minha doença tinha percorrido todo o comprimento e largura de Simla, onde por todos os lados eu era considerado digno de pena.

— E isso é mais do que você merece — concluiu simpaticamente —, apesar de, só Deus sabe, ter passado por um severo sofrimento. Não importa; vamos curá-lo, seu fenômeno perverso.

Recusei firmemente.

— Você já foi bom demais para mim, meu velho — eu lhe disse —, acho que não preciso causar-lhe mais problemas.

Eu sentia, bem lá no coração, que nada que Heatherlegh fizesse aliviaria o peso que tinha sido lançado sobre mim.

Com essa certeza, também me veio um sentido de rebelião desesperada e impotente contra a irracionalidade de tudo aquilo. Muitos homens não eram melhores que eu e suas punições ao menos tinham sido reservadas para o outro mundo; eu sentia ser amarga e cruelmente injusto que somente a mim fosse reservado um destino tão horrível. Essa disposição, com o passar do tempo, daria lugar a outra, em que parecia que o riquixá e eu éramos a única realidade num mundo sombrio; que Kitty era um fantasma; que Mannering, Heatherlegh e todos os outros homens e mulheres que eu conhecia eram todos fantasmas; e as grandes colinas cinzentas eram, elas próprias, sombras vãs inventadas para me torturar. Alternando humores, me virei para a frente e para trás durante sete dias; o meu corpo se tornava a cada dia mais forte, até o espelho do meu quarto me dizer que eu tinha voltado à vida cotidiana, que eu era outra vez igual aos outros homens. Curiosamente, o meu rosto não mostrava sinais da luta que eu enfrentara. Estava de fato pálido, mas tão sem expressão e normal como sempre. Eu tinha esperado uma alteração permanente, evidência visível da doença que me consumia. Não descobri nada.

No dia quinze de maio, às onze horas da manhã, deixei a casa de Heatherlegh, e o instinto de solteiro me levou ao clube. Lá descobri que todos conheciam a minha história tal como contada por Heatherlegh, e foram excepcionalmente gentis e atenciosos. Entretanto, reconheci que pelo resto da minha vida natural eu deveria viver entre eles, mas não entre amigos, e invejei amargamente os cules que riam no Mall. Almocei no clube e às quatro horas andei sem destino pelo Mall, com a vaga esperança de encontrar Kitty. Nas proximidades do coreto, as librés pretas e brancas se juntaram a mim; então ouvi ao meu lado o velho apelo da Sra. Wessington. Eu já o esperava desde que saíra, só me surpreendi pela demora. Eu e o riquixá fantasma seguimos lado a lado pela estrada Chota Simla, em silêncio. Nas proximidades do bazar, Kitty e um homem a cavalo passaram por nós. Pela reação dela era como se eu fosse um cachorro na estrada. Nem sequer me concedeu a cortesia de aumentar o ritmo, mas a tarde chuvosa serviu de desculpa.

Assim, Kitty e o seu companheiro, e eu e a minha amante fantasmagórica nos arrastamos por Jakko em pares. A estrada estava inundada de água; os pinheiros pingavam como beirais sobre as pedras abaixo, e o ar estava tomado por uma chuva fina. Duas ou três vezes me vi dizendo a mim mesmo, quase em voz alta: "Sou Jack Pansay, de licença em Simla, *em Simla*! Todos os dias, a medíocre Simla. Não posso esquecer, não posso esquecer". Então, tentava lembrar alguns dos mexericos que ouvira no clube: os preços dos cavalos de fulano; qualquer coisa, na verdade, que se relacionasse ao prosaico mundo anglo-indiano que eu conhecia tão bem. Cheguei mesmo a repetir rapidamente a tabuada de multiplicação, para mim mesmo, para garantir que não estava despedindo-me dos meus sentidos. Isso me reconfortou bastante, e deve ter evitado por algum tempo que eu tornasse a ouvir a Sra. Wessington.

Mais uma vez subi exausto a ladeira do convento e cheguei à estrada plana. Lá Kitty e seu companheiro partiram a meio galope, e fiquei sozinho com a Sra. Wessington.

— Agnes — perguntei —, você não poderia afastar o toldo e me dizer o que significa tudo isso?

O toldo caiu silenciosamente, e me vi diante da minha amante morta e enterrada. Ela vestia o vestido que usava quando eu a vi pela última vez; segurava o mesmo lencinho na mão direita e o mesma carteira na esquerda. (Uma mulher morta havia oito meses segurando uma carteira!) Tive de me concentrar na tabuada de multiplicação e apoiei as duas mãos no parapeito de pedra da estrada para ter a certeza de que pelo menos aquilo era real.

— Agnes — repeti —, pelo amor de Deus, diga-me o que significa tudo isso.

A Sra. Wessington se inclinou para a frente, com aquele movimento estranho e rápido da cabeça que eu conhecia tão bem, e falou.

Se a minha história ainda não tiver ultrapassado todos os limites das crenças humanas, devo desculpar-me já. Como sei que ninguém, nem mesmo Kitty — para quem isto é escrito como uma espécie de justificativa da minha conduta —, acreditará em mim, vou continuar. Caminhei com a Sra. Wessignton desde a estrada Sanjowlie até a curva abaixo da casa do comandante-em-
-chefe, como se estivesse andando ao lado do riquixá de qualquer

mulher viva, conversando animadamente. O segundo e mais atormentador dos estados da minha doença de repente tomou conta de mim, e, como o príncipe do poema de Tennyson, "eu parecia mover-me no meio de um mundo de fantasmas". Houvera uma festa no jardim na casa do comandante-em-chefe, e nós dois nos juntamos ao grupo de pessoas a caminho de casa. Tal como eu os via naquele momento, pareciam ser *eles* os fantasmas, sombras impalpáveis, fantásticas, que se dividiram, abrindo caminho para o riquixá da Sra. Wessington. O que dissemos durante aquele estranho encontro eu não posso, na verdade não ouso, contar. O comentário de Heatherlegh teria sido uma observação de que eu estava "triturando uma quimera de cérebro-olhos-estômago". Foi uma experiência assustadora e, ainda assim, de uma forma indefinível, uma experiência maravilhosa. Poderia ser possível, perguntei-me, eu estar nesta vida para cortejar pela segunda vez a mulher que eu havia matado com o meu descaso e a minha crueldade?

Encontrei Kitty na estrada para casa, uma sombra entre sombras.

Se tivesse de descrever em ordem todos os incidentes da quinzena seguinte, a minha história nunca chegaria ao fim, e a sua paciência se esgotaria. Toda manhã e toda noite o riquixá fantasma e eu passeávamos juntos por Simla. Onde quer que eu fosse, as librés brancas e pretas me seguiam e me faziam companhia, saindo e retornando ao hotel. Eu os via no teatro, no meio do povo ou dos *jhampanies* ruidosos; diante da varanda do clube, depois de uma longa noite de uíste. No Baile de Aniversário, esperando pacientemente o meu reaparecimento; e à luz do dia, quando saía em visita. Apesar de não lançar sombra, o riquixá era sob todos os aspectos tão real quanto outro de madeira e ferro. Mais de uma vez, de fato, tive de me conter para não avisar a algum amigo apressado para não passar a galope por ele. Mais de uma vez caminhei pelo Mall dialogando com a Sra. Wessington, para indizível espanto dos passantes.

Cerca de uma semana depois que comecei a andar pela rua, soube que a teoria da "convulsão" tinha sido abandonada em favor da teoria da insanidade. Mas não alterei em nada o meu modo de vida. Fazia visitas, cavalgava ou jantava fora com a mesma frequência de sempre. Sentia uma paixão pela sociedade dos meus iguais que jamais sentira; ansiava por me ver entre as realidades da vida, e, ao mesmo tempo, me sentia vagamente infeliz quando me separava muito tempo da minha companheira fantasmagórica. Seria quase impossível descrever os meus variáveis estados de humor desde o dia quinze de maio até hoje.

A presença do riquixá me enchia, em turnos, de horror, de medo cego, de uma obscura espécie de prazer e de desespero completo. Não ousei sair de Simla; sabia que ficar ali estava matando-me. Sabia, também, que era o meu destino morrer lentamente, um pouco a cada dia. O meu único anseio era superar a penitência com a maior calma possível. Por outro lado, desejava ver Kitty e observava seus flertes ultrajantes com o meu sucessor — mais precisamente, os meus sucessores —, com interesse divertido. Ela havia saído da minha vida, como eu saíra da dela. De dia eu passeava quase contente com a Sra. Wessington. De noite, implorava aos céus que me permitisse voltar ao mundo tal como eu o conhecera. Acima dessas disposições variáveis estava a sensação monótona e entorpecedora de surpresa, por se misturarem o Visto e o Não Visto de forma tão estranha nesta terra para seguir uma pobre alma até o túmulo.

27 de agosto. Heatherlegh foi infatigável nos seus cuidados, só ontem me contou que eu devia enviar um pedido de licença médica. Um pedido para fugir da companhia de um fantasma! Um pedido para que o governo permita que, fugindo para a Inglaterra, eu me livre de cinco fantasmas e de um riquixá etéreo. A proposição de Heatherlegh quase me levou à gargalhada histérica. Disse a ele que devia esperar calmamente o fim em Simla, e tenho certeza de que o fim não está longe. Acreditem, temo a sua chegada mais que qualquer palavra pode expressar; torturo-me toda noite com mil especulações sobre como será a minha morte.

Vou morrer decentemente na minha cama, como deveria morrer um cavalheiro inglês; ou, durante um último passeio no Mall, a minha alma será arrancada de mim para tomar o seu lugar para sempre ao lado daquele fantasma espectral? No outro mundo, devo voltar à minha dedicação perdida, ou vou continuar encontrando Agnes, detestando-a e preso ao seu lado por toda a eternidade? Continuaremos pairando sobre a cena das nossas vidas até o fim dos tempos? À medida que se aproxima o dia da minha morte, o horror intenso que toda carne viva sente com relação aos espíritos fugidos de além-túmulo se torna cada vez mais forte. É horrível se ver caindo rapidamente entre os mortos tendo completado apenas a metade da vida. É mil vezes mais terrível esperar, como eu entre vocês, algum terror inimaginável. Tenham pena de mim, pelo menos por causa da minha "alucinação", pois sei que vocês nunca vão acreditar no que acabei de escrever aqui. Mas digo, se um homem pode ser levado à morte pelos Poderes da Escuridão, eu sou esse homem.

Por justiça, tenham pena dela também. Pois, se uma mulher pode ser levada à morte por um homem, eu matei a Sra. Wessington. E a última parte do meu castigo paira agora e para sempre sobre mim.

A COISA MALDITA

Tradução:
Bárbara Guimarães

Ambrose Bierce

I. NEM SEMPRE SE COME O QUE ESTÁ SOBRE A MESA

À luz da vela de sebo colocada em uma das pontas de uma mesa rústica, um homem lia algo em um livrinho. Era um livro contábil antigo, bastante gasto; aparentemente a escrita não estava muito legível, pois de vez em quando o homem segurava a página perto da chama da vela para lançar uma luz mais forte sobre ela. Nesses momentos a sombra do livro deixava metade do ambiente nas trevas, escurecendo vários rostos e vultos — além desse homem, oito outros estavam ali presentes. Sete deles sentados com as costas apoiadas nas paredes de madeira bruta, silenciosos e imóveis, e, como a sala era pequena, não muito distantes da mesa. Se algum deles estendesse a mão conseguiria tocar o oitavo homem, deitado sobre a mesa de barriga para cima, parcialmente coberto por um lençol, os braços encostados nas laterais do corpo. Morto.

O homem com o livro não lia em voz alta, e ninguém falava nada; todos pareciam estar esperando que algo acontecesse. O morto era o único a não ter expectativas. Da total escuridão do lado de fora, passando pela abertura que servia como janela, vinham todos os ruídos estranhos da noite na mata — o uivo longo e obscuro de um coiote distante; o baixo e pulsante zumbido de incansáveis insetos nas árvores; os estranhos piados das aves noturnas, tão diferentes do canto das diurnas; o ronco de grandes besouros desajeitados e todo aquele coro misterioso de sons baixos, que parece estar sempre presente mas só é percebido, em parte, quando cessa de súbito, como se tomasse consciência de estar cometendo alguma indiscrição. Mas o grupo não dava atenção a nada disso; aqueles homens não eram muito afeitos a manifestar interesse por questões sem importância prática. Isso era evidente em cada linha dos rostos enrugados — evidente mesmo à sombria luz da única vela. Eles eram obviamente homens da redondeza, agricultores e lenhadores.

A pessoa que estava lendo era um pouco diferente; quem o visse poderia dizer que era um cidadão do mundo, embora houvesse algo nas suas vestes que atestava uma certa cumplicidade com o grupo a seu redor. O casaco seria praticamente inaceitável em São Francisco; os sapatos não vinham da cidade e o chapéu, que estava no chão perto dele (era o único de cabeça descoberta), perderia o significado se considerado apenas como artigo de adorno pessoal. Suas feições eram bem mais atraentes, com um leve traço de severidade — que ele poderia ter assumido ou cultivado, como é próprio de uma autoridade. Isso porque ele era um magistrado, encarregado de investigar crimes. Era devido a esse trabalho que ele estava de posse daquele livro, que havia sido encontrado entre os pertences do homem morto — na sua cabana, onde agora tinha lugar a investigação.

O magistrado terminou de ler e colocou o livro no bolso superior do casaco. Nesse momento a porta foi aberta de supetão e um jovem entrou. Claramente não era nascido e criado na montanha; vestia-se como os que residem em cidades. Entretanto, as suas roupas estavam empoeiradas, como se tivesse viajado. Ele havia, de fato, cavalgado arduamente para auxiliar na investigação.

O magistrado cumprimentou-o com um movimento de cabeça; ninguém mais o saudou.

— Estávamos esperando por você — disse o investigador.
— Precisamos resolver o assunto esta noite.

O jovem sorriu.

— Sinto ter atrasado as coisas — falou. — Eu precisei partir, não fugindo da sua solicitação, mas para enviar ao meu jornal um testemunho sobre aquilo que suponho ter sido chamado de volta para relatar.

O magistrado sorriu.

— O testemunho que você enviou para o seu jornal — disse — provavelmente difere do que você dará aqui sob juramento.

— Isso — respondeu o outro, bem mais ríspido e com um rubor visível — é o senhor quem diz. Eu usei papel com cópia, então tenho o material que enviei. Não foi escrito como notícia e sim como ficção, pois não é algo crível. A cópia pode ficar como parte do meu testemunho sob juramento.

— Mas você diz que não é crível.

— Isso não será problema, *sir*, se eu também jurar que é verdade.

O magistrado aparentemente não havia sido muito afetado pela evidente indignação do jovem. Ficou em silêncio por alguns instantes, olhando para o chão. Os homens, que estavam ali a pretexto de jurados, conversavam em sussurros, mas quase não afastavam o olhar do rosto do cadáver. Então o magistrado ergueu os olhos e falou:

— Vamos retomar a investigação.

Os homens retiraram o chapéu. A testemunha prestou juramento.

— Qual é o seu nome? — perguntou o magistrado.

— William Harker.

— Idade?

— Vinte e sete.

— Você conhecia o falecido, Hugh Morgan?

— Sim.

— Estava com ele quando morreu?

— Perto dele.

— O que ocorreu, quero dizer, presenciou tudo?

— Eu estava de visita na casa dele, para caçar e pescar. Entretanto, parte do meu propósito era estudá-lo, estudar sua forma singular e solitária de viver. Ele parecia ser um bom modelo para um personagem de ficção. Algumas vezes escrevo histórias.

— Algumas vezes as leio.

— Obrigado.

— Histórias de forma geral, não as suas.

Alguns dos jurados riram. O humor lança luzes fortes em quadros sombrios. Soldados riem facilmente nos intervalos de batalhas, e um gracejo na câmara da morte toma a todos de surpresa.

— Relate as circunstâncias da morte deste homem — disse o investigador. — Pode usar quaisquer anotações ou relatórios que desejar.

A testemunha compreendeu. Puxou um manuscrito do bolso superior do casaco, segurou-o perto da vela e virou as páginas até encontrar o trecho que estava buscando. Começou a ler.

II. O QUE PODE ACONTECER EM UM CAMPO DE AVEIA SELVAGEM

"[...] Quando deixamos a casa, o Sol mal havia nascido. Estávamos procurando por codornas, cada um com uma carabina, mas tínhamos apenas um cachorro. Morgan disse que o melhor terreno ficava depois de um determinado cume que ele indicou, e nós o atravessamos por uma trilha que passava pelo chaparral.[1] Do outro lado, a área era mais plana, espessamente coberta por aveia selvagem. Quando emergimos do chaparral, Morgan estava apenas alguns metros à frente. Ouvimos então

---

[1] Tipo de vegetação formada por arbustos e cactos.

um barulho vindo de uma curta distância à frente e à direita, como se algum animal estivesse debatendo-se nos arbustos, que víamos ser agitados violentamente.

— Nós assustamos um cervo — disse eu. — Queria que tivéssemos trazido um rifle.

Morgan, que havia parado e observava atentamente o chaparral sendo agitado, não disse nada, mas havia armado os dois canos da sua carabina e a mantinha de prontidão. Achei que ele estava um tanto agitado, o que me surpreendeu, pois ele tinha uma reputação de frieza excepcional, mesmo em momentos de perigo súbito e eminente.

— Ora, essa! — disse eu. — Você não vai encher um cervo de munição para codornas, vai?

Ele não respondeu; mas quando se virou ligeiramente na minha direção vi o seu rosto de relance e fiquei chocado com a palidez. Então entendi que tínhamos um problema sério nas mãos, e a minha primeira conjectura foi que havíamos 'assustado' um urso pardo. Adiantei-me, até ficar ao lado de Morgan, preparando a arma enquanto me movia.

Os arbustos agora estavam parados e os sons haviam cessado, mas Morgan estava tão atento ao local como antes.

— O que é isso? Que diabo é isso? — perguntei.

— A Coisa Maldita! — respondeu ele, sem virar a cabeça. A sua voz soava áspera e estranha. Ele tremia visivelmente.

Eu ia voltar a falar, mas então percebi que a aveia selvagem perto dos arbustos se movia de uma forma completamente inexplicável, que quase não consigo descrever. Parecia estar sendo agitada por uma rajada de vento, que não apenas a curvava, mas também a pressionava para baixo — esmagava-a de tal maneira que não permitia que voltasse à posição normal —, e esse movimento estava vindo lentamente na nossa direção.

Nada que eu já tenha visto me afetou tanto como aquele fenômeno incomum e inexplicável, mas não tenho lembrança de nenhuma sensação de medo. Eu me recordo — e conto isso aqui porque, por estranho que possa parecer, me veio à cabeça naquela hora — que uma vez, ao olhar descuidadamente por uma janela aberta, por um momento achei que uma arvorezinha bem próxima fazia parte de um grupo de árvores maiores, um pouco mais distantes. Ela parecia do mesmo tamanho que as outras, mas, por estar definida de um modo mais nítido, em sua magnitude e nos detalhes, parecia não harmonizar com as outras. Era uma simples deturpação da lei de perspectiva aérea, mas me amedrontou, quase aterrorizou. Confiamos tanto na regularidade das leis naturais que nos são familiares, que qualquer aparente suspensão delas é vista como uma ameaça à nossa segurança, o alerta de uma calamidade inimaginável. Naquele momento, a movimentação sem motivo aparente dos arbustos e a lenta e constante aproximação daquele curso perturbador eram decididamente inquietantes. O meu companheiro parecia bastante assustado, e eu mal pude confiar nos meus sentidos quando o vi de repente apoiar a carabina no ombro e disparar tiros dos dois canos nas plantas em movimento! Antes que a fumaça da descarga se dissipasse, ouvi um grito alto e enfurecido — um uivo como o de um animal selvagem — e, jogando a arma no chão, Morgan saltou e saiu em corrida desabalada. No mesmo instante eu fui jogado ao chão violentamente pelo impacto de algo que não consegui distinguir na fumaça — algo macio, pesado, que parecia lançar-se contra mim com muita força.

 Antes que eu conseguisse levantar-me e recuperar a minha arma, que parecia ter sido arrancada das minhas mãos, ouvi Morgan gritando como se estivesse em agonia mortal, e misturados aos seus gritos surgiam sons roucos e selvagens, como os de uma briga de cães. Completamente aterrorizado, lutei para me erguer e olhei na direção para a qual Morgan fugira; Deus me livre de outra visão como aquela! O meu amigo estava a uma distância de menos de trinta metros, caído sobre um dos joelhos, a cabeça jogada para trás em um ângulo espantoso, sem chapéu, o cabelo longo em desalinho e o corpo inteiro se movimentando violentamente de um lado para o outro, para a frente e para trás. O seu braço direito estava levantado e parecia estar sem a mão — pelo menos não consegui vê-la. O outro braço não era visível. Quando a minha memória se volta agora para essa cena extraordinária, percebo que em alguns momentos eu só conseguia ver uma parte do seu corpo... como se ele tivesse sido parcialmente encoberto por algo — não posso dizer de outra forma —, e em seguida uma mudança de posição o trazia inteiro à vista novamente.

Tudo isso deve ter acontecido em um intervalo de poucos segundos, mas nesse tempo Morgan assumiu todas as posturas de um lutador determinado derrotado por um peso e por uma força superiores. Eu enxergava apenas ele, e nem sempre com clareza. Durante todo o incidente era possível ouvir, como um alvoroço sufocado, os seus gritos e pragas, sons de ira e fúria como eu nunca tinha ouvido, seja vindos da garganta de um homem ou de uma fera!

Por um momento fiquei sem saber o que fazer e, depois, jogando a carabina ao chão, corri para ajudar o meu amigo. Tinha a confusa impressão de que ele estava sofrendo um ataque ou algum tipo de convulsão. Quando consegui aproximar-me, ele jazia deitado e imóvel. Todos os sons tinham parado, mas, com uma sensação de terror que nem mesmo esses acontecimentos horríveis me haviam inspirado, voltei a ver nesse instante o misterioso movimento da aveia selvagem, estendendo-se da área pisoteada em torno do homem prostrado até a entrada de uma floresta. Só quando ele alcançou a floresta eu fui capaz de desviar o olhar para o meu companheiro. Ele estava morto."

III. UM HOMEM, MESMO DESPIDO, PODE ESTAR EM FARRAPOS

O magistrado se levantou do seu assento e ficou ao lado do homem morto. Ergueu o lençol por uma ponta e o retirou, expondo o corpo inteiro, completamente despido e exibindo, à luz da vela, um amarelo terroso. Tinha, entretanto, enormes manchas preto-azuladas, obviamente causadas pelo sangue pisado das contusões. O peito e os lados do corpo pareciam ter sofrido golpes de porrete. Havia lacerações horríveis; a pele estava rasgada em tiras e pedaços.

O magistrado foi até a ponta da mesa e desamarrou um lenço de seda que havia sido passado por baixo do queixo do morto e amarrado no alto da cabeça. Quando o pano foi retirado, expôs o que havia sido uma garganta. Alguns dos jurados que se haviam levantado para ver melhor se arrependeram da curiosidade e viraram o rosto. A testemunha foi até a janela aberta e se inclinou para fora, sobre o peitoril, pálida e nauseada. Pousando o lenço sobre o pescoço do morto, o investigador andou até um canto do aposento e levantou peça após peça de uma pilha de roupas, inspecionando cada uma por alguns momentos. Todas estavam rasgadas e endurecidas pelo sangue. Os jurados não fizeram uma inspeção mais aprofundada. Pareciam um tanto desinteressados. Na verdade, já haviam visto tudo aquilo antes; a única novidade para eles era o testemunho de Harker.

— Cavalheiros — disse o magistrado —, acho que não temos mais evidências. O seu dever já lhes foi explicado, então, se não há nada que desejem perguntar, podem ir lá para fora e refletir sobre o veredito.

O primeiro jurado se levantou — um homem de sessenta anos, alto, barbado, vestido de modo rústico.

— Eu gostaria de fazer uma pergunta, senhor magistrado — disse ele. — De que manicômio essa última testemunha escapou?

— Senhor Harker — falou o magistrado, de maneira séria e tranquila —, de que manicômio você escapou, afinal?

Harker ficou vermelho como carmim novamente, mas não disse nada, e os sete jurados se levantaram e saíram enfileirados da cabana, solenes.

— Se o senhor já terminou de me insultar — disse Harker, assim que ele e o magistrado foram deixados sozinhos com o morto —, posso supor que estou liberado para ir embora?

— Sim.

Harker se preparou para sair, mas parou com a mão no trinco da porta. O hábito da profissão era forte nele; mais forte que o seu sentido de dignidade pessoal. Virou-se e falou:

— Estou reconhecendo o livro que está ali; é o diário de Morgan. O senhor parecia muito interessado nele, pois o leu enquanto eu prestava o meu testemunho. Posso vê-lo? O público gostaria...

— O livro não terá papel algum neste assunto — respondeu o magistrado, guardando-o no bolso do casaco. — Todas as anotações que estão nele foram escritas antes da morte do autor.

Quando Harker estava saindo da casa, os jurados voltaram e ficaram de pé em torno da mesa na qual o cadáver — agora coberto — podia ser percebido com total definição sob o lençol. O primeiro jurado se sentou perto da vela, retirou um lápis e um pedaço de papel do bolso do peito do casaco e escreveu com certa dificuldade o seguinte veredito, que todos assinaram (com diferentes graus de esforço):

"Nós, o júri, declaramos que a vítima encontrou a morte por obra de um leão de montanha, mas alguns de nós acham que ele sofreu um colapso".

IV. UMA EXPLICAÇÃO VINDA DA TUMBA

No diário do falecido Hugh Morgan há algumas anotações interessantes, apontando indícios que talvez possam ser de valor científico. O livro não foi usado como evidência na investigação sobre sua morte; provavelmente o magistrado pensou que não valia a pena confundir o júri. Não é possível determinar a data da primeira das anotações mencionadas; a parte superior da folha foi arrancada. O restante do escrito é o que segue:

"[...] corria em semicírculo, mantendo a cabeça sempre voltada para o centro, e depois ficava parado, latindo furiosamente. No final disparou na direção dos arbustos, tão rápido quanto pôde. No começo achei que ele havia enlouquecido, mas quando voltamos para casa não percebi nenhuma outra alteração no seu comportamento, além do óbvio medo de ser punido".

"Um cachorro consegue enxergar com o faro? Os odores imprimem em algum centro olfativo a imagem do ser que os emite? [...]"

"2 de set. Na noite passada, olhando para as estrelas que iam erguendo-se acima do cume da serra ao leste da casa, observei-as desaparecerem sucessivamente — da esquerda para a direita. Eram eclipsadas por poucos instantes, e apenas algumas de cada vez, mas, olhando a serra de ponta a ponta, percebi que todas as que estavam um ou dois graus acima do cume foram eclipsadas. Era como se alguma coisa que eu não conseguia ver tivesse passado na frente e as estrelas não fossem grandes o bastante para definir seu contorno. Pfff! Não gosto disso..."

As anotações de várias semanas estavam faltando; três folhas haviam sido arrancadas do livro.

"27 de set. A coisa esteve por aqui de novo — encontro evidências da sua presença todos os dias. Fiquei de vigília novamente a noite passada, no mesmo abrigo, arma na mão, os dois canos carregados com chumbo grosso. De manhã, as pegadas frescas estavam lá mais uma vez. No entanto, eu poderia jurar que não dormi — na verdade, quase não tenho dormido. É terrível, insuportável! Se essas experiências espantosas são reais, vou acabar ficando louco; se são fantasiosas, já estou louco."

"3 de out. Não vou embora, isso não vai fazer-me partir. Não, esta é a *minha* casa, a minha terra. Deus odeia os covardes..."

"5 de out. Não suporto mais; convidei Harker para passar algumas semanas comigo. Ele tem uma cabeça equilibrada. Pela sua conduta poderei saber se acha que estou louco."

"7 de out. Já desvendei o enigma; dei-me conta na noite passada, de repente, como em uma revelação. Que simples — terrivelmente simples!

"Há sons que nós não conseguimos ouvir. Nas duas extremidades da escala há notas que não atingem nenhuma corda desse instrumento imperfeito que é o ouvido humano. São agudas ou graves demais. Uma vez observei um bando de melros ocupando por completo copas de árvores — várias árvores juntas —, e cantando em conjunto. De repente, e no mesmíssimo instante, todos se jogaram ao ar e voaram para longe. Como? Eles não podiam ver uns aos outros — as copas das árvores atrapalhavam. Não havia nenhum ponto de onde um líder pudesse ser visível para todos. Deve ter havido um sinal de alerta ou de comando, alto e agudo, acima da algazarra, mas inaudível para mim. Observei, também, o mesmo voo simultâneo quando todos estavam em silêncio, e isso não apenas no caso de melros, mas também de outras aves — codornas, por exemplo, bastante separadas por arbustos —, e até quando estavam em lados opostos de uma colina.

"Os marinheiros sabem que um grupo de baleias se aquecendo ao sol ou se divertindo na superfície do oceano, quilômetros distantes umas das outras e com a convexidade da Terra entre elas, às vezes mergulham no mesmo instante — todas somem da vista deles em segundos. O sinal foi emitido; muito grave para o ouvido do marinheiro no topo do mastro e para os seus companheiros no convés — que, entretanto, sentem as vibrações no navio da mesma forma como as pedras de uma catedral vibram com as notas graves do órgão.

"O que se dá com os sons também acontece com as cores. Um estudioso pode detectar em cada extremidade do espectro solar a presença daquilo que é conhecido como raios actínicos. Eles representam cores — cores básicas na composição da luz — que somos incapazes de perceber. O olho humano é um instrumento imperfeito; o seu alcance é de apenas algumas oitavas da escala cromática real. Não estou louco; há cores que não conseguimos ver.

"Que Deus me ajude, pois a Coisa Maldita é dessa cor!"

A HISTÓRIA DA VELHA BABÁ

Tradução:
Bárbara Guimarães

Elizabeth Gaskell

Vocês sabem, meus queridos, que a sua mãe era órfã e filha única; e suponho que também saibam que o seu avô foi clérigo em Westmoreland, de onde venho. Eu era apenas uma menina na escola do povoado quando, um dia, a sua avó foi lá perguntar à professora se havia alguma aluna com aptidão para ser babá; fiquei muito orgulhosa, sabem, quando a professora me chamou e falou que eu era boa com a agulha de costura e uma garota tranquila e honesta, filha de pais pobres, sim, mas muito respeitáveis. Pensei que nada me agradaria mais que servir àquela linda jovem dama, que ficou tão ruborizada como eu quando falou do bebê que estava para chegar e do que eu teria de fazer por ele. Mas estou vendo que vocês não se interessam tanto por essa parte da história quanto pelo que acreditam que virá a seguir; então vou resumir as coisas. Fui contratada e instalada na residência paroquial antes que a Srta. Rosamond (que era o bebê, e hoje é a mãe de vocês) nascesse. Na verdade, quando a pequena veio ao mundo eu tinha bem pouco o que fazer, porque ela estava sempre nos braços da mãe e dormia ao seu lado a noite inteira; e me sentia muito orgulhosa quando a senhora a confiava a mim. Nunca houve nem haverá um bebê igual àquele, mesmo que todos vocês também tenham sido ótimos! Mas nada se pode comparar ao comportamento doce e encantador que Rosamond tinha. Ela o herdou da mãe, a avó de vocês, que era uma dama de nascença, uma Furnivall, neta do Lorde Furnivall de Northumberland. Acho que não tinha irmãs nem irmãos, e foi criada pela família do lorde até se casar com o avô de vocês, que — embora tenha sido sempre um cavalheiro inteligente e distinto — era apenas um cura, filho do dono de uma loja em Carlisle. Ele trabalhava duro em seu distrito eclesiástico, que era muito grande e se estendia pelas colinas rochosas de Westmoreland. Quando a mãe de vocês, a pequena Srta. Rosamond, tinha cerca de quatro ou cinco anos, os pais dela, seus avós, morreram um depois do outro, em um espaço de quinze dias. Ah! Foi um período muito triste. A minha linda jovem senhora e eu estávamos esperando por outro bebê quando o meu senhor chegou em casa vindo de uma de suas longas viagens, molhado e cansado, e trouxe a febre que o matou. A senhora nunca mais ergueu a cabeça; viveu apenas para ver o seu bebê nascer morto e deitá-lo sobre o peito antes de dar o último suspiro. A minha ama me havia pedido, no seu leito de morte, para nunca abandonar a Srta. Rosamond; mas mesmo que ela não houvesse dito uma palavra, eu teria ido com aquela criancinha até o fim do mundo.

Logo em seguida, antes mesmo que o nosso pranto se acalmasse, chegaram os testamenteiros e tutores para resolver as coisas. Eram o Lorde Furnivall, primo da minha pobre jovem senhora, e o Sr. Esthwaite, irmão do meu amo, um lojista de Manchester; não tão próspero como viria a ser e com uma família grande para cuidar. Não sei se eles assim determinaram ou se foi devido a uma carta que a minha senhora escreveu no leito de morte para o seu primo, o lorde, mas de alguma forma ficou decidido que a Srta. Rosamond e eu iríamos para a mansão senhorial em Northumberland. O Lorde Furnivall deu a entender que teria sido o desejo da mãe que a garota vivesse com a sua família e que ele não fazia nenhuma objeção a isso, pois uma ou duas pessoas a mais não fariam diferença em uma casa tão grande. Assim sendo, embora não fosse essa a forma que eu teria escolhido para cuidar do futuro da minha menininha linda e esperta — que era como um raio de sol para qualquer família, por maior que fosse —, eu me senti muito feliz porque todas as pessoas em Dale ficariam pasmas, admiradas, quando ficassem sabendo que eu seria a dama de companhia da jovem senhorita na mansão Furnivall, do Lorde Furnivall.

Mas me enganei ao pensar que iríamos viver no mesmo lugar que o lorde. O fato era que ele e sua família haviam deixado a mansão Furnivall cinquenta anos antes, ou mais. Era duro saber que a minha pobre jovem senhora nunca estivera lá, mesmo tendo sido criada com a família; e lamentei, pois teria gostado que a Srta. Rosamond passasse a juventude no mesmo lugar que a sua mãe.

O criado pessoal do lorde, a quem fiz todas as perguntas que tive coragem, disse que a mansão ficava no sopé das colinas rochosas de Cumberland e era muito grande; que lá viviam a idosa Srta. Furnivall, tia-avó do lorde, e uns poucos criados; que era um lugar muito saudável e o senhor havia pensado que seria ótimo para a Srta. Rosamond viver ali alguns anos, e que talvez a presença dela alegrasse um pouco a sua velha tia.

O lorde me mandou aprontar as coisas da Srta. Rosamond para um dia determinado. Era um homem duro, orgulhoso, como dizem que eram todos os lordes Furnivall; e nunca usou uma palavra a mais do que o necessário. As pessoas falavam que fora apaixonado pela minha senhora; mas, como ela sabia que o pai dele seria contra, nunca lhe deu atenção, e se casou com o Sr. Esthwaite. Mas não sei ao certo. O fato é que ele nunca se casou. Mas também não deu muita atenção à Srta. Rosamond — como acredito que teria feito se se houvesse interessado pela sua mãe já falecida. Ele nos enviou para a mansão com o seu criado pessoal, dizendo-lhe para encontrá-lo em Newcastle naquela mesma noite; assim sendo, o criado não teve muito tempo para nos apresentar a todos os estranhos antes de também se desfazer de nós; e fomos largadas na grande e velha mansão, duas jovens (eu tinha menos de dezoito anos) criaturas abandonadas. Parece que foi ontem que nos levaram para lá. Havíamos deixado a querida casa paroquial muito cedo, ambas havíamos chorado como se nossos corações fossem partir-se, apesar de estarmos viajando na carruagem do lorde, que antigamente me parecia incrível. E já passava bastante do meio-dia de um dia de setembro quando paramos para trocar os cavalos pela última vez, em uma cidadezinha enfumaçada, cheia de carvoeiros e de mineiros. A Srta. Rosamond havia adormecido, mas o criado, o Sr. Henry, me disse para acordá-la para que pudesse ver o parque e a mansão enquanto chegávamos. Pensei que seria uma pena despertá-la, mas fiz o que ele mandou, com medo de que se queixasse de mim ao lorde. Havíamos deixado para trás todos os sinais de cidades ou mesmo de aldeias, e estávamos dentro dos portões de um parque muito grande e de natureza selvagem — diferente dos parques daqui do sul, pois lá havia rochedos, barulho de água correndo, espinheiros retorcidos e velhos carvalhos, todos brancos e descascados pelos anos.

O caminho seguiu subindo por cerca de três quilômetros, e então vimos uma grande mansão imponente rodeada por muitas árvores, tão próximas a ela que em alguns pontos os galhos se chocavam contra as paredes quando o vento soprava; algumas árvores estavam quebradas, caídas, e parecia que ninguém cuidava muito do lugar — o caminho para as carruagens também estava mal cuidado e coberto de musgo. Apenas em frente à casa estava tudo limpo. Na grande entrada oval não existia um único matinho, e não se permitia que nenhuma árvore ou trepadeira crescesse sobre a fachada alongada e cheia de janelas, de cujos lados se projetavam as alas laterais — a casa, mesmo muito abandonada, era ainda maior do que eu pensava. Atrás dela se erguiam as colinas rochosas, que pareciam bastante amplas e desertas. À esquerda da casa, havia um jardinzinho de flores à moda antiga, como descobri depois. A porta para ele ficava no lado oeste da fachada; tinha sido feito para alguma *Lady* Furnivall antiga, retirando-se parte do bosque denso e escuro, mas os galhos das grandes árvores da floresta haviam crescido e agora o sombreavam, e por isso pouquíssimas flores sobreviviam ali.

Quando passamos pela grande entrada da frente e seguimos para o vestíbulo, pensei que poderíamos perder-nos; era muito grande, imenso, enorme. Um lustre todo feito em bronze pendia do meio do teto; eu nunca tinha visto um daqueles, e olhei atônita para ele. Em um canto havia uma lareira esplêndida, do tamanho das laterais das casas no meu povoado, com volumosos canos e cães de lareira para segurar a lenha; e perto dela uns sofás antiquados e pesados. No canto oposto do vestíbulo, à esquerda de quem entrava, havia um órgão construído na parede; era tão grande que ocupava a maior parte daquela extremidade. Mais além dele, do mesmo lado, havia uma porta; e em frente a ela, dos dois lados da lareira, outras portas que levavam à ala leste — mas nunca passei por elas no período em que estive na casa, então não posso dizer-lhes o que existia atrás delas.

A tarde já chegava ao fim, e o vestíbulo, onde ainda não haviam acendido o fogo, estava escuro e sombrio; mas não ficamos ali nem um instante. O velho criado da casa, que abrira a porta para nós, fez uma reverência para o Sr. Henry e nos levou pela porta do outro lado do grande órgão, e por várias salas menores e corredores, até a sala de visitas da ala oeste, onde ele havia dito que a Srta. Furnivall estava. A pobre Srta. Rosamond se agarrou a mim com força, como se estivesse assustada e perdida naquele lugar enorme; quanto a mim, não me sentia muito diferente. A sala de visitas da ala oeste tinha aparência muito acolhedora, com o fogo aceso aquecendo-a e muitos móveis bons e confortáveis espalhados. A Srta. Furnivall era uma dama idosa, chegando aos oitenta anos, creio eu, mas não tenho certeza. Era alta e magra, com o rosto repleto de rugas finas que pareciam ter sido desenhadas com a ponta de uma agulha. Os seus olhos eram muito atentos, suponho que para compensar o fato de ser surda a ponto de se ver obrigada a usar uma corneta auditiva. Sentada com ela, trabalhando na mesma grande tapeçaria, estava a Sra. Stark, a sua criada e dama de companhia, quase tão velha quanto ela. Vivia com a Srta. Furnivall desde que ambas eram jovens, e naquela época parecia mais uma amiga que uma criada; tinha um ar gélido, sombrio e inflexível, como se nunca houvesse amado ou se importado com alguém; e não creio que se importasse, exceto com sua ama; e, devido à forte surdez desta, a Sra. Stark a tratava quase como uma criança. O Sr. Henry entregou uma mensagem do lorde, nos disse adeus com uma reverência — sem tomar conhecimento da mão estendida da minha doce Srta. Rosamond — e nos deixou ali de pé, sendo examinadas pelas duas senhoras através dos óculos.

Fiquei muito aliviada quando chamaram o velho criado que nos recebera e lhe disseram para nos conduzir aos nossos aposentos. Então deixamos a grande sala de visitas, passamos por uma sala de estar, subimos uma escadaria enorme e seguimos por um corredor amplo — que era algo como uma biblioteca, com livros de cima a baixo de um lado e janelas e mesas de escrever do outro —, até chegar ao nosso destino. Fiquei feliz em saber que estávamos bem em cima das cozinhas, pois já começara a pensar que me perderia naquela casa desnorteante. Havia uma antiga sala das crianças, que fora utilizada por todos os pequenos lordes e damas tempos antes, com um fogo agradável na lareira, a chaleira fervendo e a mesa posta com tudo para o chá. E ao lado daquele aposento estava o quarto infantil, com um berço para a Srta. Rosamond perto da minha cama. O velho James chamou a esposa, Dorothy, para nos dar as boas-vindas; e ambos foram tão hospitaleiros e amáveis conosco que aos poucos a Srta. Rosamond e eu começamos a nos sentir em casa, e quando terminamos o chá ela já estava sentada no colo de Dorothy, tagarelando tão rápido quanto a sua linguinha permitia. Logo descobri que Dorothy era de Westmoreland, e isso de certa forma nos unia; eu não poderia sequer sonhar em encontrar pessoas mais gentis que o velho James e a sua mulher. James havia passado quase toda a vida com a família do lorde e acreditava que não existia ninguém tão superior quanto os Furnivall; até olhava a esposa com certa altivez, pois antes de se casarem ela só havia vivido na casa de um fazendeiro. Mas gostava muito dela — e não poderia ser diferente. Havia uma criada, chamada Agnes, que estava sujeita às ordens deles para fazer todo o trabalho duro; e ela e eu, e James e Dorothy, com a Srta. Furnivall e a Sra. Stark, formávamos a família; sem esquecer jamais da minha doce Srta. Rosamond! Eu costumava perguntar-me o que faziam antes da nossa chegada, pois agora só pensavam nela. Na cozinha ou na sala de visitas, era o mesmo. A dura e triste Srta. Furnivall e a fria Sra. Stark pareciam encantar-se quando ela chegava, gorjeando como um passarinho, brincando e fazendo travessuras para lá e para cá, em um sussurro constante, com a sua deliciosa tagarelice infantil. Tenho certeza de que as duas lamentavam quando ela corria para a cozinha, mas eram orgulhosas demais para lhe pedir que ficasse e se surpreendiam um pouco com aquela preferência da menina — embora a Sra. Stark falasse que isso não tinha nada de surpreendente, levando em consideração a origem do seu pai. A casa, grande, antiga e labiríntica, era um ótimo lugar para a Srta. Rosamond. Ela fazia expedições por todas as partes, comigo nos seus calcanhares; todas, menos a ala leste, que nunca ficava aberta e onde nem sequer pensávamos em ir. Mas nas alas norte e oeste havia muitos aposentos agradáveis, cheios de coisas curiosas para nós — ainda que talvez não o fossem para as pessoas com mais vivência. As janelas eram escurecidas pelo movimento dos galhos das árvores e pela hera que as cobria; mas mesmo nessa penumbra esverdeada conseguíamos enxergar os potes de porcelana antigos, as caixas de marfim entalhadas, livros pesados, enormes, e acima de tudo os quadros antigos!

Lembro-me que uma vez a minha querida pediu a Dorothy para nos acompanhar e contar quem eram as pessoas dos quadros; pois eram retratos da família do lorde, embora ela não soubesse o nome de todos. Havíamos passado pela maioria dos aposentos quando chegamos à antiga sala de visitas da mansão, que ficava em cima do vestíbulo, e onde havia um retrato da Srta. Furnivall; ou Srta. Grace, como era chamada então, por ser a irmã mais nova. Que beleza ela deve ter sido! Mas com um ar muito duro e orgulhoso, e um desdém enorme nos belos olhos, com as sobrancelhas levemente erguidas, como que espantada com o fato de alguém poder cometer a impertinência de olhar para ela... e os seus lábios se franziam para nós, enquanto ficávamos ali contemplando o retrato. Ela usava um traje de um tipo que eu nunca vira, mas que era moda na sua juventude: um chapéu de algum material branco e macio como pele de castor, um pouco inclinado sobre as sobrancelhas, com um lindo enfeite de plumas dando a volta em um dos lados; e o vestido de cetim azul tinha uma abertura na parte da frente, mostrando um corpete branco adornado, com enchimento.

— Minha nossa! — exclamei, depois de olhá-lo por algum tempo. — O ser humano é como a relva, que morre depressa, diz a Bíblia. Mas quem imaginaria, olhando agora para a Srta. Furnivall. que ela tivesse uma beleza tão extraordinária na juventude?

— Sim — disse Dorothy. — As pessoas se transformam de um modo triste. Mas se o que o pai do meu senhor dizia é verdade, a Srta. Furnivall, a irmã mais velha, era ainda mais bonita que a Srta. Grace. O retrato dela está aqui também, mas, se mostrá-lo para vocês, não devem jamais contar que o viram, nem sequer a James. Você acha que a senhorita consegue controlar a língua? — perguntou ela.

Eu não tinha muita certeza. Ela era uma menininha muito doce e corajosa, e era também muito franca e aberta. Então lhe disse para se esconder e depois ajudei Dorothy a desvirar um quadro grande, que estava apoiado na parede virado ao contrário, e não pendurado como os outros. Ela de fato superava a Srta. Grace em beleza; e acho que também em orgulho desdenhoso, ainda que nesse aspecto fosse bem difícil decidir. Eu poderia ter passado uma hora olhando para o quadro, mas Dorothy parecia um pouco assustada por tê-lo mostrado a mim; logo o colocou no lugar e me mandou correr para encontrar a Srta. Rosamond, porque havia alguns lugares perigosos na casa, onde ela não gostaria que a menina fosse. Eu era uma moça corajosa e cheia de energia, e não fiz muito caso do que ela me disse, porque gostava tanto de brincar de pique-esconde como qualquer criança da paróquia; então corri para buscar a minha pequena.

    À medida que o inverno avançava e os dias ficavam mais curtos, às vezes eu tinha quase certeza de ouvir um som, como se alguém estivesse tocando o grande órgão do vestíbulo. Não o ouvia todas as noites, mas certamente com muita frequência, em geral quando estava sentada em silêncio depois de colocar a Srta. Rosamond para dormir. Então costumava ouvi-lo vibrar ao longe, em ondas. Na primeira noite que isso aconteceu, quando desci para jantar perguntei a Dorothy quem estivera tocando e James disse, muito abruptamente, que eu era uma tola se tomava por música o murmúrio do vento entre as árvores. Mas vi que Dorothy olhou para ele muito assustada, e Bessy, a cozinheira, disse algo em voz baixa e ficou muito pálida. Percebi que eles não haviam gostado da minha pergunta, então decidi ficar quieta até estar sozinha com Dorothy, quando sabia que conseguiria boas respostas. No dia seguinte esperei a hora certa e a persuadi, perguntando então quem tocava o órgão; sabia muito bem que se tratava do órgão e não do vento, apesar de ter mantido silêncio perto de James. Mas lhes asseguro que Dorothy havia sido repreendida, porque não consegui arrancar dela uma única palavra. Então tentei com Bessy, embora sempre a tivesse olhado de forma um pouco superior, já que eu estava no mesmo nível que James e Dorothy e ela era pouco mais que criada deles. Ela me disse que não deveria nunca, jamais, contar nada; e que, se contasse, não deveria falar que ela me havia dito; mas que era um barulho muito estranho e ela o ouvira várias vezes, principalmente nas noites de inverno e antes de tempestades; e que as pessoas diziam que era o antigo lorde que tocava o grande órgão do vestíbulo, como costumava fazer quando estava vivo; mas quem era o lorde antigo, por que tocava e por que o fazia em especial em noites de tormenta no inverno, ela ou não podia ou não queria dizer-me. Pois bem! Já lhes disse que eu era valente, então pensei que era bem agradável ter aquela música grandiosa percorrendo a casa, fosse lá quem fosse que estivesse tocando, pois ela primeiro sobrepujava as fortes rajadas de vento, uivava e triunfava como um ser vivo, depois descia até a mais completa suavidade; mas sempre música, melodias, portanto era um disparate chamá-la de vento.

No começo achei que poderia ser a Srta. Furnivall quem tocava, sem que Bessy soubesse; mas um dia, quando estava sozinha no vestíbulo, abri o órgão e espiei tudo, dentro e em volta, como havia feito uma vez com o órgão da igreja de Crosthwaite; vi que, embora parecesse magnífico e em perfeito estado por fora, por dentro estava todo quebrado, destruído. E, então, apesar de ser meio-dia, a minha pele se arrepiou. Fechei o órgão e corri para o luminoso quarto infantil. Depois disso, durante algum tempo me incomodei ao ouvir a música, mais do que James e Dorothy. Nesse período, a Srta. Rosamond foi fazendo-se cada vez mais querida. As senhoras gostavam que ela as acompanhasse no jantar bem cedo; James ficava de pé atrás da cadeira da Srta. Furnivall, e eu atrás da Srta. Rosamond muito cerimoniosamente. Depois de comer ela brincava em um canto da grande sala de visitas, quieta como um ratinho, enquanto a Srta. Furnivall dormia e eu ia jantar na cozinha. Em seguida eu a levava para a sala das crianças, e ela ficava feliz, porque, como me dizia, a Srta. Furnivall era muito triste e a Sra. Stark, muito sem graça. Mas nós duas éramos bastante alegres, e aos poucos fui parando de me preocupar com aquela estranha música retumbante, que não fazia mal a ninguém se não soubéssemos de onde vinha.

Aquele inverno foi muito frio. No meio de outubro as geadas começaram, e duraram muitas, muitas semanas. Lembro que um dia, no jantar, a Srta. Furnivall levantou os olhos tristes e carregados e disse à Sra. Stark: "Temo que este inverno seja terrível", de uma forma estranha, repleta de significados. Mas a Sra. Stark fingiu não ter ouvido e começou a falar muito alto de outra coisa. Minha senhorita e eu não nos preocupávamos com o frio; não nós! Se não estivesse chovendo nem nevando, escalávamos os cumes íngremes atrás da casa e subíamos até as colinas rochosas, gélidas e despidas de vegetação, e apostávamos corridas naquele ar frio e cortante; e uma vez descemos por um caminho desconhecido, que nos levou além dos dois azevinhos velhos e retorcidos que cresciam na metade do caminho, subindo pela ala leste da casa. Mas os dias ficavam cada vez mais curtos, e o antigo lorde, se é que era ele, tocava o grande órgão com cada vez mais intensidade e tristeza. Numa tarde de domingo — deve ter sido perto do final de novembro —, pedi a Dorothy para cuidar da pequenina quando ela saísse da sala de visitas, depois de a Srta. Furnivall começar a cochilar, porque eu queria ir à igreja, mas estava frio demais para levá-la comigo. Dorothy prometeu fazê-lo, muito feliz; ela gostava muito da menina, então, e tudo me pareceu bem, e Bessy e eu partimos bem cedo, muito animadas, mesmo com o céu pesado e escuro sobre a terra pintada de branco pela neve. A noite ainda não tinha ido embora por completo, e o ar, ainda que calmo, era muito cortante.

— Vamos ter uma nevada — me disse Bessy. E, de fato, quando ainda estávamos na igreja começou a nevar forte, em flocos enormes — tão forte que a neve quase escureceu as janelas. Parou de nevar antes de sairmos, deixando uma camada macia, grossa e funda sob os nossos pés quando caminhamos para casa. Antes que entrássemos no vestíbulo a Lua subiu no céu, e acho que ele ficou mais iluminado então — com a Lua e o branco ofuscante da neve — que quando havíamos saído para a igreja, entre duas e três horas. Eu não tinha contado a vocês que a Srta. Furnivall e a Sra. Stark não iam nunca à igreja; elas costumavam rezar juntas, da sua forma reservada e sombria; parecia que elas achavam o domingo muito longo porque não podiam ocupar-se com o trabalho na tapeçaria. Por isso, quando fui encontrar Dorothy na cozinha para buscar a Srta. Rosamond e levá-la para cima comigo, não me surpreendi em absoluto quando ela me disse que as senhoras haviam retido a menina consigo, e ela não descera para a cozinha, como eu lhe dissera para fazer quando se cansasse de se comportar bem na sala de visitas. Então tirei a capa e fui encontrar-me com ela para levá-la para jantar na sala das crianças. Mas. quando entrei na sala, lá estavam as duas senhoras, sentadas, muito quietas e silenciosas, deixando escapar alguma palavra de vez em quando, mas parecendo jamais terem tido nada tão radiante e feliz como a Srta. Rosamond perto delas. Pensei, porém, que ela podia estar escondendo-se de mim — era uma das coisas que fazia muito — e que havia convencido as senhoras a fingirem que não sabiam dela; então comecei a olhar silenciosamente debaixo deste sofá, atrás daquela cadeira, fingindo-me de assustada porque não a encontrava.

— Qual é o problema, Hester? — perguntou a Sra. Stark com rispidez. Não sei se a Srta. Furnivall havia percebido a minha presença, pois, como já disse, era muito surda e permaneceu ali sentada, quase sem se mover, olhando para o fogo com a expressão desanimada.

— Estou apenas procurando a minha pequena Rosa Rosinha — respondi, ainda pensando que a menina estava ali, perto de mim, mesmo que eu não a visse.

— A Srta. Rosamond não está aqui — disse a Sra. Stark.
— Saiu para procurar Dorothy mais de uma hora atrás. — E se virou para também olhar o fogo.

O meu coração ficou apertado, e comecei a desejar jamais ter-me separado da minha querida. Voltei à cozinha e contei a Dorothy. James havia saído para passar o dia fora, mas ela, Bessy e eu pegamos velas e fomos primeiro na sala das crianças; depois percorremos toda aquela casa enorme, chamando a Srta. Rosamond e lhe pedindo para sair do seu esconderijo e não nos assustar daquela maneira terrível. Mas não houve resposta, nem um som.

— Ah! — disse eu por fim. — Será que ela foi para a ala leste e se escondeu lá?

Mas Dorothy disse que era impossível, porque nem mesmo ela havia jamais ido lá; e as portas estavam sempre trancadas, e ela achava que só o criado pessoal do lorde tinha as chaves; de qualquer forma, nem ela nem James as haviam visto nunca. Então eu disse que voltaria para ver se no final das contas ela havia realmente se escondido na sala de visitas sem que as duas senhoras percebessem, e que se a encontrasse lhe daria umas boas palmadas pelo susto que me havia dado — mas é claro que não pensava realmente em fazer isso. Bem, voltei à sala, contei à Sra. Stark que não encontráramos a menina em nenhum lugar e lhe pedi que me deixasse olhar tudo por ali, pois agora acreditava que ela podia ter acabado adormecendo em algum canto quente e escondido. Mas não! Procuramos — a Srta. Furnivall se levantou e ajudou, tremendo dos pés à cabeça — e ela não estava em nenhum lugar. Então saímos em busca novamente, todas nós, olhando nos lugares que já havíamos percorrido; mas não conseguimos encontrá-la. A Srta. Furnivall estremecia e tremia tanto que a Sra. Stark a levou de volta ao calor da sala de visitas; mas não sem antes me fazerem prometer que levaria a Srta. Rosamond para vê-las quando a encontrássemos. Mas que dia! Começava a achar que ela não apareceria nunca, quando me ocorreu procurar no amplo pátio da frente, todo coberto de neve. Eu estava no andar superior quando olhei para baixo; a luz da Lua era tão clara que pude ver com toda clareza duas pequenas pegadas saindo da porta principal e contornando a ponta da ala leste. Nem sei como desci, mas abri a porta grande e pesada do vestíbulo com um puxão e, jogando a saia externa do meu vestido sobre a cabeça para me cobrir, corri para fora. Segui até a ponta da ala leste, e então uma sombra negra escureceu a neve; mas, quando voltei à luz da Lua, lá estavam as pequenas pegadas, subindo, subindo, direto para as colinas. Fazia um frio terrível; tanto que o ar quase me arrancava a pele do rosto enquanto eu corria; mas segui em frente, chorando ao pensar em como a minha pobre menina querida devia estar sofrendo e com medo. Já estava conseguindo ver os azevinhos quando avistei um pastor descendo pela colina carregando algo nos braços, envolvido na sua manta. Perguntou de longe, gritando, se eu havia perdido uma criança; o choro me impediu de falar, e então ele veio até mim e vi a minha menininha, imóvel, pálida e rígida nos seus braços, como se estivesse morta. Ele me contou que havia subido as colinas para reunir as ovelhas antes que caísse o intenso frio da noite, e que sob os azevinhos (pontos escuros na encosta, onde não havia mais vegetação em quilômetros ao redor) encontrara a minha senhorita, minha cordeirinha, minha rainha, minha querida, rígida e fria no terrível sonho causado pelo enregelamento. Ah! A alegria e o choro por voltar a tê-la nos meus braços. Sim, pois não deixei que o pastor a carregasse; tomei-a nos braços com a manta e a segurei contra o meu colo, o meu coração, e senti a vida voltando aos poucos àqueles pequenos e delicados membros. Mas ela ainda estava inconsciente quando chegamos à entrada da mansão, e eu não tinha forças para falar. Passamos pela porta da cozinha.

— Traga o ferro para aquecer a cama — disse eu. Subi as escadas com ela e comecei a despi-la perto do fogo do quarto infantil, que Bessy tinha mantido aceso. Ainda cega pelas lágrimas, chamei o meu cordeirinho por todos os nomes doces e divertidos que me ocorreram; até que ela enfim abriu os grandes olhos azuis. Então a coloquei na cama quente e disse para Dorothy descer e dizer à Srta. Furnivall que estava tudo bem; e decidi ficar sentada junto à cama da minha querida a noite inteira. Ela caiu em um doce sonho assim que a sua linda cabecinha tocou o travesseiro, e velei o seu sono até clarear, de manhã. Então ela despertou, alegre e despreocupada — ou pelo menos foi o que me pareceu no momento; e, meus queridos, hoje também acredito nisso.

Ela me contou que havia pensado em ir encontrar Dorothy, pois as duas idosas dormiram e estava muito aborrecido na sala de visitas; e que, quando passou pelo saguão da ala oeste, viu a neve pela janela alta, caindo, caindo, suave e constante; então, quis vê-la cobrindo o chão, linda e branca; foi até o grande vestíbulo, chegou perto da janela e a avistou, suave e brilhante, sobre o caminho; mas enquanto estava ali viu uma garotinha, mais nova que ela, "tão bonita...", disse a minha querida, "e a menininha me fez sinais para sair, e... Ah, ela era tão bonita e tão doce que eu tive de ir". Depois aquela garotinha havia segurado sua mão e seguiram juntas, contornando a ala leste da casa.

— Agora você está sendo uma menininha má, contando mentiras — eu lhe disse. — O que a sua boa mãe, que está no céu e nunca falou uma mentira na vida, diria para a sua pequena Rosamond se a ouvisse contar histórias assim? E ouso dizer que ela a ouve, sim!

— Mas, Hester — gemeu a minha menina —, estou dizendo a verdade. Estou, sim!

— Não fale isso! — disse eu, muito séria. — Segui as pegadas na neve; só via as suas. Se você tivesse subido a colina segurando a mão da menininha, não acha que as pegadas dela teriam ficado marcadas ao lado das suas?

— Não tenho culpa se não ficaram, querida Hester — disse ela, chorando —; não olhei os pés dela em nenhum momento, mas ela apertava a minha mão com a sua mãozinha, que estava muito, muito fria. Ela me levou pelo caminho da colina até os azevinhos; lá avistei uma mulher gemendo e chorando. Mas, quando ela me viu, o seu choro se acalmou, e ela sorriu, muito orgulhosa e superior, me sentou no seu colo e começou a me ninar para que eu dormisse; e isso é tudo, Hester... e é verdade, e a minha querida mamãe sabe disso — e ela continuou chorando.

Achei que a pobre criança estava com febre, então fingi acreditar nela, pois voltava àquela história uma e outra vez, sempre contando-a do mesmo jeito. Por fim Dorothy bateu na porta com o café da manhã da Srta. Rosamond; e me disse que as senhoras estavam embaixo, na sala de jantar, e queriam falar comigo. As duas haviam estado no quarto infantil na noite anterior, mas depois que a Srta. Rosamond dormira — então haviam apenas olhado para ela, sem me fazer nenhuma pergunta.

"Vou levar uma bronca", falei comigo mesma enquanto seguia pelo corredor da ala norte. Mas me encorajei pensando: "Na verdade, eu a deixei ao cuidado delas, então a culpa é delas se não cuidaram da senhorita nem perceberam quando ela saiu da sala". Assim sendo, entrei confiante e contei a minha história. Falei tudo para a Srta. Furnivall, gritando perto do seu ouvido. Mas, quando mencionei a outra menininha, lá fora na neve, persuadindo a Srta. Rosamond, chamando-a para sair e levando-a até a mulher bela e imponente perto do azevinho, ela ergueu os braços, os velhos e magros braços, e gritou:

— Ó, meu Deus, perdão! Tenha piedade!

A Sra. Stark a segurou — de maneira um pouco brusca ao que me pareceu; mas ela não se deixou dominar e falou comigo, com autoridade e me advertindo fortemente.

— Hester! Mantenha-a longe dessa menina! Ela a arrastará para a morte! Essa criança diabólica! Diga a ela que essa menina é má e perversa!

Então a Sra. Stark me fez sair da sala, o que na realidade fiz com prazer. Mas a Srta. Furnivall continuava gritando:

— Ó! Tenha piedade! Será que você nunca vai perdoar! Já faz tanto tempo!

Fiquei muito aflita depois daquilo. Não me atrevia a deixar a Srta. Rosamond de noite nem de dia, com medo que escapulisse novamente, por uma ilusão qualquer; e acima de tudo porque havia chegado à conclusão de que a Srta. Furnivall estava louca, devido à forma estranha como era tratada, e eu tinha medo de que algo assim (isso pode ser de família, vocês sabem) acontecesse com a minha menininha querida... A grande geada não parou durante todo esse tempo; e, quando a noite era mais tempestuosa que o habitual, em meio às rajadas e ao vento nós ouvíamos o antigo lorde tocando o grande órgão. Mas, com esse lorde ou não, aonde quer que a Srta. Rosamond fosse eu a seguia, pois o meu amor por ela, minha linda órfã desamparada, era mais forte que o medo que aquele som imponente e terrível me causava. Além disso, era minha responsabilidade mantê-la animada e contente, como é de se esperar na sua idade. Então brincávamos juntas, passeávamos juntas aqui, ali e acolá, pois não me atrevia a voltar a perdê-la de vista outra vez naquela mansão labiríntica. E então aconteceu de numa tarde, não muito antes do Natal, estarmos as duas jogando na mesa de bilhar do grande saguão (não que soubéssemos a forma correta de jogar, mas ela gostava de girar as lisas bolas de marfim com as suas lindas mãos, e eu gostava de tudo que ela fazia), e pouco a pouco, sem que percebêssemos, foi ficando escuro dentro de casa, embora ainda houvesse luz ao ar livre; eu já estava pensando em levá-la para o quarto quando, de repente, ela exclamou:

— Olhe, Hester! Olhe! A minha pobre menininha está lá fora, na neve!

Eu me virei para as janelas estreitas e alongadas e, sim, vi uma menininha, menor que a minha Srta. Rosamond, com uma roupa nem um pouco adequada para ficar ao ar livre em uma noite tão terrível, chorando e batendo nos caixilhos como se quisesse entrar. Parecia soluçar e gemer, até que a Srta. Rosamond não conseguiu mais suportar e correu para abrir a porta. Então, de repente e muito perto de nós, o grande órgão ecoou tão forte e atordoador que me fez tremer; e ainda mais quando me dei conta de que, mesmo em meio à quietude daquele frio mortal, eu não ouvira nenhum ruído das batidas na janela, mesmo a criança fantasma tendo aparentemente colocado toda a sua força nisso; e que, embora a tivesse visto gemer e chorar, nem o menor som havia chegado aos meus ouvidos. Não sei se pensei tudo isso naquele instante; o barulho do grande órgão me deixara aterrorizada; só sei que alcancei a Srta. Rosamond antes que ela chegasse à porta do vestíbulo, segurei-a firme e a levei, esperneando e gritando, para a cozinha iluminada, onde Dorothy e Agnes estavam ocupadas fazendo tortas de carne.

— O que está acontecendo com a minha doçura? — exclamou Dorothy quando entrei com a Srta. Rosamond, que chorava como se alguém tivesse pisoteado o seu coração.

— Ela não me deixa abrir a porta para a minha menininha entrar; e ela vai morrer se ficar na colina a noite toda. Hester má, cruel! — disse, batendo em mim; mas poderia ter batido até mais forte, pois eu havia visto tamanho terror no rosto de Dorothy que me gelara o sangue.

— Feche a porta dos fundos da cozinha e tranque bem — disse ela a Agnes, e não falou mais nada. Deu-me uvas-passas e amêndoas para acalmar a Srta. Rosamond, mas ela continuava chorando pela menininha na neve e não tocou em nenhuma daquelas gostosuras. Fiquei agradecida quando acabou dormindo em sua cama, de tanto chorar. Então desci furtivamente à cozinha e disse a Dorothy que havia tomado uma decisão. Ia levar a minha querida para a casa do meu pai, em Applethwaite. Lá viveríamos em paz, ainda que humildemente. Disse a ela que já me assustara bastante com o antigo lorde tocando o órgão; mas agora, que eu também vira aquela menininha chorosa, vestida de maneira diferente de qualquer garota da vizinhança e com uma ferida escura no ombro direito, chamando e batendo para conseguir entrar, mas sem que se ouvisse qualquer ruído, qualquer voz; e depois que a Srta. Rosamond a identificara como o fantasma que quase a arrastara para a morte (e Dorothy sabia que isso era verdade)... não, eu não podia mais ficar ali.

Vi que ela mudou de cor uma ou duas vezes. Quando terminei, me disse que não acreditava que eu pudesse levar a Srta. Rosamond comigo, porque ela estava sob a guarda do lorde e eu não tinha nenhum direito sobre ela. Perguntou-me se eu ia deixar a criança de quem tanto gostava, só por causa de alguns ruídos e visões que não poderiam fazer-me nenhum mal; e disse que todos eles haviam tido de se acostumar com aquilo. Eu estava trêmula e muito agitada e falei que para ela estava tudo muito bem, pois sabia o que significavam as visões e os ruídos, e talvez eles tivessem algo a ver com a menina fantasma, quando ainda estava viva. E tanto a incomodei que afinal ela me contou tudo que sabia. E então desejei jamais ter ouvido aquela história, porque fiquei ainda mais assustada.

Ela disse que tinha ouvido a história de uns velhos vizinhos que conheceu quando era recém-casada, na época em que as pessoas às vezes ainda entravam no vestíbulo, antes que a casa ficasse com má fama na região; e que o que lhe haviam contado podia ser ou não verdade.

O antigo lorde era pai da Srta. Furnivall — ou Srta. Grace, como Dorothy a chamava, pois a Srta. Maude era a mais velha, portanto era quem tinha direito ao título. O velho lorde era consumido pelo orgulho. Nunca se vira ou ouvira falar em homem mais orgulhoso; e as filhas haviam saído a ele. Ninguém era bastante bom para se casar com elas, mesmo tendo muitos pretendentes entre os quais escolher, porque eram as maiores beldades da sua época, como eu pudera ver nos retratos da sala de estar. Mas, como diz o velho ditado, "O orgulho precede a queda"; e aquelas duas belezas altivas se apaixonaram pelo mesmo homem, um simples músico estrangeiro que o pai delas havia feito vir de Londres para tocar com ele na mansão. Pois, acima de tudo e quase no mesmo nível do seu orgulho, o lorde amava a música. Sabia tocar quase todos os instrumentos conhecidos, e era estranho pensar que a música não o abrandava; era um velho raivoso e severo que, diziam, destroçara o coração da pobre esposa com a sua crueldade. Mas era louco por música, e pagaria o que fosse por ela. Então conseguiu fazer o estrangeiro vir até a sua casa; um homem que tocava tão bem que, diziam, até os pássaros paravam de cantar nas árvores para escutá-lo. Aos poucos esse cavalheiro estrangeiro tornou-se tão importante para o lorde que este só queria saber de levá-lo para lá todos os anos; e foi esse músico quem fez trazer o grande órgão da Holanda e montá-lo no vestíbulo, onde ainda está. Ensinou o lorde a tocá-lo, mas frequentemente acontecia de, enquanto ele não pensava em nada além do seu excelente órgão e da música ainda melhor, o estrangeiro moreno se dedicar a passear pelo bosque com uma das senhoritas: às vezes com a Srta. Maude, outras com a Srta. Grace.

A Srta. Maude ganhou a prova e levou o prêmio; o músico e ela se casaram sem que ninguém soubesse. E, antes que ele fizesse a visita anual seguinte, ela deu à luz uma garotinha em uma casa nas colinas, enquanto o seu pai e a Srta. Grace achavam que ela estava nas corridas em Doncaster. Entretanto, mesmo agora sendo esposa e mãe, o seu temperamento não se abrandou em nada; continuava sendo tão arrogante e irritável como sempre. Talvez até mais, porque tinha ciúme da Srta. Grace, a quem o seu marido estrangeiro fazia a corte — para que ela não percebesse nada, dizia ele à esposa. Mas a Srta. Grace acabou vencendo a Srta. Maude, que foi ficando cada vez mais raivosa, tanto com a irmã como com o marido; e ele, que podia facilmente se livrar de algo desagradável e se esconder no estrangeiro, foi embora naquele verão um mês antes da data habitual, com a ameaça de não voltar nunca mais. Enquanto isso, a criancinha continuava sendo mantida no campo, e pelo menos uma vez por semana a sua mãe mandava que selassem o cavalo e galopava como uma louca pelas colinas para ir visitá-la; porque ela, quando amava, amava de verdade; e, quando odiava, odiava de verdade. E o antigo lorde continuou tocando e tocando o órgão, e os criados pensavam que a música doce que ele tocava havia suavizado o seu temperamento terrível, do qual (segundo Dorothy) algumas histórias terríveis podiam ser contadas. Ele ficou debilitado, e passou a ter de andar com uma muleta; como um dos seus filhos — pai do atual Lorde Furnivall — estava na América, lutando no exército, e o outro, no mar, a Srta. Maude podia fazer quase tudo como bem entendesse, e ela e a Srta. Grace foram ficando cada vez mais frias e amargas uma com a outra, até chegarem ao ponto de mal se falarem, exceto quando o pai estava presente. O músico estrangeiro voltou no verão seguinte, mas pela última vez; o ciúme e a cólera das irmãs tornaram a sua vida tão impossível que ele se cansou, foi embora e nunca mais se ouviu falar dele. A Srta. Maude, que sempre tivera a intenção de tornar o seu casamento público quando o pai morresse, se viu reduzida a esposa abandonada (embora ninguém soubesse que ela se casara), com uma filha que, mesmo amando loucamente, ela não se atrevia a reconhecer, vivendo com um pai a quem temia e uma irmã que odiava.

Quando o verão seguinte passou e o estrangeiro moreno não apareceu, tanto a Srta. Maude como a Srta. Grace ficaram melancólicas e tristes. A aparência delas era de desconsolo, embora continuassem tão bonitas como sempre. Mas pouco a pouco a Srta. Maude foi iluminando-se, porque o seu pai ficava cada vez mais fraco e mais arrebatado pela música; e ela e a Srta. Grace viviam quase completamente separadas, a Srta.

Maude na ala leste, nos aposentos que agora estavam fechados, e a Srta. Grace na ala oeste. Então ela pensou que poderia levar a sua menininha para junto dela, e ninguém precisaria saber, exceto os que não se atreveriam a falar sobre o assunto e que seriam obrigados a acreditar no que ela dissesse: que era uma filha de camponeses a quem se afeiçoara. Tudo isso, disse Dorothy, era coisa sabida; mas o que aconteceu depois só era do conhecimento da Srta. Grace e da Sra. Stark — que era já a sua dama de companhia naquela época e considerada por ela mais amiga do que a irmã jamais fora. Mas os criados imaginaram, por algumas palavras ouvidas aqui e ali, que a Srta. Maude havia vencido a Srta. Grace, e lhe contaram que o estrangeiro moreno havia zombado dela ao fingir amá-la, porque era casado com a sua irmã. Naquele dia a Srta. Grace perdeu para sempre a cor da face e dos lábios, e várias vezes a ouviram dizer que mais cedo ou mais tarde teria a sua vingança; e a Sra. Stark passou a sempre espionar os quartos da ala leste.

Numa noite terrível, logo depois de começar o novo ano, quando a neve cobria tudo, densa e profunda, e os flocos continuavam a cair com tanta intensidade que cegavam qualquer um que ficasse ao ar livre, ouviu-se uma barulheira forte e violenta acompanhada da voz do lorde amaldiçoando e praguejando horrivelmente; depois os gritos de uma menininha, o desafio orgulhoso de uma mulher enraivecida, o som de um golpe, um silêncio mortal e depois gemidos e prantos cujo som foi definhando enquanto seguiam colina acima! Então o lorde convocou todos os criados da casa e lhes disse, com pragas terríveis e palavras mais terríveis ainda, que a sua filha se havia desonrado e ele a colocara para fora de casa, ela e a filha, e se eles algum dia as ajudassem, lhes dessem comida ou abrigo, rezaria para que não pudessem jamais entrar no céu. A Srta. Grace ficou ao lado do pai todo o tempo, pálida e rígida como uma pedra; e, quando ele terminou, soltou um grande suspiro, como que dizendo que o seu trabalho chegara ao fim, que alcançara o seu propósito. Mas o lorde não voltou a tocar o órgão e morreu naquele mesmo ano. E não me estranha, porque no dia seguinte àquela noite turbulenta e assustadora, pastores que desciam a colina encontraram a Srta. Maude sentada sob os azevinhos, completamente enlouquecida e sorridente, ninando uma menina morta com uma ferida terrível no ombro direito.

— Mas não foi a ferida que a matou — disse Dorothy —, e sim a geada e o frio. Todas as criaturas selvagens estavam nas suas tocas e todo o gado estava no seu curral... ao passo que a menina e a mãe haviam sido expulsas de casa para vagar pelas colinas! Agora você já sabe de tudo! E me pergunto... está menos assustada?

Eu estava mais assustada que nunca, mas neguei. Desejei ir embora para sempre daquela casa horrível com a Srta. Rosamond; mas não a deixaria nem ousava levá-la comigo. Mas, ah... como a vigiava e a protegia! Nós trancávamos as portas e fechávamos as persianas uma hora antes do escurecer, para não deixá-las abertas nem cinco minutos além do devido. Mas a minha senhorita ainda ouvia a criança sobrenatural chorar e se queixar; e nada que pudéssemos fazer ou dizer a impedia de querer ir até ela e retirá-la do vento e da neve cruéis. Todo esse tempo evitei ao máximo o contato com a Srta. Furnivall e a Sra. Stark, pois as temia — sabia que não podia haver nada de bom nelas, com os seus rostos acinzentados e inflexíveis e o olhar perdido, recordando os anos terríveis do passado. Mas, mesmo tendo medo, também sentia uma espécie de compaixão, ao menos pela Srta. Furnivall. Nem os que caíram no abismo poderiam ter uma expressão mais desesperançada que a dela, sempre. No final, ela não falava mais — a menos que fosse forçada a tal — e comecei a sentir tanta pena dela que rezei pela sua alma; e ensinei a Srta. Rosamond a rezar por alguém que cometera um pecado mortal; mas, quando ela chegava a essa parte, frequentemente ouvia algo, se levantava e dizia:

— Estou ouvindo a minha menininha se lamentar e chorar, muito triste... Ah! Deixe-a entrar ou ela vai morrer!

Numa noite, logo depois de o dia do *Réveillon* chegar finalmente, e o longo inverno abrandar, como eu esperava, ouvi a campainha da sala de estar da ala oeste soar três vezes: era o sinal para mim. Não deixaria a Srta. Rosemond sozinha, mesmo estando ela dormindo, pois o lorde andava tocando o órgão mais intensamente que nunca e eu temia que a minha querida despertasse e ouvisse a menina fantasma. Mas pelo menos eu sabia que ela não conseguiria vê-la: eu havia fechado muito bem as janelas para impedir isso. Então tirei-a da cama, envolvi-a com os agasalhos que estavam mais à mão e a carreguei até a sala onde as senhoras estavam sentadas bordando, como sempre. Ergueram os olhos do trabalho quando entrei, e a Sra. Stark perguntou, muito surpresa:

— Por que você trouxe a Srta. Rosemond aqui, tirando-a da cama quente?

Comecei a responder, num sussurro:

— Porque fiquei com medo de que aquela menina da neve a induzisse a sair enquanto eu não estava...

Mas de repente ela olhou para a Srta. Furnivall e me interrompeu, dizendo que a sua ama queria que eu desfizesse um trabalho que ela havia feito errado, e que nenhuma das duas via bem para desfazer. Então deitei a minha lindinha no sofá, me sentei em um tamborete ao lado das senhoras, endurecendo o coração em relação a elas enquanto ouvia o vento aumentando e uivando.

A Srta. Rosemond continuou dormindo, mesmo com o barulho de todo aquele vento soprando, e a Srta. Furnivall não disse uma palavra, nem se virou para olhar quando as rajadas sacudiram as janelas. Mas de repente se ergueu por completo e levantou uma das mãos, como se nos mandasse escutar.

— Ouço vozes! — disse. — Ouço gritos terríveis! Ouço a voz do meu pai!

Nesse exato momento a minha queridinha despertou num sobressalto:

— A minha garotinha está chorando; ai, como está chorando! — e tentou levantar-se para ir até ela, mas os seus pés se enroscaram na coberta e a segurei, pois havia começado a me arrepiar com aqueles sons que elas ouviam e nós não. Mas em um ou dois minutos os sons surgiram, se juntaram rapidamente e encheram os nossos ouvidos; também nós ouvimos vozes e gritos, e não mais o enfurecido vento invernal lá fora. A Sra. Stark olhou para mim, e eu para ela, mas não nos atrevemos a falar. De repente a Srta. Furnivall se dirigiu à porta, saiu para a antessala, passou pelo corredor da ala oeste e abriu a porta do grande vestíbulo. A Sra. Stark a seguiu e não me atrevi a ser deixada para trás, embora o meu coração tivesse quase parado de bater de tanto medo. Envolvi a minha querida com os braços, segurando firme, e segui com ela. Os gritos eram ainda mais fortes no vestíbulo; davam a impressão de vir da ala leste, cada vez mais próximos, perto das portas trancadas — bem detrás delas. Então percebi que o grande candelabro de bronze parecia estar todo aceso, embora o vestíbulo estivesse na penumbra, e que havia fogo ardendo na imensa lareira, mas não gerava nenhum calor. Estremeci de terror, e abracei a minha querida com mais força. Mas enquanto eu fazia isso a porta da ala leste foi sacudida, e ela, começando imediatamente a lutar para se livrar de mim, gritou:

— Hester! Eu tenho de ir! A minha menininha está lá, posso ouvi-la. Ela está vindo! Hester, eu tenho de ir!

Segurei-a com todas as minhas forças, com uma determinação absoluta. Tão resolvida eu estava a detê-la que, se tivesse morrido, continuaria abraçada a ela. A Srta. Furnivall escutava, parada, sem prestar nenhuma atenção à minha querida, que conseguira descer ao chão, e eu, agora de joelhos, abraçava-a pelo pescoço; ela continuava chorando e lutando para se soltar.

Então a porta da ala leste cedeu de súbito, com um estrondo aterrador, como se fosse quebrada por uma fúria enorme, e a figura de um homem velho, alto, com cabelo grisalho e olhos cintilantes surgiu naquela luz clara e misteriosa. Empurrava diante de si, com impiedosos gestos de desprezo, uma mulher altiva e bela, com uma menininha agarrada ao seu vestido.

— Ó, Hester! Hester! — exclamou a Srta. Rosamond. — É a senhora! A senhora que estava sob os azevinhos; e a minha menininha está com ela. Hester! Hester! Deixe-me ir até ela; estão chamando-me. Eu as sinto... sinto. Preciso ir!

Ela estava à beira de um acesso com os esforços que fazia para se soltar; porém, eu a segurava cada vez mais forte, até ficar com medo de machucá-la; mas antes isso que a deixar ir com aqueles fantasmas terríveis. Eles seguiram em frente, até a grande porta do vestíbulo, onde os ventos uivavam, vorazes pela sua presa; mas, antes que chegassem lá, a mulher se virou e pude ver que desafiava o velho com um desprezo feroz e altivo. Porém, depois começou a tremer e levantou os braços, em um gesto desesperado e comovedor para salvar a sua menina, a sua menininha, de um golpe da muleta que ele erguera.

E a Srta. Rosamond estava tomada por uma força maior que a minha, e se contorcia nos meus braços, soluçando — a essa altura a pobrezinha já estava quase desmaiando.

— Querem que eu vá com elas para as colinas... estão atraindo-me para elas. Ai, minha menininha! Eu iria, mas essa Hester cruel e malvada está segurando-me com muita força!

Mas, quando ela viu a muleta erguida, desmaiou, e agradeci a Deus por isso. Justo nesse momento, quando o velho alto, com o cabelo ondulando como se agitado pelo sopro de uma fornalha, ia bater na menina encolhida e trêmula, a Srta. Furnivall, a idosa que estava ao meu lado, gritou:

— Ó, pai! Pai! Poupe essa criança inocente!

E nesse momento vi, todos vimos, outro fantasma tomando forma e se tornando claro na luz azulada e nebulosa que enchia o vestíbulo; não o havíamos visto até então, pois era outra dama que estava de pé ao lado do ancião, com uma expressão de ódio implacável e desprezo triunfante. Era uma figura muito bonita, com um chapéu branco e macio inclinado sobre a testa altiva e lábios vermelhos retorcidos. Usava um vestido azul aberto na frente. Eu já havia visto aquela imagem: era o retrato da Srta. Furnivall na sua juventude. E os terríveis fantasmas avançaram, indiferentes à súplica desesperada da idosa Srta. Furnivall; a muleta erguida caiu sobre o ombro direito da menininha, e a irmã mais nova apenas olhava, fria e mortalmente calma. Mas nesse momento as luzes sombrias e o fogo que não gerava calor se apagaram sozinhos, e a Srta. Furnivall caiu aos nossos pés, fulminada pela paralisia — golpeada pela morte.

Sim! Ela foi carregada para sua cama aquela noite e nunca mais se levantou. Ficou deitada com o rosto voltado para a parede, murmurando em voz baixa, mas ininterruptamente:

— Ai! Ai! O que é feito na juventude não pode ser desfeito na velhice! O que é feito na juventude não pode ser desfeito na velhice!

A MÃO PARDA

Tradução:
Bárbara Guimarães

Sir Arthur Conan Doyle

Todos sabem que *Sir* Dominick Holden, o famoso cirurgião indiano, me fez seu herdeiro, e que a sua morte me transformou em um homem rico; de uma hora para a outra deixei de ser alguém que trabalhava duro, um médico sem recursos, para me tornar um próspero proprietário de terras. Muitos sabem também que havia pelos menos cinco pessoas entre mim e essa herança, e que a escolha de *Sir* Dominick pareceu ser arbitrária e tomada por capricho. Posso garantir, entretanto, que eles estão muito enganados, e que, embora eu só tenha conhecido *Sir* Dominick nos últimos anos de sua vida, havia, ainda assim, motivos muito reais para que ele mostrasse sua benevolência para comigo. Na realidade, embora seja eu a dizê-lo, nenhum homem nunca fez mais por outro do que eu fiz pelo meu tio indiano. Não posso esperar que acreditem na história, mas ela é tão extraordinária que eu sentiria estar falhando em meu dever se não a registrasse. Então aqui está; acreditar ou não fica por conta de cada um.

Sir Dominick Holden, bacharel em cirurgia, cavaleiro da Ordem da Estrela da Índia entre outras coisas, era o mais ilustre cirurgião indiano da sua época. Inicialmente militar, depois se estabeleceu em Bombaim para atender civis, e visitou toda a Índia como consultor. O seu nome é ainda mais lembrado pela ligação com o Hospital Oriental, que ele fundou e manteve. Entretanto, chegou um momento em que a sua constituição de ferro começou a mostrar os sinais do longo esforço a que ele se sujeitara, e os seus companheiros de profissão (talvez não completamente desinteressados) foram unânimes em recomendar que ele retornasse à Inglaterra. Ele resistiu o máximo que pôde, mas acabou desenvolvendo sintomas nervosos de caráter muito sério, e então voltou, debilitado, para a Inglaterra. Comprou nos limites da planície de Salisbury uma grande propriedade rural, com uma sede antiga, e dedicou sua velhice a estudar patologia comparada, cujo aprendizado havia sido o seu *hobby* a vida inteira, e na qual ele era a maior autoridade.

Como era de se esperar, nós, da família, estávamos muito animados com a notícia do retorno para a Inglaterra desse tio rico e sem filhos. Quanto a ele, ainda que sem grande entusiasmo na hospitalidade, mostrou alguma noção de dever em relação aos seus parentes, e todos nós recebemos, alternadamente, convite para visitá-lo. Pelos relatos dos meus primos, parecia ser uma atividade melancólica, e foi com sentimentos misturados que afinal recebi a convocação para ir a Rodenhurst. A minha esposa foi tão cuidadosamente excluída do convite que o meu primeiro impulso foi de recusar, mas os interesses das crianças tinham de ser considerados e, então, com o consentimento dela, parti numa tarde de outubro para a visita a Wiltshire, sem pensar muito no que isso poderia acarretar.

A propriedade do meu tio ficava onde a terra cultivável das planícies começa a se elevar, indo para as características colinas arredondadas e férteis da região. Enquanto seguia da estação Dinton para lá, à luz suave daquele dia de outono, fiquei impressionado com a natureza misteriosa do cenário. As poucas e espalhadas casas de camponeses eram tão diminuídas pelas amplas evidências de vida pré-histórica que o presente parecia ser um sonho, e o passado, a perturbadora e imperiosa realidade. A estrada serpenteava pelos vales formados por uma sucessão de colinas cobertas de relva. O cume de todas elas era cortado e esculpido em fortificações muito elaboradas, algumas circulares, algumas quadradas, mas todas em uma escala que havia desafiado os ventos e as chuvas de vários séculos. Alguns dizem que elas são romanas, outros, que são inglesas, mas a sua verdadeira origem e os motivos para essa área peculiar do país ser tão repleta de fortificações nunca foram completamente esclarecidos. Aqui e ali, nos longos e suaves declives verde-oliva, se erguiam pequenas covas ou túmulos. Embaixo deles repousam as cinzas cremadas da raça que esculpiu tão profundamente as colinas, mas as suas tumbas não revelam nada — além de que um pote cheio de pó foi o que restou do homem que um dia trabalhou ali sob o sol.

Foi passando por essa região misteriosa que me aproximei da residência do meu tio em Rodenhurst — que estava, como logo descobri, em total harmonia com os seus arredores. Duas colunas quebradas e manchadas pelo tempo, com um brasão heráldico sobre cada uma, ficavam ao lado da entrada para um caminho descuidado. Um vento frio zuniu pelos ulmeiros que ali se enfileiravam, e muitas folhas flutuaram no ar. No final do caminho, sob o sombrio arco de árvores, ardia uma única lamparina de luz amarela. Na sombria penumbra da noite que se aproximava, vi uma construção alongada e baixa, da qual saíam duas alas assimétricas, com beirais escuros, telhado inclinado de duas águas e paredes com vigas de madeira cruzadas, no estilo Tudor. Uma reconfortante luz de fogo tremulava atrás da larga janela de treliça à esquerda da porta da varanda baixa. Ali ficava o escritório do meu tio, como logo constatei, pois para lá fui guiado pelo seu mordomo para conhecer o anfitrião.

Ele estava curvado sobre a lareira, tiritando com o frio úmido do outono inglês. Com a lâmpada apagada, só vi o brilho vermelho das brasas sobre um rosto largo, de traços marcados, com nariz e bochechas de indiano e sulcos e rugas profundos dos olhos até o queixo; marcas sinistras de fogos vulcânicos ocultos. Ele se endireitou quando me viu entrar, com um toque da cortesia do Velho Mundo, e me deu calorosas boas-vindas a Rodenhurst. Naquele momento pude perceber — uma lâmpada acesa foi levada para o aposento — que dois olhos críticos, azuis-claros, me olhavam por baixo de sobrancelhas espessas, como observadores escondidos em um arbusto; meu tio distante estava decifrando cuidadosamente a minha personalidade, com a facilidade de um observador com muita prática e de um experiente homem do mundo.

Quanto a mim, olhei para ele... e voltei a olhar, pois nunca havia visto um homem cuja aparência pudesse atrair mais a atenção de alguém. O corpo tinha a estrutura de um gigante, mas que havia definhado de modo tal que o seu casaco pendia de uma forma horrível dos ombros largos e ossudos. Todos os seus membros eram muito grandes, embora emagrecidos, e eu não conseguia afastar o olhar dos pulsos nodosos e das mãos longas e enrugadas. Porém, os olhos penetrantes e azul-claros eram o mais impressionante de todos os seus traços. Não apenas pela cor, nem pelo esconderijo de sobrancelhas sob o qual espreitavam, mas pela expressão que eu percebia neles. Como a aparência e a conduta daquele homem eram imponentes, seria de se esperar certa arrogância nos seus olhos; mas em vez disso descobri o olhar de uma alma amedrontada e subjugada, o olhar furtivo e expectante de um cão que vê o dono pegar o chicote na prateleira. Um só relance para aqueles olhos, a um só tempo críticos e suplicantes, bastou para formar o meu diagnóstico médico. Julguei que ele havia sido acometido por alguma enfermidade mortal, sabia estar sujeito a uma morte repentina e vivia aterrorizado com tal perspectiva. Essa foi a minha avaliação — equivocada, como os acontecimentos acabaram demonstrando. Só menciono isso porque talvez possa ajudar a compreender a expressão que vi nos olhos do meu tio.

A acolhida que ele me deu foi, como já disse, amável, e em cerca de uma hora me vi sentado, entre ele e a esposa, em um prazeroso jantar com iguarias curiosas e condimentadas sobre a mesa e um discreto e atento serviçal oriental a postos atrás da cadeira do meu tio. Aquele casal idoso havia alcançado a trágica imitação da aurora da vida, quando marido e mulher, depois de perder ou deixar para trás todos os familiares ou amigos íntimos, se encontram de novo cara a cara e sozinhos, trabalho cumprido, e o fim se aproximando rapidamente. As pessoas que alcançam esse estágio com delicadeza e amor, que conseguem transformar o seu inverno em um verão indiano suave, são as vencedoras da prova da vida. *Lady* Holden era uma mulher pequena, alerta, de olhar bondoso, e a sua expressão quando se dirigia ao marido era um certificado do seu caráter. Entretanto, mesmo vendo o amor mútuo em seus olhares, percebi também um horror compartilhado, e reconheci no rosto dela alguns reflexos do medo oculto que vira no rosto do marido. A sua conversa era às vezes alegre, outras, triste, mas havia algo de forçado na alegria e de natural na tristeza, fazendo-me concluir que dois corações abatidos batiam ao meu lado.

Estávamos sentados tomando a nossa primeira taça de vinho e os criados já haviam deixado a sala quando a conversa tomou um rumo novo, que gerou um efeito extraordinário e singular sobre os meus anfitriões. Não me recordo o que trouxe à tona o tema do sobrenatural, mas ao final me vi explicando que fatos incomuns em experiências psíquicas eram um assunto ao qual eu — assim como muitos neurologistas — devotava muita atenção. Concluí narrando a experiência que tivera quando, como integrante da Sociedade de Pesquisas Psíquicas, fiz parte de uma comissão de três pessoas que foi passar uma noite em uma casa mal-assombrada. A nossa aventura acabou não sendo nem emocionante nem convincente, mas mesmo assim a história pareceu interessar incrivelmente a meus ouvintes. Eles escutaram em um silêncio ansioso, e percebi um olhar cúmplice entre eles, cujo significado não compreendi. Logo depois, *Lady* Holden se levantou e saiu da sala.

Sir Dominick empurrou a caixa de charutos na minha direção e fumamos em silêncio por alguns momentos. Aquela mão enorme e magra tremia quando ele levava o charuto aos lábios, e senti que os nervos do meu tio estavam vibrando como as cordas de um violino. O meu instinto me dizia que ele estava prestes a me fazer uma confidência muito íntima, e eu não quis falar nada para não atrapalhar. Afinal ele se virou para mim, com um gesto repentino como o de um homem que de repente entrega os pontos.

— Dr. Hardacre, pelo pouco que já pude perceber — disse ele —, parece-me que você é exatamente a pessoa que eu queria conhecer.

— Fico muito feliz em ouvir isso, senhor.

— Você parece ter uma mente tranquila e firme. Não tome isso como uma tentativa de bajulá-lo, pois as circunstâncias são sérias demais para dar margem a falsidades. Você tem um relativo conhecimento sobre esse assunto, e é evidente que o encara de um ponto de vista filosófico que o livra do terror usual. Imagino que não ficaria transtornado se visse uma aparição, estou certo?

— Acho que não, senhor.

— Talvez isso até lhe interessasse...

— Muitíssimo.

— Como observador psíquico, você provavelmente estudaria essa aparição de um modo tão impessoal como o de um astrônomo que investiga um cometa errante, certo?

— Exato.

Ele suspirou profundamente.

— Acredite em mim, Dr. Hardacre, houve um tempo em que eu poderia ter respondido da mesma forma. A minha coragem era famosa na Índia. Nem mesmo o Grande Motim a abalou, sequer por um instante. Entretanto, veja só a que fui reduzido: talvez o homem mais temeroso de todo o condado de Wiltshire. Não seja muito desafiador no que tange às aparições, ou pode acabar sendo submetido a uma provação tão prolongada como a minha... Uma provação que só pode acabar em dois destinos: o manicômio ou a tumba.

Esperei pacientemente até que ele se sentisse disposto a seguir adiante em sua confidência. Desnecessário dizer que aquele preâmbulo havia despertado em mim enorme interesse e expectativa.

— Há muitos anos eu e a minha esposa vimos a nossa vida se transformar em um pesadelo — continuou ele —, devido a algo tão grotesco que beira o ridículo. E a familiaridade não tornou o fardo mais suportável; pelo contrário, com o passar do tempo os meus nervos foram ficando cada vez mais esgotados e abalados. Se você não tem temores naturais, Dr. Hardacre, eu gostaria enormemente de saber a sua opinião sobre esse fenômeno que tanto nos perturba.

— Estou ao seu dispor, se puder ajudar. Posso perguntar qual a natureza do fenômeno?

— Creio que a sua experiência terá mais valor evidencial se não souber antecipadamente com o que pode deparar-se. Você conhece as artimanhas da atividade mental inconsciente e as impressões subjetivas de que um homem de ciência cético pode valer-se para colocar em dúvida o próprio testemunho. Seria bom prevenir-se antecipadamente contra isso.

— O que devo fazer, então?

— Vou dizer. Você poderia vir comigo?

Ele me conduziu para fora da sala de jantar e seguimos por um longo corredor, até que chegamos à última porta. Atrás dela havia uma sala grande e quase sem mobília, equipada como um laboratório, com inúmeros instrumentos científicos e garrafas. Em uma das paredes havia uma prateleira de fora a fora, sobre a qual se estendia uma longa fileira de potes de vidro com amostras patológicas e anatômicas.

— Como pode ver, ainda me interesso por alguns dos meus estudos antigos — disse *Sir* Dominick. — Esses potes são os restos daquilo que um dia foi uma coleção fantástica; infelizmente perdi a maior parte dela quando a minha casa em Bombaim pegou fogo, em noventa e dois. Foi um incidente terrível para mim, em mais de um sentido. Eu tinha amostras de muitos casos raros, e a minha coleção de baços provavelmente era única. Só restou isso.

Dei uma olhada na coleção e vi que realmente era de enorme valor e muito rara do ponto de vista patológico: órgãos inchados, quistos abertos, ossos deformados, parasitas repulsivos — uma exibição singular dos produtos da Índia.

— Como você pode ver, há um sofá aqui — disse meu anfitrião. — Não tínhamos a menor intenção de oferecer uma acomodação tão rústica a um hóspede, mas, como as coisas tomaram esse rumo, seria uma grande gentileza da sua parte se você concordasse em passar a noite neste aposento. Se essa ideia lhe for de alguma forma repulsiva, imploro que não hesite em me dizer.

— De forma alguma — respondi. — É plenamente satisfatório.

— O meu quarto é o segundo do lado esquerdo, então, se você sentir que precisa de companhia, basta chamar e logo estarei ao seu lado.

— Tenho certeza de que não serei forçado a incomodá-lo.

— É pouco provável que eu esteja dormindo. Não durmo muito. Não hesite em me chamar.

Feito esse acordo, nos juntamos a *Lady* Holden na sala de visitas e conversamos sobre assuntos mais amenos.

Eu não estaria mentindo se dissesse que a perspectiva da minha aventura noturna me agradava. Não digo que tenha um valor físico maior que o dos outros, mas a familiaridade com um assunto faz que desapareçam os temores vagos e indefinidos que tanto amedrontam as mentes imaginativas. O cérebro humano só é capaz de enfrentar uma emoção forte por vez, e, se estiver repleto de curiosidade ou de entusiasmo científico, não sobra espaço para o medo. É verdade que o meu tio me havia afirmado que um dia já tivera esse ponto de vista, mas ponderei que talvez o colapso do seu sistema nervoso se devesse aos quarenta anos de Índia, e também a alguma experiência sobrenatural que tivera de enfrentar. Quanto a mim, era um homem de nervos e mente sãos, e foi com a mesma agradável sensação de expectativa com que o esportista assume sua posição para abater sua caça que fechei a porta do laboratório e me deitei parcialmente vestido no sofá, que estava coberto por uma manta.

Aquele não era o ambiente ideal para um quarto de dormir. O ar era carregado devido a muitos odores químicos, principalmente o de álcool metílico. A decoração do aposento também não era um bom calmante. A horrível fileira de potes de vidro com relíquias de doenças e padecimentos se estendia diante dos meus olhos. A janela não tinha cortina, e a Lua em quarto minguante lançava a sua luz no laboratório, traçando um quadrado prateado com os desenhos da treliça. Quando a vela terminou de queimar, esse único ponto luminoso no meio da escuridão geral assumiu um aspecto lúgubre e inquietante. Um silêncio pétreo e absoluto dominava a casa antiga, de tal maneira que o ruído baixinho dos ramos de plantas no jardim chegava, calmo e suave, aos meus ouvidos. Pode ter sido devido à hipnótica canção de ninar desse sussurro brando ou ao meu dia cansativo, mas, depois de muito cabecear e me esforçar para recuperar a clareza de sentidos, acabei caindo em um sono profundo e sem sonhos.

Fui acordado por um barulho no aposento, e imediatamente ergui o corpo, apoiando-me sobre o cotovelo. Algumas horas haviam-se passado, pois a mancha quadrada sobre a parede se movera para baixo e para o lado, até incidir sobre a ponta da minha cama. O resto do quarto estava em total escuridão. A princípio não consegui ver nada, mas em pouco tempo, à medida que os meus olhos iam acostumando-se à luz débil, percebi, com um estremecimento que nem toda a minha curiosidade científica poderia evitar por completo, que algo estava movendo-se lentamente ao longo da fileira na parede.

Um ruído suave, como o de pés se arrastando com chinelos macios, chegou a meus ouvidos, e divisei vagamente uma figura humana avançando de maneira furtiva desde a porta. Quando ela entrou no raio de luz, vi com muita clareza do que se tratava e a que se dedicava. Era um homem baixo e atarracado, vestido com um tipo de toga cinza-chumbo, que descia desde os ombros até os pés. A Lua incidiu sobre um lado do seu rosto, e vi que ele era cor de chocolate e tinha uma bola de cabelo preto na parte posterior da cabeça, como o coque de uma mulher. Caminhava devagar, e os seus olhos estavam voltados para cima, para a fileira de potes que continham aqueles repulsivos resíduos humanos. Parecia examinar cada pote com atenção, e depois passar ao seguinte. Quando chegou ao final da prateleira, bem em frente à minha cama, ele parou, me encarou, ergueu as mãos com um gesto de desespero e desapareceu.

Eu disse que ele ergueu as mãos, mas deveria ter dito "os braços", pois quando ele adotou aquela postura de desespero observei uma particularidade singular em sua aparência: ele só tinha uma das mãos! Quando as mangas da sua toga desceram pelos braços levantados pude ver claramente a mão esquerda, mas o braço direito terminava em um coto arredondado e de má aparência. À parte isso, tudo nele era tão natural, e eu o havia visto e ouvido com tanta clareza, que poderia facilmente ter acreditando que era um serviçal indiano de *Sir* Dominick entrando no aposento em busca de algo. Só fui levado a pensar em algo mais sinistro devido ao seu desaparecimento súbito. Então pulei da cama, acendi uma vela e examinei o quarto inteiro com cuidado. Não encontrei sinal algum do meu visitante, portanto fui forçado a concluir que a sua aparição de fato fora algo alheio às leis ordinárias da natureza. Permaneci acordado pelo resto da noite, mas não aconteceu mais nada perturbador.

Eu sou madrugador, mas o meu tio acordara ainda mais cedo, pois o encontrei andando de um lado para o outro no gramado ao lado da casa. Quando me viu saindo pela porta, correu em minha direção ansiosamente.

— E então? — exclamou. — Você o viu?
— Um indiano com apenas uma mão?
— Exatamente.
— Sim, o vi.

Contei-lhe tudo que havia acontecido. Quando terminei, ele me levou até a sua sala de estudos.

— Temos algum tempo antes do café da manhã — disse ele. — Será o bastante para lhe dar uma explicação sobre esse caso extraordinário... até onde se pode explicar o que é essencialmente inexplicável. Em primeiro lugar, quando lhe digo que há quatro anos não passo uma única noite, nem em Bombaim, nem a bordo do navio nem na Inglaterra sem ter o sono interrompido por esse sujeito, você entenderá o motivo pelo qual hoje sou a sombra do homem que já fui. O programa dele é sempre o mesmo. Aparece ao lado da minha cama, me chacoalha bruscamente pelo ombro, passa do meu quarto para o laboratório, anda devagar ao longo da prateleira com os potes e depois desaparece. Há mais de mil noites ele segue a mesma rotina.

— O que ele quer?
— A mão dele.
— A mão dele?
— Sim, foi assim que tudo começou. Cerca de dez anos atrás, fui chamado a Peshawar para uma consulta. Enquanto estava lá, me pediram para examinar a mão de um nativo que passava pela cidade em uma caravana de afeganes. O homem vinha de uma tribo das montanhas, vivia no fim do mundo, em algum lugar do outro lado do Kafiristão. Falava uma derivação do pashto iraniano, e me custou muito entendê-lo. Sofria de inchaço sarcomatoso em uma das articulações do metacarpo, e o fiz compreender que só poderia ter esperança de sobreviver se perdesse a mão. Depois de muita argumentação, ele

consentiu em ser operado; quando a operação terminou, me perguntou quanto eu cobraria. O pobre homem era quase um mendigo, então seria absurdo cobrar; mas respondi, brincando, que ficaria com a sua mão como pagamento, e que tencionava colocá-la na minha coleção patológica.

"Para o meu grande espanto, ele se opôs fortemente à minha ideia. Explicou que, de acordo com a sua religião, era de suprema importância que o corpo inteiro fosse reunido depois da morte, formando assim a morada perfeita para o espírito. Essa crença é, naturalmente, muito antiga, e foi uma superstição semelhante que deu origem às múmias no Egito. Respondi que a sua mão já havia sido retirada, e lhe perguntei como pretendia conservá-la. Ele falou que a conservaria em sal e a carregaria sempre consigo. Sugeri que ela estaria mais segura comigo, pois tinha melhores maneiras de conservá-la que em sal. Ao perceber que eu de fato pretendia conservá-la com cuidado, a sua resistência se desvaneceu. 'Mas lembre-se, *sahib*, que vou querê-la de volta quando morrer', disse ele. Ri com aquele comentário, e assim terminou o assunto. Retornei à minha clínica e no devido tempo ele pôde continuar a sua viagem para o Afeganistão.

"Bem, como eu lhe disse na noite passada, houve um incêndio terrível na minha casa em Bombaim. Metade dela foi consumida pelo fogo, e, assim como outras coisas, a minha coleção patológica foi quase toda destruída. O que você viu são os pobres restos dela. A mão do montanhês também se foi, mas não dei muita atenção à questão na época. Isso aconteceu seis anos atrás.

"Há quatro anos, dois depois do incêndio, fui despertado uma noite por um puxão furioso na manga do meu pijama. Sentei-me na cama, com a impressão de que o meu mastim favorito estava tentando acordar-me. Em vez disso, vi o paciente indiano que atendera no passado, vestido com a túnica longa e cinza característica da sua tribo. Ele ergueu o coto do braço e me lançou um olhar de reprovação. Depois caminhou até os potes, que naquela época eu guardava no meu quarto, e os examinou com cuidado; então fez um gesto raivoso e desapareceu. Compreendi que ele acabara de morrer e havia vindo cobrar a promessa que eu lhe fizera de conservar o seu membro amputado em segurança.

"Bem... isso é tudo, Dr. Hardacre. Essa cena tem-se repetido nos últimos quatro anos, todas as noites, na mesma hora. É algo até simples, mas que vem desgastando-me como água mole em pedra dura. Passei a ter uma insônia terrível, pois a expectativa da sua aparição faz que eu não consiga dormir. Isso envenenou a minha velhice e a da minha esposa, que compartilhou comigo esse grande problema. Mas eis o sinal para o café da manhã, e ela deve estar esperando ansiosa para saber o que lhe aconteceu esta noite. Estamos, ambos, em dívida com você pelo seu cavalheirismo, pois compartilhar o nosso infortúnio com um amigo, ainda que apenas por uma noite, faz que ele se torne um pouco menos pesado... e que voltemos a acreditar na nossa sanidade mental, da qual por vezes duvidamos."

Essa foi a curiosa história que *Sir* Dominick me confiou; um relato que para muitos teria soado como algo grotesco e impossível, mas que, com a experiência na noite anterior e o meu conhecimento prévio sobre o assunto, eu estava preparado para aceitar como fato concreto. Pensei muito sobre o assunto, e o analisei à luz de tudo que já havia lido e vivenciado. Depois do café da manhã, surpreendi os meus anfitriões ao comunicar que retornaria a Londres no primeiro trem.

— Meu querido doutor — exclamou *Sir* Dominick, muito aflito —, você me faz sentir que faltei enormemente em minha hospitalidade colocando-o no meio desse assunto desafortunado. Eu deveria ter suportado sozinho a minha pena.

— Na realidade, é esse o assunto que me leva a Londres — respondi. — Mas lhe asseguro que é um equívoco pensar que a experiência da noite passada foi um incômodo para mim. Pelo contrário, já ia pedir-lhes permissão para retornar ao anoitecer e passar mais uma noite no laboratório. Mal posso esperar para voltar a ver aquele visitante.

O meu tio estava extremamente ansioso para saber o que eu ia fazer, mas o meu medo de despertar falsas esperanças me impediu de lhe contar. Um pouco depois do almoço já estava de volta ao meu consultório, confirmando o que a minha memória registrara de uma passagem que me chamara a atenção em um livro recente sobre ocultismo. "No caso de espíritos presos à Terra", dizia a autoridade no assunto, "a existência de uma ideia obsessiva na hora da morte é o suficiente para retê-los neste mundo material. Eles são como anfíbios, capazes de transitar entre a vida neste plano e no seguinte assim como uma tartaruga passa da terra para o mar. Qualquer emoção forte pode ser o motivo que prende tão fortemente uma alma à vida que o seu corpo já abandonou. Sabe-se que avareza, vingança, ansiedade, amor e piedade geram esse efeito. De forma geral, isso surge de algum anseio não realizado, e, quando ele se cumpre, o elo com o material se rompe. Muitos casos registrados exibem a singular persistência desses visitantes, e também o seu desaparecimento quando conseguem realizar seu anseio ou, algumas vezes, quando se encontra uma solução conciliatória razoável para o problema".

"Uma solução conciliatória." Essas eram as palavras que eu havia remoído a manhã inteira, e que agora verificara no texto original. Nesse caso não havia como fazer a reparação real... mas uma solução conciliatória, sim! Fui o mais rápido que consegui, de trem, para o Hospital dos Marinheiros de Shadwell, onde o meu velho amigo Jack Hewett trabalhava como cirurgião. Sem explicar o assunto, fiz que ele compreendesse do que eu precisava.

— A mão de um homem pardo! — disse ele, espantado.
— E para que você pode querer isso?

— Não importa. Algum dia lhe contarei. Sei que as suas enfermarias estão cheias de indianos.

— Creio que sim. Mas uma mão...

Ele pensou um pouco e então fez soar uma campainha.

— Travers — disse ele ao assistente de cirurgia —, o que foi feito das mãos daquele lascarim que amputamos ontem? Aquele sujeito do estaleiro de produtos do leste da Índia que foi atingido pelo guincho a vapor.

— Estão na sala de necropsia, senhor.

— Envolva uma delas em compressas antissépticas e entregue ao Dr. Hardacre.

E então me vi de volta a Rodenhurst antes do jantar, com esse curioso produto do meu dia na cidade. Continuei sem contar meu plano para *Sir* Dominick, mas aquela noite dormi no laboratório e coloquei a mão do lascarim em um dos potes de vidro, na ponta do meu sofá.

Eu estava tão interessado no resultado do meu experimento que nem cogitei dormir. Sentei-me, deixei um abajur ao meu lado e esperei pacientemente pelo visitante. Dessa vez o vi com clareza desde o início. Surgiu junto à porta, a princípio nebuloso, e logo os seus contornos se fortaleceram, ficando precisos como os de um homem vivo. As sapatilhas que apareciam sob a ponta da túnica cinza eram vermelhas e não tinham nenhum salto, o que explicava o ruído suave, de arrastamento, que ele fazia ao andar. Assim como na noite anterior, ele caminhou lentamente diante da fileira de potes na prateleira, até parar em frente ao que continha a mão. Alcançou-o, o corpo todo tremendo de expectativa, trouxe o pote para baixo, examinou-o avidamente e então, com o rosto contorcido de fúria e desapontamento, lançou-o no chão. O estrondo ecoou por toda a casa, e quando voltei a olhar para cima o indiano mutilado havia desaparecido. No instante seguinte a porta se abriu de chofre e *Sir* Dominick entrou correndo.

— Você está ferido? — exclamou.

— Não. Mas profundamente desapontado.

Atônito, ele olhou para os cacos de vidro e a mão parda espalhados no chão.

— Meu Deus! — exclamou. — O que é isso?

Contei-lhe a ideia que tivera e o seu resultado desastroso. Ele escutou atentamente e balançou a cabeça.

— Foi bem pensado — disse —, mas temo que não exista uma forma tão simples de acabar com o meu sofrimento. E agora devo insistir em uma coisa: você nunca mais, sob nenhum pretexto, deve ficar neste aposento. Quando ouvi o estrondo, achei que alguma coisa tivesse acontecido a você, e o medo que senti foi a mais intensa das agonias pelas quais já passei. Não vou deixar que isso volte a ocorrer.

Ele me permitiu, entretanto, passar o resto da noite onde estava, e me deitei ali, preocupado com aquele problema e lamentando o meu fracasso. A primeira luz da manhã iluminou a mão do lascarim, que continuava no chão, como lembrança do meu fiasco. Continuei deitado olhando para ela, e de repente uma ideia passou como uma bala pela minha cabeça e me fez pular da cama, trêmulo de tanta agitação. Ergui a horrível relíquia do lugar onde havia caído. Sim, era realmente o que eu pensara! A mão do lascarim era a esquerda.

Peguei o primeiro trem de volta para minha cidade e corri diretamente para o Hospital dos Marinheiros. Sabia que as duas mãos do lascarim haviam sido amputadas, mas me aterrorizava pensar que o órgão precioso que eu procurava já pudesse ter sido queimado no crematório. Logo o meu suspense acabou. A mão continuava na sala de necropsia. E, assim, retornei a Rodenhurst no final da tarde, com a minha missão cumprida e o material para uma nova tentativa.

Mas *Sir* Dominick Holden não quis sequer ouvir falar na possibilidade de que eu voltasse a dormir no laboratório. Fez ouvidos de mercador a todas as minhas súplicas. Aquilo ofendia a sua noção de hospitalidade e ele não poderia mais permitir. Assim sendo, deixei a mão em um pote, como havia feito na noite anterior com o seu par, e ocupei um quarto confortável em outra parte da casa, um pouco distante do cenário das minhas aventuras.

Mas apesar disso o meu sono não deixaria de ser interrompido naquela noite. No silêncio da madrugada o meu anfitrião irrompeu no quarto com uma lamparina na mão. O seu corpo alto e descarnado estava envolto em um robe largo, e o seu aspecto geral teria parecido mais assustador para um homem de nervos abalados que o do indiano da noite anterior. Mas o que mais me impressionou não foi a entrada súbita, e sim a sua expressão. Parecia que ele havia de repente rejuvenescido vinte anos, ou mais. Os olhos brilhavam, as feições eram radiantes, e ele ergueu uma das mãos acima da cabeça, em sinal de triunfo. Sentei-me, surpreso e sonolento, olhando para aquele visitante extraordinário. Mas logo as suas palavras fizeram o sono desaparecer dos meus olhos:

— Nós conseguimos! Obtivemos sucesso! — gritou ele. — Meu caro Hardacre, como eu poderia agradecer-lhe à altura por isso?

— Quer dizer que está tudo bem agora?

— Sim! E tive a certeza de que você não se incomodaria em ser acordado para receber uma notícia tão abençoada.

— Incomodar? É claro que não! Mas o senhor tem certeza disso?

— Não tenho nenhuma dúvida a respeito. Eu lhe devo, meu querido sobrinho, mais do que nunca devi a um homem antes, e mais do que jamais poderia imaginar dever. O que posso fazer para recompensá-lo? A Providência deve tê-lo enviado para cá em meu socorro. Você salvou tanto a minha razão como a minha vida, pois com mais seis meses assim eu acabaria ou em uma cela para loucos ou em um caixão. E a minha esposa... Ela estava consumindo-se diante dos meus olhos. Nunca acreditei que um ser humano pudesse livrar-me desse fardo.

Ele pegou a minha mão e apertou-a entre as suas.

— Foi apenas uma experiência, um fio de esperança... Mas o meu coração se enche de alegria em saber que teve sucesso. Porém, como o senhor sabe que tudo está bem agora? Viu alguma coisa?

Ele se sentou ao pé da minha cama.

— Vi o bastante — falou. — Já me convenceu de que não serei mais importunado. O que aconteceu é fácil de explicar. Você sabe que essa criatura sempre vinha a mim em uma hora determinada. Esta noite ele chegou nesse horário e me despertou com ainda mais violência do que de costume. Só posso supor que o desapontamento da noite anterior havia aumentado a intensidade da raiva que sentia de mim. Ele me olhou com fúria e depois seguiu a sua ronda habitual. Mas poucos minutos depois o vi retornar ao meu quarto, pela primeira vez desde que essa perseguição começou. Estava sorrindo. A luz pálida me permitiu ver o brilho dos seus dentes brancos. Ficou olhando-me, da ponta da cama, e então fez três vezes a saudação oriental que é um ritual de despedida. Na terceira vez que se inclinou, ergueu os braços acima da cabeça, e vi as suas *duas* mãos estendidas no ar. Depois ele desapareceu, e acredito que para sempre.

Foi essa curiosa experiência que me valeu o afeto e a gratidão do meu famoso tio, o célebre cirurgião indiano. A sua previsão se confirmou; ele nunca mais foi perturbado pelas visitas do montanhês, que não descansaria enquanto não encontrasse a mão perdida. *Sir* Dominick e *Lady* Holden tiveram uma velhice muito feliz, livre — até onde sei — de qualquer problema, e acabaram morrendo ambos durante a grande epidemia de gripe, com poucas semanas de diferença. Enquanto viveu, ele sempre recorreu a mim para se aconselhar sobre tudo que dizia respeito à vida inglesa, que ele conhecia tão pouco. Também o ajudei na compra e nas melhorias das suas propriedades rurais. Assim sendo, não foi uma grande surpresa para mim quando acabei sendo transformado, para total incompreensão de cinco primos exasperados, no intervalo de um dia, de aplicado médico de província a patriarca de uma família importante de Wiltshire. No final das contas, eu tenho motivos para abençoar a memória do homem da mão parda, e o dia em que tive a sorte de conseguir livrar Rodenhurst da sua indesejável presença.

O CONVIDADO DE DRÁCULA

Tradução:
Bárbara Guimarães

Bram Stoker

Quando nos preparávamos para começar o nosso passeio, o Sol brilhava intensamente em Munique e o ar estava repleto da alegria do início do verão. Já estávamos prestes a partir, quando *Herr* Delbrück (o *maître d'hôtel* do Quatre Saisons, onde eu me hospedara) veio até a carruagem, sem nem colocar o chapéu, desejou-me um passeio agradável e, ainda com a mão no trinco da porta da carruagem, disse ao cocheiro:

— Lembre-se de voltar ao cair da noite. O céu parece estar limpo, porém esse gelo no vento do norte indica que pode cair uma tempestade repentina. Mas tenho certeza de que você não se atrasará — ele sorriu e acrescentou —, pois sabe que noite é a de hoje.

Johann respondeu com um enfático:

— *Ja, mein Herr.*

E, ajeitando o chapéu, partiu de imediato. Depois de sairmos da cidade eu lhe fiz um sinal para parar e falei:

— Diga-me, Johann, o que significa a noite de hoje?

Ele fez o sinal da cruz enquanto respondia, laconicamente:

— *Walpurgis Nacht.*

Então ele puxou seu relógio, um instrumento alemão de prata em estilo antigo, grande como um nabo, e olhou para ele com certa impaciência, franzindo as sobrancelhas e encolhendo os ombros. Percebi que essa era a sua maneira de protestar respeitosamente contra o atraso desnecessário e voltei a me afundar na carruagem, fazendo apenas um sinal para que prosseguisse. Ele partiu acelerado, como se quisesse recuperar o tempo perdido. De vez em quando os cavalos pareciam levantar a cabeça e farejar o ar, receosos. Nessas ocasiões eu em geral olhava ao redor, alarmado. A estrada estava bem deserta, pois atravessávamos um tipo de platô alto, varrido pelo vento. Enquanto seguíamos, vi um caminho aparentemente bem pouco usado e que descia para um vale pequeno e sinuoso. Parecia tão convidativo que, mesmo me arriscando a irritar Johann, lhe pedi que parasse — e, depois que ele o fez, falei que gostaria de descer por aquele caminho. Ele deu todo tipo de desculpas, fazendo o sinal da cruz com frequência enquanto falava. Isso aguçou a minha curiosidade, então lhe fiz várias perguntas. Ele respondia se esquivando, e olhava para o relógio com frequência, em sinal de protesto. No final eu lhe disse:

— Bem, Johann, eu quero descer por esse caminho. Não vou pedir-lhe para vir, se não é da sua vontade; tudo o que lhe peço é que me diga por que não quer ir.

Como resposta, ele pareceu ter-se atirado da boleia, de tão rápido que chegou ao chão. Então estendeu as mãos para mim, em um apelo, e me implorou para não ir. Havia apenas o suficiente de inglês, misturado com alemão, para me dar uma ideia do rumo da sua conversa. Parecia estar sempre a ponto de me dizer algo — algo cuja simples lembrança evidentemente o assustava; mas a cada vez ele se refreava e dizia, enquanto se persignava:

— *Walpurgis Nacht!*

Tentei argumentar com ele, mas é difícil argumentar com um homem quando não se conhece o seu idioma. Com certeza ele levava vantagem, pois mesmo que iniciasse sua fala em inglês, de um modo muito imperfeito e entrecortado, sempre acabava ficando agitado e partindo para sua língua natal — e cada vez que fazia isso olhava para o relógio. Então os cavalos começaram a ficar inquietos e farejar o ar. Diante disso, ele empalideceu muito e, olhando em torno assustado, deu um salto súbito para a frente, segurou os animais pelas rédeas e os guiou até cerca de seis metros mais adiante. Eu o segui e perguntei por que havia feito aquilo. Como resposta ele se persignou, apontou o local que havíamos deixado e levou a sua carruagem na direção da outra estrada; então indicou uma cruz e disse, primeiro em alemão, depois em inglês:

— Enterrou ele... ele que matar a si mesmo.

Lembrei-me do velho costume de enterrar suicidas em encruzilhadas.

— Ah! Entendi, um suicida. Que interessante!

Mas nada neste mundo poderia fazer-me compreender por que os cavalos estavam assustados.

Enquanto conversávamos, escutamos um som, algo entre um uivo e um latido. Era bem distante, mas os cavalos ficaram muito inquietos e Johann teve de se dedicar totalmente a acalmá-los. Estava pálido, e disse:

— Soa como um lobo... mas não há lobos aqui, agora.

— Não? — eu disse, questionando-o. — Já faz muito tempo que os lobos não ficam tão perto da cidade, não é?

— Muito, muito — respondeu ele —, na primavera e no verão; mas com a neve os lobos ficavam aqui até pouco tempo.

Enquanto ele afagava os cavalos e tentava acalmá-los, nuvens escuras vagavam rapidamente pelo céu. O Sol foi embora e um sopro de vento frio pareceu passar por nós. Entretanto, foi apenas um sopro, mais um aviso que uma realidade, pois o Sol logo voltou a brilhar. Johann olhou para o horizonte, erguendo a mão para proteger a vista, e falou:

— A tempestade de neve vem, não faltar muito.

Então ele voltou a olhar para o relógio e, segurando firmemente as rédeas — pois os cavalos pisoteavam o chão e agitavam a cabeça sem parar —, subiu para a boleia, como se quisesse dizer que havia chegado o momento de seguir a nossa viagem.

Eu estava um tanto obstinado, e não subi na carruagem.

— Conte-me sobre o lugar para onde esse caminho leva — falei, apontando para o vale.

Ele voltou a fazer o sinal da cruz e murmurou uma prece antes de responder:

— É profano.

— O que é profano? — indaguei.

— A aldeia.

— Então existe uma aldeia?

— Não, não. Ninguém mora lá, centenas de anos.

Minha curiosidade fora despertada:

— Mas você disse que havia uma aldeia.

— Havia.

— Onde ela fica?

Como consequência da minha pergunta, ele se lançou em uma longa história em alemão e inglês, tão misturados que quase não pude entender o que dizia, mas consegui deduzir aproximadamente que muito tempo antes, centenas de anos, pessoas haviam morrido lá e sido sepultadas em túmulos; e ouviam-se sons vindos da terra, e quando os túmulos foram abertos encontraram homens e mulheres cheios de vida, com a boca vermelha de sangue. Então, apressando-se a salvar a vida (sim, e a alma! — e aqui ele voltou a se persignar), os que restaram fugiram para outros lugares, onde os vivos viviam e os mortos eram apenas mortos, e não... não outra coisa. Evidentemente ele tinha medo de pronunciar as últimas palavras. À medida que seguia em sua narrativa, ficava mais e mais agitado. Parecia que a imaginação havia tomado conta dele, e acabou no mais puro paroxismo do terror: rosto lívido, transpirando, tremendo e olhando ao redor, como se esperasse que alguma presença horrível fosse manifestar-se ali à luz do Sol, na planície aberta. Finalmente, em uma agonia desesperada, exclamou:

— *Walpurgis Nacht!* — e apontou para a carruagem, querendo que eu subisse nela. O meu sangue inglês se rebelou diante disso e, recuando, eu disse:

— Você está com medo, Johann... está com medo. Vá para casa. Eu voltarei sozinho, a caminhada me fará bem.

A porta da carruagem estava aberta. Peguei no assento a bengala de carvalho que sempre levo nas minhas viagens e fechei a porta. Apontei na direção de Munique e disse:

— Vá para casa, Johann. A *Walpurgis Nacht* não afeta os ingleses.

Os cavalos estavam mais inquietos que nunca, e enquanto tentava segurá-los Johann me implorava, nervoso, para não fazer algo tão imprudente. Tive pena do pobre homem, que levava aquilo muito a sério, mas ao mesmo tempo não pude evitar o riso. Em sua ansiedade, Johann se esquecera de que a única forma de me fazer entendê-lo era falar meu idioma; agora já deixara o inglês de lado e tagarelava no seu alemão nativo. Começava a ser um pouco tedioso. Depois de lhe indicar um rumo — Casa! —, voltei-me para descer pelo desvio que levava ao vale.

Com um gesto de desespero, Johann virou os cavalos na direção de Munique. Apoiei-me na bengala e olhei na sua direção. Ele seguiu pela estrada, lentamente, por algum tempo; então surgiu no topo da colina um homem alto e magro. Devido à distância, eu não conseguia vê-lo com clareza. Quando se aproximou dos cavalos, eles começaram a empinar e bater as patas no solo, depois a relinchar, aterrorizados. Johann não conseguiu mais controlá-los; saíram correndo pela estrada, fugindo enlouquecidamente. Observei-os até sumirem de vista; depois procurei pelo estranho, mas descobri que ele também se fora.

Com o coração leve, desci pelo caminho secundário que levava ao vale profundo que Johann tanto temia. Não havia o menor motivo, até onde eu podia ver, para evitá-lo; e suponho ter caminhado por cerca de duas horas sem pensar em tempo ou em distância, e com certeza sem ver uma pessoa ou uma casa. O lugar era um deserto total. Mas não me dei conta disso até que, fazendo uma curva na estrada, alcancei a borda de uma floresta. Então percebi que, inconscientemente, eu me havia impressionado com a desolação da região pela qual passara.

Sentei para descansar e comecei a olhar a meu redor. Impressionou-me perceber que estava muito mais frio que no começo da minha caminhada. Um ruído sussurrante parecia rodear-me, e de quando em quando se ouvia, bem no alto, um tipo de rugido abafado. Olhei para cima e vi que nuvens grandes e pesadas corriam rapidamente pelo céu, do norte para o sul, a uma altura enorme. Eram os sinais de uma tempestade se aproximando em alguma camada alta do ar. Senti frio e, pensando que isso se devia a ficar sentado, parado, depois do exercício da caminhada, retomei a jornada.

A área pela qual eu passava naquele momento era muito pitoresca. Não havia nada especialmente notável, que pudesse atrair o olhar, mas o encanto da beleza estava em tudo. Não prestei muita atenção no tempo, e apenas quando o crepúsculo se intensificou sobre mim comecei a pensar em como encontrar o caminho de volta ao hotel. A claridade do dia desaparecera. O ar estava frio, e o vagar das nuvens lá no alto, mais evidente. Elas eram acompanhadas por um tipo de som acelerado e distante, em meio ao qual parecia vir de tempos em tempos aquele uivo misterioso que o cocheiro dissera não ser de um lobo. Hesitei por um momento. Eu havia dito que veria a aldeia deserta, então segui em frente. Acabei chegando a uma grande extensão de terreno plano cercado de todos os lados por colinas; suas encostas eram cobertas por árvores que desciam até a planície, preenchendo, agrupadas, os suaves declives e vales que surgiam aqui e ali. Percorri o caminho sinuoso com o olhar e vi que ele fazia uma curva perto de um dos grupos de árvores mais densos e ficava oculto.

Enquanto eu olhava, surgiu um vento frio de arrepiar e a neve começou a cair. Pensei nos quilômetros e quilômetros de campo aberto pelos quais havia passado e me apressei a buscar o abrigo do bosque diante de mim. O céu ficava cada vez mais escuro e a neve caía cada vez mais rápida e densamente, até que a terra diante e em torno de mim se transformou em um tapete branco reluzente, cujas pontas mais distantes se perdiam em uma névoa turva. O caminho estava ali, mas se tornara incerto; nas partes planas os seus limites não eram distintos, assim como quando passava por picadas; logo me dei conta de que devia ter-me afastado dele, pois senti falta do terreno firme sob os pés — que começaram a afundar em grama e musgo. Então o vento ficou mais intenso, soprando com uma força crescente, até que tive de me forçar a andar a favor dele. O ar se tornou gelado e, apesar do exercício, comecei a sofrer com isso. A neve agora caía muito densa, e circulava a meu redor em redemoinhos tão rápidos que eu quase não conseguia manter os olhos abertos. De vez em quando o céu era cortado por relâmpagos fulgurantes, e a luz que vinha deles me permitia ver à frente um grande grupo de árvores, em especial teixos e ciprestes, densamente cobertos de neve.

Logo eu estava abrigado entre as árvores, e lá, onde o silêncio era maior, pude ouvir o vento soprando no alto. Naquele momento, a escuridão da tempestade já se fundira com a da noite. A tormenta parecia estar melhorando aos poucos, exceto por alguns sopros e rajadas. Nesses momentos o estranho som do lobo parecia ser ecoado por muitos sons semelhantes à minha volta.

De tempos em tempos, um esparso raio de luar aparecia entre as nuvens negras, iluminava o lugar e me fazia ver que eu estava na borda de uma densa floresta de teixos e ciprestes. Como a neve parara de cair, saí do abrigo e comecei a investigar a área com mais atenção. Acreditava que, entre as tantas velhas fundações pelas quais havia passado, deveria haver ainda uma casa de pé — mesmo que em ruínas —, onde eu poderia refugiar-me por algum tempo. Rodeando a borda da mata, descobri que ela era cercada por um muro baixo, e seguindo-o acabei encontrando uma abertura. Partindo dela, ciprestes formavam um caminho que levava até algum tipo de construção em formato quadrangular. Entretanto, no momento em que a avistei, as nuvens errantes cobriram a Lua e segui pelo caminho na escuridão. O vento deve ter-se tornado mais frio, pois percebi que eu tremia enquanto caminhava. Mas havia uma esperança de abrigo, então continuei em frente, às cegas.

Um silêncio súbito me fez parar. A tempestade havia passado, e, talvez em concordância com o silêncio da natureza, o meu coração pareceu ter parado de bater. Mas isso durou apenas um instante, pois de repente a luz da Lua passou por entre as nuvens e me mostrou que eu estava em um cemitério, e que o volume quadrado à minha frente era uma gigantesca tumba de mármore, tão branca como a neve que a cobria por completo. Com a luz da Lua veio um violento suspiro da tempestade, que pareceu retomar sua força com um uivo longo e grave, como o de muitos cachorros ou lobos. Eu estava amedrontado e abalado, e sentia o frio aumentando sensivelmente, até que o meu coração pareceu congelar. Então, enquanto o raio de luz da Lua ainda incidia sobre a tumba de mármore, a tempestade deu mais evidências de estar reavivando-se, como se estivesse retomando seu curso. Impulsionado por algum tipo de fascínio, aproximei-me da sepultura para ver de que se tratava e descobrir por que aquela coisa permanecia de pé, sozinha, em um lugar daqueles. Andei em torno da tumba e vi o escrito, em alemão, sobre a porta em estilo dórico:

CONDESSA DOLINGEN DE GRATZ,
NA ESTÍRIA BUSCOU E ENCONTROU A MORTE 1801

Por cima da tumba, parecendo atravessar o duro mármore — pois a construção era composta apenas por alguns grandes blocos da rocha —, via-se uma grande estaca ou cavilha de ferro. Quando fui até a parte de trás vi, escrito em letras grandes, no alfabeto cirílico:

OS MORTOS VIAJAM DEPRESSA.

Havia algo muito estranho e sinistro naquilo tudo, algo que me assustou a ponto de me fazer sufocar. Pela primeira vez comecei a desejar ter seguido o conselho de Johann. Então um pensamento tomou conta de mim relacionado àquelas circunstâncias misteriosas me abalando terrivelmente: *Walpurgis Nacht*!

Na Noite de Walpurgis, de acordo com a crença de milhões de pessoas, o diabo está solto. Os túmulos se abrem e os mortos saem e passeiam. Todos os seres demoníacos da terra, do ar e da água festejam. Aquele era exatamente o lugar que o cocheiro havia evitado. A aldeia que fora despovoada séculos antes. Era ali que os suicidas jaziam. E eu estava naquele lugar, sozinho, abatido, tremendo de frio, em uma mortalha de neve... E com uma tempestade terrível voltando a se formar sobre mim! Foi preciso usar toda a minha serenidade, toda a religiosidade que eu aprendera, toda minha coragem para não me deixar tomar por um ataque de pavor.

E então um verdadeiro tornado despencou sobre mim. O solo estremeceu como se milhares de cavalos bramissem sobre ele. Dessa vez a tempestade não trouxe neve em suas asas geladas, e sim grandes granizos — que caíam com tamanha violência que poderiam ter vindo das fundas de antigos baleáricos —, granizos que destroçavam folhas e galhos e tornavam o abrigo dos ciprestes inútil, uma vez que restaram apenas os seus troncos. No começo eu havia corrido para a árvore mais próxima, mas logo fui obrigado a abandoná-la e ir para o único lugar que parecia fornecer refúgio: a entrada dórica da tumba de mármore. Ali, encolhendo-me contra a enorme porta de bronze, consegui alguma proteção contra os golpes dos granizos; agora eles só me atingiam quando ricocheteavam no chão ou na superfície do mármore.

Apoiado contra a porta, senti quando ela se moveu ligeiramente e abriu para o lado de dentro. Mesmo o abrigo de uma tumba era bem-vindo em meio àquela tempestade impiedosa, e eu estava quase entrando quando o clarão de um relâmpago iluminou todo o céu. Naquele instante — juro pela minha vida! —, o meu olhar se voltou para a escuridão da tumba e vi uma linda mulher, com bochechas redondas e lábios vermelhos, aparentemente dormindo em um ataúde. Um trovão despencou, e no mesmo momento fui agarrado por algo que parecia a mão de um gigante e lançado na tempestade. A coisa toda foi tão repentina que, antes que eu pudesse recuperar-me do choque tanto moral como físico, fui abatido pelos granizos. Ao mesmo tempo tive a sensação estranha e intensa de que não estava sozinho. Olhei para a tumba. E então veio outro relâmpago ofuscante, que pareceu atingir a estaca de ferro em cima do mausoléu e correr para a terra, estourando e despedaçando o mármore como em uma explosão de chamas. A mulher morta se levantou em um momento de agonia, envolta pelas chamas, e o seu amargo grito de dor foi abafado pelo trovão. A última coisa que ouvi foi essa mistura de sons assustadores, pois novamente fui capturado pelo aperto da mão gigante e arrastado, enquanto os granizos me golpeavam e o vento parecia ecoar o uivo de lobos. A última visão que tive foi a de uma massa branca indistinta se movendo, como se todas as tumbas ao meu redor tivessem colocado para fora os fantasmas amortalhados dos seus mortos, e eles estivessem aproximando-se de mim em meio à nebulosidade branca da forte tempestade de granizo.

Aos poucos um vago princípio de consciência surgiu em mim; depois uma sensação terrível de exaustão. Durante algum tempo não me lembrei de nada; mas os sentidos foram voltando aos poucos. Os meus pés doíam incrivelmente, e não conseguia movê-los; era como se estivessem dormentes. Tinha uma sensação gélida que começava na nuca e descia pela espinha; as minhas orelhas estavam tão entorpecidas como os pés, e mesmo assim doíam. Mas no meu peito a sensação era de um calor que, comparado ao resto, me parecia delicioso. Era como um pesadelo — um pesadelo físico, se é que se pode dizer isso —, pois alguma coisa muito pesada estava sobre o meu peito, dificultando minha respiração.

Esse período de semiletargia pareceu durar muito tempo, e enquanto isso eu devo ter dormido ou desmaiado. Então veio uma sensação de repugnância, como no primeiro estágio de um enjoo marítimo, e um desejo violento de me livrar de alguma coisa — mas eu não sabia o quê. Um silêncio enorme me cercava, como se o mundo inteiro estivesse dormindo ou morto, e só era quebrado por um som suave de respiração, que parecia vir de algum animal perto de mim. Senti algo quente e áspero no pescoço, e então tomei consciência da terrível verdade, que me gelou a alma e fez o sangue jorrar para a minha cabeça. Havia algum grande animal deitado sobre mim, e naquele momento ele lambia o meu pescoço. Não tive coragem de me mover; algum instinto de sobrevivência me mandou continuar imóvel. Mas a fera deve ter percebido que algo havia mudado, pois ergueu a cabeça. Por entre os cílios, vi sobre mim os dois grandes olhos brilhantes de um lobo gigantesco. Os afiados caninos brancos cintilavam na boca vermelha aberta, e eu podia sentir a sua respiração quente, ameaçadora e acre.

Não me lembro do que aconteceu durante um determinado período. Depois tomei consciência de um rosnado baixo, seguido por um uivo, repetido várias vezes. Então escutei, aparentemente muito ao longe, um "Olá! Olá!", que parecia vindo de muitas vozes, gritando em uníssono. Ergui a cabeça com cautela e olhei na direção de onde vinha o som, mas o cemitério bloqueava a minha visão. O lobo continuava uivando de uma forma estranha, e um clarão avermelhado começou a se mover perto do bosque de ciprestes, como se seguisse o som. Quanto mais as vozes se aproximavam, mais alto e constantemente o lobo uivava. Eu tinha medo de me mover ou de emitir qualquer som. A luz vermelha chegou mais perto, acima da mortalha branca que se estendia na escuridão ao meu redor. E de repente uma tropa de cavaleiros, levando tochas, surgiu de trás das árvores. O lobo se levantou do meu peito e rumou para o cemitério. Vi um dos cavaleiros (pelo seu quepe e longo capote militar, deduzi que era um soldado) erguer a carabina e mirar. Um companheiro empurrou seu braço para cima, e ouvi a bala passar zumbindo sobre a minha cabeça. Evidentemente o cavaleiro havia confundido o meu corpo com o do lobo. Outro deles avistou o animal fugindo e disparou. Então, correndo muito, a tropa avançou — alguns na minha direção, outros seguindo o lobo, que desapareceu entre os ciprestes cobertos de neve.

Enquanto eles se aproximavam tentei mover-me, mas não conseguia, embora pudesse ver e ouvir tudo que se passava ao meu redor. Dois ou três dos soldados saltaram dos cavalos e se ajoelharam ao meu lado. Um deles levantou minha cabeça e colocou a mão sobre o meu coração.

— Boas notícias, companheiros! — exclamou. — O coração dele ainda está batendo!

Então despejaram um pouco de conhaque pela minha garganta; isso me devolveu o vigor e fui capaz de abrir completamente os olhos e espiar ao meu redor. Luzes e sombras se moviam entre as árvores, e ouvi homens chamando uns aos outros. Eles se agruparam, emitindo exclamações assustadas. As luzes piscavam enquanto outros chegavam, saindo da balbúrdia do cemitério como se estivessem possuídos. Quando os derradeiros se aproximaram de nós, os que me rodeavam perguntaram, ansiosos:

— E então, encontraram?

A resposta veio afobadamente:

— Não! Não! Vamos embora agora... agora! Aqui não é um lugar para se ficar, quanto mais nesta noite!

— O que era aquilo? — foi a pergunta geral, feita em vários tons de voz. As respostas foram variadas e imprecisas, como se os homens fossem movidos por um impulso comum de falar, mas reprimidos por algum medo compartilhado de expressar os seus pensamentos.

— Aquilo... aquilo... com certeza! — balbuciou um deles, cuja sanidade mental sem dúvida estava debilitada naquele momento.

— Era um lobo... mas não era um lobo! — disse outro, estremecendo.

— Não adianta ir atrás dele sem a bala benta — observou um terceiro, mais tranquilo.

— Valeu a pena sair nesta noite! Realmente fizemos por merecer os nossos mil marcos! — exclamou um quarto.

— Havia sangue no mármore quebrado — disse outro, depois de uma pausa. — E não foi gerado pelo raio. E quanto a ele... está fora de perigo? Olhem o seu pescoço! Vejam, companheiros, o lobo ficou deitado sobre ele, mantendo o seu sangue aquecido.

O oficial examinou o meu pescoço e respondeu:

— Ele está bem; a pele não foi perfurada. O que isso tudo significa? Nunca teríamos encontrado este homem se não fosse pelos uivos do lobo.

— E o que foi feito dele? — perguntou o homem que segurava a minha cabeça e que parecia ser o menos tomado pelo pânico no grupo, pois tinha as mãos firmes, sem tremores. Na manga do seu casaco se via a divisa de oficial subalterno.

— Foi para a casa dele — respondeu o homem cuja face alongada estava pálida e que tremia de pavor, olhando para os lados, assustado.

— Há muitas tumbas aqui para ele dormir. Vamos, companheiros, vamos logo! Precisamos sair deste lugar amaldiçoado.

Enquanto dava o comando, o oficial me ergueu, fazendo que eu me sentasse; depois vários homens me colocaram sobre um cavalo. Ele pulou para a sela, atrás de mim, me segurou nos braços e deu ordem para seguir em frente. E, tirando o olhar dos ciprestes, fomos embora aceleradamente, em formação militar.

Como a minha língua se recusava a cumprir o seu ofício, fui forçado a ficar em silêncio. Devo ter adormecido, pois a próxima coisa de que me lembro é de me ver de pé, escorado por um soldado de cada lado. Já era quase dia claro, e ao norte uma faixa vermelha de luz do Sol se refletia sobre o deserto de neve, como uma trilha de sangue. O oficial estava dizendo aos homens para não falarem nada sobre o que tinham visto, exceto que haviam encontrado um viajante inglês, guardado por um cachorro grande.

— Cachorro! Aquilo não era um cachorro — interrompeu o homem que tinha mostrado muito medo. — Eu acho que reconheço um lobo quando vejo um.

O jovem oficial respondeu, calmo:

— Eu disse um cachorro.

— Cachorro! — reiterou o outro, ironicamente. Era evidente que a sua coragem estava ressurgindo com o Sol; e, apontando para mim, ele disse: — Olhem o pescoço dele. Isso é obra de um cachorro, chefe?

Levantei instintivamente a mão ao pescoço, e gritei de dor quando o toquei. Os homens se amontoaram ao meu redor para olhar, alguns descendo dos cavalos; e mais uma vez ouvi a voz calma do jovem oficial:

— Como eu disse, um cachorro. Qualquer outra coisa que falemos só fará que riam de nós.

Então me fizeram montar atrás de um cavaleiro e entramos nos subúrbios de Munique. Lá achamos uma carruagem de aluguel na qual fui colocado e levado até o Quatre Saisons. O jovem oficial ficou comigo, um cavaleiro nos seguiu com o cavalo dele e os outros soldados regressaram ao quartel.

Quando chegamos, *Herr* Delbrück desceu rapidamente as escadas para me encontrar, deixando claro que estava em vigília lá dentro. Segurou-me por ambas as mãos e me conduziu para o interior do hotel. O oficial me saudou e estava virando-se para ir embora quando percebi a sua intenção e insisti para que fosse até os meus aposentos. Enquanto bebíamos uma taça de vinho, agradeci calorosamente por ele e seus companheiros me salvarem. Ele respondeu apenas que se sentia mais do que satisfeito, e que *Herr* Delbrück havia dado os passos iniciais para motivar o grupo de resgate; o gerente sorriu diante dessa declaração ambígua, e então o oficial alegou obrigações a cumprir e partiu.

— Mas, *Herr* Delbrück — indaguei —, como e por que os soldados estavam procurando-me?

Ele encolheu os ombros, como que menosprezando as próprias ações, enquanto respondia:

— Tive a sorte de obter permissão para solicitar voluntários com o comandante do regimento no qual servi.

— Mas como soube que eu estava perdido? — perguntei.

— O cocheiro voltou para cá com os restos da carruagem, que capotou quando os cavalos dispararam.

— Mas com certeza o senhor não mandaria soldados em uma equipe de resgate só por causa disso, mandaria?

— Ah, não! — respondeu ele. — Antes da chegada do cocheiro eu recebi este telegrama do boiardo[1] de quem o senhor é convidado — e tirou do bolso um telegrama, que me entregou. Eu li:

Bistritz

Cuide bem do meu convidado — a sua segurança é muito preciosa para mim. Se qualquer coisa lhe acontecer ou se ele desaparecer, não poupe meios de encontrá-lo e garantir a sua segurança. Ele é inglês, portanto aventureiro. Frequentemente há perigos relacionados à neve, aos lobos e à noite. Não perca

---

[1] Membro da aristocracia russa da época. Na literatura, o Conde Drácula era um boiardo.

um só momento se suspeitar que ele está em risco. Retribuirei o seu zelo com a minha fortuna.

Drácula.

Fiquei segurando o telegrama na mão e sentindo o quarto rodar em torno de mim. Se o atencioso gerente não me segurasse, acho que teria caído. Havia algo tão estranho em tudo aquilo, algo tão bizarro e impossível de imaginar, que brotou em mim a sensação de estar sendo de alguma forma o joguete de forças adversárias. Fiquei paralisado só de pensar nessa possibilidade. Eu certamente estava sob algum tipo de proteção misteriosa. De um país distante, no momento exato, viera uma mensagem que me salvara do perigo da morte na neve e das mandíbulas do lobo.

O MANUSCRITO DE UM LOUCO

Tradução:
Bárbara Guimarães

Charles Dickens

Ele tinha caminhado algumas vezes entre a porta e a janela e entre a janela e a porta, quando o manuscrito do clérigo entrou pela primeira vez na sua cabeça. Foi um pensamento bom. Se não fosse capaz de levantar seu interesse, poderia fazê-lo dormir. Retirou-o do bolso do paletó e, puxando uma mesinha para junto da sua cama, ajustou a luz, pôs os óculos e se ajeitou para ler. Era uma caligrafia estranha, o papel era muito sujo e manchado. O título também lhe deu um susto e ele não conseguiu evitar um olhar melancólico pelo quarto. Mas, ao refletir sobre o absurdo de ceder a tais sentimentos, tornou a ajustar a luz e começou a ler:

"O manuscrito de um louco

Sim! De um louco! Anos atrás, como essa palavra teria tocado o meu coração! Como teria suscitado o terror que às vezes caía sobre mim; que enviava o sangue silvando e formigando pelas minhas veias, até o frio orvalho do medo parar em grandes gotas sobre a minha pele, e meus joelhos começarem a bater de pavor! Mas agora eu gosto. É um nome excelente. Mostre-me o monarca cujo cenho raivoso tenha sido tão temido quanto o brilho do olho de um louco, cuja corda e cujo machado tivessem a metade da força do aperto da mão do louco. Ho! Ho! É grandioso ser louco! Ser visto como um leão selvagem através das barras de ferro — ranger os dentes e uivar, durante a longa noite silenciosa, ao elo alegre de uma pesada corrente — e rolar e se enrolar no meio da palha transportado com música tão bela. Hurra para o hospício! Oh, é um lugar raro!

"Lembro-me dos dias em que eu tinha *medo* de estar louco; quando eu acordava do sono, caía de joelhos e rezava para ser poupado da maldição da minha raça, quando fugia correndo da visão da alegria ou felicidade, e me escondia em algum lugar solitário, e passava horas cansativas a observar o progresso da febre que iria consumir o meu cérebro. Sabia que a loucura estava misturada na massa do meu sangue, e no tutano dos meus ossos; que uma geração tinha-se passado sem que a pestilência aparecesse entre eles e que eu era o primeiro em quem ela iria reviver. Eu sabia que tinha de ser assim: que sempre tinha sido assim, e que assim seria para sempre; e quando me encolhia em algum canto de uma sala lotada e via homens sussurrando, apontando e voltando os olhos para mim, sabia que falavam uns aos outros do louco condenado; e me encolhia outra vez para me sentir infeliz na solidão.

"Isso eu fiz durante muitos anos, foram longos anos. As noites aqui são às vezes longas — muito longas, mas não são nada comparadas às noites agitadas e aos sonhos aterradores que eu tinha naquela época. Lembrá-los faz correr um frio pela minha coluna. Grandes formas sombrias com rostos furtivos e sarcásticos se agachavam nos cantos da sala, e se curvavam sobre a minha cama à noite, tentando levar-me à loucura. Diziam-me, em débeis sussurros, que o chão da velha casa em que o pai do meu pai tinha morrido estava manchado com o seu sangue, derramado por sua própria mão numa loucura feroz. Eu levava os dedos aos ouvidos, mas elas gritavam dentro da minha cabeça, até todo o quarto vibrar com seus gritos, que a loucura adormecera uma geração antes da dele, mas que seu próprio avô tinha vivido durante anos com as mãos acorrentadas ao chão, para evitar que ele estraçalhasse a si mesmo. Eu sabia, e sabia muito bem, que elas contavam a verdade. Tinha descoberto anos antes, apesar de terem tentado esconder os fatos de mim. Ha! Ha! Eu era inteligente demais para elas, ainda que me considerassem louco.

"Finalmente me ocorreu a ideia, e eu me perguntei como pudera sentir medo. Eu agora podia entrar no mundo, rir e gritar com os melhores entre eles. Eu sabia que estava louco, mas eles nem suspeitavam. Como eu me abraçava deliciado, quando pensava no ótimo truque que aplicava a eles depois de me haverem apontado e olhado ressabiados, embora eu não estivesse louco, apenas temia poder um dia tornar-me louco! E como eu ria de alegria, quando estava só, e considerava como escondia bem o meu segredo, e com que rapidez os meus bons amigos me haveriam abandonado se soubessem a verdade. Seria capaz de gritar de êxtase quando jantava com algum sujeito ruidoso e pensava em como ele teria empalidecido e como fugiria rápido se soubesse que o caro amigo que se sentava ao seu lado afiando uma faca brilhante era um louco com todo o poder e alguma vontade de enfiá-la no seu coração. Oh, era uma vida alegre!

"Riquezas tornaram-se minhas, a fortuna choveu sobre mim e me corrompi em prazeres intensificados mil vezes pela consciência do meu segredo bem guardado. Herdei um patrimônio. A lei, a própria lei de olhos de águia, fora enganada e tinha entregado muitos milhares em disputa nas mãos de um louco. Onde estava a inteligência de homens de olhos de lince e mente sã? Onde estava a sagacidade dos advogados, ansiosos por descobrir uma falha? A perspicácia do louco os tinha superado a todos.

"Eu tinha dinheiro. Fui cortejado. Gastei-o profusamente. Como fui elogiado! Como aqueles irmãos arrogantes se humilhavam diante de mim! Também o velho pai de cabeça branca, tanta deferência, tanto respeito, uma amizade tão dedicada, ele me adorava! O velho tinha uma filha, e os jovens tinham uma irmã; e os cinco eram pobres. Eu era rico; e quando me casei com a moça vi um sorriso de triunfo no rosto dos parentes necessitados, pois pensavam no seu esquema bem planejado e no grande prêmio. Eu devia sorrir. Sorrir! Rir às gargalhadas, e arrancar os cabelos, e rolar no chão com berros de alegria. Mal sabiam eles que a tinham casado com um louco.

"Espere. Se tivessem sabido, eles a teriam salvado? A felicidade da irmã *versus* o ouro do marido. A pena mais leve que eu soprar no ar *versus* a alegre corrente que ornamenta o meu corpo!

"Apesar de toda minha astúcia, numa coisa eu fui enganado. Se não fosse louco — pois embora nós loucos sejamos inteligentes, sejamos muito inteligentes, às vezes ficamos perplexos — eu deveria ter sabido que a moça iria preferir ser colocada dura e fria num caixão baço de chumbo, a ser uma noiva invejada entregue na minha casa rica e resplandecente. Eu devia saber que seu coração estava com o rapaz de olhos negros cujo nome uma vez eu a ouvi pronunciar durante o sono agitado; e que ela tinha sido sacrificada a mim para aliviar a pobreza do velho de cabeça branca e dos seus irmãos arrogantes.

"Agora não me lembro de formas ou rostos, mas sei que a moça era linda. *Sei* que era, pois nas noites claras de luar, quando acordo do meu sono e tudo está em silêncio à minha volta, eu a vejo parada e imóvel num canto desta cela, uma figura pequena e debilitada de longos cabelos negros que, caindo nas costas, se agitam sem nenhum vento terreno, e olhos que se fixam em mim, sem nunca piscar nem se fechar. Silêncio! O sangue se congela no meu coração quando escrevo — a forma é dela; o rosto é muito pálido, e os olhos têm um brilho vítreo; mas eu os conheço bem. A figura nunca se move, nunca franze o cenho nem move os lábios como fazem os outros que às vezes enchem este lugar; mas para mim é muito mais assustadora até mesmo que os espíritos que me tentavam há muitos anos — vem diretamente do túmulo, e é muito fúnebre.

"Durante quase um ano eu vi aquele rosto se tornar mais pálido; durante quase um ano vi as lágrimas correrem por aquela face infeliz sem nunca saber a causa. Mas finalmente descobri. Não conseguiram esconder de mim por muito tempo.

Ela nunca tinha gostado de mim. Nunca pensei que tivesse gostado: ela desprezava minha riqueza e odiava o esplendor em que vivia; mas isto eu não tinha esperado: ela amava outro. Isso eu nunca pensei. Estranhos sentimentos me assaltaram, e pensamentos, forçados sobre mim por algum poder secreto, giravam e giravam em meu cérebro. Eu não a odiava, mas odiava o rapaz por quem ela ainda chorava. Tinha pena, sim, tinha pena da vida desgraçada a que seus parentes egoístas a tinham condenado. Sabia que ela não poderia viver muito tempo, mas o pensamento de que antes da sua morte ela poderia dar à luz um ser desafortunado destinado a passar a loucura à sua descendência me fizeram decidir matá-la.

"Durante muitas semanas pensei em veneno, e depois em afogamento, e depois em fogo. Uma linda visão da casa imponente em chamas, e a esposa do louco se desmanchando em cinzas. Pensei no ridículo de uma grande recompensa, e de algum homem são balançando ao vento por um ato que não cometeu, e tudo pela astúcia de um louco. Pensei muito nisso, mas finalmente desisti. Ah, o prazer de afiar a navalha dia após dia, sentindo o fio, e pensando no talho profundo feito por um golpe do seu gume fino e brilhante!

"Finalmente, os velhos espíritos que estiveram comigo tantas vezes antes sussurraram que era chegado o tempo e colocaram a navalha aberta na minha mão. Eu a agarrei com firmeza, levantei-me suavemente da cama e me inclinei sobre a minha esposa adormecida. O rosto dela estava enterrado nas mãos. Retirei-as lentamente e elas caíram frouxas sobre seu peito. Estivera chorando, pois vestígios das suas lágrimas ainda molhavam a sua face, que estava calma e plácida; e, enquanto a olhava, um sorriso tranquilo iluminou as suas feições pálidas. Coloquei suavemente a mão no seu ombro. Ela se assustou — era apenas um sonho fugaz. Inclinei-me novamente. Ela gritou e acordou.

"Um movimento da minha mão e ela nunca mais emitiria um grito ou som. Mas eu estava surpreso e recuei. Os olhos dela estavam fixos nos meus. Não sei como foi, mas eles me intimidaram e amedrontaram, e cedi sob eles. Ela se levantou da cama, ainda me olhando fixa e firmemente. Tremi, a navalha estava na minha mão, mas eu não conseguia mover-me. Ela se dirigiu para a porta. Quando se aproximou, virou-se e afastou os olhos do meu rosto. O encanto estava quebrado. Avancei e agarrei-a pelo braço. Ela deu um grito e desabou no chão.

"Agora eu poderia tê-la matado sem luta, mas a casa estava alerta. Ouvi passos nas escadas. Recoloquei a navalha na gaveta de sempre, destranquei a porta e gritei pedindo ajuda.

"Chegaram, levantaram-na e a deitaram na cama. Ela ficou lá imóvel durante horas e quando a vida, o olhar e a fala voltaram, seus sentidos a tinham abandonado, e ela se agitou louca e furiosamente.

"Chamaram os médicos — grandes homens que chegaram à minha porta em carruagens confortáveis, com belos cavalos e servos elegantes. Ficaram ao lado da sua cama durante semanas. Fizeram uma grande reunião em outro quarto e se consultaram em voz baixa e solene. Um deles, o mais inteligente e mais respeitado, me levou para um canto e, dizendo para me preparar para o pior, me disse — a mim, o louco — que minha esposa estava louca. Parou ao meu lado junto de uma janela aberta, os olhos no meu rosto, e a mão sobre o meu braço. Com algum esforço eu poderia tê-lo lançado na rua lá embaixo. Seria um esporte raro; mas colocaria o meu segredo em risco, e o soltei. Alguns dias depois me disseram para colocá-la sob vigilância: teria de lhe fornecer um acompanhante. *Eu!* Saí para o campo aberto, onde ninguém poderia ouvir-me, e ri até o ar ressoar com os meus gritos!

"Ela morreu no dia seguinte. O velho de cabeça branca seguiu-a até o túmulo e os irmãos orgulhosos deixaram cair uma lágrima sobre o corpo insensível daquela cujos sofrimentos durante a sua vida eles tinham considerado com músculos de ferro. Tudo isso foi alimento para a minha alegria, e eu ri atrás do lenço branco com que tapei o rosto quando fomos para casa até as lágrimas me chegarem aos olhos.

"Mas, embora eu tenha executado o meu objetivo e matado a minha esposa, eu estava agitado e perturbado e senti que em breve o meu segredo seria conhecido. Não conseguia esconder a alegria selvagem que fervia em mim e, quando estava só em casa, me fazia saltar e bater palmas, girar e girar dançando e urrando em voz alta. Quando saía e via as multidões correndo pelas ruas ou indo ao teatro, ou ouvia o som de música e via pessoas dançando, eu sentia tanta alegria que poderia correr entre elas e cortá-las em pedaços, membro a membro, uivando de êxtase. Mas eu rilhava os dentes, e batia os pés no chão, e fincava as unhas afiadas nas mãos. Eu me contive, e ninguém soube que eu já era um louco.

"Lembro-me — apesar de ser uma das últimas coisas de que consigo lembrar-me: pois agora misturo a realidade com meus sonhos e, como há tanto a fazer e estou sempre na correria aqui, não tenho tempo para separar os dois da estranha confusão em que eles se envolvem — lembro-me de como finalmente revelei tudo. Ha! Ha! Agora penso ver suas expressões assustadas e sinto a facilidade com que os afastei de mim e lancei meu punho fechado nas suas caras brancas, e então voei como o vento e os deixei gritando e berrando muito longe atrás de mim. A força de um gigante baixa sobre mim quando penso nisso. Ora — veja como essa barra de ferro se dobra sob meu arranco furioso. Poderia quebrá-la como um graveto, mas há galerias longas com muitas portas, acho que não saberia andar por elas; e, mesmo que soubesse, sei que há portões de ferro lá embaixo que são mantidos trancados a chave e com barras. Sabem o louco inteligente que eu fui e estão orgulhosos por me manterem aqui para ser mostrado.

"Deixe-me ver — sim, eu tinha saído. Era tarde da noite quando cheguei em casa e encontrei o mais orgulhoso dos três irmãos orgulhosos esperando para me ver — negócio urgente, disse ele: lembro-me bem. Eu odiava aquele homem com todo o ódio de um louco. Muitas e muitas vezes meus dedos ansiaram por rasgá-lo. Disseram-me que ele estava lá. Subi correndo as escadas. Ele tinha uma palavra a me dizer. Dispensei os serviçais. Era tarde, e estávamos sozinhos *pela primeira vez*.

"De início evitei cuidadosamente olhá-lo, pois sabia o que ele nem imaginava — e fiquei extasiado por sabê-lo —, que a luz da loucura brilhava em meus olhos como o fogo. Sentamo-nos em silêncio por alguns minutos. Finalmente ele falou. Minha recente dissipação e estranhas observações, feitas tão pouco tempo depois da morte da sua irmã, eram um insulto à memória dela. Combinando muitas circunstâncias que de início tinham escapado à sua observação, ele julgava que eu não a tinha tratado bem. Desejou saber se estava certo ao inferir que eu pretendia lançar reprovação à memória dela e desrespeito à família. Foi devido ao uniforme que vestia que ele exigiu essa explicação.

"Esse homem tinha um posto no exército — um posto comprado com o meu dinheiro e a infelicidade da sua irmã! Esse homem tivera papel fundamental na conspiração para me enganar e pôr as mãos na minha riqueza. Foi ele o instrumento mais importante para forçar sua irmã a se casar comigo, mesmo sabendo que seu coração fora dado àquele rapaz atraente. Devido ao *seu* uniforme! A libré da degradação! Pus meus olhos sobre ele — não consegui evitar — mas não disse uma palavra.

"Vi a mudança repentina que se abateu sobre ele sob o meu olhar. Era um homem muito ousado, mas a cor desapareceu do seu rosto, e ele recuou a cadeira. Puxei a minha para perto dele; e quando ri — eu estava então muito alegre — eu o vi estremecer. Senti a loucura crescer dentro de mim. Ele estava com medo de mim.

"'Você gostava da sua irmã quando ela era viva?' — perguntei.

— 'Muito.'

"Olhou pouco à vontade ao redor, e vi sua mão agarrar o encosto da cadeira, mas ele não disse nada.

"'Bandido', disse eu, 'desmascarei você; descobri as suas tramas infernais contra mim; sei que o coração dela estava fixado em outro homem antes de você obrigá-la a se casar comigo. Eu sei — eu sei'.

"De repente ele saltou da cadeira, segurou-a no alto e me mandou ficar longe dele, pois eu tinha tomado o cuidado de me aproximar lentamente enquanto falava.

"Berrei em vez de gritar, pois sentia as paixões tumultuosas correndo em minhas veias, e os velhos espíritos sussurrando e me provocando a arrancar seu coração.

"'Maldito', disse eu, levantando-me e correndo até ele; 'eu a matei. Sou um louco. Que você seja destruído. Sangue, sangue! Eu o terei!'. Derrubei de um golpe a cadeira que ele lançou aterrorizado contra mim e o agarrei; e com um barulho horroroso rolamos juntos no chão.

"Foi uma grande luta; pois ele era um homem alto e forte, lutando pela própria vida; e eu era um louco poderoso, ávido por destruí-lo. Não conhecia força alguma capaz de se igualar à minha, e tinha razão. Certo novamente, apesar de louco! Sua luta se enfraqueceu. Ajoelhei sobre o seu peito, e agarrei firmemente a sua garganta com as duas mãos. O rosto ficou roxo; os olhos ameaçavam sair das órbitas; e, com a língua para fora, ele parecia zombar de mim. Apertei com mais força.

"De repente a porta se abriu ruidosamente, e muitas pessoas correram gritando uns para os outros para segurar o louco.

"Meu segredo já não existia; e minha última luta era agora pela liberdade. Pus-me de pé antes que a primeira mão me agarrasse, atirei-me sobre os meus assaltantes e abri caminho com meu braço forte, como se tivesse um machado na mão, e derrubei todos diante de mim. Cheguei à porta, saltei sobre o parapeito e num instante estava na rua.

"Direto e rápido eu corri, e ninguém ousou parar-me. Ouvi o barulho de pés atrás e redobrei a minha velocidade. O barulho foi ficando mais fraco na distância e por fim morreu completamente, mas continuei por pântano e regato, sobre cerca e muro, com um grito selvagem que foi repetido pelos estranhos seres que se juntavam a mim por todos os lados, e incharam o som até ele perfurar o ar. Era levado nos braços de demônios que voavam sobre o vento, e derrubavam margens e cercas vivas à sua frente, e me giravam e giravam com um sussurro e uma velocidade que faziam a minha cabeça nadar, até que finalmente eles me jogaram longe e, com um choque violento, eu caí pesadamente na terra. Quando acordei, vi-me aqui — nesta célula cinzenta onde raramente chega a luz do Sol, e a Lua se esgueira, em raios que só servem para mostrar as sombras escuras à minha volta, e aquela figura silenciosa no seu canto de sempre. Quando me deito e fico acordado, ouço por vezes guinchos e gritos estranhos de partes distantes deste vasto lugar. O que são eles eu não sei, mas não vêm daquela visão pálida, nem ela lhes dá atenção. Pois, desde as primeiras sombras do ocaso até as primeiras luzes da manhã, ela continua imóvel no mesmo lugar, ouvindo a música da minha corrente de ferro, e observando minhas cabriolas na cama de palha."

No final do manuscrito estava escrita, em outra letra, esta nota:

"O infeliz cujas alucinações estão registradas acima era um exemplo melancólico dos resultados perniciosos das energias mal dirigidas durante o início da vida e dos excessos prolongados até que suas consequências não pudessem mais ser reparadas. A agitação, dissipação e libertinagem dos seus dias de juventude produziram febre e delírio. Os primeiros efeitos deste último foram a estranha ilusão, baseada numa teoria médica bem conhecida, fortemente defendida por alguns e também fortemente combatida por outros, de que existia uma loucura hereditária na família. Isso produziu uma melancolia estabelecida, que com o tempo desenvolveu uma insanidade mórbida e finalmente terminou numa loucura furiosa. Existem razões para acreditar que os acontecimentos que ele detalhou, apesar de distorcidos na descrição da sua imaginação enferma, aconteceram realmente. É apenas uma questão de surpresa, para aqueles que conheceram os vícios da sua carreira de juventude, que suas paixões, quando não mais controladas pela razão, não o tenham levado a cometer atos ainda mais assustadores".

A vela do Senhor Pickwick estava apagando-se no castiçal quando ele concluiu o exame do manuscrito do clérigo; e de repente ela se apagou, sem a tremulação prévia como aviso, e a escuridão comunicou um susto considerável à sua disposição excitada. Lançando fora apressadamente todas as peças de roupa que tinha vestido quando se levantara pela manhã e lançando um olhar temeroso à sua volta, ele novamente rolou agitado entre os lençóis e logo caiu num sono profundo.

O QUARTO DAS TAPEÇARIAS

Tradução:
Bárbara Guimarães

Charles Dickens

Perto do final da Guerra da Independência dos Estados Unidos, os oficiais do exército do Lorde inglês Cornwallis, que se renderam na cidade de York, e outros, que haviam sido feitos prisioneiros durante essa disputa imprudente e desafortunada, estavam regressando a seu país para relatar as aventuras e se recuperar da exaustão. Entre eles havia um oficial-general chamado Browne — um oficial de valor e um cavalheiro muito considerado devido à sua família e a seus feitos.

Alguns assuntos haviam levado o General Browne a uma viagem pelos condados ocidentais, e então, ao fim de uma diligência matinal, ele se viu próximo a uma cidadezinha do interior que oferecia um cenário de beleza excepcional e tinha um caráter marcadamente inglês.

O povoado, com a sua igreja antiga e imponente cuja torre dava testemunho da devoção de épocas muito remotas, se erguia no meio de pradarias e milharais de pequena extensão, cujos limites e divisões eram feitos por cercas vivas antigas e altas. Havia poucos sinais de melhorias modernas. Os arredores não sugeriam nem o despovoamento da decadência nem o alvoroço da inovação; as casas eram velhas, mas bem conservadas; e o belo riacho seguia livremente o seu curso, levando o seu murmúrio para o lado esquerdo da cidade, sem ser detido por represas nem margeado por um caminho para reboque de barcos.

Sobre um cume suave, pouco mais de um quilômetro ao sul da cidade, era possível divisar — entre carvalhos imponentes e emaranhados de arbustos — as torres de um castelo tão antigo como as guerras entre os York e os Lancaster, mas que parecia ter recebido reformas consideráveis durante a era elisabetana e a que se seguiu a ela. Não era um lugar muito grande; mas qualquer acomodação que pudesse haver deveria estar dentro daqueles muros. Pelo menos foi isso que o General Browne deduziu, observando a fumaça que se elevava alegremente de várias das antigas chaminés entalhadas e espiraladas. O muro do bosque interno seguia por duzentos ou trezentos metros ao longo da estrada; e a mata, vista de vários pontos possíveis, dava a impressão de ser bastante densa. Outras perspectivas foram abrindo-se: a vista integral da fachada do castelo antigo; depois a lateral, com as suas torres peculiares, no padrão rebuscado do estilo elisabetano, ao passo que a simplicidade e a solidez das outras partes do edifício pareciam indicar terem sido erguidas mais para defesa que para ostentação.

Deliciado com as visões parciais do castelo, obtidas por entre os bosques e clareiras que cercavam a antiga fortaleza feudal, o nosso oficial em viagem resolveu sondar se valia ou não a pena vê-lo mais de perto, e se ele abrigava retratos de família ou outros objetos de interesse para um visitante. Saindo dos arredores do bosque, ele seguiu por uma rua limpa e bem pavimentada até chegar à porta de uma estalagem com bastante movimento.

Antes de pedir os cavalos para seguir viagem, o General Browne se informou sobre o proprietário do castelo que tanto atraíra o seu interesse, e ficou a um só tempo surpreso e feliz em ouvir que a construção era de um fidalgo a quem chamaremos Lorde Woodville. Que sorte! Boa parte das lembranças antigas de Browne, tanto no colégio como na faculdade, estava ligada ao jovem Woodville, que, conforme ele pôde apurar com algumas perguntas, era agora o dono daquela ampla propriedade. Ele havia herdado o título de nobreza quando o seu pai morrera, poucos meses antes e, segundo o general ficou sabendo pelo dono da estalagem, o período de luto havia terminado e agora, na alegre estação do outono, ele estava tomando posse da propriedade paterna, acompanhado por um grupo seleto de amigos e desfrutando os divertimentos de um país famoso pela caça.

Eram notícias muito agradáveis para o nosso viajante. Frank Woodville havia sido calouro de Browne na escola de Eton e seu amigo íntimo na faculdade Christ Church, em Oxford; os seus prazeres e os seus deveres haviam sido os mesmos; e o coração justo do militar se aqueceu ao descobrir que o amigo de juventude agora estava de posse de uma residência tão maravilhosa e de uma propriedade rural — segundo o estalajadeiro lhe assegurou com um movimento de cabeça e uma piscadela — que lhe permitiria não apenas manter a distinção como ampliá-la. Como a jornada do nosso viajante não exigia pressa, nada mais natural que suspendê-la para visitar um velho amigo, em circunstâncias tão agradáveis.

Assim sendo, os novos cavalos tiveram apenas a breve tarefa de conduzir a carruagem do general ao castelo de Woodville. Um porteiro o fez entrar em uma casa de guarda nova, gótica, construída em um estilo que combinava com o do castelo, e fez soar uma campainha para avisar da chegada de visitantes. Aparentemente o som da campainha deve ter interrompido a partida do grupo que se dirigia aos diversos divertimentos matinais, pois ao entrar no pátio do castelo o General Browne encontrou vários moços em roupas esportivas vagando por ali, observando e analisando os cães que os guardadores mantinham a postos para participar do passatempo. Ao descer da carruagem ele viu o jovem lorde chegar ao portão de entrada e olhá-lo por um instante, como se estranhasse as feições do amigo — nas quais a guerra, com as suas fadigas e feridas, havia produzido grandes alterações. Mas a incerteza durou apenas até que o visitante começasse a falar; as calorosas saudações que se seguiram foram daquelas que só acontecem entre pessoas que passaram juntas os felizes dias da infância despreocupada ou da juventude.

— Meu querido Browne, se eu pudesse ter formulado um desejo — disse Lorde Woodville —, haveria sido o de tê-lo aqui, entre todos os homens, nesta ocasião que os meus amigos têm a bondade de tomar como um tipo de festividade. Não pense que os seus passos não foram seguidos durante os anos em que você esteve longe de nós. Eu acompanhei todos os perigos por que você passou, todos os triunfos e os infortúnios, e fiquei muito feliz em ver que tanto na vitória como na derrota o nome do meu velho amigo sempre foi merecedor de aplausos.

O general deu uma resposta à altura, felicitando o amigo pelo título recebido e pela posse daquela residência e daquelas terras tão lindas.

— Ah, mas há muito mais o que ver — disse Lorde Woodville —; e espero que não pense em nos deixar antes de conhecer bem a propriedade. Confesso que o grupo que estou recebendo agora é bem grande e que a velha casa, como outros lugares desse tipo, não oferece tantas acomodações como a extensão dos muros que a cercam sugere. Mas podemos dar-lhe um quarto à moda antiga, e me arrisco a supor que as suas operações militares o ensinaram a se alegrar com abrigos bem piores.

O general encolheu os ombros e riu.

— Presumo — disse — que o pior aposento do seu castelo é consideravelmente melhor que o velho barril de tabaco em que fui obrigado a passar a minha noite de guarda quando estava na floresta, na Virgínia, na Legião de Tropas Ligeiras. Eu me deitei dentro dele como se fosse o próprio Diógenes, tão feliz em estar abrigado do tempo que tentei, em vão, levá-lo comigo para o acampamento seguinte; mas o meu comandante na época não me permitiria tamanho luxo, e me despedi do meu amado barril com lágrimas nos olhos.

— Bem, então, já que você não teme o seu alojamento — disse Lorde Woodville —, ficará comigo pelo menos uma semana. Temos armas, cães, varas de pescar, moscas e recursos de sobra para divertimentos no mar e em terra; não se pode escolher uma diversão, mas aqui contamos com meios para fazê-lo. E, se você preferir as armas e os perdigueiros, eu mesmo irei junto, e verei se a sua pontaria melhorou depois que esteve entre os indígenas das colônias distantes.

O general aceitou com prazer todos os detalhes da proposta amistosa do seu anfitrião. Depois de uma manhã de exercícios varonis, o grupo se encontrou no jantar, quando Lorde Woodville teve grande prazer em expor as enormes qualidades do amigo reencontrado, assim como de recomendá-lo aos seus convidados — na maioria pessoas de muita distinção. Levou o General Browne a falar das cenas que havia testemunhado; e, como todas as palavras exibiam tanto o corajoso oficial como o homem sensato, que mantinha a frieza de raciocínio diante dos perigos mais iminentes, o grupo olhava para o militar com respeito, como para alguém que provou ser dono de uma bravura fora do comum — esse atributo que, acima de qualquer outro, todos desejam ver reconhecido em si.

O dia no castelo de Woodville terminou como é de costume em mansões como aquela. A hospitalidade continuou dentro dos limites da correção; primeiro as garrafas circularam, depois veio a música, na qual o jovem lorde era hábil; cartas e bilhar para os que preferiam esses entretenimentos. Mas o exercício matinal requeria madrugar, e logo depois das onze horas os convidados começaram a se retirar para os seus aposentos.

Lorde Woodville em pessoa conduziu o amigo, General Browne, ao aposento que lhe havia sido destinado, que correspondia à descrição que havia feito: confortável, mas à moda antiga. A cama tinha o modelo imponente usado no fim do século XVII e as cortinas eram de seda desbotada, adornadas com abundância de fios de ouro, deslustrados. Porém os lençóis, os travesseiros e as cobertas pareceram deliciosos para o militar, especialmente quando ele pensava em sua "mansão, o barril". Havia um ar sombrio nas tapeçarias que, com os ornamentos desgastados, desciam pelas paredes do pequeno aposento e ondulavam suavemente quando a brisa outonal passava pela velha janela de treliça, que tamborilava e silvava com a entrada do ar. A penteadeira também tinha um ar antigo — e consequentemente melancólico —, com o seu espelho de moldura elaborada, no estilo do início do século, um arranjo de seda carmim e centenas de caixas de formatos estranhos, com material para penteados obsoletos há mais de cinquenta anos. Mas nada poderia brilhar de modo mais radiante e alegre que as duas grandes velas de cera; e, se algo pudesse equiparar-se a elas, seria a lenha flamejante e cintilante da lareira, que irradiava tanto luz como calor pelo aposento confortável, ao qual, apesar da antiguidade geral na aparência, não faltava nenhuma das comodidades que os costumes modernos tornaram necessárias ou desejáveis.

— Trata-se de um dormitório à moda antiga, general — disse o jovem lorde —, mas espero que você não encontre aqui nada que o faça desejar o seu barril de tabaco.

— Não sou especialmente exigente quanto às minhas acomodações — respondeu o general —; e, se tivesse de escolher, sem dúvida preferiria este aposento aos quartos mais luxuosos e modernos da mansão da sua família. Acredite, me sinto melhor acomodado aqui que se estivesse no melhor hotel de Londres, pois este quarto reúne um ar moderno de conforto, uma venerável antiguidade e o fato de fazer parte do seu domínio, meu lorde.

— Acredito, sem sombra de dúvida, que você encontrará aqui o conforto que desejo que tenha, meu caro general — disse o jovem aristocrata. E, voltando a desejar uma boa noite ao seu convidado, apertou-lhe a mão e se retirou.

O general voltou a olhar ao redor e, congratulando-se internamente pelo retorno a uma vida pacífica, cujo conforto ficara mais valorizado depois das privações e dos perigos que enfrentara nos últimos tempos, despiu-se e se preparou para uma noite de descanso suntuoso.

Neste ponto, ao contrário do que é costumeiro neste tipo de narrativa, deixamos o general de posse do seu quarto até a manhã seguinte.

O grupo se reuniu para o café da manhã bem cedo, mas sem a presença do General Browne — que parecia ser, dentre todos os que Lorde Woodville juntara em torno de si com a sua hospitalidade, o hóspede a quem mais desejava dar atenção. Ele expressou algumas vezes a sua surpresa pela ausência do general e acabou enviando um criado para descobrir onde ele estava. O homem voltou com a informação de que Browne estivera passeando fora da mansão desde as primeiras horas da manhã, apesar do tempo, nevoento e desagradável.

— Costumes de militar — disse o jovem aristocrata aos seus amigos —; muitos adquirem o hábito da vigilância e não conseguem dormir além do horário em que costumam ter o dever de estar em alerta.

No entanto, a explicação que Lorde Woodville assim ofereceu ao grupo lhe soou insatisfatória, e ele aguardou em silêncio, preocupado, o retorno do general. Isso só aconteceu cerca de uma hora depois que a campainha do café da manhã soou. Ele parecia cansado e agitado. O seu cabelo — cujo empoamento e penteado eram, naquela época, uma das ocupações mais importantes de todo o dia de um homem, e dizia tanto de suas maneiras como, nos tempos atuais, o nó de uma gravata ou a falta dela — estava desgrenhado, solto, sem empoar e úmido de sereno. As suas roupas haviam sido colocadas de qualquer jeito, com uma negligência incomum em militares, cujos deveres reais ou supostos costumam incluir alguma atenção ao asseio; e o seu rosto estava pálido, incrivelmente assustado.

— Então escapou para uma marcha esta manhã, meu caro general — disse Lorde Woodville —; ou a cama não esteve tão ao seu gosto como eu desejava e você parecia esperar? Como passou esta noite?

— Ah, muitíssimo bem, maravilhosamente, nunca dormi melhor em minha vida! — disse o General Browne de imediato, mas com um ar de embaraço muito evidente para o seu amigo. Depois ele engoliu uma xícara de chá às pressas e, negligenciando ou recusando tudo mais que lhe foi oferecido, pareceu cair em um estado de alheamento.

— Você vai querer levar uma arma hoje, general? — falou o amigo e anfitrião, mas teve de repetir a pergunta duas vezes para receber a inesperada resposta:

— Não, meu lorde; sinto muito, mas não posso aceitar a honra de passar outro dia nos seus domínios; já solicitei os cavalos de aluguel e logo estarão aqui.

Todos ali presentes demonstraram surpresa, e Lorde Woodville respondeu de imediato:

— Cavalos de aluguel, meu bom amigo! O que você poderia querer com eles, se me prometeu permanecer calmamente comigo por ao menos uma semana?

— Creio que — falou o general, com um embaraço muito perceptível —, no entusiasmo do meu primeiro contato com os seus domínios, eu deva ter dito algo sobre me deter aqui por alguns dias; mas depois percebi que seria completamente impossível.

— Isso é muito singular — disse o jovem nobre. — Você parecia bastante desimpedido de compromissos ontem, e não pode ter sido convocado hoje, pois o correio ainda não veio da cidade, portanto você não recebeu nenhuma carta.

Sem dar mais nenhuma explicação, o General Browne apenas murmurou algo sobre assuntos inadiáveis, insistindo na necessidade absoluta de partir, de um modo tal que silenciou qualquer argumento por parte do seu anfitrião, que percebeu que a decisão já havia sido tomada e não insistiu para não ser importuno.

— Já que você precisa ou deseja partir — disse —, meu caro Browne, permita-me ao menos lhe mostrar a vista do terraço; logo será possível vê-la, pois a neblina está dissipando-se.

Enquanto falava, ele abriu uma janela de guilhotina e saltou para o terraço. O general o seguiu mecanicamente, mas parecia quase não estar prestando atenção ao que dizia o seu anfitrião, olhando para a paisagem ampla, magnífica, e apontando várias coisas dignas de nota. Eles seguiram em frente até que Lorde Woodville atingiu o seu propósito de afastar o convidado por completo do resto do grupo; então, voltando-se para ele com ar muito solene, falou:

— Richard Browne, meu velho e muito querido amigo, agora estamos sozinhos. Imploro para que me responda com a sua palavra de amigo e a sua honra de militar. Como você realmente passou esta noite?

— Na verdade, de um modo penosíssimo, meu lorde — respondeu o general, com o mesmo tom solene —; tão terrível que não queria correr o risco de uma segunda noite igual, nem por todas as terras pertencentes a este castelo nem por todo o território que vejo deste ponto de vista mais alto.

— Isso é muito singular — disse o jovem lorde, como se falasse consigo mesmo —; então deve existir algo de verdadeiro nos boatos sobre esse quarto. — E, voltando-se para o general, disse: — Em nome de Deus, meu caro amigo, seja sincero comigo e me permita saber, em pormenores, que tipo de coisa abominável lhe aconteceu sob um teto onde por vontade do proprietário você não deveria encontrar nada além de conforto.

O general pareceu afligir-se com esse pedido, e fez uma pausa antes de responder:

— Meu caro lorde — disse, por fim —, o que aconteceu comigo na noite passada é de uma natureza tão peculiar e tão desagradável que seria quase impossível, para mim, contar em detalhes, mesmo para você; mas o farei porque, além da vontade de satisfazer qualquer pedido seu, acredito que a minha sinceridade possa levar a uma interpretação sobre essa circunstância a um só tempo dolorosa e misteriosa. Para outras pessoas, a informação que vou dar-lhe poderia fazer que eu fosse visto como um imbecil, um tolo supersticioso iludido pela própria imaginação; mas você conviveu comigo na infância e na juventude e não presumirá que eu tenha adotado, depois de homem feito, sentimentos e fragilidades dos quais era livre quando mais novo.

Ele se deteve nesse ponto, e o seu amigo retrucou:

— Não duvide da minha total confiança na veracidade das informações que me dê, por mais estranhas que possam ser. Conheço a sua firmeza de caráter bem demais para suspeitar que pudesse ser enganado, e sei que a sua honradez e a sua amizade também o impediriam de exagerar sobre o que quer que tenha presenciado.

— Bem, então — disse o general — contarei a minha história tão bem como puder, confiando na sua integridade, e mesmo sentindo que preferiria enfrentar uma agressão a relembrar os acontecimentos abomináveis da noite passada.

Ele se deteve novamente e então, vendo que Lorde Woodville permanecia em silêncio e atento, começou, ainda que não sem evidente relutância, a história das suas aventuras noturnas no Quarto das Tapeçarias.

— Eu me despi e fui para a cama assim que nos despedimos na noite passada; mas a lenha na lareira, quase em frente à minha cama, ardia de forma alegre e agradável, e isso, aliado às centenas de lembranças da minha infância e juventude, trazidas pelo inesperado prazer de encontrá-lo, me impediu de cair no sono imediatamente. Devo, entretanto, dizer que essas reflexões eram todas prazerosas, agradáveis, baseadas na sensação de haver por algum tempo trocado o trabalho, as fadigas e os perigos da minha profissão pelos prazeres de uma vida pacífica e o reencontro com aqueles laços de amizade e afeição que eu rompera em pedaços devido às rudes intimações da guerra.

"Essas reflexões agradáveis foram infiltrando-se em meu cérebro e gradualmente ninando-me e me fazendo adormecer, até que de repente fui despertado por um som que parecia o de roçar da seda de uma roupa e de passos dados por sapatos de salto alto, como se uma mulher estivesse andando dentro do quarto. Antes que eu pudesse puxar o cortinado para ver de que se tratava, a figura de uma mulherzinha passou entre a cama e a lareira. Ela estava de costas para mim, e pude observar, pelos ombros e pelo pescoço, que era uma mulher já velha, com uma roupa à moda antiga, dessas que, penso eu, as damas chamam de mantô — ou seja, uma espécie de manto, completamente solto sobre o corpo, mas modelado por grandes pregas na gola e nos ombros, indo até o chão e terminando em um tipo de cauda.

"Achei aquela intromissão muito estranha, mas não abriguei, nem por um momento, a ideia de estar vendo algo diferente da forma mortal de alguma senhora idosa dali que tivera o capricho de se vestir como a sua avó e que — uma vez que Lorde Woodville havia mencionado que as habitações estavam escassas — havia sido desalojada do seu quarto para que eu fosse acomodado, se esquecera disso e retornara à meia-noite ao velho abrigo. Convencido disso, me remexi na cama e tossi um pouco, para fazer a intrusa saber que eu estava de posse do local. Ela se virou lentamente e... por Deus!, meu senhor, que semblante me exibiu! Não deixou mais dúvidas sobre o que era; seria impossível pensar em absoluto que se tratasse de um ser vivo. Sobre um rosto que apresentava a rigidez de feições de um cadáver, se imprimiam os traços dos sentimentos mais vis e horríveis que a haviam animado enquanto era viva. Parecia que o corpo de um criminoso abominável tinha deixado a tumba e a alma fora recuperada do fogo eterno para formar, durante algum tempo, uma união com o antigo cúmplice da sua culpa. Eu me levantei bruscamente e fiquei sentado, aprumado, apoiando-me nas palmas das mãos enquanto encarava aquele espectro horrível. A bruxa deu, ao que pareceu, um único e rápido passo largo em direção à cama onde eu estava e se agachou sobre ela, adotando a mesmíssima atitude que eu tivera no extremo do terror, avançando o rosto diabólico até chegar a meio metro do meu, com um sorriso irônico que parecia expressar a maldade e o escárnio de um demônio encarnado."

Ao chegar nesse ponto, o General Browne parou e enxugou o suor frio que a recordação daquela visão horrível havia feito brotar na sua testa.

— Meu lorde — disse —, eu não sou covarde. Passei por todos os perigos mortais que podem acontecer na minha profissão e posso afirmar sem receio que nenhum homem jamais viu Richard Browne desonrar a espada que empunha; mas nessas circunstâncias horríveis, sob o olhar e, ao que parecia, quase ao alcance das garras da encarnação de um espírito maligno, toda a firmeza me deixou, toda a minha coragem se derreteu como cera na fornalha, e me arrepiei inteiro. A corrente do meu sangue vital parou de circular e caí desfalecido, tão vítima do pânico aterrorizado como uma moça de aldeia ou uma criança de dez anos. Não tenho como estimar quanto tempo permaneci nesse estado.

"Mas fui despertado pelo relógio do castelo batendo uma hora, tão alto que parecia estar dentro do meu quarto. Algum tempo se passou antes que eu ousasse abrir os olhos, com receio de que voltassem a se deparar com o espetáculo horripilante. Quando, entretanto, reuni forças para olhar, a mulher já não era visível. A minha primeira ideia foi tocar a campainha, acordar os criados e me mudar para um sótão ou um palheiro, para me garantir contra uma segunda visita. Porém, vou confessar a verdade, alterei a minha decisão não por vergonha de me expor, mas pelo medo de, no caminho para a lareira de onde pendia o cordão da campainha, encontrar novamente a bruxa demoníaca que, pensava comigo mesmo, devia ainda estar à espreita em algum canto do quarto.

"Não tentarei descrever que acessos de calor e de frio me atormentaram pelo resto da noite, em meio ao sono entrecortado, a vigílias penosas e a esse estado dúbio que forma o terreno neutro entre os dois. Parecia que centenas de objetos terríveis me assombravam; mas havia uma grande diferença entre a visão que lhe descrevi e as que se seguiram a ela — que eu sabia serem ilusões geradas pela minha própria imaginação e pelos nervos excessivamente agitados.

"O dia afinal raiou, e me levantei da cama com a saúde abalada e o espírito humilhado. Estava envergonhado de mim mesmo, como homem e como militar, e ainda mais por perceber o meu desejo extremo de fugir do quarto mal--assombrado — um desejo que sobrepujou todas as outras considerações. Assim sendo, vesti as roupas com pressa e sem cuidado e escapei da sua mansão, meu lorde, para buscar ao ar livre algum alívio para o meu sistema nervoso, abalado pelo horrível encontro com uma visitante do outro mundo — pois é isso que acredito que ela fosse. Agora você ouviu a causa da minha descompostura e do desejo súbito de deixar o seu hospitaleiro castelo. Espero que nos encontremos com frequência em outros lugares; mas que Deus me proteja de ter de passar uma segunda noite sob aquele teto!".

Por mais estranho que o relato do general fosse, ele falou com tamanha convicção que cortou pela raiz os comentários que costumam surgir diante de histórias assim. Lorde Woodville não lhe perguntou, nem uma única vez, se tinha certeza de não haver sonhado com aquela aparição, nem sugeriu alguma das possibilidades com as quais é costume explicar as aparições sobrenaturais, como caprichos da imaginação ou ilusões dos nervos óticos. Pelo contrário, mostrou-se profundamente impressionado com a veracidade e realidade do que ouvira; e, depois de uma pausa considerável, lastimou, com grande sinceridade, ao que parecia, que o seu amigo de infância tivesse sofrido tanto em sua casa.

— Sinto demais pelo tormento por que você passou, meu caro Browne. — E continuou: — Ainda mais porque esse infortúnio, embora inesperado, foi resultante de uma experiência minha. Você deve saber que na época do meu pai e do meu avô, pelo menos, o quarto que lhe dei esteve trancado devido a rumores de que era afetado por ruídos e visões sobrenaturais. Quando tomei posse do castelo, há poucas semanas, pensei que as acomodações que ele oferecia para os meus amigos não eram numerosas o bastante para permitir que os habitantes do mundo invisível mantivessem a posse de um dormitório tão confortável. Então fiz que o Quarto das Tapeçarias, que é como o chamamos, fosse aberto e que, sem acabar com o seu aspecto antigo, novas peças de mobília fossem colocadas nele, adequando-o aos tempos modernos. Porém, como a ideia de que o quarto era mal-assombrado imperava entre os criados, e também era conhecida na região e por muitos dos meus amigos, tive medo de que algum preconceito pudesse afetar o primeiro ocupante do Quarto das Tapeçarias, o que acabaria renovando os rumores de malignidade que o cercam e frustrando a minha intenção de torná-lo uma parte aproveitável da casa. Sou forçado a confessar, meu caro Browne, que a sua chegada ontem, tão agradável para mim por outros mil motivos, me pareceu ser a melhor oportunidade de acabar com esses boatos desagradáveis ligados ao quarto, uma vez que a sua bravura é indubitável e a sua mente é desprovida de qualquer prevenção com o assunto. Assim sendo, eu não poderia escolher um sujeito melhor para a minha experiência.

— Serei eternamente grato ao meu lorde — disse o General Browne, com certa irritação —, extraordinariamente grato, por toda a minha vida. É bem provável que me recorde por bastante tempo das consequências do seu experimento, como você gosta de chamá-lo.

— Não, agora você está sendo injusto, meu caro amigo — disse Lorde Woodville. — Basta refletir por um instante para se convencer de que eu não poderia prever o tormento a que você por desgraça foi exposto. Ontem pela manhã eu era completamente cético em relação ao tema das aparições sobrenaturais. E tenho certeza de que, se eu lhe tivesse falado dos rumores sobre aquele quarto, eles mesmos o levariam a escolhê-lo, por vontade própria, como acomodação. Talvez eu tenha errado, mas isso não pode ser denominado como culpa; o meu azar foi você ter sido atormentado de uma forma tão estranha.

— Realmente muito estranha! — disse o general, recuperando o bom humor. — E reconheço que não tenho o direito de me ofender com meu lorde por me haver tratado de acordo com a forma como eu mesmo costumava enxergar-me: um homem de alguma firmeza e coragem. Mas vejo que os meus cavalos de aluguel chegaram, e não quero retê-lo, atrapalhando assim os seus divertimentos.

— Não, meu velho amigo — disse Lorde Woodville —; já que você não poderá ficar conosco mais um dia, e não tenho como insistir nisso, me dê ao menos mais meia hora. Você costumava adorar pinturas, e tenho uma galeria de retratos, incluindo alguns de van Dyck, representando antepassados a quem esta propriedade e este castelo pertenceram antigamente. Acho que vários deles vão impressioná-lo por seu valor.

O General Browne aceitou o convite, ainda que sem muito entusiasmo. Era claro que só respiraria livremente, à vontade, quando estivesse bem longe do castelo de Woodville. Porém, não podia recusar o convite do amigo; quanto mais porque estava um pouco envergonhado da irritação com que tratara o seu bem-intencionado anfitrião.

Assim sendo, o general seguiu Lorde Woodville por várias salas, até uma longa galeria coberta de quadros, que o amigo lhe foi apontando, dizendo os nomes e fazendo relatos sobre os personagens por cujos quadros passavam. O general não estava muito interessado nos detalhes que essas descrições lhe forneciam. Os quadros eram, na realidade, do tipo comum na galeria de uma família antiga. Lá estava um *Cavalier*[1] que havia arruinado seu espólio servindo à causa real; lá estava uma linda dama que a havia restabelecido contraindo matrimônio com um puritano abastado. Lá estava exibido o homem galante que se colocara em perigo ao manter correspondência com a corte exilada em Saint Germain; e um que pegou em armas para defender William na revolução; e um terceiro que havia apoiado alternadamente os *whigs* e os *tories*.[2]

Enquanto Lorde Woodville enchia os ouvidos do seu hóspede com essas palavras, contra a sua vontade, chegaram ao meio da galeria. E então ele viu que o general parou de repente e assumiu uma atitude de perplexidade absoluta, mesclada ao medo, quando o seu olhar encontrou, e foi imediatamente retido pelo retrato de uma dama idosa vestindo um mantô, de acordo com a moda do final do século XVII.

— Lá está ela! — exclamou o militar. — É ela, na figura e nas feições, ainda que a sua expressão não seja tão demoníaca como a da bruxa maldita que me visitou na noite passada.

— Se assim é — disse o jovem nobre —, não podem mais restar dúvidas sobre a terrível veracidade da aparição. Esse é o retrato de uma infame antepassada minha; os seus crimes estão arquivados em uma listagem sombria e assustadora que guardo em minha escrivaninha, junto com a história da minha família. Narrar todos eles seria horrível demais; basta dizer que incesto e um assassinato abominável foram praticados nesse quarto sinistro. Vou devolvê-lo ao isolamento que lhe reservaram os que me precederam, e souberam julgar melhor que eu; e ninguém, enquanto eu puder evitar, será exposto à repetição dos horrores sobrenaturais capazes de abalar uma coragem tão grande como a sua.

---

[1] Cavalheiro partidário do Rei Carlos I da Inglaterra.
[2] Grupos políticos britânicos adversários, no século XVII.

E, dessa maneira, os amigos que se haviam encontrado com tanta alegria se despediram com um estado de espírito muito distinto: Lorde Woodville para ordenar que o Quarto das Tapeçarias fosse desmontado e a sua porta, emparedada; e o general Browne para procurar em algum lugar menos bonito, e com um amigo menos nobre, o esquecimento da terrível noite que havia passado no castelo de Woodville.

O PODEROSO DEUS PÃ

Tradução:
Alda Porto

Arthur Machen

I
A EXPERIÊNCIA

— Fico feliz que tenha vindo, Clarke; muito feliz mesmo. Não tinha certeza de que encontraria tempo livre.

— Consegui tomar providências para alguns dias; as coisas não andam muito agitadas no momento. Mas você não tem dúvida alguma, Raymond? Acredita ser absolutamente seguro?

Os dois homens passeavam a passos lentos e regulares pelo terraço diante da casa do Dr. Raymond. O Sol ainda pairava a oeste acima do horizonte, embora emanasse um fraco brilho vermelho que não lançava sombras e todo o ar estivesse sereno; uma suave brisa vinha da grande floresta na encosta da montanha acima, e com ela, a intervalos, o chilrear das pombas selvagens. Abaixo, no extenso e adorável vale, o rio serpenteava ao entrar e sair por entre as colinas solitárias, e, enquanto o Sol pairava e desaparecia no oeste, uma fraca névoa de puro branco começava a elevar-se das colinas. O Dr. Raymond virou-se bruscamente para o amigo.

— Seguro? Claro que sim. A operação em si é de total simplicidade; qualquer cirurgião poderia fazê-la.

— E não existe nenhum perigo em qualquer outra etapa?

— Nenhum; absolutamente nenhum perigo físico, dou-lhe minha palavra de honra. Você sempre se mostra receoso, Clarke, sempre, mas conhece minha história. Tenho-me dedicado à medicina transcendental durante os últimos vinte anos. Já ouvi me chamarem de curandeiro, impostor e charlatão, porém o tempo todo eu sabia que estava no caminho certo. Há cinco anos, alcancei o objetivo e, desde então, cada dia tem sido uma preparação para o que faremos hoje à noite.

— Eu gostaria de acreditar que tudo isso é verdade. — Clarke franziu as sobrancelhas e olhou com desconfiança para o médico. — Tem total certeza, Raymond, de que sua teoria não é uma fantasmagoria... uma visão esplêndida, sem dúvida, mas afinal de contas apenas uma visão?

O Dr. Raymond interrompeu a caminhada e virou-se de supetão. Era um homem de meia-idade, magro e esguio, de tez amarela e esmaecida, embora, ao responder e encarar Clarke, exibisse na face um rubor acalorado.

— Olhe ao redor, Clarke. Você vê a montanha, uma colina em seguida à outra, como uma onda após a outra; vê o bosque, o pomar, os campos de milho maduro e prados que chegam até os canteiros de junco próximos ao rio. Vê-me em pé aqui ao seu lado e ouve minha voz; mas eu lhe digo que tudo isso... sim... desde aquela estrela que acabou de despontar no céu até o sólido terreno sob nossos pés... digo que todas essas coisas não passam de sonhos e sombras; as sombras que ocultam o mundo real de nossos olhos. Embora exista um mundo real, este se situa além do *glamour* e da visão presentes, além das caças a dotes e dos sonhos com a carreira, além de todas as ilusões, como se oculto sob um véu. Não sei se algum ser humano chegou sequer a erguer esse véu; o que de fato sei, Clarke, é que nós dois vamos erguê-lo hoje à noite, diante dos nossos olhos. Talvez considere tudo isso um completo disparate; pode ser estranho, mas é real, e os antigos sabiam o que significa erguer o véu. Descreviam esse ato como ter a visão do deus Pã.

Clarke tiritou; a névoa branca a aglomerar-se acima do rio era arrepiante.

— É realmente maravilhoso — disse. — Estamos à beira de um estranho mundo, Raymond, se o que diz é verdade. Será que o bisturi se faz de todo necessário?

— Sim; uma leve incisão na massa cinzenta, só isso; uma insignificante reorganização de certas células, uma alteração microscópica que escaparia à atenção de noventa e nove em cem especialistas cerebrais. Não quero incomodá-lo com "pormenores técnicos", Clarke; eu poderia abarrotá-lo com inúmeros detalhes científicos que pareceriam muito impressionantes, mas não teriam qualquer valor elucidativo. Suponho, porém, que tenha lido, despretensiosamente, em diversas referências remotas e atuais do seu ensaio, que se têm dado há algum tempo largos e imensos passos na fisiologia do cérebro. Vi um parágrafo outro dia sobre a teoria de Digby e as descobertas de Browne Faber. Ah, essas teorias e descobertas! Onde eles se encontram agora, já estive há quinze anos e julgo desnecessário dizer-lhe que não fiquei estagnado durante esses últimos quinze anos. Será suficiente se eu disser que há cinco anos fiz a descoberta à qual me referi quando comentei que dez anos atrás alcancei o objetivo. Após anos de trabalho, anos de labuta tateando às escuras, após dias e noites de decepções e até de desespero, durante os quais, às vezes, senti calafrios só de pensar que talvez houvesse outros na pista do que eu buscava; afinal, depois de tanto tempo, fui arrebatado por uma súbita alegria que me eletrizou a alma, e logo soube que a longa jornada chegara ao fim. Pelo que pareceu um feliz acaso na época, e ainda parece, a sugestão de um momentâneo devaneio ocioso, enquanto seguia por linhas e caminhos familiares que eu já percorrera uma centena de vezes, a grande verdade irrompeu em mim, e vi mapeados em meu campo visual um mundo inteiro, uma esfera desconhecida; continentes e ilhas, além de imensos oceanos pelos quais nenhum navio singrou (até onde sei) desde que um Homem ergueu pela primeira vez os olhos e contemplou o Sol, e as estrelas do céu, e a silenciosa Terra sob seus pés. Talvez pense que tudo isso seja uma linguagem de extrema grandiloquência, Clarke, embora seja difícil expressar-me em termos literais. Mesmo assim, tampouco sei se o que estou sugerindo pode ser apresentado em termos simples e isolados. Por exemplo, este nosso mundo hoje se encontra bastante cingido por uma rede de fios e cabos telegráficos; pensamentos, com velocidade pouco menor que a do pensamento, são transmitidos do amanhecer ao pôr do Sol, do norte ao sul, através de lugares inundados e de desertos. Suponha que um eletricista hoje percebesse de repente que ele e seus amigos estivessem apenas jogando pedrinhas na água e confundindo-as com os alicerces do mundo; imagine se esse homem visse o espaço extremo total abrir-se diante da corrente, e as palavras de homens dispararem a toda até o Sol e além do Sol, adentro de sistemas ainda mais distantes, e a voz desses homens de linguagem articulada ecoar no vazio deserto que limita nosso pensamento. No que se refere às analogias, trata-se de uma muito boa do que realizei; dá para você captar agora um pouco do que senti ao ficar aqui uma noite; era uma noite de verão, e o vale assemelhava-se muito ao que se descortina hoje; aqui permaneci e vi diante de mim o abismo indescritível, inconcebível, que se escancara profundo entre dois mundos, o mundo da matéria e o mundo do espírito; vi a imensa profundeza estender-se tenebrosa diante de mim, e nesse instante uma ponte de luz saltou da terra para a desconhecida orla à beira-mar, e atravessou-se o abismo. Se quiser, pode consultar o livro de Browne Faber, e descobrirá que até o presente os cientistas não conseguem explicar a presença nem especificar as funções de certo grupo de células nervosas no cérebro. Esse grupo é, por assim dizer, terra inexplorada, um mero lugar para teorias fantasiosas. Não me encontro na posição de Browne Faber e dos especialistas, sou completamente instruído quanto às possíveis funções daqueles centros nervosos no esquema das coisas. Com um toque, posso ativá-los, com um toque, afirmo, posso liberar a corrente e com um toque realizar a comunicação entre este mundo dos sentidos e... Teremos condições de concluir a frase mais tarde. Sim, o bisturi é necessário; pense, porém, no que esse instrumento efetuará. Derrubará por completo a sólida muralha dos sentidos e, na certa, pela primeira vez desde que se criou o homem, um espírito fitará um mundo de espíritos. Clarke, Mary verá o deus Pã!

— Mas se lembra do que me escreveu? Pensei que fosse necessário que ela... — Clarke sussurrou o resto no ouvido do médico.

— De modo algum, de modo algum. Trata-se de um absurdo, asseguro-lhe. Na verdade, é melhor que seja assim; estou bastante convencido.

— Considere bem a questão, Raymond. É uma grande responsabilidade. Algo poderia sair errado; você se tornaria um desgraçado pelo resto da vida.

— Não, não creio, mesmo se acontecesse o pior. Como bem sabe, salvei Mary da sarjeta e da morte quase certa causada pela fome quando era uma menina; acho que a vida dela é minha para usá-la como eu julgar melhor. Vamos, está ficando tarde; é melhor entrarmos.

Após ter guiado o amigo através do salão e ao longo de um corredor escuro, o Dr. Raymond retirou uma chave do bolso, abriu uma porta pesada e com um gesto introduziu Clarke ao interior do seu laboratório. Antes uma antiga sala de sinuca, era iluminado por uma cúpula de vidro no meio do teto, de onde ainda escoava uma luz triste e cinzenta sobre a aparência do médico, enquanto ele acendia uma luminária pesada, a qual colocou numa mesa de centro.

Clarke examinou ao redor. Quase não se viam sequer dois palmos de parede exposta; em toda a volta, estendiam-se prateleiras repletas de garrafas e frascos de todas as formas e cores; e num dos cantos ficava uma pequena estante estilo Chippendale. Raymond apontou-a.

— Vê esse pergaminho de Oswald Crollius? Ele foi um dos primeiros a mostrar-me o caminho, embora eu não creia que ele próprio o tenha encontrado ou percorrido. Lê-se uma estranha afirmação dele: "Em cada grão de trigo, encontra-se escondida a alma de uma estrela".

O laboratório não continha muitos móveis. Além da mesa no centro, viam-se uma bancada de mármore com uma calha num canto e as duas poltronas nas quais se sentavam Raymond e Clarke; apenas isso, com exceção de uma cadeira de aparência estranha no fundo da sala. Clarke examinou-a e franziu as sobrancelhas com desagrado.

— Sim, aquela é a cadeira — disse Raymond. — É melhor que a deixemos logo instalada na posição.

Levantou-se e, após deslizá-la nos rodízios até a luz, começou a levantá-la e baixá-la, fazendo deslizar o assento, testando o encosto em vários ângulos e ajustando o apoio dos pés. Parecia bastante confortável; Clarke passou a mão sobre o macio veludo verde, enquanto o médico manipulava as alavancas.

— Agora, Clarke, ponha-se bem à vontade e relaxe. Ainda preciso trabalhar uma ou duas horas porque fui obrigado a deixar alguns detalhes para a última hora.

Raymond dirigiu-se à bancada de mármore e Clarke observou-o com um ar sombrio quando o viu curvar-se sobre uma fileira de frascos e acender a chama sob o cadinho. Num equipamento acima de si, o médico tinha uma pequena lamparina, velada como a maior; Clarke, sentado nas sombras, examinou, desconfiado, a grande sala misteriosa, admirando os bizarros efeitos do contraste entre luz brilhante e escuridão. Logo tomou consciência de um estranho odor no ambiente, a princípio a mais sutil sugestão de odor e, à medida que se tornava mais perceptível, ele se surpreendeu por não se ter lembrado de nada ligado à atividade farmacêutica ou cirúrgica. Viu-se empenhado ociosamente em analisar a sensação e, semiconsciente, pôs-se a pensar num dia, quinze anos antes, em que ele passara vagando pela mata e os prados próximos de sua própria casa. Era um dia escaldante de início de agosto, o calor esmaecera os contornos de todas as coisas e perspectivas com uma fraca névoa, e as pessoas que observaram o termômetro falaram de um registro anormal, de uma temperatura quase tropical. Estranhamente, esse dia de espantoso calor dos anos cinquenta[1] tornou a manifestar-se na imaginação de Clarke; a sensação da deslumbrante e difusa luz solar pareceu obscurecer as sombras e as luzes do laboratório, fazendo que sentisse mais uma vez as baforadas de ar quente batendo-lhe no rosto, visse o brilho cintilante elevando-se da relva e ouvisse os inúmeros murmúrios do verão.

— Espero que o cheiro não o incomode, Clarke, pois nada contém de insalubre. Talvez apenas o deixe um pouco sonolento, mas não passa disso.

Clarke ouviu as palavras bem distintamente e soube que Raymond falava com ele, embora nem para salvar a própria vida conseguisse despertar daquela letargia. Só conseguia pensar no solitário passeio que fizera quinze anos atrás, o qual fora sua última visão dos campos e da mata que conhecera desde a infância, e nesse momento tudo aquilo, como uma pintura, se destacava à luz brilhante diante dele. Acima de tudo, chegava-lhe às narinas o cheiro do verão mesclado com o perfume de flores e o odor da mata, ou o dos recônditos frescos, sombreados e enfurnados nas verdejantes profundidades, acentuados pelo calor do Sol; dominava tudo isso, porém, o gostoso cheiro da terra boa, deitada com os braços abertos e lábios sorridentes. As fantasias de Clarke faziam-no vagar, como vagara muito tempo atrás, dos campos para a floresta, acompanhando uma pequena senda entre a brilhante vegetação rasteira dos renques de faia; e o gotejar da água a cair da pedra calcária soava no sonho como uma clara melodia. Os pensamentos começaram a desviar-se e a misturar-se com outros;

---

[1] Meados da década de 1850. (N.E.)

a vereda de faia transformou-se num estreito caminho entre azevinhos; e aqui e ali uma trepadeira subia de galho a galho, enviando ondulantes gavinhas acima, as quais se inclinavam com uvas purpúreas, e as escassas folhas verde-claras e prateadas de uma oliveira silvestre destacavam-se em nítido contraste com as escuras sombras do azevinho. Clarke, nos profundos recessos do sonho, tinha consciência de que o caminho desde a casa dos pais o conduzira a um território desconhecido; e admirava a estranheza de tudo aquilo quando de repente, em vez do zumbido e dos murmúrios do verão, um silêncio infinito pareceu cair sobre todas as coisas, fazendo que não se ouvisse mais nada na floresta; e por um instante ele ficou ali cara a cara com uma presença, a qual não era nem de um homem nem de um animal, nem a vida e tampouco a morte, mas todas as coisas mescladas, a forma de todas as coisas, embora destituída de toda forma. E, naquele momento, dissolveu-se o mistério sacramentado de corpo-alma, e uma voz pareceu chorar "Vamos embora daqui". Então surgiu a escuridão das trevas além das estrelas, a escuridão eterna.

Ao despertar com um sobressalto, Clarke viu Raymond despejando algumas gotas de fluido oleoso dentro de um frasco verde, o qual o médico depois tampou com muita firmeza.

— Você esteve cochilando — disse —; a viagem deve tê-lo deixado fatigado. Já está tudo pronto. Vou buscar Mary e retornarei em dez minutos.

Clarke recostou-se na poltrona e tornou a devanear. A impressão era de que havia apenas passado de um sonho ao outro, no qual lhe pareceu quase ver derreterem e desaparecerem as paredes do laboratório, além de acordar em Londres, estremecendo com suas fantasias enquanto adormecido. Mas afinal a porta abriu-se e o médico entrou, seguido por uma jovem de uns dezessete anos, toda vestida de branco. Era tão bela que Clarke não se surpreendeu com o que Raymond lhe escrevera. Embora ela logo enrubescesse no rosto, pescoço e braços, o médico pareceu impassível.

— Mary — ele disse —, chegou a hora. Você é livre. É mesmo sua vontade se entregar inteiramente a mim?

— Sim, querido.

— Ouviu, Clarke? Você é minha testemunha. Aqui está a cadeira, Mary. É muito fácil. Basta se sentar e recostar. Está pronta?

— Sim, querido, estou pronta. Dê-me um beijo antes de começar.

O médico curvou-se e beijou-lhe a boca, com bastante delicadeza.

— Agora feche os olhos — ele disse.

A moça fechou as pálpebras, como se estivesse exausta e desejasse dormir; Raymond então pôs o frasco verde junto das narinas dela, cujo rosto empalideceu, tornando-se ainda mais branco, mais que seu vestido; ela se debateu um pouco e, em seguida, com o forte sentimento de submissão dentro de si, cruzou os braços no peito como uma criancinha prestes a fazer suas orações. A brilhante luz da luminária caiu inteira sobre a jovem, e Clarke examinou as mudanças passageiras pelo rosto dela como as mudanças das colinas quando as nuvens do verão flutuam diante do Sol. Então Mary ficou inteiramente pálida e imóvel; quando o médico levantou uma de suas pálpebras, constatou que ela se achava inconsciente. Raymond pressionou com força uma das alavancas e a cadeira no mesmo instante abaixou para trás. Clarke viu-o recortar um círculo, como uma tonsura, dos cabelos de Mary e aproximar mais a luminária. Raymond retirou um pequeno instrumento reluzente de um estojozinho, quando o amigo se virou de costas, tremendo. Ao tornar a olhá-lo, o médico costurava o ferimento que fizera.

— Ela vai despertar em cinco minutos — Raymond comunicou com a completa e habitual frieza. — Não há nada mais a fazer; podemos apenas esperar.

Os minutos pareciam transcorrer devagar; dava para ouvir um lento e pesado tique-taque de um antigo relógio no corredor. Clarke sentia-se doente e fraco; os joelhos tremiam sob o corpo, ele mal conseguia ficar em pé.

De repente, enquanto observavam, ambos ouviram elevar-se um prolongado suspiro; de repente, a cor que desaparecera retornou às faces de Mary, e de repente ela abriu os olhos. Clarke sentiu medo diante daqueles olhos, os quais brilhavam com uma terrível luminosidade, parecendo distantes, e uma grande admiração manifestou-se no rosto dela. Mary estendeu as mãos como se para tocar algo invisível; quase no mesmo instante, porém, a admiração desapareceu e deu lugar ao mais apavorante terror. Os músculos do rosto sofreram medonhas convulsões, ela sacudiu-se da cabeça aos pés; a alma parecia lutar e debater-se dentro do invólucro da compleição carnal. Diante daquela visão tão nefasta, Clarke precipitou-se à frente, enquanto a jovem tombava aos gritos no chão.

Três dias depois, Raymond conduziu Clarke até a cabeceira de Mary. Deitada totalmente desperta, rolava a cabeça de um lado ao outro, e gargalhava com desdém.

— Sim — comentou o médico, ainda com total frieza —, trata-se de um fato muito lamentável; Mary se tornou uma idiota sem esperança. Não há, contudo, o que fazer; e, afinal, ela viu o Poderoso Deus Pã.

II
AS LEMBRANÇAS DO SR. CLARKE

O Sr. Clarke, o cavalheiro escolhido pelo Dr. Raymond para testemunhar a estranha experiência do deus Pã, era uma pessoa em cujo caráter a cautela e a curiosidade mesclavam-se de forma incomum; em seus momentos moderados, ele encarava o incomum e o excêntrico com clara aversão; entretanto, no fundo do coração, havia uma surpreendente curiosidade no tocante a todos os elementos mais recônditos e esotéricos da natureza dos homens. Essa predisposição prevalecera quando aceitou o convite de Raymond, pois, embora seu discernimento ponderado sempre houvesse repudiado as teorias do médico como o mais absurdo disparate, ele guardava, em segredo, uma crença no fantástico e se haveria regozijado ao ver essa crença confirmada. Os horrores que testemunhara no apavorante laboratório foram de certa maneira saudáveis; tinha consciência de haver sido envolvido num caso não de todo respeitável, e durante muitos anos depois aderiu corajosamente às atividades comuns, rejeitando todas as ocasiões de investigação oculta. Na verdade, durante algum tempo, por algum princípio homeopático, frequentou as sessões de renomados médiuns, na esperança de que os desajeitados truques desses cavalheiros o deixassem totalmente repugnado com relação a qualquer tipo de misticismo, mas o remédio, embora cáustico, não se revelou eficaz. Clarke sabia que ainda ansiava pelo invisível e aos poucos a antiga paixão começou a reafirmar-se, à medida que o rosto de Mary, tremendo e sob fortes convulsões causadas por um terror desconhecido, apagava-se lentamente de sua lembrança. Ocupado o dia todo em atividades ao mesmo tempo sérias e lucrativas, a tentação de relaxar à noite era grande demais, sobretudo nos meses do inverno, quando a lareira projetava um cálido brilho sobre seu aconchegante apartamento de solteiro, e uma garrafa de algum seleto vinho tinto de Bordeaux achava-se ao seu alcance. Feita a digestão do jantar, ele fingia por um breve momento ler o jornal da noite, mas a simples relação de notícias logo o desanimava e Clarke via-se lançando olhares de ardente desejo na direção de uma antiga escrivaninha japonesa que ficava a uma agradável distância da lareira. Como um menino diante de um armário de doces, por alguns minutos ele pairava indeciso, embora o desejo sempre prevalecesse e acabasse por fazê-lo empurrar a cadeira, acender uma vela e sentar-se na frente da escrivaninha. Seus escaninhos e gavetas pululavam com documentos sobre os assuntos mais mórbidos, e no vão profundo repousava um grande volume manuscrito, no qual ele laboriosamente inserira as preciosidades da sua coleção. Clarke tinha um intenso desprezo por literatura publicada; o mais fantasmagórico conto deixava de interessá-lo se por acaso fosse impresso; seu prazer exclusivo estava na leitura, compilação e reorganização do que intitulava suas "Memórias para Provar a Existência do Diabo" e, empenhado nessa ocupação, o tempo parecia voar e a noite tornava-se demasiado curta.

Num determinado entardecer, um desagradável entardecer de dezembro, escuro, com nevoeiro hostil e coberto de geada, Clarke jantou às pressas e mal se dignou cumprir o costumeiro ritual de erguer o jornal e tornar a largá-lo. Caminhou um pouco pela sala, abriu a escrivaninha, parou imóvel por um instante e sentou-se. Recostou-se, absorto num daqueles sonhos aos quais se sujeitava, retirando afinal seu livro e abrindo-o na última anotação. Havia três ou quatro páginas densamente cobertas com a sua caligrafia redonda regular e no início ele escrevera numa letra um tanto maior:

>   SINGULAR NARRATIVA CONTADA A MIM PELO MEU AMIGO, DR. PHILLIPS.
>   Ele me assegura que todos os fatos relatados
>   são estrita e inteiramente Verdadeiros, embora
>   se recuse a revelar tanto os Sobrenomes das
>   Pessoas Relacionadas quanto o Lugar onde ocorreram
>   esses Extraordinários Eventos.

O Sr. Clarke começou a reler a história pela décima vez, lendo por alto de vez em quando as notas a lápis que tomara quando a história lhe foi narrada pelo amigo. Era uma das características dele orgulhar-se de certa habilidade literária;

apreciava seu estilo e esforçava-se para relatar as circunstâncias em ordem dramática. Leu a seguinte história:

As pessoas envolvidas neste relato são Helen V., a qual, se ainda estiver viva, deve ser agora uma mulher de vinte e três anos, Rachel M., falecida, um ano mais moça que a anterior, e Trevor W., um idiota de dezoito anos. Essas pessoas eram então habitantes de uma aldeia nos limites do País de Gales, lugar de alguma importância na época da ocupação romana, mas agora um pequeno vilarejo esparso, com não mais de quinhentas almas. Situado num aclive, a cerca de dez quilômetros do mar, é abrigado por uma grande e pitoresca floresta.

Há uns onze anos, Helen V. chegou ao vilarejo em circunstâncias um tanto peculiares. Consta que por ser órfã fora adotada na infância por um parente distante que a criou em sua própria casa até ela completar doze anos. Achando, porém, que seria melhor para Helen ter companheiros da mesma idade, ele pôs anúncios em vários jornais locais à procura de um bom lar numa casa de fazenda confortável para uma menina de doze anos, e esse anúncio foi respondido pelo Sr. R., um próspero fazendeiro no vilarejo acima mencionado. Como suas referências revelaram-se satisfatórias, o cavalheiro enviou a filha adotada ao Sr. R., com uma carta, na qual estipulava que ela deveria ter um quarto só seu, afirmando ainda que seus tutores não precisavam preocupar-se com nada relacionado à questão da educação, pois ela já recebera suficiente instrução para a posição que ocuparia na vida. De fato, deu a entender ao Sr. R. que permitisse à menina encontrar suas próprias ocupações e passar o tempo quase a seu bel-prazer. O Sr. R. foi devidamente buscá-la na estação mais próxima, numa cidade a pouco mais de onze quilômetros da sua casa, e não pareceu ter observado nada de extraordinário na criança, com exceção de ser reticente em relação à sua vida anterior e ao pai adotivo. Era, porém, de um tipo muito diferente dos habitantes da aldeia; tinha a tez pálida, de um tom azeitonado claro, feições fortemente acentuadas e aparência meio estrangeira. Parece ter-se adaptado com suficiente facilidade à vida na fazenda, tornando-se uma favorita entre as crianças, as quais às vezes acompanhavam-na em suas andanças pela floresta, sua diversão preferida. Quanto a isso, o Sr. R. afirma ter sabido que Helen costumava sair sozinha de manhã cedo, logo após o café da família, e só retornar depois do crepúsculo; e o fato de uma menina ficar fora sozinha durante tantas horas o fez sentir-se preocupado e comunicar essa preocupação ao pai adotivo, o qual respondeu numa breve nota que Helen deveria fazer o que quisesse. No inverno, quando os caminhos da floresta ficam intransitáveis, ela passava a maior parte do tempo no quarto, onde dormia, de acordo com as instruções do seu parente. Foi numa dessas expedições até a floresta que ocorreu o primeiro dos incidentes singulares no qual se envolveu essa menina, por volta de um ano após sua chegada à aldeia. O inverno então fora bastante rigoroso, a neve acumulando-se em grande profundidade, e a geada prolongando-se por um período sem precedentes; o verão seguinte, em contraposição, foi igualmente notável pelo seu extremo calor. Num dos dias mais quentes dessa estação, Helen V. saiu da fazenda para um de seus longos passeios na floresta, levando consigo, como de hábito, pão e um pouco de carne para almoçar. Alguns homens nos campos viram-na encaminhando-se para a antiga estrada romana, uma alameda verdejante que percorria a parte mais alta da mata, e se espantaram ao observar que a menina tirara o chapéu, embora o calor do Sol já fosse abrasador. Por acaso, um lavrador, chamado Joseph W., trabalhava na floresta perto da estrada romana, e ao meio-dia seu pequeno filho, Trevor, trouxe-lhe a refeição de pão e queijo. Após o almoço, o menino, que tinha uns sete anos na época, deixou o pai no trabalho e, como contou, saiu à procura de flores na mata, e o homem, que ouvia suas exclamações maravilhadas diante de suas descobertas, não se sentia nada intranquilo. De repente, porém, ficou horrorizado ao ouvir os berros mais terríveis, evidentemente o resultado de grande terror, vindos da direção na qual o filho seguira. Então largou às pressas as ferramentas e correu para ver o que acontecera. Refazendo seu caminho pelo som, encontrou Trevor, que corria impetuosamente e se mostrava tomado de terrível medo. Após interrogá-lo, o pai entendeu que depois de ter colhido um ramalhete de flores o menino se sentiu cansado, deitou na grama e adormeceu. Foi de repente acordado, como afirmou, por um ruído singular, uma espécie de canto — assim o descreveu — e, ao dar uma olhada por entre os galhos, viu Helen V. brincando na grama com um "estranho homem nu", o qual ele pareceu incapaz de descrever com mais precisão. Disse que se sentiu terrivelmente assustado e saiu correndo em busca do pai. Joseph W. prosseguiu na direção indicada pelo filho e encontrou Helen V. sentada na relva, no meio de uma clareira ou espaço aberto deixado por carvoeiros. Ele acusou-a furioso por ter assustado o filhinho, mas ela negou com veemência a acusação e riu da história do "homem estranho", contada por Trevor, à qual o próprio pai não dera muito crédito. Joseph W. chegou à conclusão de que o menino acordara com um susto súbito, como às vezes fazem as crianças, mas Trevor persistiu em sua história e continuou tão visivelmente aflito que afinal o pai levou-o para casa, na esperança de que a mãe conseguisse acalmá-lo. Durante várias semanas, contudo, o menino causou aos pais muita ansiedade; tornou-se nervoso e estranho à sua maneira, recusando-se a sair do chalé sozinho, além de o tempo todo assustar a família ao acordar aos gritos, durante a noite: "O homem na floresta! Pai! Pai!".

Com o passar do tempo, porém, a impressão pareceu ter-se dissipado, e uns três meses depois ele acompanhou o pai à casa de um cavalheiro na vizinhança, para quem Joseph W. trabalhava de vez em quando. O homem foi conduzido ao escritório e o menino deixado no saguão; passados alguns minutos, enquanto o cavalheiro dava suas instruções a Joseph W., ambos ficaram horrorizados com um grito agudo, lancinante, seguido pelo ruído de um tombo. Ao se precipitarem escritório afora, encontraram a criança deitada sem sentidos no chão, o rosto contorcido de terror. Mandaram chamar logo o médico, o qual, após um primeiro exame, declarou que Trevor sofrera um tipo de convulsão causada, ao que parecia, por um choque repentino. Levaram-no para um dos quartos e, depois de algum tempo, o menino recobrou a consciência, embora apenas para passar para um estado descrito pelo médico como de violenta histeria. O médico deu-lhe um forte sedativo, e ao cabo de duas horas considerou-o em boa condição física para caminhar até sua casa. No entanto, ao passar pelo saguão, retornaram-lhe os sintomas de medo e com mais violência. O pai percebeu que Trevor apontava algum objeto e ouviu o habitual grito: "O homem na floresta"; após olhar na direção indicada, viu um busto de pedra com grotesca aparência, que fora embutido na parede, sobre uma das portas. Consta que pouco antes o proprietário da casa fizera reformas na moradia e, ao escavarem os alicerces para alguns escritórios, os homens haviam encontrado um curioso busto, evidentemente do período romano, o qual fora instalado da maneira descrita. Os mais experientes arqueólogos do distrito o reconheceram como sendo de um fauno ou sátiro. [O Dr. Phillips me disse que vira o busto em questão e me garantiu que jamais tivera um pressentimento tão vívido de intensa malignidade.]

Qualquer que tenha sido a causa, esse segundo choque pareceu grave demais para o menino Trevor, e na data presente ele sofre de uma debilidade intelectual com pouca perspectiva de recuperação. O fato causou muita sensação na época, e a menina Helen foi rigorosamente interrogada pelo Sr. R., mas isso de nada serviu, pois ela negou de forma categórica ter assustado ou molestado Trevor.

O segundo evento ao qual se relaciona o nome da menina aconteceu cerca de seis anos atrás e demonstra ser de natureza ainda mais extraordinária.

No princípio do verão de 1882, Helen fez uma amizade de feitio bastante íntimo com Rachel M., filha de um próspero fazendeiro da vizinhança. Essa menina, um ano mais moça que Helen, era considerada pela maioria das pessoas a mais bonita, embora as feições de Helen tenham-se suavizado em grande medida quando ela ficou mais velha. As duas jovens, que andavam juntas em toda oportunidade, apresentavam um singular contraste entre si; Helen com sua tez azeitonada clara e aparência quase italiana, e Rachel com a conhecida compleição avermelhada e branca do campo galês. Deve-se observar que os pagamentos feitos ao Sr. R. para a manutenção de Helen eram famosos na aldeia pela excessiva generosidade, e se tinha a impressão geral de que ela um dia herdaria uma grande soma do parente. Por isso, os pais de Rachel não se mostraram contrários à amizade da filha com a menina e até incentivaram a intimidade, embora agora sentissem amargo arrependimento por tê-lo feito. Helen ainda conservava o extraordinário carinho pela floresta, e em várias ocasiões Rachel acompanhou-a, as duas amigas partindo de manhã cedo e permanecendo no bosque até o crepúsculo. Algumas vezes, depois dessas excursões, a Sra. M. achou a atitude da filha um tanto estranha; ela parecia lânguida e sonhadora e, como o expressou, "diferente de si mesma", embora essas peculiaridades pareçam ter sido julgadas demasiado insignificantes para suscitar comentários. Um anoitecer, porém, depois de Rachel voltar para casa, a mãe ouviu um ruído semelhante a um choro reprimido no quarto da menina e ao entrar ali a encontrou deitada na cama, semivestida, visivelmente na maior angústia. Assim que viu a mãe, exclamou:

"Ah, mãe, por que me deixou ir à floresta com Helen?".

A Sra. M., espantada com esse tão estranho clamor, pôs-se a fazer-lhe perguntas. Rachel contou-lhe uma história ensandecida. Disse...

Clarke fechou o livro com um ruído brusco e girou a cadeira na direção do fogo. Quando seu amigo sentou-se uma noite naquela mesma cadeira e contou essa história, Clarke interrompera-o num trecho pouco adiante, cortando-lhe as palavras num espasmo de horror.

— Meu Deus! — exclamara. — Pense, pense no que está dizendo. É incrível demais, monstruoso demais; tais coisas jamais podem existir neste mundo pacífico, onde homens e mulheres vivem e morrem, lutam e vencem, ou às vezes fracassam e se abatem sob a tristeza e o luto e sofrem estranhos destinos ao longo de muitos anos. Não isso, porém, Phillips, coisas como essa. Tem de haver alguma explicação, alguma saída além do terror. Ora, meu caro, se um caso como esse fosse possível, nossa Terra seria um pesadelo.

No entanto, Phillips contara sua história até o fim, concluindo:

— A fuga dela permanece um mistério até os dias de hoje; desapareceu em plena luz solar; viram-na caminhando num prado e, instantes depois, já não estava mais lá.

Sentado próximo da lareira, Clarke tentava mais uma vez conceber a coisa e mais uma vez sua mente estremecia e contraía-se, recuando horrorizada, diante da visão desses elementos tão terríveis, indizíveis, entronados, por assim dizer, e triunfantes na carne humana. Defronte dele, estendia-se a longa e mal iluminada vista da elevada alameda verde na floresta, como a descrevera seu amigo; via as folhas oscilantes e as variáveis sombras na grama, via ainda a luz solar e as flores e, mais longe, muito mais longe na longa distância, as duas figuras que avançavam em sua direção. Uma era Rachel, mas e a outra?

Clarke se esforçara ao máximo para não acreditar em nada daquilo, embora ao cabo do relato, como escrevera em seu livro, tivesse posto a inscrição:

ET DIABOLUS INCARNATE EST. ET HOMO FACTUS EST.[2]

III
A CIDADE DAS RESSURREIÇÕES

— Herbert! Bom Deus! Será possível?

— Sim, eu me chamo Herbert. Acho que também reconheço o seu rosto, mas não me lembro do nome. Minha memória anda muito oscilante.

— Não se lembra de Villiers de Wadham?

— Claro, é você mesmo, claro. Peço-lhe perdão, Villiers, não imaginei que eu estivesse pedindo esmola a um antigo colega de faculdade. Boa noite.

— Meu caro amigo, essa pressa é desnecessária. Meus aposentos ficam perto, mas não iremos para lá de imediato. Que tal a gente caminhar mais um pouco pela Shaftesbury Avenue? Como, porém, em nome de Deus você chegou a semelhante situação, Herbert?

— Trata-se de uma longa história, Villiers, e também muito estranha, mas pode ouvi-la quando quiser.

— Minha nossa. Tome meu braço, você não parece muito forte.

Os colegas em visível desarmonia seguiram pela Rupert Street; o primeiro em trapos sujos, de má aparência, e o outro trajado como um cidadão, elegante, lustroso e eminentemente próspero. Villiers saíra do restaurante habitual, após um

---

[2] E o diabo se encarnou. E criou-se o homem. (N.T.)

excelente jantar de muitos pratos, acompanhado por uma pequena e reconfortante garrafa de Chianti; e, num estado de espírito que lhe era quase crônico, demorara uns instantes diante da porta perscrutando a rua pouco iluminada, em busca daqueles incidentes e daquelas pessoas misteriosas com os quais pululam as ruas de Londres em todo canto, a toda hora. Orgulhava-se de ser um experiente explorador de tais labirintos e atalhos obscuros da vida londrina e, nessa improdutiva atividade, exibia uma assiduidade digna de um emprego mais sério. Por isso, ficava junto ao poste de luz inspecionando os passantes com indisfarçável curiosidade. E com aquela seriedade conhecida apenas dos comensais sistemáticos, acabara de enunciar em sua mente a fórmula: "Tem-se chamado Londres de a cidade dos encontros; é mais que isso, trata-se da cidade das Ressurreições", quando um repentino e comovente lamento e uma deplorável súplica por esmola interromperam-lhe as reflexões. Após olhar ao redor com certa irritação e um repentino choque, viu-se de frente com a prova encarnada de suas fantasias um tanto pomposas. Ali, bem ao seu lado, com o rosto modificado e desfigurado por pobreza e vergonha, o corpo mal coberto por andrajos gordurosos, mal-ajustados, estava seu velho amigo Charles Herbert, que se matriculara na faculdade no mesmo dia que ele, com quem vivera momentos de alegria e sensatez durante doze períodos. Ocupações diferentes e interesses variados haviam interrompido a amizade, e fazia seis anos desde que Villiers vira Herbert pela última vez; e agora encarava esse destroço humano com pesar e desânimo, misturados com certa curiosidade, referente a que lamentável cadeia de circunstâncias o rebaixara a tão dolorosa situação. Villiers sentia junto com compaixão todo o deleite que sente um amante dos mistérios e, fora do restaurante, congratulou-se por suas ociosas especulações.

 Eles seguiram a pé calados por algum tempo, e alguns passantes surpresos arregalavam os olhos para o incomum espetáculo de um homem bem-vestido com um inconfundível mendigo apoiado em seu braço; ao observar isso, Villiers conduziu-o para uma rua obscura no Soho. Aí ele repetiu a pergunta.

— Como isso aconteceu, Herbert? Sempre imaginei que você tivesse sido bem-sucedido e conquistado um excelente cargo em Dorsetshire. Seu pai deserdou-o? Decerto que não!

— Não, Villiers; herdei todos os bens na morte do meu pai, coitado; ele morreu um ano depois que saí de Oxford. Foi um pai muito bom para mim, e senti sua morte de forma bastante sincera e profunda. No entanto, você sabe como são os jovens; alguns meses depois, vim para a cidade e me integrei muito bem à sociedade. Claro que tive excelentes apresentações e consegui me divertir bastante e de maneira inofensiva. Joguei um pouco, na verdade, embora jamais somas altas, e as poucas apostas que fiz em corridas me renderam dinheiro... apenas algumas libras, sabe, o suficiente, porém, para pagar charutos e esses pequenos prazeres. Foi na minha segunda temporada na cidade que a sorte virou. Decerto, deve ter ouvido falar do meu casamento!

— Não, jamais ouvi uma palavra a respeito.

— Mas eu me casei, sim, Villiers. Encontrei uma moça da mais estonteante e estranha beleza, na casa de alguns conhecidos. Não posso dizer-lhe que idade tinha, pois eu nunca soube; mas, até onde posso imaginar, acho que devia ter uns dezenove anos quando me foi apresentada. Meus amigos a haviam conhecido em Florença; ela contou-lhes que era uma órfã, filha de pai inglês e mãe italiana, e encantou-os assim como o faria comigo. A primeira vez que a vi foi numa festa, à noite. Em pé ao lado da porta, eu conversava com um amigo quando de repente, acima do burburinho, elevou-se uma voz que pareceu causar-me tremor até o coração. Ela entoava uma canção italiana. Fui-lhe apresentado naquela noite e três meses depois me casei com Helen. Villiers, essa mulher, se é que posso chamá-la de mulher, corrompeu-me a alma. Na noite do casamento, vi-me sentado em seu quarto no hotel, ouvindo-a falar. Sentava-se ereta na cama, enquanto eu a escutava expressar-se em sua bela voz; falava de coisas que mesmo agora eu não ousaria sussurrar na mais tenebrosa das noites ou no mais desolado dos desertos. Você, Villiers, talvez pense que conhece a vida, Londres, além do que acontece ininterruptamente durante o dia e a noite nesta terrível cidade; por tudo o que posso dizer, todavia, talvez você tenha ouvido conversas das mais hediondas, embora eu afirme que não faz a menor ideia do que sei; nem em seus mais fantásticos e horrorosos sonhos pode ter vislumbrado a mínima sombra do que ouvi... e vi. Sim, vi. Vi incríveis e tamanhos horrores que mesmo eu às vezes paro no meio da rua e me pergunto se é possível alguém os contemplar e permanecer vivo. Ao cabo de um ano, Villiers, tornei-me um homem arruinado, de corpo e alma... de corpo e alma.

— Mas e seus bens, Herbert? Você tinha terras em Dorset.

— Vendi tudo; campos e florestas, a estimada casa antiga... tudo.

— E o dinheiro?

— Ela me tirou todo o que eu tinha.

— E depois o abandonou?

— Sim; desapareceu uma noite. Não sei para onde foi, mas tenho certeza de que, se eu tornasse a vê-la, a visão me mataria. O restante da minha história não contém interesse algum; miséria sórdida, nada mais. Villiers, talvez pense que exagerei e relatei tudo isso para impressioná-lo; não lhe contei, porém, nem a metade. Poderia contar-lhe certas coisas que o convenceriam, mas você jamais tornaria a ter um dia feliz na vida. Passaria o resto dela como passo a minha, um homem assombrado, alguém que viu o inferno.

Villiers levou o desafortunado para seus aposentos e serviu-lhe uma refeição. Herbert quase não comeu, porém, além de mal tocar na taça de vinho posta diante dele. Sentou-se deprimido e calado junto à lareira, parecendo aliviado quando Villiers despachou-o com um pequeno presente em dinheiro.

— A propósito, Herbert — perguntou, quando se despediram na porta —, como se chamava sua mulher? Você disse Helen, não? Helen de quê?

— Quando a conheci, chamava-se Helen Vaughan, mas não sei qual era o seu nome verdadeiro. Não creio que o tivesse. Não, não, não nesse sentido. Só os seres humanos têm nome, Villiers; nada mais posso dizer. Até logo; ah, sim, não deixarei de aparecer aqui se encontrar alguma forma de você poder me ajudar. Boa noite.

O homem saiu noite gélida afora e Villiers retornou para junto da lareira. Alguma coisa em Herbert chocara-o de um modo quase inexplicável, mesmo com palavras; não seus pobres trapos, nem as marcas com que a miséria estigmatizara-lhe o rosto, mas, em vez disso, um indefinido terror que pairava sobre ele como uma névoa. Ele mesmo reconhecera que não estava isento de culpa; admitira também que a mulher corrompera-o de corpo e alma. Villiers sentia que esse homem, outrora seu amigo, atuara em cenas diabólicas além do poder das palavras. A história nem sequer precisava de confirmação: o próprio Herbert era a sua prova personificada. Villiers meditou curiosamente sobre o relato que o outro contara, perguntando-se se ouvira tanto o começo quanto o fim da história. "Não," pensou, "sem dúvida não o final, decerto apenas o início. Um caso como esse se assemelha a um conjunto de caixas chinesas;[3] abre-se uma após a outra e se encontra um artesanato ainda

---

[3] As caixas chinesas são famosas porque, ao abri-las, sempre encontramos uma caixinha menor, e outra, e outra, e assim por diante. São semelhantes às matrioscas, as famosas bonequinhas russas caracterizadas por reunirem uma série de bonecas de tamanhos variados, que são colocadas uma dentro das outras. (N.T.)

mais pitoresco que o anterior dentro de cada caixa. O mais provável é que o infeliz Herbert seja apenas uma das caixas externas; ainda restam outras mais estranhas a ser reveladas".

Villiers não conseguia parar de pensar em Herbert e sua história, a qual parecia ficar mais insana à medida que a noite se prolongava. O fogo da lareira dava a impressão de queimar baixo, e o frio ar da manhã infiltrara-se na sala; Villiers levantou-se lançando um olhar para trás e, com um leve tremor, foi deitar-se.

Alguns dias depois, viu no clube um cavalheiro chamado Austin, com o qual se relacionava e que era famoso pelo íntimo conhecimento da vida londrina, tanto em seus aspectos tenebrosos como nos luminosos. Ainda sem conseguir deixar de pensar em seu encontro no Soho e suas consequências, Villiers achou que Austin poderia lançar alguma luz sobre a história de Herbert; assim, após uma breve conversa informal, fez de repente a pergunta:

— Por acaso sabe de alguma coisa sobre um homem chamado Herbert... Charles Herbert?

Austin virou-se de supetão e encarou Villiers com certa perplexidade.

— Charles Herbert? Você não estava na cidade três anos atrás? Não; então não ficou sabendo do caso da Paul Street? Causou grande sensação na época.

— Qual foi o caso?

— Bem, um cavalheiro, homem de excelente posição, foi encontrado morto, na área de uma determinada casa na Paul Street, transversal à Tottenham Court Road. Claro que não foi a polícia que fez a descoberta; se por acaso você ficar acordado a noite toda com a luz acesa na janela, o guarda tocará a campainha da sua casa, mas, se por acaso estiver estendido morto na área de alguém, vão deixá-lo ali sozinho. Nesse caso, como em muitos outros, o alarme foi disparado por algum tipo de andarilho; não me refiro a um vadio qualquer, nem a algum desocupado de bar, mas a um cavalheiro cuja atividade ou prazer, ou as duas coisas, tornou-o um espectador das ruas de Londres às cinco da manhã. Esse indivíduo encaminhava-se, segundo disse, "para casa", embora não se soubesse de onde nem para onde, e teve a chance de passar pela Paul Street entre quatro e cinco da manhã. Alguma coisa sem importância atraiu-lhe o olhar para o número 20; disse ainda, de forma bastante absurda, que a casa tinha o mais desagradável aspecto externo que ele já observara, mas, de qualquer modo, passou os olhos por ela e ficou bastante surpreso ao ver um homem estendido nas pedras, os quatro membros encolhidos junto ao corpo e o rosto virado para cima. Como nosso cavalheiro achou que aquele rosto tinha uma aparência estranhamente assustadora, saiu correndo em busca do policial mais próximo. O guarda a princípio tendeu a não dar muita importância ao problema, suspeitando de embriaguez; no entanto, acompanhou-o até o local e, depois de examinar o semblante do morto, logo mudou de atitude. Mandou o passarinho madrugador, que fisgara esse excelente verme, buscar um médico; em seguida, tocou a campainha e bateu na porta até uma jovem criada desmazelada descer, parecendo mais que semiadormecida. O guarda indicou-lhe o que se encontrava na área externa, e a criada gritou alto o bastante para acordar a rua, embora nada soubesse do morto; jamais o vira na casa, e assim por diante. Nesse meio-tempo, o descobridor original retornara com um médico, e a ação seguinte foi entrar na área de serviço. Como o portão estava aberto, o quarteto completo desceu os degraus pisando forte. O médico mal precisou de um exame rápido para declarar que o pobre sujeito já estava morto havia várias horas, e foi então que o caso começou a ficar interessante. O morto não fora roubado, e num de seus bolsos havia documentos identificando-o como... bem, como sendo um homem de boa família e recursos, muito querido na sociedade e sem quaisquer inimigos, pelo que se tinha conhecimento. Não dou o nome, Villiers, porque nada tem a ver com a história, e porque não é bom vasculhar esses assuntos sobre os mortos quando não há parentes vivos. O ponto curioso seguinte foi o fato de que os médicos não conseguiram chegar a um acordo sobre como ele morrera. Encontraram algumas leves contusões nos ombros, mas eram tão superficiais que se teve a impressão de que ele fora empurrado com grosseria porta da cozinha afora, não atirado pela balaustrada da rua ou mesmo arrastado degraus abaixo. Não havia categoricamente outras marcas de violência na vítima, com certeza nenhuma que explicasse a causa da morte; e, quando eles recorreram à autópsia, não se encontrou sinal algum de veneno de qualquer tipo. Decerto que a polícia quis averiguar tudo a respeito das pessoas no número 20, e sobre isso, mais uma vez, fiquei sabendo por meio de fontes privadas; portanto só vou lhe contar um ou dois detalhes curiosos. Parece que os ocupantes da casa eram o Sr. e a Sra. Charles Herbert; diziam que se tratava de um abastado proprietário de terras, embora isso tenha impressionado a maioria das pessoas, visto que a Paul Street não era exatamente o lugar onde se encontraria gente dessa classe. Quanto à Sra. Herbert, ninguém parecia saber quem ou o que ela fosse e, cá entre nós, imagino que os mergulhadores à procura da sua história viram-se em mares nunca antes navegados. Claro que os dois negaram saber qualquer coisa sobre o morto e, na ausência de qualquer prova contra eles, ambos foram liberados. Surgiram, porém, certas coisas muito estranhas a respeito do casal. Embora fosse apenas entre cinco e seis horas da manhã quando retiraram o morto, uma grande multidão já se amontoara, e vários dos vizinhos correram para ver o que estava acontecendo. Em todos os aspectos, mostraram-se muito à vontade para fazer comentários a respeito dos moradores; revelou-se então que o número 20 tinha péssima reputação na Paul Street. Os detetives tentaram encontrar algo sólido seguindo os rumores, mas nada conseguiram obter. As pessoas faziam que não com a cabeça, erguiam as sobrancelhas, consideravam os Herbert muito "esquisitos", preferiam não ser vistos entrando na casa deles e assim por diante, sem haver, contudo, algo tangível. Moralmente, as autoridades tinham certeza de que o homem encontrara a morte de algum modo dentro da casa e fora atirado pela porta da cozinha, mas não conseguiram provar; além disso, a ausência de quaisquer indícios de violência ou envenenamento deixou-as impotentes. Caso estranho, não? O curioso, porém, é que há mais uma coisa que não lhe contei. Por acaso, conheci um dos médicos consultados quanto à causa da morte, e algum tempo depois do inquérito encontrei-o e perguntei a respeito:

"Pretende mesmo me dizer que ficou desnorteado com o caso, que realmente não sabe do que morreu o homem?" "Perdoe-me", ele respondeu; "sei muito bem o que causou a morte. Blank morreu de medo, de absoluto e pavoroso terror; jamais vi feições tão medonhamente contorcidas durante todo o exercício da minha profissão, e já vi os semblantes de uma hoste inteira de mortos".

— O médico era em geral um indivíduo muito controlado, e certa veemência em sua atitude impressionou-me, embora eu não conseguisse extrair nada mais dele. Suponho que o ministério público não encontrou um meio de processar os Herbert por matar um homem de pavor; de qualquer modo, nada foi feito, e o caso caiu no esquecimento. Por acaso você tem alguma notícia de Herbert?

— Bem — respondeu Villiers —, ele foi um antigo amigo meu da faculdade.

— Não diga! Viu alguma vez a mulher dele?

— Não, não vi. Perdi o contato com Herbert faz muitos anos.

— Esquisito, não? Separar-se de um amigo no portão da faculdade ou em Paddington, não o ver durante anos, e depois o encontrar surgindo de repente num lugar tão estranho como esse? Mas eu gostaria de ter visto a Sra. Herbert; as pessoas diziam coisas extraordinárias a seu respeito.

— Que tipo de coisa?

— Bem, mal sei como explicar. Todos os que a viram no tribunal local disseram que ela era ao mesmo tempo a mais bela e a mais repulsiva mulher na qual haviam posto os olhos. Conversei com um homem que a viu e garanto-lhe que ele estremeceu nitidamente enquanto tentava descrevê-la, embora não soubesse dizer por quê. Ela parece ter sido uma espécie de enigma; imagino que, se aquele morto pudesse ter contado histórias, teria relatado algumas de rara estranheza. E então a gente se vê mais uma vez em outro quebra-cabeça; que poderia um respeitável aristocrata rural como o Sr. Blank[4] (vamos chamá-lo assim, se você não se incomodar) querer numa casa esquisitíssima como essa no número 20? Trata-se em todos os aspectos de um caso muito estranho, não?

— De fato é, Austin; um caso extraordinário. Não achei, quando lhe perguntei sobre meu velho amigo, que fosse malhar em ferro tão frio quanto esse. Bem, preciso partir; bom dia.

Villiers se foi, pensando em seu caso particular de caixa chinesa; ali havia mesmo um intrincado artesanato.

IV
A DESCOBERTA NA PAUL STREET

Alguns meses após o encontro de Villiers com Herbert, o Sr. Clarke achava-se sentado, como de hábito depois do jantar, junto à lareira, controlando resoluto suas fantasias para não vagarem na direção da escrivaninha. Por mais de uma semana conseguira guardar distância de suas "Memórias" e cultivava a

---

[4] Em inglês, *blank* significa "vazio", "em branco". (N.E.)

esperança de uma completa reforma pessoal; no entanto, apesar de seus esforços, não conseguia impor silêncio ao assombro e à estranha curiosidade que o último caso que escrevera instigara em seu íntimo. Apresentara o caso, ou um resumo dele, de forma teórica a um amigo cientista, o qual balançou a cabeça num sinal negativo, achando que Clarke estava tornando-se realmente excêntrico; e, nessa noite específica, Clarke fazia um esforço para racionalizar a história, quando uma repentina batida na porta despertou-o de suas meditações.

— O Senhor Villiers deseja vê-lo, senhor.

— Ai, meu Deus, Villiers, é muito gentil de sua parte visitar-me; não o vejo há muitos meses; eu diria quase um ano. Entre, entre. E como vai você, Villiers? Precisa de algum conselho sobre investimentos?

— Não, obrigado, imagino que tudo o que tenho nesse aspecto esteja bastante seguro. Não, Clarke, na verdade vim consultá-lo sobre uma questão um tanto curiosa que me chegou ao conhecimento há pouco tempo. Receio que julgue tudo bastante absurdo quando lhe contar minha história. Às vezes, eu próprio penso assim, e foi por isso que decidi procurá-lo, pois sei que é um homem prático.

O Sr. Villiers desconhecia as "Memórias para Provar a Existência do Diabo".

— Bem, Villiers, terei muito prazer em lhe dar meu conselho, o melhor que puder. Qual é a natureza do caso?

— Trata-se de um fato totalmente extraordinário. Conhece meus hábitos: sempre mantenho os olhos abertos nas ruas e, durante toda a vida, tenho deparado por acaso com alguns indivíduos estranhos, e também casos estranhos, mas acho que este supera todos os demais. Há uns três meses, eu saía de um restaurante, numa gélida noite de inverno, após jantar uma excelente refeição, acompanhada de uma boa garrafa de Chianti, e parei por um instante na calçada, pensando em quantos mistérios existem nas ruas de Londres e nos bandos de gente que as percorrem. Uma garrafa de vinho tinto estimula essas fantasias, Clarke, e ouso dizer que teria preenchido uma página inteira, com caracteres pequenos, mas fui interrompido por um mendigo que viera atrás de mim e fazia as súplicas habituais. É claro que olhei em volta; constatei então que esse mendigo era o que restara de um amigo meu de faculdade, um homem chamado Herbert. Perguntei-lhe como havia chegado àquele estado tão deplorável, e ele me contou. Caminhamos de um lado para o outro numa daquelas longas e escuras ruas do Soho, e ali escutei a história do meu antigo colega. Herbert disse que se casara com uma bela moça, alguns anos mais jovem; e, segundo suas palavras, ela corrompera-lhe o corpo e a alma. Em seguida, explicou que não ousaria entrar em detalhes, pois o que vira e ouvira assombrava-o dia e noite. Olhei em seus olhos e notei que falava a verdade. Havia alguma coisa nele que me fez estremecer. Não sei por que, mas estava ali. Dei-lhe algum dinheiro e mandei-o embora; garanto-lhe que, quando ele se foi, tive dificuldade para respirar. Sua presença pareceu gelar-me o sangue.

— Tudo isso não é um pouco fantasioso, Villiers? Suponho que o coitado do sujeito fizera um casamento imprudente e, sem rodeios, foi de mal a pior.

— Pois bem, escute o seguinte. — Villiers contou a Clarke a história que ouvira de Austin. — Veja, quase não resta a menor dúvida — concluiu — de que o tal Sr. Blank, fosse quem fosse, morreu de absoluto terror; viu algo tão apavorante, tão terrível, que lhe interrompeu de chofre a vida. Com quase toda a certeza, o que ele viu estava naquela casa, a qual, de uma forma ou de outra, já havia adquirido má reputação na vizinhança. Tive a curiosidade de ir lá e examinar o lugar. Trata-se de um lamentável tipo de rua; as casas são velhas o bastante para ser miseráveis e tristonhas, mas não o bastante para ser nefastas. Pelo que pude ver, a maioria é alugada como alojamento, mobiliado ou não, e quase todas as portas têm três campainhas.

Aqui e ali, transformaram-se os andares térreos em lojas do tipo mais comum; trata-se de uma rua deplorável em todos os aspectos. Descobri que o número 20 estava para alugar; procurei depois o corretor e obtive a chave. Decerto que eu jamais teria sabido de alguma coisa sobre os Herbert naquele bairro, mas perguntei ao homem, sem rodeios, quanto tempo fazia que os dois haviam deixado a casa e se tiveram outros inquilinos nesse meio-tempo. Ele olhou-me com estranheza por um instante, respondendo então que os Herbert haviam partido logo depois do acontecimento desagradável, como o descreveu, e desde então a casa ficara vazia.

O sr. Villiers interrompeu-se por um instante.

— Sempre apreciei muito examinar sem pressa casas desocupadas, pois sinto desprender daqueles aposentos vazios, desolados, uma espécie de fascinação com os pregos fincados nas paredes, e a camada espessa de pó nos peitoris de janela. Não gostei nem um pouco, porém, de fazê-lo no número 20 da Paul Street. Mal pusera o pé no corredor, senti-me tomado por uma estranha e pesada sensação na atmosfera da casa. Decerto que todas as casas vazias são bolorentas, e assim por diante, embora essa fosse de todo muito diferente, mas não sei como descrevê-la para você, a não ser que parecia impedir-me de respirar. Entrei tanto no aposento da frente quanto no dos fundos, além das cozinhas no andar de baixo; estavam todos bastante sujos e empoeirados, como seria de esperar, apesar de haver alguma coisa estranha em todos eles. Eu não saberia defini-la para você, só sei que me sentia estranho. Uma das salas no primeiro andar, contudo, era a pior. Consistia num ambiente bem espaçoso, no qual o papel de parede devia ter sido bem alegre outrora; quando o vi, porém, a pintura, o papel e tudo o mais se encontravam num estado muito deprimente. Fora isso, a sala achava-se repleta de horror; senti meus dentes rangerem ao pôr a mão na porta para abri-la e, quando entrei, achei que tombaria desfalecido no chão. No entanto, me recompus após encostar-me na parede ao fundo, perguntando-me que diabo poderia haver na sala para fazer minhas pernas tremerem e o coração bater como se eu estivesse na hora da morte. Num canto, via-se uma pilha de jornais no chão e me pus a examiná-los; eram jornais de três ou quatro anos antes, alguns deles semirrachados, e outros amassados como se tivessem sido usados para embrulhar coisas. Examinei a pilha inteira e em meio aos jornais encontrei um curioso desenho; vou mostrá-lo a você agora. Não consegui, contudo, permanecer mais tempo na sala; senti como se ela me oprimisse. Fiquei grato ao sair são e salvo para o ar livre. As pessoas arregalavam os olhos para mim enquanto eu caminhava pela rua; um sujeito comentou que eu estava embriagado, pois cambaleava de um lado ao outro da calçada, e isso foi o melhor que pude fazer para devolver a chave ao corretor e voltar para casa. Fiquei acamado por uma semana, sofrendo do que meu médico descreveu como choque e esgotamento nervosos. Num desses dias, eu estava lendo o jornal da noite, e por acaso notei um parágrafo com o cabeçalho: "Morreu de Fome". Tratava-se do clichê habitual; uma pensão comum em Marylebone, uma porta trancada durante vários dias e um homem encontrado morto em sua poltrona quando a arrombaram. "O falecido", dizia o parágrafo, "era conhecido como Charles Herbert, e acredita-se que foi outrora um próspero cavalheiro rural. Seu nome tornou-se familiar para o público três anos atrás em razão da misteriosa morte na Paul Street, Tottenham Court Road, sendo o falecido o inquilino da casa número 20, área na qual se encontrara morto, em circunstâncias não isentas de suspeita, um cavalheiro de boa posição social". Um final trágico, não acha? Mas, afinal, se o que ele me contou era verdade, e tenho certeza de que era, a vida inteira do homem foi uma tragédia, do começo ao fim, e uma tragédia de um tipo mais estranho do que as que se veem no palco.

— E é essa a história, é? — perguntou Clarke, refletindo.

— Sim, essa é a história.

— Bem, de fato, Villiers, não sei bem o que dizer a respeito. Há no caso, sem a menor dúvida, circunstâncias que parecem bem peculiares, a descoberta do morto na área da casa de Herbert, por exemplo, e a extraordinária opinião do médico quanto à causa da morte; mas, afinal, é concebível que se possam explicar os fatos de um modo objetivo. Quanto às suas sensações, quando você foi ver a casa, eu arriscaria dizer que elas se deveram a uma vívida imaginação; você deve ter ficado remoendo de forma semiconsciente aquilo que tinha ouvido falar. Não sei exatamente o que mais se pode dizer ou fazer no tocante à questão; é evidente que você acha que se trata de algum tipo de mistério, mas Herbert está morto; onde então pretende investigar?

— Proponho procurar a mulher com a qual ele se casou. Ela é o mistério.

Calados, os dois ficaram sentados junto à lareira; secretamente, Clarke parabenizava-se por ter conseguido manter a personalidade de advogado comum, e Villiers continuava envolto em suas tristes fantasias.

— Acho que vou fumar um cigarro — acabou por dizer o dono da casa, enfiando a mão no bolso para apalpar a cigarreira.

— Ah! — exclamou Villiers, com um leve sobressalto. — Esqueci-me de que tinha algo para lhe mostrar. Lembra-se de eu dizer que havia encontrado um esboço bastante curioso em meio à pilha de jornais velhos na casa da Paul Street? Aqui está.

Retirou então do bolso um pacotinho fino, embrulhado em papel pardo e amarrado com barbante, cujos nós se revelaram difíceis de desfazer. Mesmo contra a vontade, Clarke sentiu-se curioso; curvou-se para a frente na sua poltrona, enquanto Villiers penosamente desamarrava o barbante e abria o papel pardo. Dentro havia um segundo embrulho, de tecido, o qual ele desfez e entregou a Clarke o pequeno pedaço de papel que estava dentro, sem dizer uma palavra.

Caiu um silêncio mortal sobre a sala por cinco minutos ou mais; os dois homens estavam sentados tão imóveis que conseguiam ouvir o tique-taque do alto e antiquado relógio que ficava fora da sala, no corredor, e na mente de um deles a lenta monotonia do ruído suscitou uma lembrança distante, muito distante. Ele olhava atentamente o pequeno esboço do rosto da mulher, feito a bico de pena; era evidente que fora desenhado com grande primor por um verdadeiro artista, pois via-se a alma da mulher em seus olhos, e um estranho sorriso separava-lhe os lábios. Clarke contemplava imóvel o rosto; este suscitava em sua memória uma noite de verão, fazia muito tempo, na qual ele via mais uma vez o extenso e lindo vale, o rio serpenteando entre as colinas, os prados, os campos de milho, o esmaecido Sol vermelho e a fria névoa branca elevando-se da água. Ouviu então uma voz falar-lhe através das ondas de muitos anos e dizer-lhe: "Clarke, Mary vai ver o deus Pã!". Em seguida, encontrava-se na sinistra sala ao lado do médico, a escutar o pesado tique-taque do relógio, esperando e observando, atento, a figura humana deitada na cadeira verde reclinada sob a luminária. Mary ergueu-se, ele olhou nos olhos dela e sentiu o coração gelar.

— Quem é esta mulher? — perguntou, afinal, a voz seca e rouca.

— Essa é a mulher com quem Herbert se casou.

Clarke examinou mais uma vez o esboço; não era Mary, enfim. Sem a menor dúvida, era o rosto de Mary, embora houvesse outra coisa, algo que não vira nas feições dela, quando a jovem vestida de branco entrara no laboratório com o médico, nem em seu terrível despertar, e tampouco ao deitar-se às gargalhadas na cama. Fosse o que fosse, o olhar que desprendia daqueles olhos, o sorriso nos lábios cheios ou a expressão de todo o rosto, fez Clarke estremecer no mais íntimo da alma e pensar, inconscientemente, nas palavras do Dr. Phillip, "o mais vívido pressentimento de malignidade que já vi". Virou o papel de forma mecânica na mão e olhou de relance o verso.

— Meu Deus! Clarke, que foi que houve? Você está tão lívido quanto um cadáver.

Villiers levantara-se num ímpeto da cadeira, enquanto Clarke desabava no encosto da poltrona com um gemido e deixava o papel cair das mãos.

— Não me sinto muito bem, Villiers, tenho predisposição a esses ataques. Sirva-me um pouco de vinho; obrigado, isto vai bastar. Vou me sentir melhor daqui a alguns minutos.

Villiers pegou o esboço caído e virou-o como Clarke fizera.

— Viu isto? — perguntou. — Foi o que me possibilitou identificá-lo como sendo um retrato da mulher de Herbert, ou sua viúva, eu deveria dizer. Como se sente agora?

— Melhor, obrigado, não passou de uma fraqueza passageira. Acho que não o entendi bem. Que foi o que lhe possibilitou identificar o retrato?

— Escreveram esta palavra... "Helen"... no verso. Eu não lhe disse que ela se chamava Helen? Sim; Helen Vaughan.

Clarke gemeu; não poderia haver sombra de dúvida.

— Ora, não concorda comigo — perguntou Villiers — que na história que lhe contei esta noite, e no papel desempenhado nela por essa mulher, há alguns pontos muito estranhos?

— Concordo, Villiers — resmungou Clarke —, na verdade, trata-se de uma história misteriosa; uma história misteriosa mesmo. Você precisa me dar tempo para pensar bem a respeito; talvez eu tenha condições de ajudá-lo, ou talvez não. Precisa ir embora já? Bem, boa noite, Villiers, boa noite. Venha me ver daqui a uma semana.

V
A CARTA DE ADVERTÊNCIA

— Sabe, Austin — disse Villiers, enquanto os dois amigos caminhavam tranquilamente ao longo de Piccadilly, numa aprazível manhã de maio —, sabe que me convenci de que o relato que me fez sobre a Paul Street e o casal Herbert não passa de um simples episódio numa história extraordinária? Também posso confessar-lhe que quando lhe perguntei sobre Herbert, alguns meses atrás, eu acabara de vê-lo.

— Você o tinha visto? Onde?

— Ele me pediu esmola na rua uma noite. Embora se encontrasse numa situação muitíssimo lastimável, reconheci-o e o fiz me contar sua história, ou pelo menos o resumo dela. Em suma, consistia no seguinte... Ele havia sido arruinado por sua esposa.

— De que maneira?

— Não quis me contar; disse apenas que ela o destruíra, de corpo e alma. O homem está morto agora.

— E o que foi feito da mulher?

— Ah, é isso que eu gostaria de saber; pretendo encontrá-la mais cedo ou mais tarde. Conheço um sujeito chamado Clarke, um sujeito frio, de fato um homem de negócios, mas bastante perspicaz. Você entende o que quero dizer; perspicaz não no simples sentido profissional da palavra, mas no de que ele tem um conhecimento verdadeiro sobre os homens e a vida. Então lhe relatei o caso, e ele ficou visivelmente impressionado. Disse que era necessária uma longa ponderação e pediu-me que retornasse à sua casa na semana seguinte. Dias depois, recebi esta carta extraordinária.

Austin pegou o envelope, tirou a carta e leu-a, curioso. O texto dizia o seguinte:

Meu caro Villiers, refleti sobre a questão a respeito da qual me consultou na outra noite, e é este meu conselho a você. Jogue o retrato ao fogo, apague a história toda da mente. Jamais torne a pensar nela, Villiers, ou vai arrepender-se. Sem dúvida, achará que possuo alguma informação secreta, o que, do certo modo, é o caso. Sei, porém, muito pouco; sou como um viajante que espreitou por cima de um abismo e recuou aterrorizado. O que sei é bastante estranho e horrível, embora além do meu conhecimento haja profundezas e horrores ainda mais assustadores, mais incríveis que quaisquer contos sobre noites de inverno narrados junto à lareira. Resolvi, e nada haverá de abalar essa resolução, não mais querer saber dessa história e, se você estima a sua felicidade, agirá com a mesma determinação.

De qualquer modo, venha me visitar; falaremos, porém, de assuntos mais alegres que esse.

Austin dobrou a carta de modo metódico e devolveu-a a Villiers.

— Trata-se decerto de uma carta extraordinária — disse. — A que ele se refere com o retrato?—

— Ah! Esqueci-me de lhe dizer que estive na Paul Street e fiz uma descoberta.

Villiers contou a história, como contara a Clarke, enquanto Austin escutava em silêncio. Parecia perplexo.

— Que fato mais curioso o de você ser tomado por tão desagradável sensação naquela sala! — ele disse após um longo tempo. — Acho que dificilmente foi apenas uma questão de imaginação; em suma, um sentimento de repulsa.

— Sim, foi mais físico que mental. Era como se a cada inspiração eu inalasse algum gás letal, que parecia penetrar em todos os nervos, ossos e músculos do meu corpo. Eu me sentia arrasado da cabeça aos pés, meus olhos começaram a ficar turvos; era como se eu estivesse à beira da morte.

— Sim, sim, por certo muito estranho. Veja bem, seu amigo confessa que há circunstâncias muito sombrias relacionadas a essa mulher. Você notou alguma emoção específica nele quando lhe narrava sua história?

— Notei, sim. Ficou muito enfraquecido, mas me garantiu que era um simples ataque passageiro ao qual tinha propensão.

— Acreditou nele?

— Na ocasião, sim, porém agora não sei. Clarke ouviu o que eu tinha a dizer com muita indiferença até eu mostrar-lhe o retrato. Foi então que sofreu o ataque do qual falei. Asseguro-lhe que pareceu assombrado.

— Então deve ter visto a mulher antes. Mas talvez houvesse outra explicação; talvez tenha sido o nome, e não o rosto, que lhe era conhecido. Qual a sua opinião?

— Eu não saberia dizer. Pelo que me lembro, foi após virar o retrato nas mãos que ele quase desabou na poltrona. Como já lhe disse, o nome estava escrito no verso.

— Exatamente. Afinal, é impossível chegar a alguma conclusão num caso como esse. Detesto melodrama, e nada me soa tão medíocre e tedioso quanto as histórias de fantasmas do comércio popularesco; na verdade, porém, Villiers, parece que há algo muito estranho no fundo de tudo isso.

Os dois homens, sem prestar atenção, tinham virado na Ashley Street e, da Piccadilly, seguido na direção norte. A Ashley Street era uma rua longa e meio sombria, embora aqui e ali um gosto mais brilhante houvesse iluminado as casas soturnas com flores, cortinas alegres e uma divertida pintura nas portas. Villiers ergueu os olhos quando Austin calou-se e olhou para uma dessas casas; gerânios, vermelhos e brancos, pendiam de cada peitoril, e viam-se cortinas coloridas e estampadas com narcisos no canto de cada janela.

— Que visual alegre nas fachadas, não? — observou.

— Sim, e o interior é ainda mais animado. Uma das casas mais agradáveis da estação, pelo que eu soube. Não a visitei ainda, mas encontrei vários conhecidos que lá estiveram e a consideraram singularmente jovial.

— De quem é a casa?

— De uma tal sra. Beaumont.

— E quem é ela?

— Não saberia dizer-lhe. Soube que ela veio da América do Sul, mas, afinal, quem ela é pouca importância tem. Trata-se de uma mulher muito rica; quanto a isso, não há a menor dúvida, e algumas das pessoas mais refinadas caíram de encanto por ela. Sei que a senhora Beaumont serve um delicioso clarete, vinho realmente maravilhoso, o qual deve ter custado uma soma fabulosa. Lorde Argentine falava-me a respeito; esteve lá no último domingo à noite. Garante-me que jamais provou um vinho igual, e Argentine, como você sabe, é um *sommelier*. A propósito, isso me lembrou que ela deve ser um tipo de mulher um tanto estanha, a tal da Senhora Beaumont. Argentine perguntou-lhe quantos anos tinha o vinho e sabe o que ela respondeu? "Creio que uns mil anos." Lorde Argentine julgou que a senhora estivesse fazendo troça, entende, mas quando ele riu ela interrompeu-o, dizendo que falava com toda a seriedade, e ofereceu mostrar-lhe a garrafa. Claro que ele não poderia dizer nada mais depois disso; parece, contudo, bastante tempo para uma bebida, não acha? Ah, chegamos aos meus aposentos. E aí, não vai entrar?

— Obrigado, acho que sim. Faz algum tempo que não visito a loja de curiosidades.

Esta consistia numa sala ricamente mobiliada, ainda que de forma excêntrica, onde todos os jarros, estantes de livros, mesas, tapetes, vasos e ornamentos pareciam ficar separados, cada um preservando a sua própria individualidade.

— Alguma aquisição nova? — perguntou Villiers, passado algum tempo.

— Não; acho que não; viu aqueles jarros estranhos, não? Foi o que imaginei. Creio que não encontrei mais nada nas últimas semanas.

Austin olhou ao redor da sala de um armário ao outro, de uma prateleira à outra, à procura de alguma excentricidade nova. Bateu os olhos, enfim, numa arca diferente, agradável e esculpida de forma intrincada, que ficava num canto escuro da sala.

— Ah — ele disse. — Já ia me esquecendo, tenho algo para lhe mostrar. — Destrancou a arca, retirou um grosso volume no formato *in-quarto*, abriu-o na mesa e retomou o charuto que havia largado.

— Conheceu o pintor Arthur Meyrick, Villiers?

— Um pouco; encontrei-o duas ou três vezes na casa de um amigo meu. Que aconteceu com ele? Faz um bom tempo que não vejo seu nome citado em lugar algum.

— Morreu.

— Mas não me diga! Era muito jovem, não?

— Sim; quando morreu, tinha apenas trinta anos.

— De que foi que ele morreu?

— Não sei. Era um amigo íntimo meu, e um excelente rapaz, em todos os aspectos. Tinha o hábito de vir aqui e conversar comigo durante horas; além disso, era um dos melhores conversadores que conheci. Tinha um ótimo conhecimento sobre pintura, o que é mais do que se pode dizer da maioria dos pintores. Há um ano e meio, mais ou menos, vinha se sentindo meio sobrecarregado de trabalho; em parte, por minha sugestão, viajou num tipo de expedição itinerante, sem nenhuma finalidade ou objetivo muito definidos. Creio que Nova York ia ser o primeiro porto, mas jamais recebi uma notícia dele até três meses atrás, quando recebi este livro, com uma carta muito gentil de um médico inglês que clinica em Buenos Aires, afirmando então que atendera ao falecido sr. Meyrick durante sua enfermidade; o morto expressara na ocasião um sério desejo de que, após a sua morte, me fosse enviado o embrulho. Tudo se resumiu a isso.

— E você não lhe escreveu para saber de mais pormenores?

— Tenho pensado em fazê-lo. Você me aconselharia a escrever para o médico?

— Sem dúvida. E quanto ao livro?

— Achava-se lacrado quando o recebi. Não creio que o médico o tenha visto.

— Trata-se de algo muito raro? Será que Meyrick também era um colecionador?

— Não, acho que não, dificilmente foi um colecionador. Por falar nisso, que acha desses jarros da tribo indígena japonesa Ainu?

— Apesar de excêntricos, gosto deles. Mas não vai me mostrar o legado que lhe deixou o infeliz Meyrick?

— Vou sim, com certeza. O fato é que se trata de algo muito extraordinário, e não mostrei a ninguém. Se eu fosse você, nada diria a respeito. Aqui está.

Villiers pegou o livro e abriu-o a esmo.

— Então não é um livro impresso... — constatou.

— Não. Consiste numa coleção de desenhos em preto e branco, feitos pelo meu desafortunado amigo Meyrick.

Villiers abriu na primeira página, toda branca; a segunda exibia uma breve inscrição, a qual ele leu:

> Silet per diem universus, nec sine horrore secretus est; lucet nocturnis ignibus, chorus Aegipanum undique personatur: audiuntur et cantus tibiarum, et tinnitus cymbalorum per oram maritimam.[5]

Na terceira página, ele deparou com um desenho que o fez sobressaltar-se e erguer os olhos para Austin, que observava

---

[5] O universo é silencioso durante o dia, embora não sem partilhar um horror secreto que habita a noite, quando fogos aí resplandecem; em todos os lados, também ressoam os coros dos Egipãs [criaturas míticas da mitologia clássica, semelhantes a cabras com nadadeiras caudais]: ouvem-se tanto o atroante som de flautas quanto o toque de címbalos por toda a costa marítima. (N.T.)

distraidamente a rua pela janela. Villiers virou então página após página, absorto, ainda que contra a vontade, pela apavorante Noite de Walpurgis,[6] do mal, o mal estranho, monstruoso, que o artista morto apresentara em austero preto e branco. As figuras de faunos, sátiros e egipãs dançavam diante de seus olhos, a escuridão do bosque cerrado, a dança no topo da montanha, as cenas junto a orlas solitárias, em verdes vinhas, perto de rochedos e lugares desertos, passavam na sua frente: um mundo perante o qual a alma humana parecia estremecer e recuar de medo. Villiers só folheou as páginas restantes; já vira o suficiente, mas o retrato na última folha captou-lhe o olhar e quase o fez fechar o livro.

— Austin!
— Que foi?
— Sabe quem é esta?

Consistia no único rosto de uma mulher na página branca.

— Se sei quem é? Não, decerto que não.
— Eu sei.
— Quem é?
— É a Senhora Herbert.
— Tem certeza?
— Total certeza. Coitado do Meyrick! Ele é mais um capítulo na história dela.
— Mas o que você acha dos desenhos?
— São apavorantes. Torne a trancar o livro, Austin. Se eu fosse você, o queimaria; deve ser uma terrível companhia, ainda que se encontre dentro de uma arca.
— Concordo, são desenhos singulares. Mas gostaria de saber qual ligação poderia haver entre Meyrick e a Senhora Herbert, e qual relação há entre ela e esses desenhos.

---

[6] Uma data muito divulgada por filmes e histórias que tendem a polemizar festivais pagãos (entre eles o brilhante *Fausto*, de Goethe; uma das cenas da obra tem o nome desse festival), a Noite de Walpurgis ocorre da madrugada de 30 de abril até o raiar do Sol do dia 1º de maio. (N.T.)

— Ah, quem pode dizer? É possível que a questão termine aqui, e jamais a gente consiga saber; em minha opinião, porém, essa tal de Helen Vaughan, ou Senhora Herbert, é apenas o início. Ela voltará a Londres, Austin; tenha certeza, ela voltará, e então saberemos mais a seu respeito. Duvido que sejam notícias muito agradáveis.

VI
OS SUICÍDIOS

Lorde Argentine era um dos homens mais admirados da sociedade de Londres. Outrora, aos vinte anos, fora um pobre coitado que tinha o sobrenome de uma família ilustre, embora obrigado a lutar pela sobrevivência como pudesse; os mais liberais emprestadores de dinheiro não lhe teriam confiado sequer cinquenta libras pela chance de algum dia ele trocar seu nome por um título e sua pobreza por uma grande fortuna. O pai estivera próximo o bastante da fonte de riqueza para assegurar o sustento da família, mas o filho, mesmo se houvesse decidido ir para o seminário, dificilmente teria obtido esse tanto; além disso, não tinha a menor vocação para o estado eclesiástico. Portanto, enfrentou o mundo sem qualquer armadura melhor que a beca de bacharel em Direito e os expedientes do neto caçula de uma família ilustre, equipamento com o qual conseguiu de algum modo travar um combate muito tolerável. Aos vinte e cinco anos, o Sr. Charles Aubernon ainda era um homem de lutas e de guerra com o mundo, embora das sete pessoas que antes estavam à frente dele e o separavam das elevadas posições na hierarquia da família só restassem três. Essas três, porém, eram "boas-vidas", ainda que não à prova de azagaias da tribo dos zulus nem da febre tifoide; por isso, numa manhã, Aubernon acordou e se descobriu na eminente posição de Lorde Argentine, um homem de trinta anos que enfrentara e vencera as dificuldades da vida. A nova situação divertiu-o imensamente, e ele decidiu que a riqueza deveria ser-lhe tão agradável quanto a pobreza sempre fora. Argentine, após alguma reflexão, chegou à conclusão de que a culinária, encarada como uma das belas-artes, talvez consistisse na mais prazerosa ocupação oferecida à humanidade em decadência; por isso, os jantares que proporcionava tornaram-se famosos em Londres, e um convite à sua mesa, algo avidamente desejado. Passados dez anos de nobreza e jantares, Argentine ainda se recusava a sentir-se saturado, continuava gozando a vida e, por uma espécie de contaminação, tornara-se reconhecido como um motivo de alegria para os demais; em suma, a melhor das companhias. Sua repentina e trágica morte, portanto, causou uma sensação muito extensa e profunda. As pessoas não conseguiam acreditar, embora tivessem o jornal diante dos olhos e se elevassem da rua os gritos de "Morte Misteriosa de um Nobre". Em destaque, porém, lia-se o breve parágrafo: "Lorde Argentine foi encontrado morto esta manhã pelo seu camareiro em dolorosas circunstâncias. Declarou-se que não há a menor dúvida de que Sua Senhoria cometeu suicídio, embora não se possa atribuir nenhum motivo para o ato. O falecido nobre era amplamente conhecido na sociedade, além de muito querido por sua cordial postura e suntuosa hospitalidade. Vai ser sucedido por..." etc., etc.

Aos poucos, publicaram-se os detalhes, embora o caso ainda permanecesse um mistério. A principal testemunha no inquérito foi o camareiro do falecido, o qual disse que na noite anterior Lorde Argentine jantara na casa de uma senhora de boa posição social, cujo nome as reportagens de jornal omitiram. Por volta das onze, o amo retornara e naquele momento informara ao empregado que não necessitaria de seus serviços até a manhã seguinte. Pouco depois o camareiro precisou atravessar o saguão e ficou um tanto surpreso ao ver o amo saindo sem fazer barulho pela porta da frente. Tirara as roupas do jantar elegante, vestindo então um casaco esportivo Norfolk, bombachas e um pequeno chapéu marrom. O camareiro não teve motivo algum para achar que Lorde Argentine vira-o e, ainda que o amo raramente ficasse acordado até altas horas da noite, não deu muita importância à ocorrência até a manhã seguinte, quando bateu na porta do quarto às quinze para as nove, como de hábito. Após não receber nenhuma resposta e tornar a bater duas ou três vezes, entrou no quarto, vendo então o corpo de Lorde Argentine inclinado para a frente, num ângulo perpendicular. Constatou que o amo amarrara uma corda bem apertada a um dos curtos pés da cama e, depois de fazer um nó corrediço e deslizá-lo no pescoço, o infeliz homem devia ter-se lançado com ímpeto à frente, morrendo em seguida de lenta estrangulação. Ainda usava o mesmo conjunto leve no qual o camareiro o vira sair tarde da noite; o médico que foi chamado declarou que a vida de Argentine se extinguira havia mais de quatro horas. Todos os documentos, cartas, etc. pareciam em perfeita ordem, e nada se descobriu que indicasse, nem da mais remota maneira, qualquer escândalo, grande ou pequeno. Aqui terminavam as provas circunstanciais, e não conseguiram encontrar quaisquer outros indícios. Várias pessoas haviam participado do jantar festivo ao qual comparecera Lorde Argentine; para todas elas, a impressão era de que ele manifestava seu habitual estado de espírito alegre. Na verdade, o camareiro disse ter achado o amo com uma aparência um tanto nervosa quando voltou para casa na primeira vez; confessou, porém, que a alteração na postura dele era muito leve, de fato, quase imperceptível. A busca de qualquer pista parecia baldada, e aceitou-se de forma generalizada a sugestão de que Lorde Argentine fora de repente atacado por uma aguda obsessão suicida.

De qualquer modo, surgiram outras possibilidades quando dentro de três semanas mais três cavalheiros, um deles um nobre e os outros dois, homens de ótima posição social e amplos recursos, pereceram desgraçadamente de maneira quase idêntica. Lorde Swanleigh foi encontrado uma manhã na sala de vestir, pendendo de uma cavilha afixada na parede, e tanto o Sr. Collier-Stuart quanto o Sr. Herries optaram por morrer como Lorde Argentine. Não se soube de qualquer explicação coerente em nenhum dos casos; apenas poucos fatos claros; um homem vivo à noite e um cadáver com o rosto escurecido e macilento de manhã. A polícia fora obrigada a confessar que se julgava numa condição de impotência para prender ou explicar os sórdidos assassinatos de Whitechapel; diante, porém, dos suicídios horríveis de Piccadilly e Mayfair, ficou embasbacada, pois nem sequer a mera ferocidade que deveria servir como explicação para os crimes do East End servia para explicar os ocorridos no West End. Cada um desses homens que decidira morrer de forma dolorosa e vergonhosa era rico, próspero e, segundo todos os indícios, apaixonado pelo mundo; por isso, nem a mais minuciosa pesquisa serviu para deslindar alguma sombra de motivo oculto em qualquer um dos suicídios. Pairava um horror no ar, e os homens se entreolhavam, examinavam o semblante uns dos outros quando se encontravam, cada um a perguntar-se se o outro seria a vítima da quinta inominável tragédia. Os jornalistas procuraram em vão suas anotações, em busca de materiais a partir dos quais associar artigos remanescentes; e em muitas casas abria-se o jornal matutino com um sentimento de temor, pois ninguém sabia quando ou onde aconteceria o próximo golpe.

Pouco depois do último desses terríveis fatos, Austin foi visitar o Sr. Villiers. Tinha curiosidade de saber se o amigo conseguira descobrir quaisquer vestígios novos da Sra. Herbert, por meio de Clarke ou por outras fontes, fazendo-lhe a pergunta logo depois que se sentara.

— Não — respondeu Villiers —, escrevi a Clarke, mas ele permanece obstinado; também tentei outros canais, embora sem resultado. Não consegui descobrir o que aconteceu com

Helen Vaughan depois que ela se mudou da Paul Street; acho, porém, que deve ter partido para o exterior. Mas, para dizer a verdade, Austin, não dei muita atenção ao caso durante as últimas semanas; eu conhecia intimamente o infeliz Herries, e a sua terrível morte foi um grande choque para mim, um grande choque.

— Posso bem acreditar — respondeu Austin, com seriedade. — Sabe que Argentine era um amigo meu. Se não me falha a memória, falávamos dele no dia em que você visitou meus aposentos.

— Sim; foi em relação àquela casa na Ashley Street, a casa da Senhora Beaumont. Você comentou algo sobre Argentine jantar lá.

— Exatamente. Claro que deve saber que foi lá onde Argentine jantou na noite anterior... anterior à sua morte.

— Não, não sabia.

— É, foi sim; os jornais omitiram o nome para poupar a Senhora Beaumont. Argentine era um grande favorito dela, e consta que ela ficou num terrível estado durante algum tempo depois.

Uma curiosa expressão surgiu no semblante de Villiers e o fez parecer indeciso se falava ou não. Austin retomou a palavra.

— Jamais senti tão grande sensação de horror quanto a que tive ao ler a descrição da morte de Argentine. Não acreditei na notícia então e tampouco acredito agora. Conhecia-o bem, e vai além de toda a minha compreensão que motivo possível o teria — a ele, ou a qualquer um dos outros, na verdade — feito tomar a decisão, a sangue-frio, de morrer daquela maneira tão terrível. Você sabe como os homens em Londres, com a sua tagarelice, criticam o caráter dos outros; pode ter a certeza de que qualquer escândalo enterrado ou esqueleto escondido teria vindo a público num caso como esse; nada do tipo, porém, ocorreu. Quanto à teoria da mania, esta se adapta muito bem, decerto, ao júri do investigador, mas todo mundo sabe que se trata de um absurdo. Mania suicida não é varíola.

Austin tornou a cair em sombrio silêncio. Villiers também se sentou calado, observando o amigo. A expressão de indecisão ainda esvoaçava pelo seu semblante, o qual parecia pesar os pensamentos na balança, e as considerações que ponderava continuavam a deixá-lo calado. Austin tentou afastar as lembranças de tragédias tão desalentadoras e estarrecedoras quanto o labirinto construído por Dédalo e se pôs a falar, numa voz indiferente, dos mais agradáveis incidentes e aventuras da estação.

— Aquela Senhora Beaumont — comentou —, de quem falávamos, é um grande sucesso; ela arrebatou Londres inteira. Conheci-a outra noite na casa de Fulham; é de fato uma mulher incrível.

— Você se encontrou com a Senhora Beaumont?

— Sim; ela possuía um considerável número de admiradores. Pode-se descrevê-la como muito bela, embora haja algo que me desagrada em seu rosto. As feições são refinadas; a expressão, porém, é estranha. Durante todo o tempo em que a observei e depois, quando voltava para casa, tive uma curiosa sensação de que aquela mesma expressão era-me, de um ou de outro modo, familiar.

— Deve tê-la visto na rua.

— Não, tenho certeza de que jamais pus os olhos na mulher antes; é isso o que me deixa intrigado. E até onde sei jamais vi alguém parecido com ela; o que senti consistia numa longínqua lembrança obscura, vaga, embora persistente. A única sensação com a qual posso compará-la é aquela estranha sensação que a gente às vezes tem num sonho, quando cidades fantásticas, terras maravilhosas e personagens espectrais parecem familiares e habituais.

Villiers assentiu com a cabeça e olhou sem objetivo ao redor da sala, possivelmente em busca de alguma coisa sobre a qual pudesse falar para mudar a conversa. Seus olhos pararam numa antiga arca um tanto semelhante àquela na qual o estranho legado do artista se ocultara sob uma carapaça gótica.

— Escreveu para o médico a respeito do infeliz Meyrick? — perguntou.

— Escrevi, sim, pedindo detalhes completos e específicos quanto à sua doença e morte. Não espero receber uma resposta antes de três semanas ou um mês. Achei que também poderia perguntar a ele se Meyrick conheceu uma inglesa com o sobrenome Herbert e, se assim fosse, se o médico poderia me dar quaisquer informações sobre ela. É bem possível, porém, que Meyrick tenha-se relacionado com ela em Nova York, México ou São Francisco; não tenho a menor ideia da extensão nem da direção de suas viagens.

— De fato, é muito possível que a mulher tenha mais de um nome.

— Exatamente. Gostaria que eu tivesse pensado em pedir que me emprestasse o retrato dela que você possui. Poderia tê-lo anexado em minha carta ao Dr. Matthews.

— Poderia mesmo; essa ideia jamais me ocorreu. Mas poderíamos enviar agora. Ouça! Que estão apregoando esses garotos?

Enquanto os dois homens conversavam, elevava-se uma confusa gritaria que ficava cada vez mais alta. O ruído, que surgiu do leste, foi aumentando ao chegar à Piccadilly, e aos poucos se aproximou mais e mais, tornando-se uma verdadeira torrente de som; esta se pôs a percorrer as ruas, em geral silenciosas, fazendo de toda janela uma moldura para um rosto curioso ou excitado. Os gritos e vozes chegaram ecoando rua silenciosa acima onde morava Villiers, ficando mais distintos à medida que avançavam, e, quando Villiers perguntou, uma resposta ressoou da calçada:

— Os Horrores de West End; Outro Suicídio Terrível; Detalhes Completos!

Austin precipitou-se escada abaixo, comprou um jornal e leu o parágrafo para Villiers, enquanto o alvoroço na rua alteava e diminuía. Como a janela estava aberta, o ar parecia cheio de barulho e terror.

— Outro cavalheiro caiu vítima da terrível epidemia de suicídios que durante o último mês prevaleceu no West End. O Senhor Sidney Crashaw, de Stoke House, Fulham e King's Pomeroy, Devon, foi encontrado à uma hora da tarde de hoje, após uma prolongada busca, pendendo enforcado do galho de uma árvore em seu jardim. O falecido cavalheiro jantara na noite anterior no Carlton Club e parecia exibir a saúde e o bom humor de sempre. Saiu do clube por volta das dez da noite e pouco depois foi visto caminhando devagar pela St. James's Street. Ignoram-se seus movimentos posteriores. Assim que se encontrou o corpo, convocou-se de imediato ajuda médica, embora a vida já estivesse extinta havia muito tempo. Segundo tudo que se averiguou, o Senhor Crashaw não sofria de nenhum tipo de dificuldade ou ansiedade. Esse doloroso suicídio, como hão de lembrar-se, é o quinto do tipo no último mês. As autoridades na Scotland Yard não conseguem sugerir qualquer explicação para essas terríveis ocorrências.

Austin largou o jornal em mudo horror.

— Partirei de Londres amanhã mesmo — disse —; é uma cidade de pesadelos. Que horrível tudo isso, Villiers!

O Sr. Villiers achava-se sentado junto à janela, em silêncio, olhando a rua. Ouvira atentamente a notícia do jornal, e o semblante de indecisão desaparecera-lhe do rosto.

— Espere um instante, Austin — respondeu —, tomei a decisão de mencionar uma pequena questão que ocorreu ontem à noite. Creio que a notícia declarou que Crashaw foi visto com vida pela última vez pouco depois das dez, na St. James's Street, não?

— Sim, acho que sim. Vou conferir. Afirmou, sim, está certíssimo.

— Exatamente. Pois bem, estou em condições de contradizer essa afirmação em todos os aspectos. Crashaw foi visto após as dez; de fato, consideravelmente mais tarde.

— Como você sabe?

— Porque, por acaso, eu o vi às duas da manhã.

— Você viu Crashaw? Você, Villiers?

— Vi, sim, com toda a nitidez; na verdade, apenas uns poucos passos nos separavam.

— Onde, em nome de Deus, você o viu?

— Não longe daqui. Vi-o na Ashley Street. Ele acabava de sair de uma casa.

— Notou qual era a casa?

— Sim. Era a da Senhora Beaumont.

— Villiers! Pense no que acaba de me dizer; tem de haver algum engano. Como Crashaw poderia estar na casa da Senhora Beaumont às duas da manhã? Certamente, você devia estar sonhando, Villiers; você sempre foi meio fantasioso.

— Não; eu estava bastante acordado. Ainda que estivesse sonhando, como você diz, o que vi me haveria despertado com toda a eficácia.

— Que foi que você viu? Crashaw manifestava algo de estranho? Mas não posso acreditar em tal coisa; é impossível.

— Ora, se quiser, vou lhe contar o que vi ou, se prefere assim, o que acredito ter visto, e você poderá julgar por si mesmo.

— Muito bem, Villiers.

O alvoroço e o clamor da rua haviam silenciado, embora de vez em quando, vindo de longe, ainda chegasse o ruído da gritaria, e o silêncio pesado, enfadonho, assemelhava-se à quietude que se instala após um terremoto ou uma tempestade. Villiers virou-se de costas para a janela e se pôs a falar.

— Eu estava numa casa perto do Regent's Park ontem à noite; quando saí, apoderou-se de mim a fantasia de voltar para casa a pé, em vez de tomar um cabriolé de aluguel. Era uma noite clara, muito agradável, e ao cabo de alguns minutos eu tinha as ruas quase só para mim. Que situação curiosa, Austin, ficar sozinho em Londres à noite, os lampiões a gás estendendo-se ao longe em perspectiva, o silêncio sepulcral, interrompido apenas pela pressa e o tropel estrondosos de um cabriolé nas pedras, e as faíscas desprendendo-se sob os cascos do cavalo. Eu caminhava bastante rápido, pois passei a sentir-me meio cansado de encontrar-me sozinho na calada da noite e, quando os relógios começaram a bater duas horas, virei na Ashley Street; você sabe que é o meu caminho para casa. O silêncio ali pareceu intensificar-se ainda mais que no percurso anterior, e os lampiões tornaram-se bem mais escassos; no geral, o lugar parecia tão escuro e sombrio quanto uma floresta no inverno. Eu percorrera metade do comprimento da rua, quando ouvi uma porta fechar-se muito suavemente e, como era de esperar, ergui os olhos para ver quem também se achava fora de casa numa hora daquelas. Por acaso, tem um lampião de rua junto da casa em questão, e vi um homem parado no degrau. Ele acabara de fechar a porta e ficara com o rosto voltado na minha direção; por isso, reconheci Crashaw de imediato. Jamais o conheci tão bem a ponto de conversarmos, embora o visse com frequência, e estou convencido de que não me enganei quanto ao homem. Encarei-o por um instante e, em seguida… vou confessar a verdade… saí correndo desabalado sem parar um segundo até chegar à minha porta.

— Por quê?

— Por quê? Porque ver o rosto daquele homem me fez o sangue congelar. Jamais teria imaginado que tão infernal mescla de paixões pudesse ter resplandecido com tanto fulgor em olhos humanos; quase desfaleci quando olhei. Soube então que eu fitara os olhos de uma alma perdida, Austin. Embora permanecesse a constituição física do homem, o interior dele continha todo o inferno. Luxúria furiosa, ódio semelhante ao fogo, perda de toda a esperança e o horror que, juntos, pareciam emitir urros a plenos pulmões para a noite, ainda que a forma humana tivesse os dentes cerrados; enfim, as trevas absolutas do desespero. Tenho certeza de que ele não me viu; nada viu que você ou eu pudéssemos ver, mas o que viu, espero que jamais vejamos. Não sei quando ele morreu; suponho que em uma hora, ou talvez duas, apesar de que, quando passei pela Ashley Street e ouvi a porta fechar-se, aquele homem não mais pertencia a este mundo; foi para a cara de um diabo que olhei.

Houve um intervalo de silêncio na sala quando Villiers parou de falar. Caía a luz do entardecer, e todo o tumulto de uma hora atrás silenciou por completo. Austin curvara a cabeça e levara as mãos aos olhos para cobri-los no final da história.

— Que pode significar isso? — acabou por perguntar.

— Quem sabe, Austin, quem sabe? Trata-se de uma atividade diabólica, mas acho que faríamos melhor guardando-a em segredo, pelo menos por enquanto. Verei se consigo saber algo mais sobre aquela casa por meio de canais de informação privados e, se de fato esclarecer qualquer coisa, eu o informarei.

VII
O ENCONTRO NO SOHO

Três semanas depois, Austin recebeu um bilhete de Villiers, pedindo-lhe que aparecesse naquela tarde ou na seguinte. Ele preferiu visitá-lo na data mais próxima e encontrou Villiers sentado como de hábito perto da janela, visivelmente concentrado no lento tráfego da rua. Tinha uma mesa de bambu ao seu lado, um móvel fantástico, enriquecido com detalhes dourados e excêntricas cenas pintadas; nele se via uma pequena pilha de papéis arrumados e etiquetados de forma tão organizada quanto qualquer coisa no escritório do Sr. Clarke.

— Bem, Villiers, fez descobertas nas últimas três semanas?

— Acho que sim; tenho aqui um ou dois memorandos que me impressionaram como singulares, e há uma declaração para a qual devo chamar-lhe a atenção.

— E esses documentos relacionam-se com a Senhora Beaumont? Era de fato Crashaw quem você viu naquela noite, na entrada da casa na Ashley Street?

— Quanto a esse assunto, minha convicção permanece inalterada, embora nem minhas investigações nem seus resultados tenham qualquer relação especial com Crashaw. Meus inquéritos, contudo, revelaram um estranho resultado. Descobri quem é a Senhora Beaumont!

— Quem é ela? Em que sentido quer dizer que sabe quem é ela?

— Quero dizer que você e eu a conhecemos melhor sob outro nome.

— Que nome é esse?

— Herbert.

— Herbert! — Austin repetiu a palavra, impressionado com a surpresa.

— Sim, a Senhora Herbert da Paul Street, Helen Vaughan de aventuras anteriores desconhecidas para mim. Você teve razão ao reconhecer-lhe a expressão do rosto. Quando voltar para casa, observe com atenção o rosto no livro de horrores de Meyrick e se dará conta das origens da sua lembrança.

— E você tem prova disso?

— Sim, a melhor das provas; vi a Senhora Beaumont, ou devemos dizer a Senhora Herbert?

— Onde a viu?

— Num lugar onde dificilmente se esperaria ver uma senhora que mora na Ashley Street, Piccadilly. Vi-a ao entrar numa casa, numa das ruas mais miseráveis e de má reputação no Soho. De fato, eu havia marcado um encontro, embora não com ela, que foi precisa tanto no horário quanto no lugar.

— Tudo isso parece muito admirável, embora eu não possa deixar de descrever como quase inacreditável. Você precisa se lembrar, Villiers, de que vi essa mulher, na corriqueira aventura da sociedade de Londres, conversando, rindo e bebericando café numa sala de estar comum, com pessoas comuns. No entanto, você sabe o que está dizendo.

— Sei, de fato; não permiti deixar-me levar por conjecturas nem fantasias. Foi sem a menor ideia de encontrar Helen Vaughan que saí à procura da Senhora Beaumont nas águas conturbadas da vida londrina, mas o resultado demonstrou ser esse.

— Você deve ter estado em estranhos lugares, Villiers.

— Verdade, estive em lugares muito estranhos. Você sabe que teria sido inútil ir à Ashley Street e pedir à Senhora Beaumont que me desse um breve resumo da sua história pregressa. Não; supondo, como sou obrigado a supor, que sua ficha não era das mais limpas, seria bastante garantido que em alguma época anterior ela deve ter frequentado círculos não exatamente tão refinados quanto os atuais. Se você vir lama na superfície de um riacho, pode ter certeza de que outrora ela se encontrava no fundo. Fui direto ao fundo. Sempre gostei de mergulhar na Queer Street por diversão e acabei constatando que meu conhecimento daquela localidade e de seus habitantes revelou-se muito útil. Talvez seja desnecessário dizer que meus amigos jamais haviam ouvido falar no nome Beaumont e, como eu jamais vira a senhora, não tinha a menor condição de descrevê-la; em consequência, precisei começar a trabalhar de forma indireta. As pessoas lá me conhecem, pois em algumas ocasiões pude prestar pequenos serviços a algumas delas e, por isso, não criaram dificuldade em relação a me dar informações do que sabiam; tinham conhecimento de que eu não mantinha nenhuma comunicação direta ou indireta com a Scotland Yard. Precisei, contudo, arremessar um bom número de linhas de pesca antes de obter o que queria; e, quando fisguei o peixe, nem por um instante supus que se tratava do meu. Devido, porém, a um gosto pessoal por informações inúteis, prestei atenção ao que me contaram e me vi na posse de uma história muito curiosa, embora, como eu havia imaginado, não a história que eu procurava. Consistia no seguinte. Há cinco ou seis anos, uma mulher com o sobrenome Raymond apareceu de repente no bairro ao qual me refiro. Descreveram-na para mim como sendo bem jovem, na certa com não mais que dezessete ou dezoito anos, muito bonita e com a aparência de quem vinha do campo. Talvez eu esteja enganado ao dizer que ela encontrou seu nível social indo para esse bairro específico, ou se associando a essas pessoas, pois, pelo que me foi dito, eu deveria considerar o pior antro em Londres bom demais para ela. O indivíduo de quem obtive minha informação, como você pode supor, não um grande puritano, estremeceu e sentiu-se mal ao contar-me as inomináveis infâmias das quais acusavam a jovem recém-chegada. Após morar lá durante um ano, ou talvez um pouco mais, ela desapareceu tão de repente quanto chegara, e eles nada mais souberam a seu respeito até por ocasião do caso da Paul Street. A princípio, ela voltava para seus antigos antros mal-assombrados só de vez em quando; em seguida, com mais frequência e, por fim, voltou a ocupar sua moradia como antes, permanecendo lá por seis ou oito meses. De nada adianta entrar nos detalhes referentes à vida que aquela mulher levava; se você quiser pormenores, pode olhar no livro que herdou de Meyrick. Aqueles desenhos não resultaram da imaginação dele. Mais uma vez a tal senhora desapareceu e as pessoas do lugar só tornaram a vê-la alguns meses atrás. Meu informante disse-me que ela alugara alguns aposentos numa casa que ele me apontou, nos quais tinha o hábito de aparecer duas ou três vezes por semana e sempre às dez da manhã. Fui levado a crer que uma dessas visitas seria feita num determinado dia, há mais ou menos uma semana; assim sendo, consegui ficar de vigia acompanhado do meu cicerone às quinze para as dez, e a senhora chegou com pontualidade. Meu amigo e eu permanecemos sob uma arcada, um pouco afastada da rua, mas ela nos viu e lançou-me um olhar que levarei um longo tempo para esquecer. Aquele olhar foi o bastante para que eu soubesse então que a senhorita Raymond era a senhora Herbert; quanto à senhora Beaumont, havia muito me saíra do pensamento. Ela entrou em casa, então a vigiei até as quatro horas, quando saiu, e depois comecei a segui-la. Além de ter sido uma longa perseguição, tive de tomar bastante cuidado para me manter bem afastado e ainda assim não a perder de vista. Ela me conduziu até a Strand, depois para Westminster e continuou pela St. James's Street acima e ao longo de Piccadilly. Senti-me estranho quando a vi dobrar na Ashley Street; o pensamento de que a Senhora Herbert fosse a Beaumont me veio à mente, mas parecia impossível demais para ser verdade. Esperei na esquina, sem tirar os olhos dela, tomando especial cuidado ao observar a casa na qual ela parou. Era a casa com as cortinas alegres, a casa florida, a casa da qual Crashaw saiu na noite em que acabou se enforcando no jardim. Eu já ia saindo com a minha descoberta quando vi uma carruagem vazia aproximar-se e parar diante da casa; cheguei à conclusão de que a Senhora Herbert ia sair para um passeio, e estava certo. Ali encontrei por acaso um conhecido e começamos a conversar a pouca distância do caminho por onde passavam as carruagens, para as quais eu me encontrava de costas. Mal se passaram dez minutos de conversa quando meu amigo tirou o chapéu em saudação a alguém que vinha dentro de uma carruagem e reconheci a senhora que eu seguira o dia todo. "Quem é?", perguntei, e a resposta dele foi: "Senhora Beaumont; mora na Ashley Street". Decerto que não poderia haver a menor dúvida depois disso. Não sei se ela me viu, mas creio que não. Fui imediatamente para casa e, após longa reflexão, achei que tinha um caso bom o suficiente para apresentar a Clarke.

— Por que a Clarke?

— Porque tenho certeza de que ele está a par de fatos sobre essa mulher, fatos a respeito dos quais eu nada sei.

— Bem, e depois?

O Sr. Villiers recostou-se na poltrona e olhou pensativo para Austin por um momento, antes de responder:

— Minha ideia era que Clarke e eu deveríamos fazer uma visita à Senhora Beaumont.

— Jamais iria a uma casa semelhante àquela! Não, não, Villiers, não pode fazer tal coisa. Além disso, reflita; que resultado...

— Em breve lhe contarei. Mas eu ia dizer-lhe que minha informação não termina aqui; foi concluída de um modo extraordinário. Veja este elegante pacotinho de manuscrito; repare, foi paginado, e me permiti a faceirice de refinar-lhe a aparência com uma faixa de fita vermelha. Tem quase um ar de documento jurídico, não? Dê uma lida, Austin. Trata-se do relato do entretenimento que a Senhora Beaumont proporcionava aos seus convidados seletos. O homem que o escreveu escapou com vida, mas não acho que ele vá viver muitos anos. Os médicos contam que deve ter recebido um grave choque nervoso.

Austin pegou o manuscrito, embora não chegasse a lê-lo. Abrindo a esmo as páginas bem cuidadas, seu olhar foi captado por uma palavra e uma frase que a seguia; então, nauseado, com os lábios lívidos e um suor frio a gotejar-lhe das têmporas como água, ele lançou o documento ao chão.

— Leve-o daqui, Villiers, jamais torne a falar disso comigo. Por Deus, é feito de pedra, homem? Ora, nem o medo e o horror da própria morte, os pensamentos do homem condenado em pé no penetrante ar da manhã, sobre o escuro cadafalso, a corda amarrada, o sino a ressoar nos ouvidos, e à espera da áspera chocalhada do ferrolho da estrangulação, nada é comparado a isso. Não o lerei, porque jamais conseguiria dormir de novo.

— Tudo bem. Posso imaginar o que viu. De fato, é horrível, mas afinal se trata de uma velha história, um antigo mistério reencenado em nossa época e nas escuras ruas de Londres, não em meio às vinhas e aos jardins de oliveiras. Sabemos o que acontecia com aqueles que encontrassem por acaso com o Poderoso Deus Pã, e aqueles que são prudentes sabem que todos os símbolos são símbolos de algo, não de nada. Na verdade, era um símbolo primoroso aquele, sob o qual os homens na Antiguidade velavam seu conhecimento das mais tenebrosas e mais secretas forças que se encontram no âmago de tudo; forças diante das quais as almas humanas vão murchar, morrer e enegrecer, como os próprios corpos enegreceriam se fossem eletrocutados. Essas forças não podem ser mencionadas, nem expressas, e tampouco imaginadas, a não ser sob um véu e um símbolo, um símbolo que para a maioria de nós parece uma estranha e poética fantasia, enquanto para outros parece uma história tola. Mas, em todo caso, você e eu, amigo, conhecemos algo do terror que pode habitar os domínios secretos da vida, manifestando-se sob a pele humana; vimos o que é informe assumir para si uma forma. Ai, Austin, como isso é possível? Como é que a própria luz solar não se torna treva diante dessa coisa, e a Terra sólida não derrete e não ferve sob tamanho fardo?

Villiers caminhava de um lado para o outro na sala, e as gotas de suor sobressaíam em sua testa. Embora Austin continuasse sentado em silêncio durante algum tempo, Villiers viu-o persignar-se.

— Repito, Villiers, você não entraria numa casa como aquela! Jamais sairia vivo.

— Sim, Austin, sairei vivo de lá. Eu, e Clarke comigo.

— Que quer dizer? Você não pode, não ousaria...

— Espere um instante. De manhã, o ar estava muito aprazível e fresco; soprava uma brisa, mesmo nesta rua sombria, e decidi que daria um passeio. Diante de mim, Piccadilly descortinava uma clara e luminosa paisagem, e o Sol refletia-se nas carruagens e nas tremulantes folhas do parque. Que manhã alegre, na qual homens e mulheres olhavam para o céu e sorriam, enquanto cuidavam de seus afazeres ou recreações; e o vento soprava com igual alegria nos prados e nas perfumadas urzes. Por algum motivo, contudo, saí do alvoroço e da alegria e vi-me andando devagar ao longo de uma rua silenciosa, sombria, onde parecia não haver brilho do Sol nem ar e onde os poucos transeuntes perdiam tempo enquanto andavam, parando indecisos em esquinas e arcadas. Eu seguia em frente, mal sabendo aonde ia ou o que fazia ali, mas me sentindo impelido, como às vezes a gente se sente, a explorar ainda mais, com uma vaga ideia de alcançar algum objetivo desconhecido. Desse modo eu avançava pela rua, reparando no pequeno comércio da leiteria e me surpreendendo com a discordante mistura de cachimbos ordinários, tabaco preto, doces, jornais e canções cômicas que aqui e ali se acotovelavam sob o exíguo espaço de uma única janela. Acho que foi um calafrio, o qual de repente me atravessou da cabeça aos pés, o primeiro aviso em meu íntimo de que encontrara o que eu queria. Ergui os olhos da calçada e parei na frente de uma loja cheia de poeira, na qual o letreiro desbotara e os tijolos vermelhos de duzentos anos atrás haviam-se sujado quase até tornar-se pretos; e as janelas haviam acumulado o pó de inumeráveis invernos. Vi o que eu precisava, embora ache que se passaram cinco minutos até que me houvesse estabilizado e conseguido entrar e pedi-lo com uma voz controlada e semblante calmo. Creio que deve ter-se desprendido um tremor de minhas palavras, pois o idoso que saiu dos fundos da loja e remexeu devagar entre seus produtos olhou-me de forma estranha, enquanto amarrava o pacote. Paguei e fiquei encostado na parede perto do balcão, com uma estranha relutância em pegar minha mercadoria e ir embora. Perguntei sobre os negócios e fiquei sabendo que o comércio ia mal e os lucros haviam caído bastante, mas também a rua não era o que fora antes do desvio do tráfego, embora isso houvesse acontecido quarenta anos atrás, "pouco antes do morte de meu pai", ele disse. Fui embora, afinal, e segui em frente a passos rápidos; era de fato uma rua lúgubre e alegrou-me retornar à confusão e ao ruído. Gostaria de ver minha compra?

Austin nada disse, mas assentiu de leve com a cabeça; continuava com a aparência pálida e nauseada. Villiers puxou uma gaveta na mesa de bambu e mostrou ao amigo um longo rolo de corda, dura e nova; e numa das pontas via-se um nó corrediço.

— É a melhor corda de cânhamo — eu disse —, igual à que se usava para o antigo ofício, explicou-me o senhor da loja. Nem um milímetro de juta de uma ponta à outra.

Austin cerrou os dentes com força e encarou Villiers, empalidecendo ainda mais.

— Você não faria isso — murmurou, afinal. — Não derramaria sangue com as próprias mãos. Meu Deus! — exclamou, com repentina veemência. — Não pode estar me dizendo, Villiers, que se tornará um carrasco!

— Não. Vou oferecer-lhe uma opção e deixar Helen Vaughan a sós com esta corda, numa sala trancada, por quinze minutos. Se quando entrarmos a ação não tiver sido concluída, chamarei o policial mais próximo. Só isso.

— Tenho de ir já. Não aguento mais ficar aqui; não consigo suportar isso. Boa noite.

— Boa noite, Austin.

A porta fechou-se, mas em seguida tornou a abrir-se, com Austin parado na entrada, lívido e apavorado.

— Eu ia me esquecendo — disse — de que também tenho algo a lhe dizer. Recebi uma carta do Doutor Harding de Buenos Aires. Ele diz que atendeu Meyrick durante três semanas antes da sua morte.

— E disse o que o levou desta vida na flor da idade? Não foi febre?

— Não, não foi febre. De acordo com o médico, foi um colapso generalizado, na certa causado por algum choque grave. Ele afirma, porém, que o paciente não quis contar-lhe nada, deixando-o, em consequência, numa posição desvantajosa para tratar do caso.

— Mais alguma coisa?

— Sim. O Doutor Harding termina a carta dizendo: "Creio que estas constituem todas as informações que lhe posso dar sobre seu infeliz amigo. Ele não morou muito tempo em Buenos Aires, quase não conhecia ninguém, com a exceção de uma pessoa que não tinha o melhor dos caracteres, e partiu desde então... A Senhora Vaughan."

VIII
OS FRAGMENTOS

[Entre os documentos do famoso médico, Dr. Robert Matheson, da Ashley Street, Piccadilly, o qual morreu repentinamente, de um ataque apoplético, no início de 1892, encontrou-se uma folha de papel manuscrito, coberta de anotações a lápis. Essas notas estavam em latim, muito abreviadas, tornando evidente que haviam sido feitas com grande pressa. Apenas com bastante dificuldade decifrou-se o manuscrito, e algumas palavras têm até os dias de hoje escapado a todos os esforços dos especialistas. A data, "25 de julho de 1888", acha-se escrita no canto direito do manuscrito. Segue-se uma tradução do texto do Dr. Matheson.]

"Será que a ciência se beneficiaria destas breves notas, se elas pudessem ser publicadas? De fato, não sei, mas duvido muito. Com toda certeza, porém, jamais assumirei a responsabilidade de publicar ou divulgar uma única palavra do que aqui se encontra escrito, não apenas devido ao meu juramento feito livremente àquelas duas pessoas que se achavam presentes, mas também porque os detalhes são abomináveis demais. É provável que, após madura reflexão, e depois de pesar o bem e o mal, hei de um dia destruir este relato, ou pelo menos deixá-lo selado com lacre ao meu amigo D., confiante em sua discrição para usá-lo ou queimá-lo, como julgar necessário ou melhor.

"Como condizia, fiz tudo que sugeria meu conhecimento científico para ter certeza de que não vinha sofrendo nenhum delírio. A princípio aterrorizado, mal conseguia pensar, mas em questão de segundos certifiquei-me de que tinha a pulsação estável e regular e estava na posse de meus sentidos reais e verdadeiros. Então fixei os olhos, com toda a calma, no que se passava diante de mim.

"Embora o horror e a repulsiva náusea se avolumassem dentro de mim, e um odor de deterioração me dificultasse a respiração, permaneci firme. Fui então privilegiado ou amaldiçoado, não ouso dizer qual dos dois, ao ver aquilo que se achava deitado na cama, ali estendido, preto como nanquim, transformar-se diante dos meus olhos. A pele, a carne, os músculos, os ossos e a firme estrutura do corpo humano que eu julgara serem inalteráveis, permanentes, começaram a fundir-se e dissolver-se.

"Embora eu soubesse que agentes externos poderiam separar os elementos que formam o corpo, devia ter-me recusado a acreditar no que via, pois ali havia alguma força interna, a respeito da qual eu nada sabia, que causava dissolução e mudança.

"Ali também se repetiu diante do meus olhos todo o trabalho pelo qual se fizera o homem. Vi a forma oscilar de um sexo ao outro, depois se separar de si mesma e mais uma vez unificar-se. Depois vi o corpo retornar às bestas-feras das quais se originou, e o que se achava nas alturas de todos os seres afundar até as profundezas, até mesmo os abismos. O princípio da vida, que cria o organismo, permanecia imutável, enquanto a forma externa mudava.

"A luz dentro da sala tornara-se escuridão, não a escuridão da noite, na qual se veem os objetos indistintamente, pois eu conseguia ver com toda a clareza e sem dificuldade. Mas era a negação da luz; os objetos sendo apresentados aos meus olhos, por assim dizer, sem nenhum veículo, de tal maneira que, se houvesse um prisma na sala, eu não teria visto quaisquer cores nele representadas.

"Eu olhava atento e por fim nada mais enxergava, senão uma substância parecida com geleia. Então mais uma vez se ergueu a escada... [aqui o manuscrito é ilegível] ...por um instante, vi uma Forma, modelada na escuridão diante de mim, a qual não quero mais descrever. Pode-se, porém, ver o símbolo dessa forma em antigas esculturas e em pinturas que sobreviveram debaixo da lava, ofensivas demais para continuar a falar delas... enquanto a horrível e inominável forma, nem homem nem besta-fera, retomava a forma humana quando enfim chegou a morte.

"Eu que vi tudo isso, não sem grande horror e verdadeira abominação, abaixo subscrevo meu nome, declarando que tudo que escrevi neste papel é verdade.

"Dr. Robert Matheson, médico."

...Aí está, Raymond, a história do que sei e do que vi. O fardo se revelou pesado demais para suportar sozinho e, no entanto, eu não podia contá-la a ninguém fora você. Villiers, que estava comigo no fim, nada sabe daquele terrível segredo da floresta, de como o que ambos vimos morrer deitado na relva tenra, macia, em meio às flores de verão, metade no sol e metade na sombra, segurando a mão da menina Rachel, convocou aqueles companheiros e modelou em forma sólida, com a mesma terra que pisamos, o horror ao qual só podemos fazer alusão, ao qual não podemos nos referir senão simbolicamente. Não quis falar disso a Villiers, nem daquela semelhança, que me atingiu como um golpe no coração quando vi o retrato, o qual acabou revelando-se o cúmulo do terror. Não ouso imaginar o que pode significar isso. Sei que aquilo que vi perecer não era Mary, ainda que no final de sua agonia os olhos de Mary fitassem os meus. Não sei se existe alguém que possa revelar o último elo nessa cadeia de terrível mistério, embora, se houver, é você. E, se sabe o segredo, cabe a você revelá-lo ou não, como quiser.

    Escrevo-lhe esta carta logo após a minha chegada de volta à cidade. Passei os últimos dias no campo; talvez você consiga adivinhar em qual parte. Enquanto o horror e o espanto em Londres estavam no auge — pois a "Sra. Beaumont", como eu lhe disse, era bem conhecida na sociedade —, escrevi ao meu amigo, Dr. Phillips, dando um breve esboço, ou melhor, uma pista, do que aconteceu e pedindo-lhe que me dissesse o nome da aldeia onde aconteceram os fatos que ele relacionara a mim. Ele me deu o nome, sem a menor hesitação, porque o pai e a mãe de Rachel tinham morrido, e o resto da família mudara-se seis meses antes para a casa de um parente no estado de Washington. Os pais, ele disse, haviam, sem dúvida, morrido de tristeza e horror causados pela terrível morte da filha e pelo que acontecera antes da morte. Na mesma noite do dia em que recebi a carta de Phillips, eu estava em Caermaen; e, parado sob as decrépitas muralhas romanas, brancas com os invernos de mil e setecentos anos, examinei a pradaria onde outrora se erguera o templo ainda mais antigo do "Deus das Profundezas" e vi uma casa cintilando à luz do Sol. Era a casa onde Helen morara. Passei vários dias em Caermaen. Descobri que as pessoas do lugar sabiam pouca coisa e imaginavam ainda menos. Aquelas com quem falei sobre o assunto pareceram surpresas com o fato de que um arqueólogo (como declarei ser) se preocupasse com uma tragédia de aldeia, da qual deram uma versão muito simplória, e, como você pode imaginar, eu nada lhes disse do que sabia. Passei a maior parte do tempo na grande floresta que fica bem próxima da aldeia e eleva-se pela encosta da colina acima até descer em direção ao rio, no vale; outro extenso e adorável vale, Raymond, como aquele que contemplamos numa noite de verão, caminhando de um lado ao outro diante da sua casa. Durante várias horas, perambulei pelo labirinto da floresta, virando ora à direita, ora à esquerda, caminhando sem pressa ao longo das aleias de vegetação rasteira, sombrias e frias, mesmo sob o Sol do meio-dia. Às vezes, detinha-me sob os majestosos carvalhos e em outras me deitava na baixa relva de uma clareira, de onde o leve e agradável perfume de rosas silvestres chegava a mim trazido pelo vento, misturado com o pesado odor das flores mais velhas, que se assemelha ao odor de uma câmara mortuária com o vapor de incenso e deterioração. Parava nas bordas da floresta, observando toda a pompa e a procissão das dedaleiras que se elevavam altaneiras entre as samambaias e o radiante vermelho na ampla luminosidade do Sol, e mais além delas fixava meu olhar nos bosques cerrados e na espessa vegetação, onde das rochas brotavam matagais e as fontes impetuosas que nutriam as ervas aquáticas, úmidas e daninhas. Mas em todas as minhas andanças evitei uma parte da floresta; só ontem subi até o pico da colina e permaneci na antiga estrada romana que percorre em zigue-zague o ponto mais elevado da floresta. Ali Helen e Rachel haviam passeado, ao longo dessa silenciosa trilha elevada na calçada de relva verde, isolada nos dois lados por altos muros de terra vermelha e altas sebes radiantes de faia. Ali segui os passos delas, a observar, de vez em quando, entre os galhos, de um lado a curva da floresta que se estendia bem distante à direita e à esquerda, afundando no nível mais largo, e além, o mar amarelo, e a terra para lá do oceano. Do outro lado, viam-se o vale, o rio e uma colina após a outra, como ondas, a floresta, o prado, o campo de milho, as casinhas brancas cintilando, uma grande muralha de montanha e longínquos cumes azuis ao norte. E assim cheguei, afinal, ao lugar. O caminho subia por uma suave ladeira, alargava-se num espaço aberto, circundado por uma sebe de espessa vegetação rasteira, depois se estreitava mais uma vez e desaparecia na distância e na esmaecida névoa azul do calor de verão. E foi a essa aprazível clareira de verão que Rachel chegou como menina e partiu... Só Deus sabe como o quê. Não permaneci muito tempo ali.

Numa cidadezinha perto de Caermaen, há um museu que contém sobretudo artefatos romanos encontradas nas redondezas, provenientes de diversos períodos. No dia após minha chegada a Caermaen, caminhei até a cidadezinha em questão e aproveitei a oportunidade para visitar o museu. Depois de ter visto a maioria das pedras esculpidas, túmulos, anéis, moedas e fragmentos de calçadas com pedrinhas de mosaico que faziam parte do acervo, mostraram-me um pequeno pilar quadrado de pedra branca, que fora recentemente descoberto na floresta a respeito da qual tenho falado e, como constatei ao averiguar, naquele espaço aberto onde se alarga a calçada romana. Num dos lados do pilar, via-se uma inscrição, a qual anotei. Algumas das letras foram apagadas, mas não creio que haja dúvida quanto às que reproduzo. Segue a inscrição:

DEVOMNODENT*i*
FLA*v*IVSSENILISPOSSV*it*
PROPTERNVP*tia*
*qua*SVIDITSVBVMB*ra*

"Ao poderoso deus Nodens (o deus da Grande Profundeza ou Abismo) Flavius Senilis erigiu este pilar como registro do casamento que ele presenciou debaixo da escuridão."

O guardião do museu me informou que os arqueólogos locais estavam muito perplexos, não pela inscrição, ou por qualquer dificuldade em traduzi-la, mas quanto à circunstância ou rito a que se refere.

* * *

...E agora, meu caro Clarke, quanto ao que me conta sobre Helen Vaughan, que você viu morrer em circunstâncias de extremo e quase inacreditável horror. Interessei-me pelo seu relato, embora grande parte, não tudo, do que me contou já fosse do meu conhecimento. Posso entender a estranha semelhança que observou entre o retrato e o rosto real; você viu a mãe de Helen. Lembra-se daquela tranquila noite de verão há tantos anos, quando lhe falei do mundo além das trevas e do deus Pã? Lembra-se de Mary? Ela era a mãe de Helen Vaughan, que nasceu nove meses depois dessa mesma noite.

Mary jamais recuperou a razão. Ficou como você a viu, o tempo todo deitada na cama, e poucos dias depois do nascimento da filha morreu. Imagino que no último momento ela tenha me reconhecido; achava-me em pé junto à cama, e aquele antigo olhar retornou-lhe aos olhos por um segundo; em seguida, ela estremeceu, gemeu e morreu. Fiz um trabalho vil naquela noite em que você estava presente; arrombei a porta da casa da vida sem saber, nem me importar, com o que dali poderia sair ou ali entrar. Recordo-me de que me disse então, de modo bem enérgico e também com razão, em certo sentido, que eu arruinara o juízo de um ser humano mediante uma experiência insensata, baseada numa teoria absurda. Você fez bem em me culpar, mas minha teoria não era de todo absurda. O que afirmei que Mary veria, ela viu; esqueci-me, porém, de que os seres humanos não podem encarar tal visão com impunidade. E também me esqueci, como acabei de dizer, de que, quando a casa da vida é aberta desse modo, ela possibilita a entrada daquilo para o que não temos nome, e a carne humana pode tornar-se o véu de um horror que não ouso expressar. Brinquei com energias que eu não compreendia, e você viu o que aconteceu. Helen Vaughan fez bem ao amarrar a corda no pescoço e morrer, embora a morte tenha sido horrível. O rosto escurecido, a hedionda forma na cama, a metamorfosear-se e dissolver-se diante de seus olhos, transformando-se de mulher num homem, de homem numa besta-fera, e de besta-fera numa coisa ainda pior, todo o estranho horror que você testemunhou surpreende-me apenas um pouco. O que você me disse sobre o que o médico, a quem mandou chamar, viu e que o fez estremecer, notei há muito tempo; dei-me conta do que eu fizera no momento em que a menina nasceu e, quando mal completara cinco anos, eu a surpreendera não uma vez, nem duas, mas várias, com um companheiro de brincadeiras cuja natureza você pode adivinhar. Para mim, era um horror encarnado, constante, e passados alguns anos, ao sentir que não conseguiria mais aguentar, mandei Helen Vaughan embora. Sabe agora o que apavorou o menino Trevor na floresta, causando-lhe depois a debilidade intelectual. O resto da estranha história e tudo o mais que você me conta, descoberto pelo seu amigo, vim a saber aos poucos, quase até o último capítulo. E agora Helen está com os seus companheiros...

O SÍMBOLO AMARELO

Tradução:
Alda Porto

Robert W. Chambers

"Deixem o rubro amanhecer suspeitar...
Do que havemos de fazer,
Ao extinguir-se esta luz azul estelar
E tudo logo perecer."

I

Tantas coisas são impossíveis de explicar! Por que será que certos acordes musicais me fazem pensar nos matizes castanhos e dourados da folhagem outonal? E por que a missa na igreja de Sainte Cécile deveria impelir meus pensamentos a vagar entre cavernas cujas paredes resplandecem com massas ásperas de prata pura? Que foi isso no barulho e tumulto da Broadway, às seis da tarde, que fez surgir de repente diante de meus olhos a imagem fixa de uma floresta bretã, onde a luz do Sol infiltrava-se pela folhagem primaveril e Sylvia curvava-se, meio curiosa e enternecida, sobre um pequeno lagarto verde, murmurando: "E imaginar que isto também é uma criaturazinha de Deus!".

Quando o vi pela primeira vez, o vigia tinha as costas voltadas para mim. Olhei-o de maneira indiferente até que entrou na igreja. Não prestei mais atenção a ele do que a qualquer outro homem que passeava pela Washington Square naquela manhã; quando fechei a janela e retornei ao meu estúdio, já me esquecera do sujeito. Ao final da tarde, como o dia ainda estava quente, tornei a levantar a janela e debrucei-me para dar uma respirada. O vigia continuava parado no pátio da igreja e mais uma vez o observei com tão pouco interesse quanto de manhã. Olhei no outro lado da praça a fonte que esguichava a brincar e então, com a mente cheia de vagas impressões de árvores, pistas asfaltadas e os grupos de babás e pessoas de férias que se deslocavam, comecei a voltar para o meu cavalete. Tão logo ia me virar, meu olhar apático incluiu o vigia abaixo, no pátio da igreja. Tinha o rosto voltado na minha direção e, com um movimento de todo involuntário, debrucei-me para vê-lo. No mesmo instante, ele ergueu a cabeça e olhou-me, fazendo-me pensar num verme necrófago. Eu ignorava o que aquele homem tinha que tanto me repelia, embora a impressão de um verme branco e rechonchudo fosse tão intensa e nauseante que devo tê-la revelado em minha expressão, pois o homem virou o rosto gordo para o outro lado com um movimento que me fez pensar numa larva a contorcer-se dentro de uma castanha.

Retornei ao cavalete e gesticulei para a modelo reassumir sua pose. Após trabalhar durante algum tempo, convenci-me de que vinha estragando o mais rápido possível o que já pintara; por isso, peguei uma espátula e mais uma vez raspei a tinta. Os tons da pele estavam macilentos e doentios e eu não atinava como podia ter pintado uma cor tão mórbida num estudo que antes disso reluzira com matizes saudáveis.

Olhei para Tessie. Ela não mudara, e o claro rubor de saúde tingiu-lhe o pescoço e as bochechas quando franzi as sobrancelhas.

— Foi alguma coisa que fiz? — ela perguntou.

— Não... Fui eu que fiz alguma coisa errada neste braço e nem para salvar a minha vida conseguiria explicar como cheguei a pintar uma lama dessas na tela — respondi.

— Não poso bem? — Tessie insistiu.

— Claro, à perfeição.

— Então não é culpa minha?

— Não. Só minha.

— Lamento muitíssimo.

Disse-lhe que podia descansar, enquanto eu esfregava um trapo e aguarrás no local da calamidade na minha tela; então ela saiu para fumar um cigarro e passar os olhos pelas ilustrações do *Courrier Français*.

Eu não sabia se era alguma coisa na aguarrás ou um defeito na tela; quanto mais eu esfregava, porém, mais aquela gangrena parecia espalhar-se. Labutei sem parar na tentativa de apagá-la, embora a doença desse a impressão de alastrar-se de um membro ao outro no estudo diante de mim. Alarmado, esforcei-me para contê-la, mas agora a cor nos seios mudava e parecia que a figura inteira absorvia a infecção como uma esponja empapava-se de água. Com intenso vigor, lancei mão de espátula, aguarrás e raspador, pensando o tempo todo na *séance* que teria com Duval, que me vendera a tela; no entanto, logo me dei conta de que não eram a tela nem as tintas de Edward que tinham algum defeito. "Deve ser a aguarrás", pensei com raiva, "ou então meus olhos se tornaram tão embaçados e confusos pela luz vespertina que não consigo ver direito". Chamei Tessie, a modelo. Ela veio e curvou-se sobre a minha cadeira, soprando anéis de fumaça no ar.

— O que andou *fazendo* na pintura? — perguntou, censurando-me.

— Nada — respondi entredentes —, deve ser esta aguarrás!

— A cor agora está horrível — ela continuou. — Acha que minha carne parece queijo bolorento?

— Não, não acho — respondi furioso —; alguma vez me viu pintar assim antes?

— Não, de fato!

— Pois então!

— Deve ser a aguarrás, ou algo assim — reconheceu.

Vestiu um quimono e encaminhou-se para a janela. Raspei e esfreguei até ficar exausto; por fim, peguei meus pincéis, atirei-os na tela e perfurei-a, praguejando com grosseria, embora apenas o tom das palavras chegasse aos ouvidos de Tessie.

Ela, porém, logo começou:

— Muito bem! Pragueje, aja como um tolo e destrua seus pincéis! Há três semanas que tem trabalhado nesse estudo, e agora veja só! De que adianta rasgar a tela? Mas que criaturas são esses artistas!

Senti-me tão envergonhado quanto em geral me sentia após um ataque desses, e virei a tela arruinada para a parede. Tessie ajudou-me a limpar os pincéis e em seguida saiu dançando para se vestir. Por detrás do biombo, ela me presenteava com conselhos relacionados à perda de controle parcial ou total, até que, talvez achando que já me atormentara o bastante, apareceu para me implorar que lhe abotoasse a roupa onde ela não alcançava com os braços.

— Tudo deu errado a partir do momento em que você voltou da janela e se pôs a falar sobre aquele homem de aparência repugnante que viu no pátio da igreja — ela afirmou.

— Sim, ele na certa enfeitiçou o retrato — concordei, bocejando. Conferi as horas no meu relógio.

— Sei que passam das seis — disse Tessie, ao ajeitar o chapéu diante do espelho.

— É. Não pretendia detê-la aqui por tanto tempo.

Tornei a debruçar-me sobre a janela, mas recuei repugnado, pois o rapaz com o rosto pálido encontrava-se ali embaixo no pátio da igreja. Ao reparar no meu gesto de desprazer, Tessie também se curvou sobre a janela.

— É daquele homem que você não gosta? — ela sussurrou.

Assenti com a cabeça.

— Não consigo ver o rosto dele, mas de fato parece gordo e flácido. De algum modo — ela continuou e virou-se para me olhar — ele faz que eu me lembre de um sonho... um sonho terrível que tive uma vez. Ou — ela se interrompeu, pensando, e baixou os olhos para os elegantes sapatos — foi mesmo um sonho, afinal?

— Como posso saber? — sorri.

Tessie retribuiu o sorriso.

— Você estava presente, por isso talvez soubesse de alguma coisa.

— Tessie! Tessie! — protestei. — Não ouse me bajular dizendo que seu sonho era comigo!

— Mas eu sonhei — ela insistiu —; quer que lhe conte como foi?

— Vá em frente — respondi, acendendo um cigarro.

Tessie recostou-se no peitoril da janela aberta e se pôs a contar o sonho com muita seriedade.

— Deitada na cama uma noite, no último inverno, eu não pensava em nada específico. Tinha estado posando para você e me sentia cansada, embora me parecesse impossível pegar no sono. Ouvi os sinos na cidade soarem dez, onze e meia-noite. Devo ter adormecido próximo à meia-noite, porque não me lembro de ter ouvido os sinos depois. Pareceu-me que mal havia fechado os olhos quando sonhei com alguma coisa que me impeliu a ir até a janela. Levantei-me e após erguer a vidraça curvei-me para fora. Até onde alcançava a minha vista, a Twenty-fifth Street achava-se deserta. Comecei a sentir medo; tudo lá fora parecia tão... tão escuro e perturbador! Nesse momento, chegou-me aos ouvidos o ruído de rodas ao longe e tive a impressão de que era isso o que eu devia esperar. As rodas se aproximaram muito devagar e, finalmente, acabei por distinguir um veículo a deslocar-se ao longo da rua. Chegou cada vez mais perto e quando passou embaixo da janela vi que era um coche fúnebre. Então, enquanto eu tremia de medo, o cocheiro virou-se e olhou direto para mim. Quando acordei, continuava parada junto à janela aberta, tremendo de frio, mas o carro fúnebre decorado com plumas pretas e o cocheiro haviam partido. Tive mais uma vez esse sonho em março e mais uma vez acordei ao lado da janela aberta. Ontem à noite o sonho surgiu de novo. Você se lembra de como chovia; quando acordei, parada diante da janela aberta, tinha a camisola encharcada.

— Mas onde entrei no sonho? — perguntei.
— Você... você estava no caixão... embora não estivesse morto.
— No caixão?
— Sim.
— Como você soube? Conseguiu me ver?
— Não; apenas soube que você estava lá.
— Andou comendo *Welsh rarebits*,[1] ou salada de lagosta? — comecei, em tom brincalhão, mas Tessie interrompeu-me com um grito assustado. — Alôô! Que aconteceu? — perguntei, quando ela se encolheu no vão da janela.
— O homem... o homem lá embaixo, no pátio da igreja... Era ele quem dirigia o carro fúnebre.
— Que absurdo — contestei, mas Tessie arregalou os olhos de terror. Fui à janela e observei o pátio. O homem não estava mais à vista. — Vamos, Tessie — encorajei-a. — Não seja tola. Você posou durante tempo demais, está nervosa.
— Acha que eu conseguiria me esquecer daquele rosto? — ela murmurou. — Vi o coche passar três vezes embaixo da minha janela, e todas as vezes o cocheiro virou-se e ergueu os olhos para mim. Ai, ele tinha o rosto tão pálido e... e mole? Parecia morto... A impressão era de que morrera havia um longo tempo.

Convenci-a a sentar-se e tomar um cálice de Marsala. Em seguida, sentei-me ao seu lado e tentei dar-lhe uns conselhos.

— Escute, Tessie — sugeri —, vá para o campo passar uma ou duas semanas e não terá mais sonhos com coches fúnebres. Você posa o dia inteiro, e quando chega a noite já está com os nervos em frangalhos. Não dá para aguentar um ritmo de vida assim. Por outro lado, em vez de se deitar quando seu dia

---

[1] Em tradução literal, "bocados de coelho galês", embora o prato não contenha carne de coelho. No original, *Welsh rarebits*, grafia popular, ou *Welsh rabbit*, grafia original em galês, é um prato feito com um molho de queijo e vários outros ingredientes. É servido quente com torradas. (N.T.)

de trabalho termina, você sai correndo para piqueniques em Sulzer's Park, vai ao Eldorado ou a Coney Island e, ao aparecer aqui na manhã seguinte, está um caco. Não havia carro fúnebre algum. Tudo não passou de um pesadelo causado pelo excesso de siris-moles ingeridos nesses piqueniques.

Ela deu um sorriso frouxo.

— E quanto ao homem no pátio da igreja?

— Ah, trata-se apenas de um ser humano comum com a saúde debilitada.

— Juro, Senhor Scott, que, tão verdadeiro quanto me chamo Tessie Reardon, o rosto do homem no pátio da igreja ali embaixo é o rosto do homem que dirige o carro fúnebre!

— Que importância tem isso? — rebati. — É uma ocupação honesta.

— Então acha que *de fato* vi o carro fúnebre?

— Ah — respondi de forma diplomática —, se de fato viu, talvez não seja improvável que o homem ali embaixo o dirigisse. Não há nada de mau nisso.

Tessie levantou-se, desenrolou seu lenço perfumado, tirou um pedaço de goma de mascar de um nó na bainha e o levou à boca. Em seguida, após calçar as luvas, estendeu-me a mão, com um franco:

— Boa noite, Senhor Scott — e saiu.

II

Na manhã seguinte, Thomas, o jovem entregador do apart-hotel, trouxe-me o *Herald* e algumas novidades. A igreja ao lado fora vendida. Agradeci a Deus; não que por ser católico eu sentisse alguma repugnância pela congregação vizinha, mas porque meus nervos se achavam em frangalhos por causa do pregador barulhento, cujas palavras ecoavam pela nave da igreja como se tivessem sido proferidas nos meus aposentos, e que insistia nos erres com uma persistência nasal que amotinava todos os meus instintos. Além disso, também havia um demônio em forma humana, um organista, que tocava de cor e rápido demais alguns dos grandes hinos antigos com uma interpretação só dele, e eu ansiava pelo sangue de uma criatura que tocava os cantos de aleluia com uma alteração de acordes menores que a gente só ouve num quarteto de iniciantes muito jovens. Creio que o sacerdote era um bom homem, mas quando ele berrava: "E o Senhorrrr disse a Moisés, o Senhorrrr é um guerrrreirrrro; o Senhorrrr é o nome dele. Minha irrrra se acenderrrrá e vos farrrrei perrrrecerrrr pela espada!", perguntava-me de quantos séculos de purgatório eu precisaria para expiar tal pecado.

— Quem comprou a propriedade? — perguntei a Thomas.

— Ninguém que eu conheça, não, sinhô. Dizem que o cavalheiro dono do apart-hotel, Hamilton, vinha mostrando interesse. Talvez para construir mais estúdios.

Encaminhei-me para a janela. O vigia de rosto doentio estava postado junto ao portão do pátio da igreja, e a simples visão dele fez que se apoderasse de mim aquela mesma repugnância opressiva.

— A propósito, Thomas — perguntei —, quem é aquele sujeito ali embaixo?

Thomas torceu o nariz.

— Aquele verme ali, sinhô? É o vigia noturno da igreja, sinhô. Ele me irrita sentado ali fora a noite inteira nos degraus, encarando todo mundo com um olhar que parece ofender a gente. Tenho vontade de dar um soco nele, sinhô... Vai me desculpando, sinhô...

— Continue, Thomas.

— Uma noite, quando eu voltava para casa com o Larry, o outro entregador inglês, dei de cara com ele sentado nos degraus. Nós, junto com Molly e Jen, sinhô, as duas garotas do serviço de copa; aí, ele nos olhou de um jeito tão ofensivo que me aproximei e disse: "Que é que cê tá olhando, lesma gorda?"... Vai me desculpando, sinhô, mas foi assim mesmo que falei. Aí, como ele não disse nada, continuei: "Dê o fora daí, senão vou esmurrar essa tua cara de pudim". Aí, abri o portão e entrei, mas ele continuou calado, só com aquela aparência ofensiva. Aí, dei um soco na cara dele, só que, eca! O home tinha a cara tão fria e mole como mingau, só de tocar me deu nojo.

— Que foi que ele fez então? — perguntei, curioso.

— Hã? Nada.

— E você, Thomas?

O jovem enrubesceu envergonhado e sorriu sem graça.

— Escute, sinhô Scott, não sou covarde e não consigo entender de jeito nenhum por que dei no pé. Participei do quinto regimento de lanceiros, sinhô, fui corneteiro em Tel-el-Kebir e baleado pelos galeses.

— Então, não vá me dizer que fugiu?

— Sim, sinhô; fugi, sim.

— Por quê?

— É isso mesmo que eu queria entender, sinhô. Agarrei Molly e dei no pé, e o resto do pessoal ficou apavorado também.

— Mas apavorados com o quê?

Thomas relutou em responder durante algum tempo; no entanto, àquela altura, o jovem rapaz repulsivo ali embaixo me despertara a curiosidade e pressionei Thomas, cuja permanência de três anos nos Estados Unidos não apenas lhe modificara o dialeto *cockney*, mas lhe incutira o medo do ridículo que têm os americanos.

— O sinhô não vai acreditar em mim, sinhô Scott.

— Vou, sim.

— Vai rir de mim, sinhô?

— De jeito nenhum!

Ele hesitou.

— Pois bem, sinhô, juro pela verdade de Deus que quando o atingi ele me agarrou o pulso, sinhô, e quando o girei para livrá-lo daquele punho mole como mingau um de seus dedos se soltou na minha mão.

A repugnância e o horror totais na expressão de Thomas devem ter-se refletido na minha, pois ele acrescentou:

— É terrível, e agora quando vejo aquele vigia eu simplesmente me afasto. Ele me faz sentir calafrios.

Depois que Thomas foi embora, encaminhei-me até a janela. O vigia continuava ao lado da grade da igreja, com as mãos no portão, embora eu mais uma vez me retirasse às pressas de volta ao cavalete, com náuseas e horrorizado, pois vira que lhe faltava o dedo médio da mão direita.

Às nove, Tessie apareceu e desapareceu atrás do biombo com um alegre "Bom dia, Senhor Scott". Assim que reapareceu e assumiu sua pose no estrado de modelo, comecei uma nova tela, para seu grande alívio. Ela permaneceu calada enquanto eu fazia o esboço, mas, tão logo cessou o ruído do delineamento a carvão e peguei o fixador, a modelo se pôs a matraquear.

— Ah, tive uma noite tão adorável ontem. Nós fomos ao Tony Pastor's.

— Nós, quem? — perguntei.

— Ah, Maggie, você conhece, a modelo do Senhor Whyte, e Pinkie McCormick... Nós a chamamos de Pinkie, porque ela tem aqueles belos cabelos ruivos que vocês artistas tanto gostam... e Lizzie Burke.

Borrifei um jato do *spray* fixador sobre a tela e pedi:

— Bem, continue.

— Vimos Kelly e Baby Barnes, a dançarina de múltiplas saias... e... e todo o resto do pessoal. Dei uma paquerada.

— Então você me passou para trás, Tessie?

Ela riu e fez que não com a cabeça.

— Ele é irmão de Lizzie Burke, Ed. Um perfeito cavalheiro.

Senti-me obrigado a dar-lhe alguns conselhos paternais relacionados aos avanços românticos de estranhos, os quais ela recebeu com um sorriso radiante.

— Ah, sei lidar com um conquistador estranho — respondeu, examinando sua goma de mascar —, mas Ed é diferente. Lizzie é minha melhor amiga.

Em seguida, relatou que Ed regressara da fábrica de meias em Lowell, Massachusetts, e encontrou-as, a ela e à irmã Lizzie, crescidas, e que rapaz realizado ele se tornara; e como não dava a mínima em desperdiçar meio dólar com sorvete e ostras para comemorar o novo emprego como balconista do departamento de roupas de lã da Macy's. Antes que ela terminasse, comecei a pintar, e a modelo retomou a pose, sorridente e tagarela como uma cacatua. Ao meio-dia, eu já tinha o estudo bastante delineado e Tessie aproximou-se para olhá-lo.

— Este está melhor — observou.

Também achei, e comi meu almoço com uma satisfeita sensação de que tudo corria bem. Tessie estendeu o dela numa prancheta defronte a mim, tomamos clarete da mesma garrafa e acendemos nossos cigarros com o mesmo fósforo. Eu sentia muita afeição por ela. De uma menina desajeitada e frágil, observara-a crescer e tornar-se uma mulher demasiado esguia, mas de formas perfeitas. Tessie vinha posando para mim nos últimos três anos, e entre todos os meus modelos era a minha preferida. Na verdade, eu me perturbaria muitíssimo se ela se houvesse tornado um "osso duro de roer", como afirma a expressão popular, ou uma jovem doidivanas, por assim dizer, mas nunca notei qualquer degeneração em seus hábitos, e sentia no meu íntimo que estava tudo certo com ela. Jamais conversamos sobre regras de conduta, e tampouco alguma vez tive a intenção de fazê-lo, em parte porque eu mesmo não as tinha e, em parte, porque sabia que Tessie agiria como lhe desse na telha, apesar da minha vontade. Mesmo assim, eu de fato nutria a esperança de que ela sempre evitasse complicações, porque lhe desejava tudo de bom, e também porque sentia um desejo egoísta de conservar a melhor modelo que já tive. Sabia que paquerar, como ela dizia, não tinha a menor importância para moças como Tessie e que essas coisas nos Estados Unidos em nada se assemelhavam às mesmas coisas em Paris. Contudo, tendo vivido com os olhos atentos, também sabia que um dia alguém, de uma ou de outra forma, levaria Tessie embora; além disso, embora afirmasse para mim mesmo que casamento era um desatino, eu, com toda a sinceridade, desejava que nesse caso houvesse um padre no fim da paisagem. Sou católico. Quando vou à missa, quando me persigno, sinto que tudo, incluindo eu mesmo, fica mais alegre, e quando me confesso a penitência me faz bem. Alguém que vive tão sozinho quanto eu precisa confessar-se a alguém. Mas Sylvia também era católica, o que era suficiente para mim. Referia-me, porém, a Tessie, que é muito diferente. Também era católica e muito mais devota que eu; por isso, levando-se tudo em consideração, eu pouco temia pela minha linda modelo até o momento em que se apaixonasse. *Por outro lado*, eu sabia que apenas o destino decidiria o futuro para ela, e rezava no íntimo para que o destino a mantivesse longe de homens como eu e só apresentasse em seu caminho homens como Ed Burke e Jimmy McCormick, abençoado seja o adorável rosto dela!

Tessie continuava sentada, brincando com o gelo em seu copo e soprando anéis de fumaça para o teto.

— Sabe que também tive um sonho ontem à noite? — comentei.

— Não com aquele homem — ela riu.

— Exatamente. Um sonho semelhante ao seu, só que muito pior.

Foi tolice e imprudência de minha parte dizer isso, embora se saiba o pouco tato que têm os pintores comuns.

— Devo ter caído no sono às dez — continuei —; então, passado algum tempo, sonhei que tinha acordado. Ouvia com tanta nitidez os sinos da meia-noite, o vento nos galhos das árvores e o apito dos vapores chegando da baía que até agora mal consigo acreditar que não estava acordado. Tive a impressão de que me achava deitado numa caixa, a qual tinha uma tampa de vidro. De uma forma obscura eu distinguia os postes de luz nas ruas enquanto passava, pois, preciso dizer-lhe, Tessie, a caixa onde eu estava deitado parecia apoiar-se num coche estofado que me sacudia demais sobre o pavimento de pedras. Depois de algum tempo, perdi a paciência e tentei me mexer, mas a caixa era demasiado estreita. Eu tinha as mãos cruzadas no peito, por isso não conseguia erguê-las para me ajudar. Prestei atenção e tentei chamar alguém. Minha voz não saiu. Eu ouvia o pisoteio dos cavalos atrelados ao coche e até a respiração do condutor. Então, outro ruído irrompeu em meus ouvidos, parecendo que se abrira o vidro de uma janela. Consegui girar a cabeça um pouco e constatei que dava para enxergar, não apenas pela tampa de vidro da caixa, mas também pelas janelas de vidro na lateral do veículo fechado. Via casas vazias e silenciosas, sem luz nem vida, com exceção de uma, cuja janela no térreo estava aberta e onde uma figura toda de branco olhava para a rua. Era você.

Tessie virara a cabeça para o outro lado de mim e apoiava-se na mesa com o cotovelo.

— Dava para ver seu rosto — recomecei —, o qual me pareceu cheio de pesar. Depois continuamos em frente e viramos numa viela estreita e sombria. Logo em seguida os cavalos pararam. Esperei e esperei, após fechar os olhos de medo e impaciência, mas tudo se encontrava tão silencioso quanto um túmulo. Depois do que me pareceram horas, comecei a sentir-me perturbado. A sensação de que tinha alguém próximo a mim me impeliu a abrir os olhos. Vi, então, o rosto macilento do cocheiro do carro fúnebre a encarar-me pela tampa do caixão...

O choro de Tessie interrompeu-me. Ela tremia como uma folha. Dei-me conta de que eu agira como um idiota e tentei reparar o dano que causei.

— Ora, Tess — comecei —, só lhe contei esse sonho para mostrar a influência que a história da gente pode exercer nos sonhos de outra pessoa. Você não acredita de verdade que fiquei deitado num caixão, acredita? Por que está tremendo? Não vê que seu sonho e a minha aversão exagerada por aquele inofensivo vigia da igreja simplesmente puseram meu cérebro em ação, tão logo caí no sono?

Ela deitou a cabeça entre os braços, e se pôs a chorar como se o seu coração fosse despedaçar-se. Que tremendo idiota eu fora ao cometer tamanho erro! Logo, logo, porém, eu ia bater meu recorde de erros crassos. Aproximei-me e coloquei o braço em volta de seus ombros.

— Tessie, querida, perdoe-me — pedi. — Eu não devia tê-la assustado com semelhante disparate. Você é uma jovem sensível demais, uma católica dedicada demais para acreditar em pesadelos.

Ela me apertou a mão com a sua e deitou a cabeça no meu ombro, embora continuasse a tremer. Eu a afaguei e reconfortei.

— Vamos, Tess, abra os olhos e sorria.

Ela abriu os olhos com um lento e lânguido movimento até eles encontrarem os meus, mas desprendiam uma expressão tão estranha que me apressei a tranquilizá-la de novo.

— Tudo isso não passa de um ardil, Tessie; certamente você não receia que lhe aconteça algum mal por causa desse sonho!

— Não — ela respondeu, embora os lábios vermelhos vivos tremessem.

— Então, qual é o problema? Está com medo?

— Sim. Não por mim.

— Por mim, então? — perguntei alegremente.

— Pelo senhor — ela murmurou numa voz quase inaudível.

— Eu... eu gosto do senhor.

A princípio, desatei a rir, mas, quando entendi o que Tessie queria dizer, um choque me atravessou da cabeça aos pés, e logo me sentei, como se me houvesse tornado uma pedra. Foi a coroação da minha idiotice. Durante o momento que decorreu entre a sua declaração e a minha reação, pensei em milhares de respostas àquela inocente confissão. Eu podia tê-la ignorado com uma risada, podia ter-me feito de desentendido e tranquilizá-la quanto à minha saúde, ou podia apenas enfatizar que era impossível ela me amar. Minha resposta, contudo, foi mais rápida que os pensamentos; e talvez eu pudesse ter pensado nisso então, em vez de só agora, quando já era tarde demais, pois a beijara na boca.

Naquela noite, dei a minha caminhada habitual pelo Washington Park, ponderando sobre os fatos do dia. Estava inteiramente comprometido. Agora não tinha como recuar, e encarei o futuro diante de mim. Embora eu não fosse uma pessoa boa, nem sequer escrupulosa, nunca me passou pela cabeça enganar a mim nem a Tessie. A única paixão da minha vida encontrava-se enterrada nas ensolaradas florestas da Bretanha, na França. Enterrada para sempre? A Esperança gritava "Não!"... Por três anos eu escutara a voz da Esperança, e por três anos esperara um ruído de passo na minha entrada. Sylvia se esquecera? "Não!", gritava a Esperança.

Eu disse que não era uma pessoa boa. Embora isso seja verdade, tampouco era exatamente um vilão de ópera-cômica. Levara uma vida descontraída, irresponsável, aceitando o que me proporcionava prazer, deplorando e às vezes me arrependendo amargamente das consequências. Só numa coisa, com exceção da minha pintura, eu era sério, e se tratava de algo que se encontrava escondido, ou até mesmo perdido, nas florestas bretãs.

Era tarde demais para arrepender-me do que ocorrera durante o dia. Fosse o que fosse que tivesse acontecido, pena, uma repentina ternura pelo sofrimento de Tessie ou o mais brutal instinto de vaidade satisfeita, tudo continuava do mesmo jeito; e, a não ser que eu desejasse magoar um coração inocente, meu caminho estendia-se diante de mim. O fogo e a força, a profundidade da paixão de um amor do qual eu nem sequer desconfiara, com toda a minha suposta experiência de mundo, não me deixaram nenhuma alternativa senão corresponder ou mandá-la embora. Ignoro se era devido ao receio de causar sofrimento aos outros, ou se era por ter um pouco do melancólico puritanismo, mas eu recuava da ideia de negar a responsabilidade por aquele imprudente beijo. De fato, não tive tempo para fazê-lo, antes que as comportas do seu coração se abrissem e a inundação jorrasse adiante. Aqueles que em geral cumprem suas obrigações e descobrem uma lamentável satisfação em tornar-se infelizes, a eles e a todos os demais, infelizes, teriam decerto resistido a fazê-lo. Eu, não. Eu não ousei. Depois que a tempestade se abrandara, eu disse à minha modelo que talvez houvesse sido melhor ela ter-se apaixonado e casado com Ed Burke, e depois usado uma aliança de ouro simples, mas Tessie não queria nem sequer ouvir falar disso; aí pensei que o melhor talvez fosse eu mesmo, visto que ela decidira amar um homem com quem não poderia casar-se. Eu, pelo menos, saberia tratá-la com uma afeição inteligente e, sempre que ela se cansasse de sua paixão por mim, poderia dar o fora sem que nada de mal lhe acontecesse. Pois eu já tomara uma decisão quanto a isso, embora soubesse como seria duro. Lembrei-me do fim habitual das relações platônicas e da indignação que eu sentia sempre que me contavam sobre algum. Sabia que se tratava de uma grande responsabilidade para alguém tão inescrupuloso como eu, e sonhei com o futuro, embora jamais, nem sequer por um instante, duvidasse de que ela se encontrava em segurança comigo. Se fosse qualquer outra pessoa senão Tessie, eu não teria esquentado a cabeça com escrúpulos. Porque não me ocorria sacrificá-la, como eu faria com uma mulher vivida. Encarava o futuro de forma direta e determinada, antevendo os vários rompimentos prováveis para o caso. Ela se cansaria de toda aquela situação, ou se tornaria tão infeliz que eu teria de me casar ou me mandar. Se me casasse com ela, seríamos infelizes. Eu com uma esposa inadequada para mim, e ela com um marido incompatível com qualquer mulher. Pois a vida que levei até então dificilmente me tornara apto ao casamento. Se eu desse o fora, ela talvez adoecesse, se recuperasse e se casasse com algum Eddie Burke, ou talvez, de maneira impulsiva ou deliberada, cometesse algum desatino. Por outro lado, se Tessie se cansasse de mim, na mesma hora toda a sua vida se descortinaria diante dela com belas imagens de Eddie Burke, bodas, alianças de casamento, gêmeos, apartamentos no Harlem e sabe Deus mais o quê. Ao continuar meu passeio pelo parque, seguindo por entre as árvores próximas ao Washington Arch, decidi que, em todos os aspectos, ela deveria descobrir em mim um amigo, e o futuro deveria seguir o seu próprio rumo. Em seguida, voltei para casa e pus meu traje social de cerimônia, porque o bilhetezinho suavemente perfumado na cômoda dizia: "Tome um carro de aluguel e esteja na porta do palco às onze" e exibia a assinatura: "Edith Carmichel, Metropolitan Theatre".

Ceei naquela noite, ou melhor, ceamos, a srta. Carmichel e eu, no Solari's. Quando entrei na Washington Square, após deixar Edith em Brunswick, o amanhecer apenas começava a tingir de dourado a cruz na Memorial Church. Não se via vivalma no parque na hora em que passei por entre as árvores e segui pela calçada que levava da estátua de Garibaldi ao Apart-Hotel Hamilton, mas ao passar pelo pátio da igreja vi uma figura sentada nos degraus de pedra. Contra a minha vontade, à visão daquele rosto lívido e balofo, um calafrio cheio de apreensão deslizou pela minha pele e apertei o passo. Então ele disse alguma coisa, talvez dirigida a mim, ou talvez fosse apenas um resmungo consigo mesmo, mas o fato de uma criatura como aquela me interpelar fez arder em meu íntimo uma raiva repentina e furiosa. Por um instante, senti vontade de dar meia-volta e esmagar-lhe a cabeça com a minha bengala; segui em frente, porém, e entrei no Hamilton, indo direto para o meu apartamento. Por algum tempo, revirei-me na cama, tentando tirar dos ouvidos o som da voz dele. Aquele resmungo me enchia a cabeça, como a fumaça espessa e oleosa que se eleva de uma graxeira, ou o cheiro fétido de putrefação. E ali deitado, a revirar-me, a voz nos meus ouvidos parecia mais nítida e comecei a entender as palavras que ele resmungara. Eu as recuperava devagar, como se as houvesse esquecido, e, afinal, consegui perceber o sentido dos sons. Era o seguinte:

"Encontrou o Símbolo Amarelo?"

"Encontrou o Símbolo Amarelo?"

"Encontrou o Símbolo Amarelo?"

Enfureci-me. Que queria ele dizer com isso? Então, após rogar-lhe uma praga, a ele e aos seus, rolei para o lado e adormeci, embora ao acordar mais tarde estivesse com a aparência pálida e desfigurada, pois tivera o sonho da noite anterior, e este me preocupou mais do que eu gostaria de imaginar.

Vesti-me e desci para o estúdio. Tessie sentava-se perto da janela; no entanto, quando entrei, ela se levantou e enlaçou-me o pescoço com os braços para um beijo inocente. Estava tão meiga e delicada que a beijei de novo, e depois ela se sentou diante do cavalete.

— Oi! Cadê o estudo que comecei ontem? — perguntei.

Tessie parecia ciente, mas não me respondeu. Comecei a busca entre as pilhas de telas, dizendo:

— Depressa, Tess, e se apronte; precisamos aproveitar a luz da manhã.

Quando acabei desistindo da busca entre as outras telas e voltei-me para olhar ao redor da sala à procura do estudo desaparecido, notei Tessie em pé junto ao biombo, ainda vestida.

— Qual é o problema — perguntei —, não se sente bem?

— Sinto-me, sim.

— Então se apresse.

— Quer que eu pose como... sempre posei?

Aí me dei conta de que surgira uma nova complicação. Eu perdera, claro, a melhor modelo de nu que já vira. Olhei para Tessie. Tinha o rosto vermelho. Que pena! Que pena! Como havíamos comido o fruto da árvore do conhecimento do bem e do mal, o Jardim do Éden e a inocência inata tornaram-se sonhos do passado... quer dizer, para ela.

Suponho que Tessie notou a decepção em meu rosto, porque logo propôs:

— Eu poso, se é o que você quer. O estudo continua aqui atrás do biombo, onde o coloquei.

— Não — recusei —, vamos começar algo novo. — Entrei no meu *closet* e escolhi uma fantasia mourisca que brilhava inteira com lantejoulas. Era uma fantasia autêntica, o que fez Tessie retirar-se para o biombo, encantada com o traje. Quando ela tornou a aparecer, fiquei estupefato. Tinha os longos cabelos escuros presos acima da fronte por uma tiara com pingentes turquesa, e as pontas cacheadas soltas ao redor do arco brilhante. Chinelos pontudos bordados cobriam-lhe os pés, e a saia da vestimenta típica, curiosamente ornamentada com arabescos de prata, batia-lhe na altura dos tornozelos. O colete azul-escuro metálico, bordado em prata, e a curta jaqueta mourisca enfeitada com lantejoulas costuradas com turquesas deram-lhe uma aparência deslumbrante. Após se aproximar de mim, ergueu o rosto sorridente. Enfiei a mão no bolso, retirei uma corrente de ouro com uma cruz e deixei-a deslizar pela sua cabeça. — É sua, Tessie.

— Minha? — ela balbuciou.

— Sim, sua. Agora vá posar.

Então, com um sorriso radiante, ela saiu correndo para trás do biombo e logo em seguida reapareceu com uma caixinha, na qual se via escrito o meu nome.

— Eu pretendia lhe dar quando fosse para casa hoje à noite, mas agora não aguento esperar.

Abri o estojo. Dentro, sobre um forro de algodão cor-de-rosa, via-se um alfinete de lapela de ônix preto, em cuja cabeça se incrustara um curioso símbolo ou letra de ouro. Não era árabe nem chinês, e tampouco, como descobri depois, fazia parte de qualquer alfabeto humano.

— É só o que eu tinha para lhe dar de lembrança — ela disse encabulada.

Embora irritado, disse-lhe o quanto eu o apreciava, prometendo usá-lo sempre. Ela fixou-o com firmeza no meu paletó, sob a lapela.

— Que loucura, Tess, comprar um enfeite lindo como este — desaprovei.

— Não o comprei — ela riu.

— Onde o obteve?

Aí ela me contou que o encontrara um dia ao sair do Aquário de Nova York, no Battery Park, que o anunciara na seção de "achados e perdidos" de jornais, conferira os anúncios, mas que acabara perdendo a esperança de encontrar o dono.

— Isso aconteceu no último inverno — concluiu —, no mesmo dia em que sonhei pela primeira vez com o carro fúnebre.

Lembrei-me do meu sonho da noite anterior, mas nada disse e logo em seguida já esfumava o carvão sobre uma nova tela, enquanto Tessie mantinha-se imóvel no estrado de modelo.

III

O dia seguinte foi desastroso para mim. Enquanto passava uma tela emoldurada de um cavalete para outro, meu pé escorregou no chão encerado e caí pesadamente com as mãos esticadas, os pulsos levando a maior parte do impacto. O tombo causou distensões tão dolorosas que a tentativa de segurar um pincel revelou-se inútil. Vi-me obrigado ficar andando à toa no estúdio, olhando furioso para desenhos e esboços inacabados até o desespero apoderar-se de mim, quando me sentei para fumar sem ter o que fazer. A chuva açoitava as janelas e chocalhava ruidosa no telhado da igreja, incitando-me a um ataque nervoso com aquele interminável tamborilar. Tessie costurava sentada perto da janela e, de vez em quando, erguia a cabeça, fitando-me com tão inocente compaixão que comecei a sentir-me envergonhado de minha irritação e olhei ao redor, à procura de alguma coisa na qual me ocupar. Eu já lera todos os jornais e os livros da biblioteca, mas, visando algo para fazer, dirigi-me às estantes e abri-as com uma cotovelada. Conhecia cada volume por sua cor e examinei-os contornando devagar a biblioteca e assobiando para manter a animação. Começava a dar a volta para entrar na sala de jantar, quando bati os olhos num livro encadernado em pele de serpente, apoiado num canto da prateleira mais alta da última estante. Não me lembrava dele e, do chão, não consegui decifrar as letras claras na contracapa; por isso, fui até a sala onde fumávamos e chamei Tessie. Ela veio do estúdio e subiu na estante para alcançá-lo.

— Que livro é esse? — perguntei.

— *O Rei de Amarelo*.

Fiquei espantado. Quem o pusera ali? Como chegara aos meus aposentos? Fazia um longo tempo que eu decidira jamais abrir esse livro, e nada no mundo ter-me-ia convencido a comprá-lo. Temendo que a curiosidade de lê-lo pudesse tentar-me a abri-lo, eu nem sequer o olhava nas livrarias. Se algum dia eu tivera qualquer curiosidade de fazê-lo, a terrível tragédia do jovem Castaigne, que eu conhecia, impediu-me de investigar suas páginas perversas. Também sempre me recusei a ouvir qualquer descrição a respeito; na verdade, ninguém jamais se aventurou a discutir a segunda parte em voz alta, por isso eu não tinha conhecimento algum do que poderiam revelar aquelas folhas. Encarei a venenosa encadernação mosqueada, como olharia uma cobra.

— Não o toque, Tessie — avisei —; desça já.

Claro que minha advertência bastou para despertar-lhe a curiosidade e, antes que eu pudesse impedir, ela pegou o livro e saiu rindo e dançando até o estúdio com ele. Chamei-a, mas ela escapuliu das minhas mãos impotentes com um sorriso atormentador e segui-a com certa impaciência.

— Tessie! — gritei, ao entrar na biblioteca. — Escute, falo sério. Largue esse livro. Não quero que você o abra!

Na biblioteca não havia ninguém. Entrei nas duas salas de estar, depois nos quartos, lavanderia, cozinha e por fim retornei à biblioteca, de onde comecei uma busca sistemática. Tessie escondera-se tão bem que levei meia hora para encontrá-la, agachada, pálida e em silêncio perto da janela de treliça do depósito, no andar acima. À primeira vista, percebi que fora punida por sua insensatez. *O Rei de Amarelo* estendia-se aos seus pés, mas o livro estava aberto na segunda parte. Olhei para Tessie e vi que era tarde demais. Ela o abrira. Em seguida, tomei-a pela mão e levei-a até o estúdio. Parecia atordoada e, quando ordenei que se deitasse no sofá, obedeceu-me sem uma palavra. Após algum tempo, fechou os olhos e sua respiração tornou-se regular e profunda, embora eu não soubesse determinar se dormia ou não. Por um longo tempo, fiquei sentado ao seu lado, mas ela não se mexeu nem falou. Por fim, levantei-me, fui para o depósito vazio e peguei o livro com a mão menos machucada. Apesar de parecer pesado como chumbo, tornei a levá-lo para o estúdio, sentei-me no tapete ao lado do sofá e o abri, lendo-o então de cabo a rabo.

Quando, enfraquecido pelo excesso de minhas emoções, larguei o exemplar e recostei-me esgotado no sofá, Tessie abriu os olhos e me encarou...

Já fazia algum tempo que vínhamos conversando sob uma tensão sombria e monótona até eu me dar conta de que o assunto girava em torno de *O Rei de Amarelo*. Ai, o pecado de escrever aquelas palavras, palavras tão claras quanto cristal, límpidas e musicais como fontes borbulhantes, palavras que faíscam e incandescem como os diamantes envenenados dos Médici! Ai, a maldade, a danação desesperada de uma alma que conseguia fascinar e paralisar os seres humanos com tais palavras, palavras compreendidas da mesma forma pelos ignorantes e os cultos, palavras mais preciosas que joias, mais tranquilizadoras que a música, mais nefastas que a morte!

Continuávamos a conversar alheios às sombras que se acumulavam ao redor, e Tessie me implorava que eu jogasse fora o alfinete de ônix preto estranhamente incrustado com o que àquela altura sabíamos ser o Símbolo Amarelo. Jamais hei de entender por que me recusei a fazê-lo, ainda que agora, aqui no meu quarto, enquanto escrevo esta confissão, muito me animasse saber *o que* me impediu de arrancar o Símbolo Amarelo do peito e atirá-lo ao fogo. Tenho certeza de que desejava fazê-lo e, apesar disso, Tessie me implorou em vão. Caía a noite e as horas se arrastavam, mas continuávamos a sussurrar um para o outro a respeito do Rei e a Máscara Pálida, quando dos enevoados pináculos soou meia-noite na cidade envolta em neblina. Falamos dos personagens Hastur e Cassilda, enquanto lá fora o nevoeiro rolava de encontro às vidraças vazias das janelas, e as ondas em forma de nuvens repletas de gotas de água rebentavam nas margens do Hali.

Nesse momento, a casa havia mergulhado em silêncio, e som algum se elevava das ruas encobertas pela neblina. Tessie estava deitada entre as almofadas; seu rosto não passava de um borrão cinzento na obscuridade, mas apertava as mãos nas minhas, e eu sabia que ela sabia e lia meus pensamentos, assim como eu os dela, pois havíamos entendido o mistério das Híades, e o Fantasma da Verdade[2] fora revelado. Então, à

---

[2] Uma entidade mencionada, sem grande elucidação, duas vezes em *The King in Yellow*, de Robert W. Chambers, no conto "The Repairer of Reputations". (N.T.)

medida que respondíamos um ao outro, rápida e silenciosamente, pensamento por pensamento, as sombras se incitaram na penumbra ao nosso redor e, vindo de longe, das ruas distantes, ouvimos um ruído. O abafado triturar das rodas aproximava-se cada vez mais, chegava ainda mais e mais perto e, nesse momento, do lado de fora da porta, silenciou. Arrastei-me então para a janela e vi um coche fúnebre, ornamentado com plumas pretas. Quando o portão lá embaixo abriu-se e fechou, me esgueirei, sem conseguir parar de tremer, até a minha porta, na qual, após trancá-la, passei os ferrolhos, embora soubesse que nem ferrolhos nem trancas poderiam impedir aquela asquerosa criatura ali fora de entrar à procura do Símbolo Amarelo. E agora o ouvia vindo, quase sem se fazer ouvir, pelo corredor. No momento seguinte ele chegava à porta, e os ferrolhos apodreceram quando ele os tocou. Então ele entrou. Com os olhos arregalados, eu perscrutava na escuridão, mas quando ele entrou na sala não o vi. Foi só no momento em que o senti envolver-me em seu gélido e maleável aperto que gritei e me debati com fúria mortal, mas minhas mãos se revelaram inúteis, pois ele me arrancou o alfinete de ônix do paletó e atingiu-me em cheio no rosto. Então, ao cair, ouvi o grito baixinho de Tessie e seu espírito escapou: e mesmo enquanto eu desabava no chão desejei segui-la, pois sabia que o Rei de Amarelo abrira seu manto surrado e agora só restava Deus a quem implorar.

Eu poderia continuar narrando mais, embora não consiga ver o bem que isso proporcionaria ao mundo. Quanto a mim, encontro-me além da possibilidade de qualquer ajuda ou esperança humanas. E, deitado aqui a escrever, sem saber até mesmo se vou morrer antes de concluir, posso ver o médico recolhendo seus pós e frascos com um gesto vago, o qual compreendi, para o bondoso padre ao meu lado.

Eles ficarão muito curiosos para inteirar-se da tragédia — eles, do mundo lá fora, que escrevem livros e imprimem milhões de jornais; eu, porém, nada mais hei de escrever, e o padre confessor encerrará minhas últimas palavras com o selo da santidade quando concluir seu santo ofício. Eles, do mundo lá fora, talvez enviem suas crias às famílias destruídas e aos lares atingidos pela morte, e seus jornais vão banhar-se em sangue e lágrimas, mas comigo seus espiões têm de deter-se antes do confessionário. Sabem que Tessie morreu e que estou prestes a morrer. Sabem que, no prédio, as pessoas despertadas por um grito infernal precipitaram-se à minha sala e encontraram um vivo e dois mortos. Não sabem, contudo, o que hei de dizer-lhes neste momento; ignoram o que o médico declarou ao apontar um nefasto montículo em estado de decomposição no chão... o lívido cadáver do vigia da igreja:

— Não tenho teoria, nem sequer alguma explicação. Esse homem deve ter morrido há meses!

Acho que estou morrendo. Gostaria que o padre...

O CASO DE LADY SANNOX

Tradução:
Vilma Maria da Silva
Ana Maria Morales

Sir Arthur Conan Doyle

As relações entre Douglas Stone e a famosa Lady Sannox eram bem conhecidas nos círculos em voga, dos quais ela era um membro brilhante, e nas corporações científicas, que o tinham como um de seus mais ilustres confrades. Portanto, o interesse foi geral quando anunciaram uma manhã que a dama tinha entrado de modo irrevogável e definitivo para um convento e que o mundo não iria vê-la nunca mais. Quando, depois desse boato, veio a afirmação de que o célebre cirurgião, o homem com nervos de aço, tinha sido encontrado de manhã pelo criado, sentado à beira da cama, sorrindo prazerosamente para o além, com ambas as pernas enfiadas em um só lado das calças e que seu notável cérebro era agora tão valioso quanto um gorro cheio de mingau, o assunto tornou-se suficientemente impressivo para dar um pouco de emoção a essa gente que jamais esperou que seus nervos entediados fossem suscetíveis de semelhante emoção.

Em seu auge, Douglas Stone foi um dos mais notáveis homens da Inglaterra. Na verdade, dificilmente se poderia dizer que já tivesse atingido o auge, pois estava apenas com trinta e nove anos na época deste pequeno incidente. Aqueles que o conheciam melhor sabiam que, do mesmo modo que era famoso como cirurgião, ele poderia ter alcançado sucesso ainda mais rápido em uma dúzia de diferentes linhas de trabalho. Poderia ter aberto caminho para a fama como soldado, tê-la conquistado como pesquisador, tê-la obtido por sua intrepidez nos tribunais ou tê-la construído com pedra e ferro como engenheiro. Ele nasceu para ser grande, porque conseguia planejar o que outros não se atreveriam a fazer, e podia fazer o que outros não ousariam planejar. Em cirurgia, ninguém conseguia acompanhá-lo. Sua coragem, seu discernimento e sua intuição eram invulgares. Frequentemente seu bisturi dominava a morte, mas, ao fazê-lo, roçava no próprio impulso da vida até que seus auxiliares ficassem tão abatidos quanto o paciente... A lembrança de sua energia, audácia e firme autoconfiança perdura ainda ao sul da Marylebone Road e ao norte da Oxford Street!

Seus vícios eram tão suntuosos quanto suas virtudes e infinitamente mais pitorescos. Embora alta, sua renda — a terceira maior dentre todos os profissionais de Londres — estava muito abaixo do luxo de seu estilo de vida. No fundo da sua natureza complexa jazia um grande veio de sensualismo, em cuja satisfação ele empregava todos os proventos da sua vida. A visão, a audição, o tato, o paladar, todos eram seus senhores. O aroma de safras antigas, a essência de raridades exóticas, as curvas e matizes das porcelanas mais delicadas da Europa, nisto era transformado o fluxo rápido da riqueza. E então o arrebatou uma louca e súbita paixão por *Lady* Sannox quando, numa única conversa, dois lampejos de um olhar desafiante e uma palavra sussurrada deixaram-no em chamas. Ela era a mulher mais encantadora de Londres e a única para ele; Douglas Stone era um dos homens mais elegantes de Londres, mas não o único para ela. *Lady* Sannox gostava de novas experiências e era gentil com a maioria dos homens que a cortejava. Fosse causa, fosse efeito, Lorde Sannox parecia ter cinquenta anos, embora tivesse apenas trinta e seis.

O lorde era um homem calmo, silencioso e moderado, tinha lábios finos e pálpebras pesadas, adorava a jardinagem e era totalmente afeito a hábitos caseiros. Houve um tempo em que tinha gostado de atuar, chegara a alugar um teatro em Londres em cujo palco tinha visto pela primeira vez *Miss* Marion Dawson, a quem ele oferecera a mão, o título e um terço de uma propriedade. Desde seu casamento, seu antigo *hobby* tornara-se desagradável para ele. Nem mesmo nas encenações privativas era possível persuadi-lo a exercer o talento que muitas vezes tinha demonstrado possuir. Ele era mais feliz com uma pazinha e um regador entre suas orquídeas e crisântemos.

Era um desafio interessante tentar discernir se ele era absolutamente destituído de juízo ou miseravelmente desprovido de espírito. Sabia ele sobre o comportamento da sua esposa e a perdoava ou era apenas um tolo, cego de paixão? O tema era discutido em meio a xícaras de chá nas saletas aconchegantes ou, acompanhado de charutos, nas *bay windows* dos clubes. Entre os homens, os comentários sobre sua conduta eram ásperos e banais. Apenas um tinha uma boa palavra a dizer sobre o lorde, e era o membro mais silencioso na sala de fumantes. Ele o tinha visto domar um cavalo na Universidade e, ao que parecia, isso deixara uma boa impressão em sua memória.

Mas quando Douglas Stone se tornou o favorito, foram para sempre arquivadas todas as dúvidas acerca do quanto Lorde Sannox sabia ou ignorava sobre sua *Lady*. Stone não era homem de subterfúgios. Como era arrogante e impetuoso, desprezou todo cuidado e discrição. O escândalo tornou-se notório. Um grupo de eruditos anunciou que seu nome tinha sido removido da lista de vice-presidentes. Dois amigos imploraram para que considerasse sua reputação profissional. Ele amaldiçoou a todos e gastou quarenta guinéus em uma pulseira para sua dama. Ele ia à casa dela todas as noites e ela passeava em sua carruagem às tardes. De ambos os lados não houve nenhuma tentativa para ocultar suas relações. Mas finalmente surgiu um pequeno incidente que os separou.

Foi numa melancólica noite de inverno, muito fria e tempestuosa, o vento gemia pelas chaminés e golpeava violentamente contra os vidros das janelas. Finos respingos de chuva tilintavam nas vidraças e o assobio buliçoso do vendaval afogava momentaneamente o monótono gorgolejo da chuva que fluía do beiral. Depois do jantar, Douglas Stone sentou-se perto da lareira em seu gabinete de estudo. Sobre a mesa de malaquita onde descansava o cotovelo havia um cálice de magnífico vinho do Porto. Ao levá-lo aos lábios, observou-o contra a lâmpada e notou com olhos de bom conhecedor as finas partículas que flutuavam nas ricas profundezas cor de rubi. O fogo, ao arremessar faíscas, projetou luzes intermitentes sobre seu rosto barbeado, bem definido, dotado de grandes olhos cinzentos e inteiramente atentos, lábios grossos e ainda firmes e uma mandíbula enérgica que tinha algo de romano em sua força e animalidade. Ele sorria de vez em quando conforme aconchegava-se na luxuosa poltrona. De fato, ele tinha o direito de sentir-se satisfeito, porque naquele dia, contra os conselhos de seis colegas, realizara uma cirurgia da qual havia apenas dois casos registrados e o resultado brilhante tinha ultrapassado as expectativas de todos. Nenhum outro homem em Londres teria ousadia para planejar, tampouco habilidade para levar a efeito uma medida tão heroica.

Mas ele havia prometido a *Lady* Sannox vê-la naquela noite e já eram oito e meia. Sua mão já se estendia em busca do sino para pedir a carruagem quando ouviu a batida abafada da aldrava. No minuto seguinte, escutou passos no corredor e o som brusco de uma porta que se fechava.

— Um paciente deseja vê-lo, senhor, no consultório — disse o mordomo.

— É para ele mesmo?

— Não, senhor. Creio que deseja que o acompanhe.

— É muito tarde! — gritou Douglas Stone, irritado. — Não irei.

— Este é o cartão dele, senhor.

O mordomo ofereceu o cartão na bandeja de ouro que seu amo ganhara da esposa de um primeiro-ministro.

— *Hamil Ali, Esmirna.* Hum! É turco, suponho.

— Sim, senhor. Parece que veio do exterior. E ele está com um aspecto terrível.

— Tsc, ts, tsc... Tenho um compromisso. Preciso ir a outro lugar, mas vou vê-lo. Traga-o aqui, Pim.

Alguns momentos depois, o mordomo abriu a porta. Conduzia um homem pequeno e decrépito que andava curvado, tinha o rosto projetado para a frente e as pálpebras contraídas, gesto característico de quem está com visão extremamente curta. Seu rosto era moreno e seus cabelo e barba de um profundo negro. Numa mão, segurava um turbante de musselina branca com listras vermelhas; na outra, uma pequena bolsa de camurça.

— Boa noite — Douglas Stone disse depois que o mordomo fechou a porta. — O senhor fala inglês, eu presumo.

— Sim, senhor. Sou da Ásia Menor, mas falo inglês, embora muito devagar.

— Creio que o senhor precisa que eu o acompanhe, não é mesmo?

— Sim, senhor. Eu gostaria muito que o senhor visse minha esposa.

— Posso ir de manhã. Esta noite tenho um compromisso que me impede de atender sua esposa.

A resposta do turco foi singular. Ele puxou a corda que fechava a bolsa de camurça e derramou uma torrente de ouro sobre a mesa.

— Há cem libras aqui — disse. — E lhe garanto que não levará nem uma hora. Tenho uma carruagem preparada à porta.

Douglas Stone consultou o relógio. Uma hora a mais não tornaria inoportuna a visita a *Lady* Sannox. Já estivera lá mais tarde. A quantia era extraordinariamente alta. Ultimamente, seus credores o andavam pressionando e não podia dar-se ao luxo de deixar a oportunidade passar. Ele iria.

— Qual é o problema? — perguntou.

— Oh, é tão triste! Tão triste! O senhor, porventura, já ouviu falar das adagas de Almohades?

— Nunca.

— Ah, são punhais orientais muito antigos. Possuem uma forma peculiar, com um punho parecido com o que vocês chamam de estribo. Sou um negociante de curiosidades, entende, e é por isso que vim de Esmirna para a Inglaterra, mas regressarei na próxima semana. Trouxe muitas coisas, e ainda tenho algumas comigo. Entre elas, para meu pesar, tenho um desses punhais.

— Lembre-se de que tenho um compromisso, senhor — disse o cirurgião com alguma irritação. — Por favor, limite-se aos detalhes necessários.

— O senhor verá que são necessários. Hoje, minha esposa sofreu um desmaio no quarto em que guardo minha mercadoria e cortou o lábio inferior com esse punhal amaldiçoado de Almohades.

— Entendo — disse Douglas Stone, levantando-se. — E o senhor deseja que eu lhe faça um curativo?

— Não, não, é mais do que isso.

— O que é, então?

— Essas adagas estão envenenadas.

— Envenenadas?

— Sim. E não há nenhum homem, oriental ou ocidental, capaz de dizer qual é o veneno ou qual é a cura. Mas conheço tudo o que se sabe sobre isso, porque meu pai esteve neste comércio antes de mim e essas armas envenenadas nos têm causado muitos problemas.

— Quais são os sintomas?

— Sono profundo e morte em trinta horas.

— E disse que não tem cura. Por que então o senhor me pagaria essa considerável quantia?

— Nenhuma droga pode curar, mas o bisturi pode.

— E como?

— O veneno é de lenta absorção. Permanece por horas na ferida.

— Uma lavagem, então, pode debelar o mal?

— Tanto quanto numa picada de cobra. É muito sutil e muito mortal.

— Excisão da ferida, então?

— É isso. Se for no dedo, tire o dedo; assim dizia meu pai.

— Mas pense onde a ferida está e é minha esposa. É terrível!

Porém, a familiaridade com essas ocorrências dolorosas pode embotar a compaixão de um homem. Para Douglas Stone, o caso já se tornara interessante, e ele ignorou, por irrelevantes, as objeções débeis do marido.

— É fazer o que é preciso, me parece, ou então nada — disse bruscamente. — É melhor perder um lábio que a vida.

— Ah, sim, reconheço que o senhor tem razão. Bem, bem, é o destino, e deve ser enfrentado. Tenho o coche à espera. O senhor me acompanhará e fará o que é preciso.

Douglas Stone não podia perder mais tempo se quisesse ver *Lady* Sannox. Tirou de uma gaveta seu estojo de bisturis e o colocou numa bolsa junto com um rolo de atadura e gazes.

— Estou pronto — disse, vestindo o sobretudo. — Aceita um copo de vinho antes de sair nesse ar frio?

O visitante recuou, levantando a mão em sinal de protesto.

— O senhor esquece que sou um muçulmano e um verdadeiro seguidor do Profeta — disse. — Mas, diga-me, o que há na garrafa de vidro verde que colocou no bolso?

— Clorofórmio.

— Ah, isso também é proibido para nós. É um álcool, e não fazemos uso de tais coisas.

— O quê! O senhor deixaria sua esposa passar por uma cirurgia sem anestésico?

— Ah! Ela não sentirá nada, pobre alma. O sono profundo já a alcançou, que é o primeiro efeito do veneno. E depois lhe dei nosso ópio de Esmirna. Venha, senhor, pois já se passou uma hora.

No momento em que saíram na escuridão da rua, uma rajada de chuva atingiu-lhes o rosto, uma lufada de ar apagou a lâmpada do corredor que balançava no braço de uma cariátide de mármore. Pim, o mordomo, empregou toda sua força para vencer o vento e fechar com o ombro a pesada porta enquanto os dois homens avançavam tropegamente na direção do brilho amarelo que mostrava onde o coche esperava. Um instante depois, chacoalhavam já a caminho.

— Está longe? — perguntou Douglas Stone.

— Oh, não. Vivemos num lugar muito tranquilo na Euston Road.

O cirurgião acionou a chave do seu relógio de repetição e escutou o miúdo tilintar comunicar-lhe as horas: 21h15. Calculou a distância e o curto período de tempo que levaria para fazer uma cirurgia tão trivial como aquela. Deveria chegar à casa de *Lady* Sannox até as 22 horas. Através das janelas enevoadas, via lâmpadas de gás embaçadas passarem oscilantes e, ocasionalmente, a luz mais firme da fachada de alguma loja. A chuva rufava e açoitava o teto de couro da carruagem, e as rodas, ao passarem pelas poças, gingavam e esparramavam água enlameada. Defronte dele, o turbante branco do companheiro brilhava debilmente na obscuridade. O cirurgião apalpou os bolsos e organizou suas agulhas, ligaduras e alfinetes para não perder tempo quando chegassem. Esfregava as mãos com impaciência e tamborilava com o pé no chão.

Finalmente o coche diminuiu a marcha e parou. Num instante, Douglas Stone estava fora e o comerciante de Esmirna em seus calcanhares.

— Pode esperar — disse ele ao condutor.

Era uma casa modesta numa rua estreita e sórdida. O cirurgião, que conhecia bem sua Londres, lançou um olhar rápido para a obscuridade em volta, mas não havia nada de característico: nenhuma loja, nenhum movimento, nada além de uma fila dupla de casas rudes com fachadas irrelevantes, uma extensão dupla de lajes molhadas brilhando à luz das lâmpadas e uma torrente dupla que se precipitava gorgolejante pelas calhas e corria para as grades de esgoto. A porta que o encarava era manchada e desbotada e uma luz tênue acima do painel de ventilação servia para mostrar a poeira e a sujeira que o cobria. Um brilho amarelo opaco vinha de uma das janelas do quarto no andar superior. O comerciante bateu estrondosamente na porta e, ao virar o rosto para a luz, Douglas Stone pode vê-lo contraído pela ansiedade. O ferrolho correu e uma anciã apareceu no vão da porta protegendo com a mão nodosa a chama débil de uma vela que trazia na outra mão.

— Está tudo bem? — arfou o comerciante.
— Ela está como a deixou, senhor.
— Não falou?
— Não, está em um sono profundo.

O comerciante fechou a porta e Douglas Stone caminhou pela passagem estreita, surpreendendo-se à medida que passava os olhos ao redor. Não havia revestimentos, nem tapete, nem cabideiro. Uma camada grossa de poeira cinzenta e pesadas teias de aranha apareciam ante seus olhos por toda parte. Enquanto seguia a mulher pela escada sinuosa, seu passo firme ecoava áspero pela casa silenciosa. Não havia carpete.

O quarto era no segundo piso. Douglas Stone seguiu a velha ama e entrou nos aposentos com o comerciante em seus calcanhares. Ali pelo menos havia móveis, e de sobra. O chão estava repleto de objetos e os cantos apinhados com armários turcos, mesas marchetadas, cotas de malha, tubos estranhos e armas grotescas. Havia apenas uma lampadinha sobre um suporte na parede. Douglas Stone pegou-a e, abrindo caminho entre a aglomeração de peças e objetos, dirigiu-se até o leito num canto do aposento. Lá jazia uma mulher vestida à moda turca, com *yashmak*[1] e véus. A parte inferior da face estava

---

[1] Véu duplo utilizado por mulheres muçulmanas para cobrir o rosto em público. (N.T.)

exposta e o cirurgião viu um corte denteado que ziguezagueava por toda a borda do lábio inferior.

— Perdoe o *yashmak* — disse o turco. — Conhece nossa opinião sobre as mulheres no Oriente.

Porém, o cirurgião não estava pensando no *yashmak*. Já não era uma mulher para ele. Era um caso médico. Inclinou-se e examinou a ferida com cuidado.

— Não há sinais de inflamação — disse. — Devemos esperar até que surjam os sintomas locais.

O marido contorceu as mãos em incontrolável agitação.

— Oh, senhor, senhor! — ele implorou. — Não perca tempo com trivialidades. O senhor não sabe. É mortal. Eu sei, e dou-lhe a minha garantia de que a cirurgia é absolutamente necessária. Apenas o bisturi pode salvá-la.

— Ainda assim estou inclinado a esperar — disse Douglas Stone.

— Já chega! — o turco gritou com raiva. — Cada minuto é importante e eu não posso ficar aqui assistindo minha esposa morrer por negligência. Resta-me apenas agradecer-lhe por ter vindo e chamar algum outro cirurgião antes que seja tarde demais.

Douglas Stone hesitou. Restituir aquelas cem libras não lhe agradava. Mas é claro que teria de devolver o dinheiro se deixasse o caso. E se o turco estivesse certo e a mulher morresse, sua posição diante de um legista poderia ficar embaraçosa.

— O senhor teve alguma experiência pessoal com esse veneno? — ele perguntou.

— Tive.

— E garante que a cirurgia é necessária?

— Juro por tudo que considero sagrado.

— A desfiguração será assustadora.

— Posso entender que a boca não será bela para se beijar.

Douglas Stone virou-se impetuosamente e encarou o homem. As palavras foram brutais. Mas o turco tem sua própria maneira de falar e pensar e não havia tempo para discussão. Douglas Stone tirou um bisturi do estojo, abriu-o e, com o dedo indicador, experimentou o corte afiado. Segurou a lâmpada mais perto da cama. Dois olhos escuros o fitavam pela fenda do *yashmak*. Eram todo íris e mal se via a pupila.

— O senhor deu a ela uma dose pesada de ópio.

— Sim, ela teve uma boa dose.

O médico reparou brevemente naqueles olhos escuros que fitavam os seus. Estavam opacos e sem brilho, mas, no exato momento em que os encontrou, irradiaram um lampejo rápido e instável, e os lábios tremeram.

— Ela não está completamente inconsciente — disse.

— Não seria aconselhável servir-se do bisturi enquanto é indolor?

O mesmo pensamento passou pela cabeça do cirurgião. Ele agarrou o lábio ferido com a pinça e, com dois cortes rápidos, retirou um amplo pedaço em forma de v. A mulher pulou na cama lançando um grito terrível e gorgolejante. O véu que lhe cobria a face rasgou-se. Era um rosto que ele conhecia. Apesar do lábio superior destacado e da baba de sangue, era um rosto que ele conhecia. Ela estava com a mão sobre a ferida nos lábios e gritava continuamente. Douglas Stone sentou-se ao pé da cama com o bisturi e a pinça. O quarto girava ao seu redor e ele sentiu algo soar como se uma sutura estivesse rompendo-se atrás do seu ouvido. Um espectador teria dito que seu rosto era o mais horrível dos dois. Como num sonho, ou como se estivesse numa cena teatral, tomou consciência de que o cabelo e a barba do turco jaziam sobre a mesa, e que Lorde Sannox estava recostado na parede com a mão na cintura, rindo silenciosamente. Os gritos tinham-se extinguido agora e a cabeça medonha tinha-se deixado cair sobre o travesseiro, mas Douglas Stone continuava sentado imóvel e Lorde Sannox ainda ria discretamente sozinho.

— Esta cirurgia foi realmente muito necessária para Marion — disse. — Não fisicamente, mas moralmente, você sabe, moralmente.

Douglas Stone inclinou-se e começou a brincar com a franja da colcha. Seu bisturi tilintou e foi parar no chão, mas ele ainda mantinha a pinça e algo mais.

— Há muito tempo pretendia dar-lhe uma lição — disse Lorde Sannox suavemente. Sua carta de quarta-feira extraviou e está aqui no meu livro de bolso. Tive bastante trabalho para levar a efeito meu plano. A ferida, a propósito, não era mais perigosa do que meu anel de sinete.

Ele lançou um olhar mordaz para seu companheiro silencioso e engatilhou o pequeno revólver que mantinha no bolso do casaco. Douglas Stone ainda estava mexendo na colcha.

— Você cumpriu seu compromisso, afinal de contas — disse Lorde Sannox.

Ao ouvir isso, Douglas Stone começou a rir. Foi uma risada longa e ruidosa. Porém, Lorde Sannox já não ria. Algo como o medo aguçou e endureceu suas feições. Ele saiu do quarto andando na ponta dos pés. A velha ama estava esperando do lado de fora.

— Cuide de sua senhora quando ela acordar — disse Lorde Sannox.

Então, desceu para a rua. O coche estava à porta e o condutor cumprimentou com o chapéu.

— John — disse Lorde Sannox —, você levará o doutor para casa primeiro. Creio que ele precisará de um guia para descer até aqui embaixo. Diga a seu mordomo que ele adoeceu num atendimento.

— Sim, senhor.

— Em seguida pode levar *Lady* Sannox para casa.

— E o senhor?

— Ah, meu endereço nos próximos meses será o Hotel di Roma, em Veneza. Cuide apenas de me enviar a correspondência.

E diga a Stevens para expor todos os crisântemos roxos na próxima segunda-feira e me enviar um telegrama informando o resultado.

O ESTRANHO

Tradução:
Vilma Maria da Silva
Ana Maria Morales

H. P. Lovecraft

> That night the Baron dreamt of many a woe;
> And all his warrior-guests, with shade and form
> Of witch, and demon, and large coffin-worm,
> Were long be-nightmared.[1]
> *Keats*

Infortunado é aquele a quem as lembranças da infância trazem apenas medo e tristeza. Desgraçado aquele que relembra as horas solitárias passadas em aposentos enormes, forrados com tapeçarias escuras e enlouquecedoras fileiras de livros antigos, ou se detém apavorado nos bosques sombrios onde árvores colossais, grotescas e sobrecarregadas de trepadeiras balançam indiferentemente no alto seus galhos retorcidos. Tal a sina que os deuses me deram — a mim, o atordoado, o frustrado; o inútil, o arruinado. E, mesmo assim, estou estranhamente satisfeito e me agarro desesperadamente a essas lembranças mumificadas, sempre que minha mente ameaça saltar para *a outra*.

Desconheço o lugar onde nasci. Apenas sei que o castelo, infinitamente antigo e infinitamente horrendo, era cheio de

---

[1] Fragmento do longo poema de John Keats (1795-1821), "The Eve of St. Agnes", de 1820. Os versos vêm com o propósito de anunciar o clima do conto. Por essa razão, a tradução a seguir procurou manter apenas o espírito do fragmento e conservar tanto quanto possível as rimas, os traços rítmicos e formais do poema.
Naquela noite o Barão teve sonhos funestos;
Seus hóspedes — sombras e formas marciais
De bruxas e demônios e vermes sepulcrais,
Eram um demorado e horrendo pesadelo. (N.T)

passagens escuras e tinha tetos altos onde os olhos viam apenas teias de aranha e sombras. Nos corredores em ruínas, as pedras pareciam sempre horrendamente úmidas e por toda parte havia um cheiro execrável, como o de cadáveres de gerações mortas ali amontoados. Nunca havia luz, de modo que eu costumava algumas vezes acender velas e me fixava decisivamente nelas como medida de salvação; tampouco havia sol lá fora, já que as terríveis árvores se debruçavam sobre a torre mais alta. Uma torre negra ultrapassava as árvores e avançava para o céu exterior desconhecido, mas estava parcialmente arruinada e era inacessível, a menos que se escalasse pedra a pedra por uma parede quase impossível de subir.

Devo ter morado nesse lugar durante muitos anos, mas não posso precisar o tempo. Criaturas vivas devem ter atendido minhas necessidades, embora, com exceção de mim mesmo, não consiga lembrar-me de ninguém mais, ou de qualquer coisa viva ao meu redor que não fossem morcegos, aranhas e ratos silenciosos. Suponho que, fosse quem fosse, era espantosamente velha a pessoa que cuidou de mim, uma vez que a primeira noção que formei de uma criatura viva era algo caricaturalmente semelhante a mim, já então deformada, enrugada e decadente como o castelo. Para mim, não havia nada de grotesco nos ossos e esqueletos espalhados pelas criptas de pedra nas profundezas remotas entre as fundações do castelo. Associei fantasiosamente essas coisas às ocorrências cotidianas e as considerava mais naturais do que as imagens coloridas de seres vivos que eu encontrava em muitos livros embolorados. Tudo que sei aprendi nesses livros. Nenhum mestre me guiou ou me orientou, e não me lembro de ter ouvido nenhuma voz humana em todos aqueles anos, nem mesmo a minha própria voz; pois, embora eu tivesse lido sobre a palavra oral, nunca me ocorreu tentar falar em voz alta. Meu aspecto era igualmente uma questão que eu ignorava, pois não havia espelhos no castelo, e apenas por instinto me considerava semelhante às figuras jovens que via desenhadas e pintadas nos livros. Tinha consciência da juventude pelo que minimamente me lembrava.

Lá fora, deitado junto do fosso pútrido e sob as silenciosas árvores, eu costumava passar horas sonhando sobre o que eu lia nos livros e me imaginava nitidamente entre pessoas alegres num mundo ensolarado para além da interminável floresta. Certa vez tentei fugir da floresta, mas à medida que me distanciava do castelo, as sombras tornavam-se mais espessas e a atmosfera mais impregnada de medo, de maneira que corri freneticamente de volta para não me perder em um labirinto de tenebroso silêncio.

Assim, em meio a contínuas sombras eu sonhava e esperava, embora não soubesse o que esperar. Nessa solidão sombria, minha ânsia de luz aumentava tão freneticamente que eu não conseguia mais ter descanso, e levantava as mãos suplicantes para a torre negra, a única que ultrapassava as árvores e avançava para o espaço celeste desconhecido. Por fim, ainda que eu corresse o risco de cair, resolvi escalar a torre, uma vez que era melhor ter uma visão fugaz do céu e morrer que viver sem jamais contemplar a luz.

Em meio a uma penumbra úmida, subi as escadarias de pedra, velhas e em ruínas, até chegar ao nível onde se interrompiam e depois segui apoiando-me perigosamente em diminutos suportes que conduziam para o alto. Medonho e terrível era aquele cilindro rochoso, fantasmagórico e sem degraus; negro, em ruínas e ermo, sinistro com morcegos alarmados e silenciosos em seu voo mudo. Mais assustadora e terrível ainda era a lentidão com que eu avançava; pois, por mais que avançasse, a escuridão em volta não se dissipava e um estranho frio de natureza venerável e espectral me assaltou. Senti um calafrio e ao mesmo tempo me perguntei por que eu não alcançava a luz, e teria olhado para baixo se tivesse ousado. Julguei que a noite tivesse subitamente caído sobre mim, e inutilmente minha mão livre tateou em busca de uma janela que me permitisse observar lá fora e lá em cima e pudesse avaliar a altura que eu tinha alcançado.

Depois de um terror infindo, arrastando-me cegamente por aquele precipício côncavo e desesperante, senti subitamente a cabeça tocar em algo sólido e presumi que eu tinha alcançado o terraço, ou ao menos um tipo qualquer de pavimento. Levantei a mão livre na escuridão, examinei o obstáculo e descobri uma pedra fixa. Logo, agarrando-me a qualquer suporte que a lodosa parede pudesse oferecer-me, avancei por um arriscado desvio até que, finalmente, minha mão investigadora descobriu que a pedra cedia e me dirigi novamente para cima, empurrando a laje, ou porta, com a cabeça e empregando as duas mãos em minha pavorosa escalada. Não havia nenhuma luz em cima e, logo que minhas mãos avançaram mais para o alto, percebi que estava concluída a escalada que ora empreendia: a laje era o alçapão de entrada a uma superfície de pedra plana e de maior circunferência que a torre inferior, sem dúvida o pavimento de alguma câmara de observação espaçosa e em nível mais alto. Arrastei-me com cautela pelo ambiente, tentando evitar que a pesada laje voltasse a se fechar, mas falhei na última tentativa. Quando me deitei exausto no piso de pedra, ouvi os ecos sinistros da laje que voltava a fechar a passagem, mas esperava abri-la novamente quando necessário.

Acreditando estar agora em uma altura prodigiosa, muito acima das detestáveis árvores, ergui-me a custo do chão e tateei em volta procurando janelas que me permitissem ver pela primeira vez o céu aberto, a Lua e as estrelas sobre as quais eu tinha lido. Contudo, todas as minhas buscas me desapontaram, uma vez que tudo que encontrei foi uma imensidade de prateleiras de mármores cheias de odiosas caixas oblongas de tamanho perturbador. Refletia e me perguntava reiteradamente que antigos segredos, tão apartados do castelo lá embaixo, estariam guardados ali havia séculos. Foi então que inesperadamente minhas mãos encontraram uma passagem, fechada por uma portada de pedra irregular e cheia de estranhos entalhes. Ao tentar abri-la, descobri que estava trancada; porém, mediante um esforço supremo, venci todos os obstáculos e a porta cedeu, franqueando o seu interior. Logo que a abri, fui tomado por um imaculado êxtase jamais experimentado: através de uma grade de ferro adornada, e ali, na pequena escada de pedra que subia depois da primeira porta, brilhava placidamente a luminosa Lua cheia, nunca antes vista, exceto em meus sonhos e em indistintas visões que eu não me atrevia a qualificar como lembranças.

Crendo que havia então alcançado o pináculo do castelo, avancei rapidamente pelos poucos degraus além da porta; mas repentinamente uma nuvem cobriu a Lua, fazendo-me tropeçar, e na obscuridade tive de avançar mais lentamente. Ainda estava muito escuro quando alcancei a grade, que examinei cuidadosamente e vi que estava destrancada, mas não abri por medo de cair da assombrosa altura que havia alcançado. Logo depois a Lua ressurgiu.

De todos os impactos, o mais satânico é aquele imprevistamente insondável e absurdamente inimaginável. Nada que eu tivesse suportado antes podia comparar-se ao terror que então eu presenciava e ao prodígio fantástico que aquela aparição encerrava. A visão simples tanto quanto assombrosa era apenas isto: em vez de um panorama desconcertante de copas de árvores vistas de uma grande altura, estendia-se através da grade, por toda parte ao meu redor, uma superfície plana, nada menos que *um chão firme* embelezado com uma variedade de mármore e colunas, e sombreado por uma antiga igreja de pedra cuja torre em ruínas cintilava espectral ao luar.

Meio inconsciente, abri a grade e segui cambaleante pela trilha de pedra que se estendia ao longe em duas direções. Meu espírito, ainda que atordoado e confuso, permanecia tomado de um intenso anseio por luz; nem mesmo o fantástico prodígio ocorrido antes podia impedir meu avanço. Eu não sabia, tampouco me preocupava, se minha experiência era ou não uma insanidade, sonho ou magia; estava determinado a contemplar a luz e a alegria a qualquer preço. Não sabia quem eu era ou o que eu era, ou o que seria o ambiente que me cercava; contudo, enquanto seguia tropeçando pelo caminho, vieram-me à consciência traços latentes de uma terrível lembrança que fazia da minha jornada algo não completamente fortuito. Atravessei uma arcada e, longe daquela área de mármore e colunas, ganhei o espaço aberto e perambulei ao ar livre seguindo algumas vezes pela estrada aberta; outras vezes, por curiosidade, desviava-me dela para vaguear pelos prados onde apenas ruínas ocasionais evidenciavam a antiga presença de estradas esquecidas. Numa ocasião, atravessei a nado a correnteza de um rio onde, coberta de musgo, as ruínas de uma construção denunciavam uma extensa ponte há muito desaparecida.

Mais de duas horas teriam decorrido até eu alcançar o que me parecia ser o meu objetivo: um venerável castelo coberto de hera em um vale densamente arborizado; absurdamente familiar, embora de uma estranheza completamente desconcertante para mim. Reparei que o fosso estava aterrado e algumas das torres, que eu bem conhecia, estavam em ruínas, ao passo que existiam novas alas para aturdir a quem observasse. Mas o que eu observava com especial interesse e prazer eram as janelas abertas, esplendidamente flamejantes de luz e irradiantes de festa das mais alegres. Avancei na direção de uma delas, olhei para o seu interior e vi um grupo de pessoas extravagantemente vestidas. Divertiam-se e conversavam alegremente uns com os outros. Nunca antes, ao que me parecia, eu ouvira humanos conversarem e pude apenas supor vagamente o que diziam. Alguns rostos pareciam irradiar expressões que despertavam em mim recordações incrivelmente remotas; outros eram completamente estranhos.

Então pulei pela janela e entrei na sala esplendorosamente iluminada, para logo passar de um momento único de luminosa esperança ao mais negro desespero e à revelação que se seguiu. O pesadelo veio rapidamente; pois, assim que entrei, aconteceu uma das manifestações mais apavorantes que eu poderia imaginar. Apenas havia atravessado o peitoril quando um inesperado e repentino pavor, de horrenda intensidade, acometeu todas as pessoas ali. Todos os rostos se contorciam, despertando de quase todas as gargantas os mais horríveis berros. Todos fugiam e, em meio ao clamor e pânico, muitos caíram desfalecidos e foram arrastados para fora pelos demais que fugiam enlouquecidos. Muitos cobriam os olhos com as mãos e, às cegas, lançavam-se desastradamente; na pressa de escaparem, derrubavam mobílias e colidiam contra as paredes antes de conseguirem alcançar uma das numerosas portas.

Os gritos foram impactantes. Depois, sozinho e confuso no esplêndido aposento, ouvindo ecoar os gritos esmaecidos da turba, estremeci ao pensamento do que, a um passo de mim, poderia estar imperceptivelmente me espreitando. A uma inspeção casual, o aposento parecia deserto, mas, quando me dirigi para uma das alcovas, imaginei descobrir uma presença ali: um indício de que algo se movia além da arcada dourada que conduzia a outro aposento um tanto similar. Quando me aproximei da arcada, comecei a distinguir a presença mais claramente e então, ao primeiro e último som que alguma vez articulei — um gemido espectral que me revoltou quase tão pungentemente quanto sua natureza repugnante — vi com nitidez absoluta a assustadora, inconcebível, indescritível e indizível monstruosidade que por sua simples aparição converteu a alegre reunião em uma manada de fugitivos enlouquecidos.

Nem mesmo posso fazer ideia sobre o que parecia aquilo; formava uma combinação inteira do que é obsceno, sinistro, anômalo e abominável. Era uma sombra diabólica de decadência, senilidade e desolação; a revelação de um espectro pútrido e insalubre; a nudez hedionda que a terra misericordiosa deveria perpetuamente ocultar. Deus sabe que aquilo não era deste mundo, ou não era mais deste mundo; contudo, para meu horror, vi em seus contornos corroídos, ossos expostos e olhar oblíquo uma caricatura odiosa da figura humana; em seus trajes esfarrapados e embolorados, uma peculiaridade inexprimível que me horrorizou ainda mais.

Eu estava quase totalmente paralisado, mas não a ponto de impedir-me um mínimo esforço para fugir; um tropeço para trás obstou que se rompesse o feitiço a que me confinou o inominável, o afônico monstro. Meus olhos, fascinados com as órbitas vítreas que asquerosamente os fitavam, negavam a se fechar; contudo, depois do primeiro impacto, ficaram misericordiosamente toldados e viam a terrível coisa apenas indistintamente. Tentei erguer a mão para não ver; porém, meus nervos estavam tão entorpecidos que meu braço não pôde obedecer completamente a minha vontade. A tentativa, contudo, foi suficiente para perturbar meu equilíbrio; e, para evitar um tombo, avancei trôpego vários passos. Ao fazê-lo, no mesmo instante tornei-me dolorosamente cônscio da minha *proximidade* com aquela coisa putrefata, cuja respiração horrendamente cavernosa julguei estivesse parcialmente ouvindo. Já perto de enlouquecer, me considerei ainda capaz de repelir com as mãos a fétida aparição que me prensava; e então, em um segundo calamitoso de terror cósmico e desastre infernal, *meus dedos encontraram esticadas sob o arco dourado as pútridas patas do monstro.*

Não gritei, mas gritaram em meu lugar no mesmo instante todos os demônios malditos que vagavam ao vento noturno, quando em minha mente, numa avalanche única e fugaz, ribombaram as lembranças da alma aniquilada. Eu soube naquele segundo tudo que havia acontecido; lembrei para além do pavoroso castelo e das árvores, e reconheci o edifício reformado no qual eu estava então; reconheci, o mais medonho de tudo, a abominação profana que ali, diante de mim, me fitava enquanto eu retirava dos seus os meus dedos manchados.

Mas há bálsamos no cosmos tanto quanto há desespero; e esse bálsamo é o esquecimento. No supremo horror daquele momento, esqueci o que tinha-me horrorizado, e o ímpeto da negra lembrança esvaiu-se num caos de imagens ressoantes. Fugi, como num sonho, daquela mansão maldita e assombrada e corri em disparada silenciosamente sob a luz da Lua. De regresso ao mausoléu de mármore, desci os degraus e encontrei a entrada fechada. Mas não lamentei, pois eu odiava o antigo castelo e as árvores. Agora, cavalgo no vento noturno junto com fantasmas amistosos e zombeteiros e, durante o dia, eu me divirto entre as catacumbas de Nephren-Ka no desconhecido e inacessível vale de Hadoth, próximo do Nilo. Sei que a luz não é para mim, com exceção do luar que brilha sobre as tumbas de pedra do Neb, como também não o é nenhuma alegria, salvo os inomináveis festins de Nitokris que ocorrem sob a Grande Pirâmide. Em minha nova condição de indômito e livre, acolho a amargura da alienação.

Embora o esquecimento tenha-me acalmado, sempre saberei que sou um intruso; um estranho neste século e entre todos aqueles que ainda são homens. Isto sei desde que estendi meus dedos para a abominação dentro daquela moldura dourada; estendi meus dedos e encontrei uma *fria e implacável superfície de vidro polido.*

O SINALEIRO

Tradução:
Vilma Maria da Silva
Ana Maria Morales

Charles Dickens

— Êeei! Você aí embaixo!

Ele ouviu essa voz quando estava à porta da cabine, segurando uma bandeirola enrolada em uma vareta. A julgar pela natureza do terreno, ninguém pensaria que ele pudesse ter duvidado de onde vinha a voz. Entretanto, em vez de olhar para o alto, onde eu estava, no topo da escarpa quase na sua direção, ele se voltou e ficou olhando para a via férrea. Havia algo incomum nessa atitude, embora eu não pudesse de maneira alguma dizer o quê. Mas sei que era incomum o bastante para me fazer notar, muito embora sua imagem no fundo da vala estivesse diminuída e envolta em penumbra e a minha estivesse bem acima dele, tão imersa na luz de um intenso Sol poente que tive de proteger os olhos com as mãos para conseguir avistá-lo.

— Êeei! Aí embaixo!

Depois que ele tirou o olhar da ferrovia, virou-se novamente e, levantando os olhos, viu minha imagem no alto.

— Existe alguma trilha por onde eu possa descer e falar com você?

Ele ergueu os olhos para mim e não deu resposta; olhei de volta para ele sem assediá-lo com uma repetição imediata da minha inútil pergunta. Naquele exato momento, ocorreu uma vaga trepidação no solo e no ar, que rapidamente transformou-se em uma violenta pulsação, seguida de uma aceleração imediata que me fez recuar, como se aquilo tivesse força de me arrastar para baixo. Depois que a fumaça, proveniente daquele trem veloz, subiu, passou por mim, elevou-se e sumiu da paisagem, olhei de novo para baixo e o vi enrolando a bandeirola que ele tinha flamulado enquanto o trem passava.

Repeti minha pergunta. Depois de uma pausa, durante a qual pareceu me examinar com detida atenção, ele acenou com a vara da bandeirola na direção de um ponto, no mesmo nível do lugar onde eu estava, mas a uns duzentos ou trezentos metros de distância.

— Entendi! — gritei, e me encaminhei para aquele ponto.

Ali, perscrutando atentamente ao redor, encontrei uma trilha sinuosa e rústica e a segui.

A escarpa era extremamente profunda e extraordinariamente íngreme. A trilha fora totalmente aberta nas pedras úmidas e, à medida que eu avançava, o caminho tornava-se mais lodoso e úmido. Por essas razões, achei o percurso extenso o bastante para ter tempo de lembrar que ele mostrara uma feição singular de quem estava relutante ou compelido a me indicar o caminho.

Ao chegar a uma altura que me permitia avistá-lo novamente, vi que ele estava entre os trilhos, onde o trem recentemente passara, e numa atitude aparente de quem estava esperando que eu aparecesse. O queixo estava apoiado na mão esquerda e o cotovelo esquerdo descansava na mão direita atravessada sobre o tórax. Sua atitude era típica de alguém de tal modo expectante e vigilante que, por um momento, detive-me para observar.

Retomei a trilha íngreme e, ao saltar para o nível da ferrovia e me aproximar dele, vi que era um homem pálido e taciturno, com uma barba soturna e sobrancelhas ainda mais carregadas. Seu posto situava-se num lugar tão solitário e sinistro como nunca eu tinha visto igual. De ambos os lados, uma parede de pedra, gotejante de umidade, excluía da vista tudo em volta, com exceção de uma faixa de céu. Numa direção, o que se avistava era apenas um arco prolongado desse grande calabouço; na outra, a visão mais restrita terminava numa luz vermelha e lúgubre à entrada de um túnel escuro ainda mais lúgubre, cuja arquitetura maciça apresentava um ar ameaçador, depressivo e impuro. A luz do Sol penetrava tão pouco que o cheiro ali era pesado e nocivo e um vento forte e tão gélido atravessava o local que estremeci, como se eu tivesse deixado o mundo natural.

Antes que ele se movesse, eu já estava muito próximo e podia tocá-lo. Mesmo assim, não tirou seus olhos dos meus, deu um passo atrás e levantou a mão.

Um posto de trabalho muito solitário (eu disse), e me havia impressionado quando lá de cima olhei para baixo. Um visitante era uma raridade, supus; não uma raridade indesejável, eu esperava. Em mim ele via apenas um homem que por toda a vida estivera confinado dentro de limites estreitos e que, tendo por fim ficado livre, um interesse por essas grandes construções o animara. Falei com ele a respeito, mas estou muito longe de estar seguro sobre os termos que usei, pois, além de não ter habilidade para iniciar um diálogo, havia algo no homem que me intimidava.

Ele lançou um olhar muito estranho para a luz vermelha na entrada do túnel e observou tudo ao redor, como se fosse surgir algo ali, e então olhou para mim.

A luz era parte de sua responsabilidade? Não era?

Ele respondeu com uma voz baixa:

— Não sabe que sim?

Enquanto eu examinava seu olhar fixo e seu rosto soturno, veio em minha mente o monstruoso pensamento de que eu estava diante de uma criatura fantasmagórica e não de um homem. Desde então passei a conjecturar se ele não sofria de algum distúrbio mental.

De minha parte, dei um passo para trás. Mas, ao fazê-lo, percebi em seus olhos um medo latente de mim. Isso afastou o pensamento monstruoso.

— Você me olha como se tivesse medo de mim — disse-lhe, forçando um sorriso.

— Estava em dúvida se já não o vi antes — ele replicou.

— Onde?

Ele indicou a luz vermelha.

— Lá? — perguntei.

Fitando-me atentamente, ele respondeu (sem dizer palavra): "Sim".

— Meu caro amigo, o que eu estaria fazendo ali? Seja como for, nunca estive lá, pode acreditar.

— Acho que posso — ele retrucou. — Sim, estou certo de que posso acreditar.

Ele se tranquilizou e eu também. Respondeu às minhas observações com prontidão e com palavras certeiras. Ele tinha muito trabalho lá? Sim; melhor dizendo, tinha muitas responsabilidades; no entanto, era exatidão e vigilância o que se exigia dele, mas trabalho de verdade, tarefas braçais, quase não tinha. Mudar aquele sinal, cuidar daquelas luzes e girar de vez em quando a alavanca de ferro era tudo o que tinha a fazer. Em relação às longas e solitárias horas a que eu parecia dar tanta importância, ele simplesmente disse que a rotina de sua vida tinha-se configurado daquela forma e que ele se acostumara. Aprendera sozinho um idioma ali embaixo — se podemos considerar aprendizado conhecer apenas pela observação e formação de ideias rudimentares sobre a pronúncia. Também tinha estudado frações e decimais e tentou um pouco de álgebra; contudo, era inábil para cálculos desde menino. Era necessário que durante o trabalho ele permanecesse naquele corredor de vento úmido? Precisava ficar entre aqueles muros altos de pedra e nunca subir até a luz do Sol? Bem, isso dependia da ocasião e das circunstâncias. Sob certas condições, havia menos movimento na ferrovia do que em outras. O mesmo valia para certas horas do dia e da noite. Quando o Sol brilhava, ele escolhia ocasiões para sair um pouco daquelas sombras ali embaixo; porém, o sinalizador elétrico podia chamá-lo a qualquer momento e, com a ansiedade redobrada pela espera contínua do sinal, o descanso era menor do que eu poderia supor.

Ele me levou para sua cabine, onde havia uma lareira, uma escrivaninha para um livro oficial em que ele tinha de fazer certos registros, um instrumento telegráfico com seu painel, indicador e agulhas e a sirene elétrica que ele mencionara antes. Confiando que ele me perdoaria o comentário, disse-lhe que me parecia ter ele recebido boa educação e (esperava dizê-lo sem o ofender) que talvez tivesse recebido uma educação superior à exigida para o posto que ele ocupava. Ele comentou que, afinal, casos de pequena incompatibilidade sempre ocorriam entre a maioria dos homens; ele tinha ouvido que era assim nas casas de trabalho,[1] na polícia e mesmo naquele último recurso desesperado, o exército; ele sabia que, de modo geral, era assim em todas as equipes da grande ferrovia. Quando jovem, tinha sido (se eu conseguisse acreditar, sentado naquele casebre — ele dificilmente conseguiria) estudante de filosofia natural e frequentado palestras; porém, passou a comportar-se de modo leviano, perdeu oportunidades, afundou e nunca mais se reergueu. Não tinha nenhuma queixa sobre isso. Fez sua cama e deitou-se nela. Era demasiado tarde para trilhar outro caminho.

Tudo isto que aqui resumi ele me disse de uma forma tranquila, com semblante grave e sombrio e a atenção dividida entre mim e o fogo. Ele adicionava a palavra "senhor", de vez em quando, especialmente quando se referia à sua juventude, como se a rogar-me a entender que não tinha intenção de ser nada além daquilo que eu via nele. Várias vezes o sinaleiro foi interrompido pela sirene, obrigando-o a dar atenção às mensagens e enviar respostas. Uma vez precisou sair da cabine, agitar a bandeirola enquanto um trem passava e dizer algo ao condutor. Observei que ele era notavelmente exato e vigilante

---

[1] No original "workhouse": criadas no século XVII na Inglaterra, essas casas destinavam-se a dar moradia em troca de trabalho a pessoas que viviam nas ruas sem uma ocupação que fornecesse meios para sobreviver. (N.T.)

no exercício das suas funções, interrompendo seu discurso no meio de uma sílaba e permanecendo em silêncio até terminar sua tarefa.

Resumindo, eu classificaria esse homem como um dos mais seguros para a função, exceto pela circunstância de que, enquanto falava comigo, interrompeu-se duas vezes, empalideceu, virou-se para a campainha que não estava tocando, abriu a porta da choupana (que ficava fechada para impedir a umidade insalubre) e olhou para a luz vermelha perto da boca do túnel. Em ambas as ocasiões, voltou para perto do fogo com aquele ar inexplicável que eu notara e não fui capaz de definir quando ainda havia distanciamento entre nós.

— Você quase me fez pensar que conheci um homem feliz — disse eu, quando me levantei para sair.

(Infelizmente, devo reconhecer que disse isto para encorajá-lo.)

— Acredito que costumava ser — ele retorquiu naquele tom baixo com que primeiro havia falado. — Mas estou com problemas, senhor, estou com problemas.

Ele teria retirado essas palavras, se pudesse. No entanto, ele as tinha dito e eu aproveitei o ensejo rapidamente.

— Com o quê? Qual é seu problema?

— É muito difícil revelar, senhor. É extremamente difícil falar sobre isso. Se alguma vez voltar a me visitar, tentarei contar.

— Mas tenho a firme intenção de fazer-lhe outra visita. Diga-me, quando poderá ser?

— Eu saio cedo pela manhã e devo retornar ao trabalho às dez da noite, senhor.

— Chegarei às onze.

Ele me agradeceu e me seguiu até a porta.

— Vou iluminar com minha lanterna, senhor — ele disse, naquela voz baixa tão peculiar —, até que encontre o caminho para cima. Quando encontrá-lo, não grite! E quando chegar ao topo, não grite!

Sua atitude pareceu tornar o local mais frio, mas eu não disse mais do que "Está bem".

— E quando descer amanhã à noite, não grite! Deixe-me fazer uma pergunta de despedida. O que o fez gritar "Êeei! Aí embaixo!" esta noite?

— Só Deus sabe — eu disse. — Gritei algo assim...

— Não foi algo assim, senhor. Foram essas as palavras exatas. Eu as conheço muito bem.

— Admito que foram essas as palavras exatas. Eu as disse, sem dúvida, porque o avistei aqui embaixo.

— Por nenhum outro motivo?

— Que outro motivo poderia haver?

— O senhor não teve nenhum pressentimento de que lhe foram transmitidas de maneira sobrenatural?

— Não.

Ele desejou-me boa-noite e levantou sua lanterna. Caminhei ao lado da ferrovia (com a sensação muito desagradável de um trem vindo atrás de mim) até encontrar o caminho. Era mais fácil subir do que descer, e voltei para meu hotel sem nenhum problema.

Pontual em meu compromisso, na noite seguinte coloquei o pé na trilha em ziguezague no instante em que os relógios distantes badalavam as onze. Ele me aguardava lá embaixo, iluminando o caminho com sua luz branca.

— Não gritei — eu disse quando cheguei perto. — Posso falar agora?

— Sem dúvida, senhor.

— Nesse caso, boa noite, e aqui está minha mão.

— Boa noite, senhor, e aqui está a minha.

Caminhamos lado a lado até sua cabine, entramos, ele fechou a porta e sentamo-nos diante da lareira.

— Decidi, senhor — ele começou, inclinando-se logo que nos sentamos e falando em um tom pouco acima de um sussurro —, que não terá de perguntar duas vezes o que me preocupa. Ontem à noite eu o confundi com outra pessoa. Isso me inquieta.

— Esse equívoco?
— Não. A outra pessoa.
— Quem é?
— Não sei.
— Parece comigo?
— Não saberia dizer. Nunca vi o seu rosto. O braço esquerdo fica diante do rosto e o braço direito acena, acena com veemência; desta forma.

Acompanhei com os olhos o movimento de um braço gesticulando com a maior paixão e veemência "Pelo amor de Deus, saia do caminho!".

— Uma noite de luar — disse o homem — eu estava sentado aqui, quando ouvi um grito: "Êeei! Aí embaixo!". Dei um pulo da cadeira, olhei por aquela porta e vi essa pessoa junto da luz vermelha perto do túnel. Gesticulava como agora mesmo lhe mostrei. A voz soava rouca de tanto gritar e bradava: "Cuidado! Cuidado!". E então, novamente: "Êeei! Aí embaixo! Cuidado!". Apanhei a lanterna, acendi a luz vermelha e corri na direção da figura, perguntando, "O que há de errado? O que aconteceu? Onde?" Ele estava do lado de fora, bem na boca escura do túnel. Cheguei tão perto dele que me surpreendeu constatar que continuava cobrindo os olhos com a manga. Avancei com as mãos estendidas para puxar-lhe a manga quando ele se foi.

— Para dentro do túnel? — perguntei.
— Não. Corri para dentro do túnel e avancei por uns quinhentos metros. Parei, levantei a lanterna e divisei os números indicadoras da distância, e percebi manchas de umidade que se estendiam pelas paredes e gotejavam ritmicamente pelas arcadas do túnel. Corri para fora ainda mais rápido do que tinha corrido para dentro (pois senti uma aversão mortal daquele lugar em cima de mim), perscrutei ao redor da luz vermelha com a minha própria lanterna e galguei a escada de ferro para a galeria superior, desci e voltei rapidamente para

cá. Telegrafei para ambos os sentidos, "Um alarme foi dado. Algo de errado?". A resposta que voltou dos dois lados foi "Tudo certo".

Resistindo ao calafrio que percorria lentamente minha espinha, mostrei-lhe como aquela silhueta devia ser um engano de sua visão; essas imagens, conhecidas por causarem perturbação em quem as experimenta, originam-se de uma disfunção nos nervos delicados que comandam a atividade visual. Alguns, conscientes da natureza da sua aflição, até mesmo o comprovaram por experiência própria.

— Em relação a um grito imaginário — prossegui —, apenas ouça por um instante o vento neste vale artificial enquanto sussurramos, e escute como ele transforma os cabos do telégrafo em uma harpa selvagem.

Isso tudo era muito coerente, repliquei, depois de ouvirmos por um lapso de tempo, e ele devia saber algo de vento e fios, ele que tantas vezes passava intermináveis noites de inverno ali, sozinho e observando. Entretanto, pediu licença para dizer que não tinha terminado.

Pedi perdão e ele, tocando meu braço, lentamente acrescentou:

— Umas seis horas depois da aparição, aconteceu o acidente memorável nesta ferrovia e, cerca de dez horas depois, os mortos e feridos foram conduzidos através do túnel para o ponto onde a imagem tinha surgido.

Um arrepio desagradável percorreu meu corpo, mas fiz o máximo para dominá-lo. Não se podia negar, repliquei, era uma coincidência extraordinária, com uma dimensão profunda, própria para impressionar sua mente. Era inquestionável que coincidências notáveis ocorriam continuamente e deviam ser levadas em consideração num assunto como aquele. Embora, para ter certeza eu devesse admitir, acrescentei (pois tive a impressão de que ele se preparava para me contestar), que homens de bom senso não levam em consideração as coincidências quando planejam os assuntos ordinários da vida.

Novamente rogou-me para notar que ele não tinha terminado.

Mais uma vez pedi perdão por interrompê-lo.

— Isso — disse, colocando novamente a mão em meu braço e olhando por cima do ombro com olhos vazios — foi há apenas um ano. Passaram-se seis ou sete meses, eu já me havia recuperado da surpresa e do choque. Então, certa manhã, o dia começava a despontar no horizonte, eu estava à porta e, ao olhar para a luz vermelha, avistei o espectro novamente. Ele fixou os olhos em mim.

— Ele gritou?

— Não. Estava silencioso.

— Ele acenou?

— Não. Estava apoiado no poste de luz e tinha ambas as mãos sobre o rosto. Assim.

Mais uma vez, segui seu gesto com os olhos. Era um gesto de pesar. Reconheci em sua atitude a mesma postura que vi nas estátuas de pedra de alguns túmulos.

— Você foi até ele?

— Entrei e sentei, em parte para organizar meus pensamentos e também porque me senti desfalecer. Quando voltei lá fora, a luz do Sol recebeu-me e o fantasma tinha desaparecido.

— Depois disso nada aconteceu? Não deu em nada isso?

Ele tocou no meu braço com o dedo indicador duas ou três vezes, balançando a cabeça sinistramente a cada vez.

— Naquele mesmo dia, enquanto um trem saía do túnel, percebi, em uma das janelas laterais, o que parecia uma confusão de mãos e cabeças, e alguém acenava. Avistei essa ocorrência a tempo de sinalizar para o maquinista, "Pare!". Ele desligou a máquina e acionou o freio. Contudo, o impulso arrastou o trem por 50 metros ou mais além da minha posição. Precipitei-me atrás dele e, ao me aproximar, ouvi gritos e gemidos terríveis. Uma bela jovem tinha morrido instantaneamente em um dos vagões. Foi trazida aqui e estendida neste chão que pisamos.

Involuntariamente empurrei minha cadeira para trás, enquanto meus olhos iam e voltavam do sinaleiro para as tábuas que ele apontava.

— É verdade, senhor. É verdade. Foi exatamente assim que aconteceu, e estou lhe contando tal como aconteceu.

Eu não era capaz de pensar em nada proveitoso para dizer e minha boca estava muito seca. O vento e os fios aderiram à história com um gemido longo e agudo. Ele continuou:

— Agora, senhor, ouça e avalie a perturbação em que se acha minha mente. O espectro voltou há uma semana. Desde então, reaparece esporadicamente.

— Na luz?

— Na luz de alarme.

— O que parece fazer?

— Ele repete, talvez com maior paixão e veemência, aquela última gesticulação: "Pelo amor de Deus, saia dos trilhos!".

E continuou:

— Não tenho paz nem descanso. Ele me chama, por longos minutos, de forma desesperada, "Aí embaixo! Cuidado! Cuidado!". Fica acenando na minha direção e toca a minha sirene...

Apoiei-me nessas palavras:

— Ele tocou sua sirene ontem à noite quando eu estava aqui, e você foi até a porta?

— Duas vezes.

— Veja só — prossegui —, o tanto que a sua imaginação ludibria você. Eu tinha os olhos e os ouvidos atentos à sirene e, se estou vivo, ela NÃO tocou nessas ocasiões. Nem em qualquer outro momento, exceto no decurso natural do plano físico, quando as estações se comunicaram com você.

Ele balançou a cabeça:

— Eu nunca me enganei nisso antes, senhor. Nunca confundi o toque do espectro com o do humano. O toque do fantasma apresenta uma vibração estranha que não se origina de coisa alguma, e não afirmei que os olhos físicos veem a vibração da sirene. Não me surpreende que o senhor não tenha conseguido ouvi-la. Mas *eu* ouvi.

— E o espectro parecia estar lá quando você olhou para fora?

— ESTAVA lá.

— Nas duas vezes?

— Nas duas vezes — repetiu, categórico.

— Você viria até a porta comigo para procurá-lo agora mesmo?

Ele mordeu o lábio inferior como se estivesse um tanto relutante, mas levantou-se. Abri a porta e fiquei no degrau; ele permaneceu no batente. Lá estava a luz de alarme. Lá estava a tenebrosa boca do túnel. Lá estavam os altos e úmidos muros de pedra da escarpa. Lá estavam as estrelas cobrindo tudo.

— Você o vê? — perguntei, investigando-lhe o rosto. Seus olhos estavam proeminentes e tensos, mas não muito mais, talvez, do que os meus, também voltados fixamente para o mesmo local.— Não — ele respondeu. — Não está ali.

— De acordo. Também não o vejo — eu disse.

Entramos novamente, fechamos a porta e retomamos nossos lugares. Eu estava pensando na melhor maneira de reforçar essa vantagem — se eu podia considerar isso uma vantagem — quando ele, retomando o assunto, manteve o mesmo ponto de vista. Com isso, manifestava que não era possível haver entre nós controvérsia séria sobre o assunto. Senti-me então, ocupando a posição mais frágil.

— A esta altura, já terá compreendido perfeitamente, senhor — ele disse —, que o que me perturba terrivelmente é a pergunta, "o que o espectro quer dizer?".

Não estava certo, disse-lhe, de ter entendido perfeitamente.

— O que ele quer me avisar? — ruminou, com os olhos fixos no fogo. Só por vezes olhava para mim. — Qual é o perigo? Onde está o perigo? Há perigo iminente em algum lugar da ferrovia. Alguma calamidade terrível vai acontecer. Não se pode duvidar deste terceiro aviso depois do que aconteceu antes. O certo é que isso me assombra cruelmente. O que posso fazer?

Ele tirou um lenço e enxugou o suor da testa afogueada.

— Se eu telegrafar "Perigo", para qualquer dos lados, ou para ambos, não poderei dar nenhum motivo para me justificar — continuou, enxugando as palmas das mãos. — Eu criaria problemas para mim e nenhum benefício. Pensariam que enlouqueci. Suponha o resultado: Mensagem: "Perigo! Cuidado!". Resposta: "Que perigo? Onde?". Mensagem: "Não sei. Mas, pelo amor de Deus, cuidado!". Eu seria afastado. Que outra escolha poderiam ter?

Dava muita pena sua dor. Era a tortura mental de um homem consciencioso, oprimido além da resistência por uma responsabilidade ininteligível que envolvia vidas humanas.

— Quando ele ficou pela primeira vez sob a Luz de Alarme — prosseguiu, puxando os cabelos negros para trás e passando as mãos pelas têmporas numa angústia febril —, por que não me contou onde aquele acidente aconteceria, se tinha de acontecer? Por que não me disse como poderia ser evitado, se poderia ser evitado? E na sua segunda aparição, em vez de esconder o rosto, por que não me contou: "ela vai morrer, que a mantenham em casa"? Se apareceu nessas duas ocasiões apenas para me mostrar que seus avisos eram sérios e, assim, me preparar para a terceira, por que não me dar um aviso claro agora? E logo eu, Deus me ajude! Um simples e pobre sinaleiro nesta estação solitária! Por que não avisar alguém que tenha credibilidade e poder para agir?

Ao vê-lo naquele estado, percebi que de imediato o que eu tinha a fazer era tranquilizar sua mente, não apenas pelo bem do pobre homem, como também da segurança pública. Por conseguinte, deixando de lado toda controvérsia entre nós sobre realidade ou fantasia, expliquei-lhe que qualquer um inteiramente empenhado em cumprir seu dever o fará necessariamente bem, e que pelo menos restava-lhe o conforto de compreender seu dever perfeitamente, embora não lhe fosse possível entender essas aparições desconcertantes. Essa tentativa alcançou maior êxito do que o esforço que fiz para dissuadi-lo de sua convicção. Ele ficou calmo; as ocupações atinentes ao seu posto, à medida que a noite avançava, começaram a exigir mais sua atenção, e o deixei às duas da manhã. Tinha-me oferecido para ficar a noite toda, porém ele nem quis me ouvir falar do assunto.

Não tenho motivo para esconder que voltei a olhar para a luz vermelha mais de uma vez enquanto ascendia o atalho, tampouco que eu não gostava da luz vermelha e que teria dormido pessimamente se minha cama estivesse sob ela. Também não vejo razão para esconder que me desagradavam as duas sequências do acidente e a morte da jovem.

Mas o que dominava meus pensamentos era a reflexão sobre como deveria agir, agora que me tornara o confidente daquelas revelações. Eu tinha comprovado que o homem era inteligente, vigilante, minucioso e exato. Contudo, considerando o seu estado mental, por quanto tempo ele permaneceria assim? Embora estivesse em uma posição subordinada, ele ocupava um posto de confiança e suma importância, e eu (por exemplo) arriscaria minha vida na probabilidade de que ele continuasse a executá-la com precisão?

Incapaz de superar a sensação de que haveria algo de traiçoeiro se eu comunicasse a seus superiores aquilo que ele me havia confiado, sem primeiro ser franco com ele e propor-lhe um rumo intermediário, resolvi por fim me oferecer para acompanhá-lo (seu segredo ficaria por ora resguardado) ao médico mais experiente que houvesse naqueles arredores para pedir sua opinião. Ele tinha estimado uma mudança em seu turno de serviço na noite seguinte, quando sairia uma ou duas horas depois do amanhecer e retornaria logo após o pôr do Sol. Eu tinha marcado para voltar, então, de acordo com o horário.

A noite seguinte estava agradável e eu saí cedo para apreciá-la. O Sol não estava ainda muito baixo quando atravessei o percurso no alto da encosta. Eu estenderia minha caminhada por uma hora, disse a mim mesmo, meia hora na ida e meia hora na volta, e então seria a hora de ir para a cabine do meu sinaleiro.

Antes de iniciar meu passeio, dei um passo até a beira e automaticamente olhei para baixo na direção do lugar onde eu o tinha visto a primeira vez. Não posso descrever a comoção que se apoderou de mim, quando, perto da boca do túnel, vi a imagem de um homem com a manga esquerda sobre os olhos, acenando calorosamente o braço direito.

O horror inominável que me oprimia passou num instante, porque de imediato vi que a imagem era a de um homem real. Havia também um pequeno grupo de homens a uma pequena distância para os quais ele parecia estar repetindo o gesto que fazia. A Luz de Alarme ainda não estava acesa. Contra o poste, uma cabana baixa e pequena, inteiramente nova para mim, fora armada com alguns suportes de madeira e lona. Não parecia maior do que uma cama.

Um invencível pressentimento de que algo estava errado tomou conta de mim. Desci a trilha com toda a velocidade de que eu era capaz. Invadia-me o temor de que por minha culpa ocorrera ali um acidente fatal. Ao deixar o sinaleiro sozinho, eu dera motivo para que ninguém fosse enviado com o fim de supervisionar ou corrigir o que ele fazia.

— Qual é o problema? — perguntei aos homens.
— O sinaleiro morreu esta manhã, senhor.
— O homem daquela cabina?
— Sim, senhor.
— O homem que eu conheço?
— Se o conhecia, o senhor poderá identificá-lo, pois o seu rosto está inteiro — disse o homem que falava pelos outros,

descobrindo solenemente a própria cabeça e levantando uma ponta da lona.

— Oh, como isso foi acontecer, como é que isso aconteceu? — perguntei, voltando-me de um ao outro enquanto fechavam a lona de novo.

— Ele foi atingido pela locomotiva, senhor. Nenhum outro homem na Inglaterra conhecia melhor o seu ofício. Porém, por alguma razão ele não saiu dos trilhos. Foi em plena luz do dia. Ele acendera a luz e carregava a lâmpada na mão. O sinaleiro estava de costas para a locomotiva quando ela saiu do túnel e o atingiu. Aquele homem era o condutor e estava mostrando como aconteceu. Mostre ao cavalheiro, Tom.

O homem, que vestia um traje escuro e rústico, caminhou até sua posição anterior na boca do túnel.

— Depois da curva do túnel, senhor — ele disse —, eu o avistei no final, como se o enxergasse por uma luneta. Não houve tempo para verificar a velocidade, e eu sabia que ele era muito cauteloso. Como não parecia dar atenção ao apito, eu o desliguei quando estava chegando perto dele e gritei o mais alto que pude.

— O que você disse?

— Eu disse: "Aí embaixo! Cuidado! Cuidado! Pelo amor de Deus, saia dos trilhos!".

Eu gelei.

— Oh! Foi um momento terrível, senhor. Não parei de gritar. Cobri meus olhos com este braço para não ver e continuei acenando com este outro até o último instante; mesmo assim não adiantou.

Sem prolongar a narrativa para me deter em algumas circunstâncias estranhas mais do que em outras, posso, para concluir, salientar a coincidência de que o aviso do condutor incluía não somente as palavras que o infeliz sinaleiro tinha repetido para mim e que ele dizia assombrá-lo, mas também as palavras que eu próprio, e não ele, vinculara, e isso apenas em minha mente, aos gestos que ele imitava.

CORAÇÕES ROUBADOS

Tradução:
Vilma Maria da Silva
Ana Maria Morales

M. R. James

Foi, tanto quanto posso afirmar, em setembro de 1811 que uma carruagem parou à porta de Aswarby Hall, no coração de Lincolnshire. O menino, que era o único passageiro, pulou fora assim que a carruagem parou e, no breve intervalo decorrido entre o toque da campainha e a abertura da porta, olhou ao redor com a mais profunda curiosidade. Viu uma casa alta e quadrangular, de tijolos vermelhos, construída no reinado de Ana, um pórtico sustentado por pilares de pedra que tinha sido adicionado no mais puro estilo clássico de 1790, muitas janelas altas e estreitas com pequenos caixilhos em madeiramento maciço e branco. Um frontão, com uma janela circular embutida, coroava a fachada. Havia alas à direita e à esquerda, ligadas por curiosas galerias vitrificadas e sustentadas por colunatas sobre uma base central. Obviamente, essas extensões abrigavam os aposentos e as áreas de serviço da casa. Cada uma delas era encimada por uma cúpula ornamental com um cata-vento dourado.

Uma luz crepuscular brilhou sobre o edifício: as vidraças reluziram como se estivessem em labaredas. Defronte da mansão estendia-se um parque cheio de carvalhos e orlado com abetos que se destacavam contra o céu. O relógio na torre da igreja, mergulhada entre as árvores na extremidade do parque, badalava seis horas. Apenas seu cata-vento recebia a luz do Sol, e o som dos sinos rompia suavemente sobrepondo-se ao vento. Era ao todo uma impressão agradável transmitida à mente do rapaz que esperava no pórtico a porta se abrir, porém matizada com os tons daquela melancolia própria de um entardecer no começo do outono.

Ele vinha de Warwickshire, onde, cerca de seis meses antes, havia ficado órfão. Agora, graças à generosa oferta de seu primo já idoso, o Senhor Abney, vinha viver em Aswarby. Foi um oferecimento inesperado, pois todos que tinham algum conhecimento do Senhor Abney o consideravam um recluso austero, em cuja rotina doméstica imperturbável o advento de um garoto significaria a intrusão de um elemento novo e, ao que parecia, impróprio. A verdade é que muito pouco se conhecia sobre as ocupações do Senhor Abney ou do seu temperamento. O professor de grego de Cambridge dizia que ninguém sabia mais sobre as crenças religiosas dos últimos pagãos do que o proprietário de Aswarby. Certamente sua biblioteca continha todos os livros então disponíveis sobre os Mistérios, os poemas Órficos, o culto de Mitra e os neoplatônicos. No salão de mármore havia uma bela peça de Mitra sacrificando um touro; fora trazida do Oriente mediante grandes despesas patrocinadas pelo proprietário. Ele tinha contribuído com uma descrição dessa peça para a *Gentleman's Magazine* e tinha escrito uma famosa série de artigos para a *Critical Museum* sobre as superstições dos romanos do Baixo Império. Era considerado um homem que vivia mergulhado em seus livros e foi uma grande surpresa para seus vizinhos que ele soubesse da existência do primo órfão, Stephen Elliott, e mais surpreendente lhes pareceu ele se dispor a torná-lo um morador de Aswarby Hall.

Quaisquer que fossem as expectativas dos seus vizinhos, o certo é que o Senhor Abney — o alto, magro e austero Abney — parecia inclinado a dar ao jovem primo uma recepção gentil. No momento em que a porta da frente se abriu, ele abandonou precipitadamente seu estudo, esfregando as mãos com prazer.

— Como vai, meu rapaz? Como você está? Quantos anos você tem? — perguntou. — Ou melhor, espero que não esteja muito cansado da viagem para cear.

— Não, obrigado, senhor — disse Elliott. — Estou muito bem.

— Ótimo, meu bom rapaz — disse o Senhor Abney. — E quantos anos você tem, meu filho? — Parecia um pouco estranho fazer aquela pergunta duas vezes nos primeiros dois minutos depois de se conhecerem.

— Faço doze anos no meu próximo aniversário, senhor — disse Stephen.

— E quando é seu aniversário, meu querido? 11 de setembro, hein? Isso é bom, isso é muito bom. Falta quase um ano, não é? Eu gosto... há, há... Eu gosto de anotar essas coisas no meu livro. É doze mesmo? Tem certeza?

— Sim, tenho certeza, senhor.

— Hum-hum! Leve-o ao quarto da Senhora Bunch, Parkes, e deixe-o tomar seu chá, ceia, seja o que for.

— Sim, senhor — respondeu o sisudo Senhor Parkes antes de conduzir Stephen para dentro.

A Senhora Bunch era a pessoa mais acolhedora e humana que Stephen conheceu em Aswarby. Ela o fez sentir-se completamente em casa; em quinze minutos já se haviam tornado grandes amigos e grandes amigos permaneceriam. A Senhora Bunch tinha nascido na vizinhança uns 55 anos antes da chegada de Stephen e residia na casa havia vinte anos. Consequentemente, se existia alguém que soubesse dos prós e contras da casa e do distrito, esse alguém era a Senhora Bunch, e ela não estava nada propensa a calar suas informações.

Certamente, havia muitas coisas sobre a mansão e seus jardins que Stephen, de natureza aventureira e curiosa, estava ansioso para que lhe explicassem. "Quem construiu o templo no final da senda do loureiro?" "Quem era o ancião — sentado a uma mesa com uma caveira sob as mãos — que aparece no quadro pendurado nas escadarias?" Esses e muitos pontos similares foram esclarecidos pelos recursos do poderoso intelecto da Senhora Bunch. Havia outros, no entanto, cujas explicações fornecidas foram menos satisfatórias.

Uma noite de novembro, Stephen estava sentado junto à lareira na sala da governanta refletindo sobre o ambiente que o rodeava.

— O Senhor Abney é um bom homem e irá para o céu? — perguntou repentinamente, com a confiança peculiar que as crianças possuem na capacidade dos mais velhos para resolver questões como essas, cuja decisão acredita-se reservada a outros tribunais.

— Bom? Abençoado seja! — disse a Senhora Bunch. — O mestre é uma alma tão caridosa como nunca vi outra! Não lhe contei do menino que ele tirou da rua sete anos atrás? E da menina, dois anos depois que cheguei aqui?

— Não. Conte-me tudo sobre eles, Senhora Bunch, conte-me agora mesmo!

— Bem — começou a Senhora Bunch —, sobre a menina não lembro muita coisa. Sei que um dia o mestre a trouxe depois da sua caminhada e ordenou à Senhora Ellis, que era a governanta então, que cuidasse muito bem dela. E a coitada da criança não tinha ninguém no mundo, ela mesma me disse. Morou aqui conosco por umas três semanas; então, talvez por ter algo de cigana no sangue, talvez por outra razão qualquer, uma manhã antes que qualquer um de nós tivesse aberto um olho, ela pulou da cama e desapareceu sem deixar pista. Nunca mais voltamos a vê-la. O mestre ficou atônito com o fato e mandou dragar todas as lagoas, mas estou convencida de que ela foi embora com os ciganos, pois, na noite em que partiu, ouvimos durante cerca de uma hora cânticos nos arredores da casa e Parkes declarou que os ouviu entoando um chamado na floresta a tarde toda. Pobre menina! Era uma criança incomum, muito calada em seu modo de ser e em tudo, mas minha convivência com ela era maravilhosa, tão educada era, tão surpreendente...

— E o menino? — perguntou Stephen.

— Ah, aquele pobre rapaz! — suspirou a Senhora Bunch. — Era estrangeiro, chamava-se Jevanny. Chegou num dia de inverno tocando sua sanfona pela estrada afora, o mestre o acolheu na mesma hora e, do modo mais bondoso e amável possível, fez uma série de perguntas: de onde vinha, quantos anos tinha, como tinha chegado aqui, onde estavam seus parentes. Mas aconteceu o mesmo com ele. São ingovernáveis esses estrangeiros, suponho, e, como a garota, numa bela manhã, ele sumiu. Por que se foi e o que aconteceu foi a pergunta que perdurou por um ano, pois ele não levou seu instrumento, que está lá na prateleira.

Stephen passou o resto da noite fazendo diversas perguntas para a Senhora Bunch e tentando extrair uma música da sanfona.

Naquela noite, teve um sonho estranho. No final do corredor, no andar superior onde ficava seu quarto, havia um antigo banheiro fora de uso. Era mantido fechado, mas a metade superior da porta era de vidro, e, como as cortinas de musselina já não existiam havia muito tempo, era possível olhar e ver a banheira afixada na parede da direita e com a cabeceira voltada na direção da janela.

Na noite a que me refiro, Stephen Elliott descobriu-se, como ele pensou, olhando o interior do banheiro pela porta envidraçada. A Lua brilhava através da janela e ele estava com o olhar fixo em uma figura que jazia na banheira.

A descrição que fez do que viu ali me lembra o que eu mesmo uma vez vi nas famosas criptas da Igreja de St. Michan, em Dublin, que possuem a horrível propriedade de preservar os cadáveres da putrefação durante séculos. Uma figura indescritivelmente tênue e patética, cor de chumbo e empoeirada, envolvida numa mortalha, lábios finos e encurvados num sorriso pálido e terrível, mãos pressionadas firmes sobre a região do coração.

No momento em que olhou para aquela figura, um gemido distante, quase inaudível, pareceu escapar dos lábios dela, e os braços começaram a se mover. O terror da visão forçou Stephen a dar um passo para trás, fazendo-o perceber-se de fato com os pés descalços sobre o chão frio de tábuas do corredor totalmente iluminado pela Lua. Com uma coragem que não creio seja comum entre os meninos da sua idade, ele foi até a porta do banheiro para verificar se a figura do seu sonho estava realmente lá. Não estava e ele voltou para a cama.

A Senhora Bunch ficou muito impressionada com sua história na manhã seguinte, a ponto de recolocar a cortina de musselina na porta do banheiro. Além disso, o Senhor Abney, a quem o menino confiou suas experiências no café da manhã, ficou extremamente interessado e fez anotações sobre o assunto no que chamava de "seu livro".

O equinócio da primavera estava aproximando-se e o Senhor Abney frequentemente lembrava disso o primo, acrescentando que aquela ocasião era sempre considerada pelos antigos como um momento crítico para os jovens, que Stephen faria bem se cuidasse de si mesmo e fechasse a janela do seu quarto à noite e que Censorino[1] tinha algumas considerações valiosas sobre o assunto.

Dois incidentes que ocorreram à época deixaram uma forte impressão na mente de Stephen. O primeiro foi depois de uma noite excepcionalmente inquieta e opressiva, embora não conseguisse lembrar-se de qualquer sonho em particular que tivesse tido.

Na tarde do dia seguinte, a Senhora Bunch ocupava-se em remendar sua camisa de dormir.

— Pela graça de Deus, Mestre Stephen! — ela irrompeu um pouco irritada —, como conseguiu rasgar sua camisola

---

[1] Gramático romano do século III d.C. (N.T)

desta forma? Olhe aqui, senhor, o trabalho que dá aos pobres servos que têm de cerzir e emendar para o senhor!

Estava, de fato, muito destruída. Havia uma série de cortes e rasgos, aparentemente provocados e que, sem dúvida, exigiriam uma agulha hábil para remendá-los. Estavam concentrados no lado esquerdo do peito, cortes largos e paralelos, de aproximadamente quinze centímetros. Alguns não tinham rompido totalmente a textura do linho. Stephen pôde apenas expressar seu completo desconhecimento da origem daquilo; tinha certeza de que não estavam lá na noite anterior.

— Mas, Senhora Bunch — disse —, são exatamente os mesmos arranhões que apareceram na porta do meu quarto pelo lado de fora. Garanto que nunca tive nada a ver com isso.

A Senhora Bunch olhou-o boquiaberta, depois pegou uma vela, saiu às pressas da sala e seus passos se dirigiram para cima. Após alguns minutos, desceu.

— Bem, Mestre Stephen —começou ela —, acho muito estranho que as marcas e arranhões tenham aparecido lá. O lugar é alto demais para qualquer cão, gato e muito menos rato tê-las feito. Parecem feitas com as unhas de um chinês, como meu tio, que esteve no comércio de chá, costumava dizer quando éramos crianças. Eu não diria nada ao Senhor Abney se fosse você, meu querido. E tranque a porta quando for dormir.

— Sempre tranco, Senhora Bunch, logo depois de fazer minhas orações.

— Ah, boa criança. Sempre faça suas orações e então ninguém poderá fazer mal a você.

Dito isso, a Senhora Bunch dedicou-se à camisola rasgada, parando pensativa a intervalos regulares, até a hora de dormir. Isso aconteceu numa sexta-feira à noite, em março de 1812.

Na noite seguinte, o diálogo habitual entre Stephen e a Senhora Bunch ganhou mais um interlocutor com a chegada repentina do Senhor Parkes, o mordomo, que como regra sempre se mantinha absorto. Ele não percebeu que Stephen estava lá. Além disso, estava nervoso e mais falante que de costume.

— Se o mestre quiser seu vinho à noite, que vá buscá-lo ele mesmo. — Foi seu primeiro comentário. — Ou eu faço isso durante o dia ou não faço, Senhora Bunch. Não sei o que pode ser. É muito provável que sejam os ratos, ou foi o vento que penetrou nas adegas; eu não sou mais jovem e já não posso resistir como antes.

— Ora, Senhor Parkes, é pouco provável encontrar ratos nesta casa, sabe disso.

— Não estou negando isso, Senhora Bunch; e, na verdade, muitas vezes ouvi os homens dos estaleiros contarem sobre o rato que podia falar. Nunca depositei nenhuma confiança nisso; mas esta noite, se eu colasse a orelha na porta mais ao fundo da adega, poderia muito bem ouvir o que eles estavam dizendo.

— Oh, Senhor Parkes, não tenho paciência para suas fantasias! Ratos conversando na adega, por favor!

— Bem, Senhora Bunch, não desejo discutir com a senhora. Tudo o que digo é que, se a senhora decidisse ir à parte mais profunda da adega e colasse sua orelha à porta, poderia constatar no mesmo instante a verdade das minhas palavras.

— Que absurdos está dizendo, Senhor Parkes. Não é apropriado para crianças ouvir isso! Vai assustar o Mestre Stephen.

— O quê! Mestre Stephen? — disse Parkes, conscientizando-se da presença do menino. — O Senhor Stephen sabe perfeitamente bem quando estou brincando com a senhora.

Na verdade, Mestre Stephen sabia o suficiente para presumir que o Senhor Parkes pretendia mesmo era fazer uma piada. Não que isso lhe fosse inteiramente confortável, mas Stephen estava interessado no caso. Contudo, nenhuma de suas perguntas conseguiu induzir o mordomo a dar maiores detalhes de suas experiências na adega.

Chegamos, então, a 24 de março de 1812. Foi um dia de experiências estranhas para Stephen, um dia ventoso e barulhento que enchia a casa e os jardins com uma atmosfera inquieta. Stephen estava parado diante da cerca olhando para o parque quando sentiu algo, como se passasse por ele uma interminável procissão de seres invisíveis arrastados pelo vento, irresistivelmente conectados entre si e sem rumo, tentando em vão parar, agarrarem-se em alguma coisa que pudesse deter seu voo e trazê-los uma vez mais ao mundo dos vivos ao qual já tinham pertencido.

Naquele dia, depois do almoço, o Senhor Abney disse:

— Stephen, meu rapaz, seria possível você ir hoje à noite ao meu gabinete de estudos às 11 horas? Estarei ocupado até esse momento e desejo mostrar-lhe algo relacionado com sua vida futura, algo que é muito importante que saiba. Não deve mencionar este assunto à Senhora Bunch, nem a mais ninguém da casa. É melhor que se recolha ao seu quarto na hora de sempre.

Aquele era um estímulo novo adicionado à sua vida: Stephen agarrou-se ávido à oportunidade de ficar acordado até às 11 horas. Quando naquela noite dirigiu-se ao andar de cima, ao passar pela porta da biblioteca, percebeu que o braseiro, sempre posicionado no canto da sala, estava agora diante da lareira; havia sobre a mesa uma antiga taça de prata cheia de vinho tinto e algumas folhas escritas. O Senhor Abney tirava incenso de uma caixa de prata arredondada e espargia sobre o braseiro, mas não pareceu notar os passos de Stephen, que por ali passava.

O vento tinha amainado, era uma noite calma e de Lua cheia. Por volta das 10 horas, Stephen estava contemplando da janela do seu quarto toda a região lá fora. Embora a noite estivesse tranquila, a população misteriosa da floresta distante sob o luar ainda não se havia aquietado. De vez em quando, gritos estranhos, como de viajantes perdidos e desesperados, ecoavam do outro lado do lago. Talvez fosse o pio de corujas ou de aves aquáticas, embora não se assemelhassem a esses sons.

Não estariam mais perto? Agora pareciam ecoar na margem oposta do lago, a mais próxima da casa e, em alguns momentos, pareciam estar flutuando entre os arbustos. Então o som cessou, mas exatamente no momento em que Stephen resolveu fechar a janela e retomar a leitura de *Robinson Crusoe*, avistou duas figuras caminhando no jardim pela trilha de pedra que margeava a casa. Eram, conforme lhe pareceu, as figuras de um menino e uma menina. Uma ao lado da outra, elas olhavam para as janelas de cima. Algo na forma da garota fez Stephen recordar irresistivelmente o sonho da figura na banheira. O garoto inspirou-lhe um medo mais agudo.

Enquanto a garota permanecia imóvel, meio sorridente, com as mãos entrelaçadas sobre o coração, o rapaz, de compleição delgada, cabelos negros e roupas esfarrapadas, levantou os braços no ar, o que parecia uma ameaça, uma ânsia e um desejo implacáveis. A Lua brilhava em suas mãos quase transparentes e Stephen viu que as unhas eram terrivelmente longas e que a luz passava através delas. Ao erguer os braços, revelou um espetáculo aterrorizante. No lado esquerdo do peito abria-se uma fenda negra e escancarada e então ecoou no cérebro de Stephen mais do que em seus ouvidos o som daqueles gritos ansiosos e desoladores que ele tinha ouvido ressoar nas matas de Aswarby. Num segundo, aquela dupla terrível tinha-se movido rápida e silenciosamente sobre o cascalho e Stephen não os viu mais.

Inexprimivelmente assustado como estava, resolveu pegar a vela e dirigir-se ao gabinete de estudo do Senhor Abney, pois já estava perto da hora marcada para o encontro. O gabinete e a biblioteca situavam-se num dos lados do corredor da frente, e Stephen, impelido pelo terror, não demorou muito tempo a chegar lá. Entrar já não lhe foi uma tarefa tão fácil. A porta não estava fechada, e disso ele não tinha dúvida, pois a chave estava do lado de fora, como de costume. Bateu repetidamente, mas não houve resposta. O Senhor Abney estava ocupado: ele estava falando. O quê? Por que ele tentou gritar? E por que o grito ficou sufocado na garganta? Teria ele também visto as crianças misteriosas? Mas então tudo já estava calmo e a porta cedeu ao aterrorizado e frenético empurrão de Stephen.

No gabinete do Senhor Abney foram encontrados sobre a escrivaninha alguns papéis que explicaram a situação a Stephen Elliott quando ele teve idade para compreendê-los. Os trechos mais importantes eram os seguintes:

"Era crença sólida e largamente difundida entre os antigos — cuja sabedoria nesses assuntos submeti a experimentos que me induzem a confiar em suas afirmações — que, pondo em prática determinado processo (para nós, modernos, essa prática têm algo de bárbaro), é possível alcançar uma iluminação extraordinária das faculdades espirituais: por exemplo, um indivíduo que absorve a personalidade de certo número de seus semelhantes pode adquirir domínio completo sobre aquelas ordens de seres espirituais que controlam as forças elementares do nosso universo.

Existem registros que conferem a Simão, o Mago, a capacidade de voar, tornar-se invisível ou assumir qualquer forma que quisesse, pela ação da alma de um menino, a quem, para usar a frase difamatória empregada pelo autor do *Clementine Recognitions*, ele teria "assassinado". Encontrei registrado, igualmente, com detalhes consideráveis nos escritos de Hermes Trismegisto, que resultados semelhantes e satisfatórios podem ser produzidos pela absorção do coração de, no mínimo, três seres humanos com idade abaixo de vinte e um anos. Para testar a verdade desta fórmula, dediquei a maior parte dos últimos vinte anos selecionando como *corpora vilia* do meu experimento pessoas que convenientemente possam ser removidas sem ocasionar uma lacuna perceptível na sociedade. O primeiro passo que dei nessa direção foi a remoção de Phoebe Stanley, uma garota de ascendência cigana, em 24 de março de 1792. O segundo foi a remoção de um andarilho italiano chamado Giovanni Paoli, na noite de 23 de março de 1805. A última "vítima", para empregar uma palavra repugnante no mais alto grau para meus sentimentos, deve ser meu primo, Stephen Elliott. Seu dia deve ser neste 24 de março de 1812.

O melhor meio de efetivar a necessária absorção é remover o coração do sujeito vivo, reduzi-lo a cinzas e misturá-lo a meio litro de vinho tinto, de preferência vinho do Porto. Os restos dos dois primeiros sujeitos, pelo menos, seria conveniente esconder: um banheiro fora de uso ou a adega foram oportunos para tal finalidade. Pode-se experimentar uma contrariedade procedente da parte psíquica dos indivíduos, que a linguagem popular dignifica com o nome de fantasmas. Mas o homem de temperamento filosófico — para quem o experimento em si é apropriado — será pouco propenso a atribuir importância aos frágeis esforços destes seres para desatar sua vingança sobre ele. Contemplo com a mais exultante satisfação o prolongamento e emancipação da existência que o experimento, se bem-sucedido, vai conferir-me; não só colocando-me fora do alcance da justiça humana (assim chamada), mas eliminando, em grande medida, a perspectiva da própria morte".

O Senhor Abney foi encontrado em sua cadeira, a cabeça jogada para trás e o rosto estampava uma expressão de raiva, medo e dor mortal. No lado esquerdo do peito havia uma terrível dilaceração que expunha seu coração. Não havia sangue em suas mãos, e uma faca longa, que jazia sobre a mesa, estava perfeitamente limpa. Um gato selvagem poderia ter causado os ferimentos. A janela do gabinete estava aberta e a opinião do legista sustentou que o Senhor Abney encontrou a morte pela ação de uma criatura selvagem. O estudo dos papéis citados, entretanto, levou Stephen Elliott a uma conclusão muito diferente.

OCORRÊNCIA NA PONTE DE OWL CREEK

Tradução:
Vilma Maria da Silva
Ana Maria Morales

Ambrose Bierce

I

Em uma ponte da via férrea no norte do Alabama, um homem olhava para a correnteza seis metros abaixo. Tinha as mãos nas costas e os pulsos atados. Uma corda amarrava firmemente o seu pescoço. Ela estava presa a uma sólida e firme viga acima dele e a ponta chegava até os seus joelhos. Algumas pranchas soltas colocadas sobre os dormentes dos trilhos forneciam piso de apoio para ele e para seus executores — dois soldados rasos do Exército Confederado, comandados por um sargento que, na vida civil, possivelmente teria sido um subxerife. Próximo, sobre a mesma plataforma provisória, havia um oficial armado, vestido em seu uniforme de graduado. Era o capitão. Havia uma sentinela em cada extremidade da ponte com o rifle em posição de "apoio", quer dizer, posicionado verticalmente na frente do ombro esquerdo, o cão apoiado no antebraço disposto na diagonal do tórax — uma posição formal e antinatural que impunha ao corpo um porte ereto. Não parecia terem esses dois homens o dever de saberem o que estava ocorrendo no centro da ponte; eles apenas bloqueavam a passagem lateral para pedestres, impedindo o trânsito.

Para além de uma das sentinelas não havia ninguém à vista; a via férrea percorria pela floresta em linha reta quase cem metros antes de desaparecer em uma curva. Sem dúvida, havia um posto avançado mais adiante. Na outra margem da correnteza, havia uma área aberta, uma colina coroada por uma paliçada de troncos, com seteiras para rifles e uma abertura para a boca do canhão que vigiava a ponte. No meio do caminho entre a ponte e o forte havia espectadores: um único regimento de infantaria em "posição de descanso", a coronha dos rifles para baixo, o cano apoiado no ombro direito e levemente inclinado para trás, as mãos cruzadas sobre a coronha. Um tenente estava à direita da fila, a ponta da espada voltada para o chão, a mão esquerda descansando sobre a direita. Com exceção dos quatro homens posicionados no centro da ponte, nenhum outro se movia. O regimento, completamente imóvel, mantinha os olhos fixos como pedra, voltados para a ponte. As sentinelas, de frente para as margens da correnteza, poderiam ser tomadas por estátuas que adornassem a ponte. O capitão, de braços cruzados, observava silenciosamente o trabalho de seus subordinados e nada manifestava. A morte é uma dignitária que, ao ser anunciada, deve ser recebida com manifestações formais de respeito, mesmo por aqueles mais familiarizados com ela. No código militar, o silêncio e a rigidez são formas de deferência.

O homem que estava para ser enforcado aparentava ter uns trinta e cinco anos. Era um cidadão comum, a julgar pelo traje típico de um proprietário rural. Tinha bom aspecto: nariz reto, lábios firmes e testa larga, de onde saíam os longos cabelos negros que, penteados para trás, chegavam até o colarinho do casacão bem cortado. Tinha bigode e barba pontuda, mas não usava suíças, grandes olhos cinza-escuros e uma expressão amável, algo que dificilmente se esperaria de alguém que estivesse com a corda no pescoço. Evidentemente, não era um assassino comum. O código militar liberal dispõe sobre a forca para pessoas de todas as classes, e homens de boa educação não são exceção.

Terminados os preparativos, os dois soldados deram um passo para o lado e afastaram as pranchas que lhes serviam de suporte. O sargento voltou-se para o capitão, prestou continência e se posicionou imediatamente atrás do oficial, que por seu turno deu um passo para o lado. Estes movimentos deixaram o sentenciado e o sargento nas duas extremidades da mesma prancha que ficava sobre três dormentes da via férrea. A extremidade sobre a qual estava o cidadão chegava perto de um quarto dormente, mas não o alcançava. O peso do capitão é que a tinha mantido no lugar; agora, era o sargento que a mantinha com seu peso. Ao sinal do capitão, o sargento daria um passo para o lado, a prancha se inclinaria e o sentenciado viria abaixo, passando entre dois dormentes. O arranjo foi recomendado em seu julgamento porque era simples e eficaz. Seu rosto não fora coberto, nem seus olhos foram vendados. Ele olhou um momento para a "base instável" onde tinha os pés e então deixou o olhar vagar pelo torvelinho em louca carreira sob seus pés. Um tronco flutuante chamou sua atenção e seus olhos seguiram seu curso correnteza abaixo. Parecia mover-se tão lentamente! Que corrente morosa!

Ele fechou os olhos para concentrar os últimos pensamentos em sua esposa e filhos. A água, matizada pelo Sol dourado da manhã, a névoa tristonha nas margens correnteza abaixo, o forte, os soldados, o tronco, tudo aquilo distraía sua atenção. E nesse momento ele tomou consciência de uma nova inquietação. Entre os pensamentos sobre seus entes queridos cruzava um som que ele não podia nem ignorar nem entender, uma percussão metálica, aguda e distinta como o golpe do martelo de um ferreiro contra a bigorna; tinha a mesma ressonância. Ele se perguntou o que seria e se soava ali perto ou se vinha de uma grande distância — parecia distante e próximo ao mesmo tempo. Ressoava em intervalos regulares, mas num ritmo tão lento quanto a badalada fúnebre dos sinos de finados. Ele aguardava cada nova pancada com impaciência e, não sabia por quê, com apreensão. Os intervalos de silêncio ficavam cada vez mais longos; as pausas eram de enlouquecer. Quanto mais longas, maior a força e a agudeza dos sons. Feriam seus ouvidos como o gume certeiro de um punhal e ele temia que fosse gritar. O que escutava era o tique-taque do seu relógio.

Abriu os olhos e viu novamente a água a seus pés. "Se eu pudesse desprender as mãos", pensou, "poderia me desfazer do laço e saltar na corrente. Com um mergulho eu poderia escapar dos tiros e, nadando vigorosamente, alcançar a margem, fugir pela floresta e ir para casa. Meu lar, graças a Deus, ainda está fora da mira deles; minha esposa e meus pequenos continuam fora do alcance do invasor".

Enquanto esses pensamentos, aqui registrados em palavras, lampejavam no cérebro do sentenciado, e antes que pudessem gerar uma ação, o capitão acenou para o sargento, que deu um passo para o lado.

II

Peyton Farquhar era um fazendeiro bem-sucedido de uma família muito respeitada do Alabama. Como todo dono de escravos, era um político; naturalmente, um separatista autêntico e fervorosamente devotado à causa do Sul. Circunstâncias de natureza imperiosa, que é desnecessário relatar aqui, impediram seu alistamento no heroico exército que tinha lutado na desastrosa campanha que teve fim com a queda de Corinto. Ficou inquieto diante do impedimento inglório, ansiando por extravasar a energia, a vida mais livre do soldado e por uma oportunidade de se distinguir. Essa oportunidade, ele achava, viria, como vem para todos em tempos de guerra. Enquanto isso, fazia o que podia. Nenhuma tarefa em auxílio do Sul era demasiado humilhante para ele, nenhuma façanha tão perigosa a ponto de impedi-lo de tomá-la a seu encargo, se compatível com o caráter de um cidadão que tivesse um coração de soldado e, de boa-fé, ainda que lhe faltasse muita qualificação, concordasse ao menos em parte com a máxima manifestamente abominável de que tudo é legítimo no amor e na guerra.

Uma tarde, enquanto Farquhar e sua esposa estavam sentados em um banco rústico próximo da entrada do jardim, um soldado com traje cinza apareceu no portão e pediu um copo de água. *Mrs.* Farquhar sentiu grande satisfação em servi-lo com as próprias mãos. Enquanto ela foi buscar a água, seu marido aproximou-se do cavaleiro empoeirado e pediu-lhe ávido as notícias do *front*.

— Os ianques estão consertando as estradas de ferro — disse o homem — e estão preparados para outro avanço. Acabaram de chegar à ponte de Owl Creek. Já a consertaram e construíram uma paliçada no lado norte da margem. O comandante emitiu uma ordem, que foi afixada em todos os lugares, declarando que qualquer civil que fosse apanhado interferindo na ferrovia, nas pontes, nos túneis ou nos trens seria sumariamente enforcado. Eu vi a ordem.

— A que distância fica a ponte de Owl Creek? — perguntou Farquhar.

— Aproximadamente 50 quilômetros.

— Não há nenhum soldado deste lado do rio?

— Só um posto de guarnição 800 metros adiante, na ferrovia, e apenas uma sentinela na extremidade da ponte.

— Imagine que um homem, um civil entendido de enforcamentos, que iludisse o posto de guarnição e talvez burlasse a sentinela — disse Farquhar, sorrindo, — o que esse homem poderia fazer?

O soldado refletiu.

— Faz um mês que estive lá — replicou. — Notei que a correnteza do último inverno depositou uma grande quantidade de toras junto ao pilar de madeira da ponte. Estão secas agora e queimariam como lenha.

A senhora retornou com a água. O soldado bebeu, agradeceu-a cerimoniosamente, fez uma vênia para o marido, montou no cavalo e partiu. Uma hora mais tarde, depois que anoiteceu, ele voltou a passar pela fazenda e para o norte na direção de onde tinha vindo. Era um Confederado espião.

III

Peyton Farquhar caiu verticalmente da ponte e perdeu imediatamente a consciência, como se já estivesse morto. Foi despertado dessa condição — anos depois, como lhe pareceu — pela dor que sentiu de uma compressão intensa na garganta, seguida de uma sensação de sufocamento. Uma agonia penetrante e pungente parecia alastrar-se do seu pescoço e percorrer cada fibra do seu corpo e dos seus membros. Essas dores pareciam irromper ao longo de ramificações bem definidas e latejar com uma aceleração inconcebivelmente rápida. Pareciam jatos de fogo pulsante de intolerável temperatura que o queimavam. Quanto à cabeça, não tinha consciência de nada, apenas lhe vinha uma sensação de completa... congestão. Essas sensações não se faziam acompanhadas de pensamento. A porção intelectual da sua natureza já estava obliterada. Tinha capacidade apenas de sentir, e o sentimento era de tormento. Estava consciente de que havia movimento. Envolto em uma névoa luminosa, da qual era agora apenas o centro em chamas, impalpável, ele balançava de um lado para outro em um arco inconcebível. Então, imediatamente, com terrível brusquidão, a luz em volta dele disparou para o alto e houve um ruído barulhento de água. Um estrondo assustador retumbou em seus ouvidos e tudo se tornou escuro e frio. Recuperando a capacidade de pensar, ele percebeu que a corda se rompera e ele tinha caído na corrente. Não se sentia sufocar mais do que antes; o laço em torno do pescoço já o asfixiava bastante, impedindo que a água chegasse aos pulmões. Morrer enforcado no fundo do rio! — a ideia lhe pareceu ridícula. Abriu os olhos na escuridão e viu no alto uma luminosidade, mas que estava distante; que inacessível! Ainda afundava, pois a luz, cada vez mais débil, tornou-se por fim apenas um vislumbre. Então, começou a aumentar e ficar mais viva, e ele percebeu que estava voltando para a superfície — reconheceu-o com relutância, pois agora se sentia muito confortável. "Ser enforcado e ser afogado", ele pensou, "isso não é tão ruim, mas não quero levar um tiro. Não, não vou levar um tiro; isso não é justo".

Ele não tinha consciência do esforço, mas uma dor aguda em seu pulso lhe dizia que estava tentando soltar as mãos. Ficou observando essa luta, como um preguiçoso que, sem interesse no resultado, observasse o feito de um ilusionista. Que esforço esplêndido! Que magnífico, que força sobre-humana! Ah, foi um empenho admirável! Bravo! A corda soltou-se, seus braços estavam livres e flutuavam na direção da superfície, as mãos, uma de cada lado, difusamente percebidas na luminosidade cada vez mais nítida. Ele olhou para elas com um novo interesse depois que uma, e em seguida a outra se lançou sobre o nó que lhe comprimia o pescoço. Romperam o nó e ferozmente arrancaram a corda, e sua ondulação parecia a de uma cobra d'água. "Coloquem de volta no lugar, coloquem de volta no lugar!" Ele achou que tinha gritado essas palavras para suas mãos, pois, ao rompimento do nó, seguiu-se a mais lancinante dor que já tinha experimentado. Seu pescoço doía terrivelmente; o cérebro estava em chamas, o coração, que estivera pulsando levemente, deu um grande salto e parecia pronto a lançar-se pela boca. Todo o seu corpo foi fustigado e torturado por uma agonia insuportável! Mas suas mãos desobedientes não atenderam ao seu comando. Enérgicas e rápidas, golpeavam a água e se deslocavam para baixo, empurrando-o para cima. Sentiu a cabeça emergir; a luz do Sol cegou-lhe os olhos, seu peito se expandiu em convulsão e, com uma agonia suprema e soberana, seus pulmões engoliram uma imensa golfada de ar, que ele expeliu instantaneamente com um grito agudo.

Ele agora tinha a completa posse de seus sentidos físicos. Eles estavam, de fato, sobrenaturalmente alertas e aguçados. Algo na terrível desordem do seu sistema orgânico tinha intensificado e refinado os seus sentidos a tal ponto que eles lhe revelavam coisas nunca antes percebidas. Percebeu bater-lhe no rosto as ondas da correnteza e ouviu separadamente cada som que faziam. Olhou para a floresta sobre a margem e viu cada árvore separadamente, as folhas e as nervuras de cada uma das folhas — ele viu até mesmo os insetos sobre elas: os gafanhotos, os corpos brilhantes dos insetos alados, as aranhas cinzentas estendendo suas teias de galho a galho. Notou as cores prismáticas em cada gota de orvalho sobre milhares de folhas de grama. O zunido dos mosquitos que bailavam sobre o redemoinho das águas, o bater de asas das libélulas, o bater de pernas das aranhas d'água como remos levantados do barco — tudo isso se produzia com uma música audível. Um peixe deslizava diante dos seus olhos e ele ouvia o ímpeto do seu corpo rompendo a água.

Tinha subido à superfície enfrentando a correnteza. Em um instante, o mundo visível parecia girar lentamente em círculo, ele próprio situado no ponto central, e viu a ponte, o forte, os soldados sobre a ponte, o capitão, o sargento, os dois soldados rasos, seus executores. Eram silhuetas contra o céu azul. Gritavam e gesticulavam, apontando para ele. O capitão tinha sacado sua pistola, mas não atirou; os demais estavam desarmados. Seus movimentos eram grotescos e horríveis; suas silhuetas, gigantescas.

Subitamente, ele ouviu um estrondo forte e algo golpeou a água fortemente, a uma pequena distância da sua cabeça, lançando um jorro d'água no seu rosto. Ouviu um segundo estrondo e viu uma das sentinelas com o rifle sobre o ombro; uma leve nuvem de fumaça azul subia do cano da arma. O homem na água viu os olhos do homem na ponte fitar os seus através do visor da arma. Ele notou que eram cinza aqueles olhos e lembrou de ter lido que olhos cinzentos eram os mais aguçados, e que todos os atiradores peritos os tinham nessa cor. Todavia, aquele tinha errado.

Um redemoinho apanhou Farquhar e o fez girar meio círculo. Ele agora estava na margem oposta ao forte, novamente voltado para a floresta. O som alto e claro de uma voz em uma monótona cantarola retumbava atrás dele e vinha através da água com uma clareza que penetrava e predominava sobre todos os demais sons, mesmo o golpe das ondas em seus ouvidos. Embora não fosse soldado, ele tinha frequentado acampamentos militares suficientemente para conhecer o significado terrível daquela canção aspirada, lenta e deliberadamente arrastada; o tenente na margem ajudava no trabalho da manhã. Era com impiedade e frieza que, para ordenar e compelir os homens a executarem os comandos com calma, media-se acuradamente a duração do intervalo entre essas palavras cruéis:— Companhia!... Atenção!... Preparar!... Apontar!... Fogo!

Farquhar mergulhou, mergulhou o mais fundo que pôde. A água rugia em seus ouvidos como a voz do Niágara e, ainda assim, ele ouviu o estrondo abafado da artilharia. De volta à superfície, encontrou partículas brilhantes de metal, singularmente achatadas que, oscilantes, seguiam lentamente correnteza abaixo. Algumas roçavam seu rosto e suas mãos e continuavam sua rota para baixo. Uma alojou-se entre seu colarinho e o pescoço. Estava desconfortavelmente quente e ele a afastou.

Ao ressurgir na superfície buscando ansiosamente por ar, viu que tinha ficado longo tempo debaixo da água; percebeu que estava num ponto mais distante rio abaixo — muito mais seguro para ele. Os soldados tinham quase terminado de recarregar as armas. As varetas lampejavam ao sol conforme eram puxadas do cano, giradas no ar e introduzidas nos cartuchos. As duas sentinelas novamente abriram fogo, cada uma de uma vez e sem resultado.

O homem caçado viu tudo isso por cima dos ombros. Naquele momento, nadava com todas as forças. Seu cérebro estava tão vigoroso quanto seus braços e pernas; ele pensava com a rapidez de um relâmpago.

"O oficial", ele inferiu, "não cometerá uma segunda vez o mesmo erro por rigor excessivo. É tão fácil escapar de uma saraivada de tiros quanto de um tiro só. Certamente, ele já deu o comando para cada um abrir fogo à vontade. Deus me ajude. Não posso escapar de todos eles!".

Uma espantosa pancada atingiu a água a uns dois metros adiante, seguida instantaneamente de um estrondo, atropelo de sons, um DIMINUENDO, e pareceu saltar para trás, tomar a direção do forte e extinguir-se numa explosão que abalou o rio até o fundo! Um lençol de água se ergueu, curvou-se e desabou sobre ele, cegou-o, sufocou-o! O canhão tinha entrado na manobra. Ao sacudir a cabeça molhada, livre do desconforto causado pelo jorro d'água, ele ouviu o projétil passar assobiando acima dele, e, logo depois, seu estouro mais além na floresta contra os galhos que se despedaçavam.

"Eles não farão isso de novo", ele pensou. "Da próxima vez usarão balote. Tenho de ficar atento a essa arma. A fumaça me alertará. O projétil é disparado, mas escuto a detonação só muito depois. É uma arma excelente."

De repente, ele se viu rodopiando como um pião. A água, as margens do rio, a floresta, a ponte já distante, o forte, os homens, tudo girava junto numa mistura indistinta e confusa. Os objetos eram representados por cores apenas — ondas de cores horizontais e circulares eram tudo o que via. Fora apanhado num vórtice e estava sendo arrastado pelo redemoinho a uma velocidade tão alta que sentiu vertigem e náusea. Um segundo depois, foi arremessado no saibro ao pé da margem esquerda do rio, a margem sul, atrás de um relevo que o escondia dos inimigos. A súbita aterrissagem e a escoriação de uma das mãos nos cascalhos o fizeram voltar a si, e ele chorou de alegria. Enfiou os dedos na areia, lançava-a em punhados sobre si e a abençoava em voz alta. Eram para ele como diamantes, rubis, esmeraldas e não havia nada tão belo que pudesse assemelhar-se à areia. As árvores sobre a margem formavam um jardim colossal; notou uma ordenação definida no modo como estavam arranjadas, inalou o aroma de suas flores. Uma estranha luz rosada brilhava entre os troncos, e nos galhos o vento compunha a música das harpas eólicas. Ele já não desejava continuar fugindo, permaneceria satisfeito naquele lugar encantador até ser recapturado.

Um zumbido e o estampido de um tiro entre os galhos acima da sua cabeça despertaram-no do sonho. O confuso artilheiro abriu fogo a esmo como forma de despedida. Ele ergueu-se num salto, subiu correndo pela encosta da margem e mergulhou na floresta.

Caminhou o dia todo, orientando-se pelo percurso do Sol. A floresta parecia interminável. Não encontrou clareiras em nenhuma parte, nem trilhas de lenhadores. Não sabia que vivia em uma região de florestas tão extensas. Havia nessa revelação algo de misterioso.

Ao entardecer, estava fatigado, faminto e tinha os pés feridos. Pensar na esposa e filhos o estimulou a seguir. Por fim, ao encontrar uma estrada, identificou que estava na direção certa. Era tão larga e plana como uma rua urbana, mas parecia que ninguém nunca tinha passado por ela. Não havia campos que lhe fizessem fronteira, nem moradias em parte alguma. Tampouco havia ladridos de cães que indicassem haver habitantes humanos no lugar. Os troncos negros das árvores formavam um muro contínuo de ambos os lados e, como um bosquejo apresentado em uma lição sobre perspectiva, terminava no horizonte em um ponto de fuga. Ao olhar para cima, encontrou um céu apinhado de estrelas douradas e brilhantes; pareciam desconhecidas e agrupadas em constelações também desconhecidas. Ele estava certo de que estavam organizadas em uma ordem que tinha um significado secreto e maligno. A floresta de ambos os lados estava cheia de rumores peculiares, entre os quais — uma, duas, três vezes — ele ouviu distintamente sussurros em um idioma desconhecido.

O pescoço lhe doía. Examinando-o com a mão, viu que estava horrivelmente intumescido. Sabia que havia um anel escuro onde a corda o tinha ferido. Sentiu os olhos congestionados, mas não podia fechá-los. A língua estava intumescida de sede; e sua febre, ele a aliviava ao ar frio colocando-a entre os dentes. Como era suave a estrada amaciada pela relva! — Ele já não sentia a trilha sob os pés.

Certamente, apesar do sofrimento, ele tinha caído no sono enquanto caminhava, pois agora está vendo outra cena — talvez tivesse apenas se recuperado de uma alucinação. Está diante do portão da sua casa. Tudo permanece como a deixou e tudo está iluminado e belo sob o Sol da manhã. Deve ter viajado a noite toda. Ao empurrar o portão e atravessar o caminho largo e branco, ouve o farfalhar de vestidos. Sua esposa, jovem e cheia de frescor e graça, desce os degraus da varanda e vem ao seu encontro. Ao pé da escada, ela espera com um sorriso de inefável alegria, uma atitude de incomparável graça e dignidade. Ah, como é bela! Ele corre ao seu encontro com os braços estendidos. Quando está quase a abraçá-la, sente um atordoante golpe atrás do pescoço; uma luz branca e ofuscante envolve tudo ao seu redor com um som semelhante ao impacto do tiro de um canhão — e então tudo é escuridão e silêncio!

Peyton Farquhar está morto; seu corpo, com o pescoço quebrado, balança devagar de um lado para outro sob as vigas da ponte de Owl Creek.

O GRITO
DA CAVEIRA

Tradução:
Vilma Maria da Silva
Ana Maria Morales

F. M. Crawford

Ouço-a gritar frequentemente. Não, não sou uma pessoa nervosa. Não sou fantasioso e nunca acreditei em fantasmas, a menos que essa coisa seja um. Seja o que for, me odeia quase tanto quanto odiava Luke Pratt, e grita para mim.

Se eu fosse você, nunca contaria histórias torpes sobre métodos engenhosos de matar pessoas; nunca se sabe se alguém sentado à mesa não se sente cansado do seu cônjuge, sua mais amada pessoa. Sempre me culpo pela morte da Sra. Pratt e suponho que fui, de certa forma, responsável por isso, embora Deus saiba que nunca lhe desejei nada a não ser felicidade e vida longa. Se eu não tivesse contado aquela história, ela poderia ainda estar viva. Imagino que este seja o motivo de a coisa gritar para mim.

Era uma boa mulher. Tinha, apesar de tudo, um temperamento doce e uma voz suave e gentil; mas lembro-me de ouvi-la gritar uma vez quando julgou que o filho tivesse morrido com o disparo de uma arma, embora todos soubessem que não estava carregada. Era o mesmo grito, exatamente o mesmo, com uma espécie de tremor acentuado no final; compreende o que eu quero dizer? Inconfundível.

A verdade é que eu não tinha percebido que o médico e sua esposa não estavam em bons termos. Eles costumavam brigar de vez em quando na minha presença e muitas vezes notei a delicada Sra. Pratt ficar muito vermelha e morder forte os lábios para manter a calma, enquanto Luke ficava pálido e dizia as coisas mais ofensivas. Ele era daquele jeito no jardim da infância, lembro-me bem, e depois, na escola. Era meu primo, sabe; por isso vim para esta casa. Toda a família se extinguiu depois que ele morreu e que seu filho, Charley, foi assassinado na África do Sul. Sim, é uma propriedade pequena e bonita, bastante conveniente para um velho marinheiro como eu se dedicar à jardinagem.

Sempre lembramos de forma mais nítida dos nossos erros que das nossas ideias mais inteligentes, não é? Muitas vezes notei isso. Uma noite, eu estava jantando com os Pratts quando lhes contei a história que mais tarde causaria mudanças profundas. Era uma noite úmida de novembro e o mar gemia. Silêncio!... Se ficar em silêncio, poderá ouvir...

Está ouvindo a maré? Tenebroso esse som, não é mesmo? Às vezes, nesta época do ano... Aí está!... Escute!... Não tenha medo, meu caro... não vai te comer... afinal, é apenas um ruído! Porém, me alegro que tenha escutado, porque há pessoas que acham que é o vento, ou fruto da minha imaginação, ou algo assim. Você não vai ouvi-lo novamente esta noite, imagino, porque geralmente não se repete. Sim, correto. Atire outra lenha ao fogo e coloque um pouco mais dessa coisa fraca de que tanto gosta. Lembra-se do velho Blauklot, o carpinteiro daquele navio alemão que nos recolheu quando o Clontarf naufragou? Em uma noite de forte vendaval tínhamos aquartelado[1] o melhor possível. Estávamos a 800 quilômetros de qualquer terra; o navio subia e descia como o pêndulo de um relógio... *Ai dos coitados em terra firme esta noite, camaradas!* — bradou o velho Blauklot ao retirar-se para sua cabine com o reparador de velas. Penso nisso frequentemente agora que estou em terra firme para sempre.

Sim, foi numa noite como esta, quando eu estava em casa para um período de descanso, esperando a hora de lançar o Olympia em sua primeira viagem — foi na viagem seguinte

---

[1] Arrear uma vela na direção do vento para obrigar a embarcação a parar ou recuar. (N.E.)

que ele quebrou o recorde, você se lembra —, mas aquilo marca a data. Era o início de novembro do ano de 1892.

O tempo estava tempestuoso, Pratt estava de mau humor e o jantar estava ruim — na verdade, estava péssimo, o que contribuía para agravar a situação. Além do mais, estava frio, o que piorava tudo. A pobre senhora ficou muito triste com aquilo e insistiu em servir uma torrada com queijo derretido para compensar os nabos crus e o carneiro malcozido. Pratt devia ter tido um dia difícil. Talvez tivesse perdido um paciente. Em todo caso, estava com um temperamento terrível.

— Minha mulher está tentando me envenenar, percebe? — ele disse — Algum dia desses ela vai conseguir.

Vi que ela estava magoada e esbocei um sorriso, dizendo que a Sra. Pratt era inteligente demais para querer livrar-se do marido de forma tão simples. Então, comecei a contar-lhes sobre engenhos japoneses com fibra de vidro, crinas de cavalo e afins.

Pratt era médico e sabia muito mais do que eu sobre tais coisas, mas isso só me deu mais coragem e contei a história de uma irlandesa que matou três maridos antes que suspeitassem dos seus crimes.

Você nunca ouviu essa história? O quarto marido conseguiu manter-se acordado e a surpreendeu. Ela foi enforcada. Como ela fazia? Servia aos maridos um entorpecente e, depois de caírem em sono profundo, ela despejava em seus ouvidos chumbo derretido com um funil de chifre… Não… Isso é o vento que assobia. Está soprando para o sul novamente. Reconheço pelo som. Outra coisa também que não se repete mais de uma vez na mesma noite, mesmo nesta época do ano, quando aconteceu… Sim, foi em novembro. A pobre Senhora Pratt morreu de repente em sua cama não muito tempo depois que jantei aqui. Posso determinar a data porque recebi a notícia em Nova York pelo vapor que seguiu o Olympia quando o levei em sua primeira viagem. Você levou o Leofric no mesmo ano? Sim, eu me lembro. Que dupla de velhos tolos nos tornamos, você e eu. Há quase cinquenta anos já éramos aprendizes no Clontarf. Será que vamos nos esquecer do velho Blauklot algum dia? *"Ai dos coitados em terra firme esta noite, camaradas!"* — Ha, ha, ha! Tome mais um pouco, com toda aquela água. É o velho gim holandês que encontrei na adega quando esta casa ficou para mim, o mesmo que há 25 anos eu trouxe de Amsterdã para Luke. Ele nunca bebeu sequer uma gota. Talvez esteja arrependido agora, pobre companheiro.

Onde foi que parei? Sim, eu dizia que a Sra. Pratt morreu de repente... Imagino que Luke deve ter ficado solitário aqui depois que ela morreu. Eu vinha visitá-lo esporadicamente. Ele parecia cansado e nervoso e contou-me que estava sobrecarregado com trabalho na clínica, mas em hipótese alguma queria aceitar um assistente. Passaram-se anos, e seu filho foi assassinado na África do Sul. Depois disso, ele começou a ficar estranho. Havia nele algo diferente das outras pessoas. Acredito que manteve a cabeça na profissão até o fim. Não havia nenhuma queixa sobre erros médicos que tivesse cometido ou qualquer coisa do tipo, mas ele tinha um olhar...

Quando jovem, Luke era ruivo, pálido e nunca foi robusto. Na meia-idade, ficou grisalho. Depois da morte do filho, ficou cada vez mais magro, a ponto de sua cabeça parecer uma caveira envolvida num pergaminho muito esticado. Os olhos tinham um brilho característico muito desagradável de ver.

Ele tinha um velho cachorro que a pobre Senhora Pratt amava e que costumava segui-la por toda parte. Era um buldogue e tinha um temperamento muito doce e equilibrado, embora tivesse um jeito de prender o lábio superior atrás de um de seus caninos que assustava bastante os estranhos. Às vezes, de noite, Pratt e Bumble, que era o nome do cão, costumavam sentar-se e olhar um para o outro por muito tempo, pensando nos velhos tempos, suponho, quando a esposa de Luke se sentava aí nessa cadeira que você ocupa agora.

Esse sempre foi o lugar dela e esta cadeira onde estou era a do médico. Bumble costumava subir pelo banquinho. Era velho e gordo na época, não podia pular muito e seus dentes estavam ficando instáveis. Ele olhava fixamente para Luke e Luke olhava fixamente para ele. Seu rosto estava cada vez mais parecido com uma caveira e seus olhos eram como duas brasas; depois de uns cinco minutos, talvez menos, o velho Bumble de súbito começava a tremer da cabeça aos pés e subitamente soltava um grito horrível, como se tivesse sido baleado, e caía da cadeira. Em seguida, ia trotando esconder-se debaixo do aparador, deitava-se e ficava lá emitindo sons estranhos.

Considerando a aparência de Pratt naqueles últimos meses, não é de se admirar, entende? Não estou nervoso, tampouco sou fantasioso, mas às vezes penso que ele poderia levar uma mulher sensível à histeria... Sua cabeça parecia demasiado uma caveira envolta em pergaminho!

Finalmente desembarquei um dia antes do Natal, quando meu navio estava atracado e eu tinha três semanas livres. Não vi Bumble e comentei casualmente que supunha que o velho cão tivesse morrido.

— Sim — respondeu Pratt e, mesmo antes que ele continuasse, achei que havia algo estranho em seu tom de voz. — Eu o matei — disse de pronto. — Não aguentava mais.

Perguntei o que era que ele não aguentava, embora deduzisse perfeitamente.

— Ele tinha um jeito de sentar na cadeira dela e me encarar e uivar — Luke estremeceu. — Ele não sofreu nada, pobre velho Bumble — afirmou apressadamente, como se pensasse que eu pudesse imaginar que ele tivesse sido cruel. — Coloquei morfina na bebida para fazê-lo dormir profundamente e fui aos poucos aplicando clorofórmio para que não sufocasse, mesmo dormindo. Tudo ficou mais tranquilo desde então.

Eu me perguntei o que ele quis dizer, pois percebi que as palavras lhe tinham escapado dos lábios como se ele não conseguisse refreá-las. Entendi depois. Ele quis dizer que não ouvia aquele barulho tão frequentemente depois que o cão tinha ficado fora do caminho. Talvez pensasse inicialmente que fosse o velho Bumble no quintal uivando para a Lua, embora não seja o mesmo tipo de barulho, não é? Além disso, se Luke não sabia, eu sei o que é. É só um barulho, no fim das contas, e um barulho nunca fez mal a ninguém. Contudo, ele era muito mais fantasioso do que eu. Sem dúvida há realmente algo que não entendo, mas quando não entendo algo, dou-lhe o nome de fenômeno e, diferente dele, não tomo por certo que tal fenômeno vai me matar. Como você ou qualquer homem que tenha estado em alto-mar, decididamente não entendo tudo. Costumávamos falar de ondas gigantescas, por exemplo, e não sabíamos explicá-las. Agora nós as explicamos chamando-as de terremotos submarinos, e as dividimos em cinquenta teorias, das quais qualquer uma poderia tornar os terremotos inteiramente compreensíveis se soubéssemos o que eles são. Em uma ocasião me vi em meio a um terremoto submarino. O tinteiro voou direto da mesa contra o teto da minha cabine. Aconteceu a mesma coisa com o Capitão Lecky... suponho que tenha lido esta história em seu livro sobre navegação. Muito bem. Se aquele tipo de coisa ocorresse em terra firme, nesta sala, por exemplo, uma pessoa nervosa falaria em espíritos e levitação e cinquenta coisas que não significam nada, em vez de apenas definir o acontecimento como um "fenômeno" ainda sem explicação. Esta é minha opinião a respeito dessa voz, entende?

Além disso, que provas há de que Luke matou a esposa? Eu não sugeriria jamais tal coisa a ninguém, somente a você. Afinal, não passava de coincidência o fato de a pobre Senhora Pratt morrer subitamente na sua cama poucos dias depois que contei aquela história no jantar. Ela não era a única mulher a morrer assim. Luke buscou o médico da paróquia mais próximo e ambos concordaram que a causa da sua morte estava algo relacionada a algum problema cardíaco. Por que não? É bastante comum.

Claro, havia a concha. Nunca contei isso a ninguém e gelei quando a encontrei no armário do quarto. Era nova... uma pequena concha de ferro estanhado que não estivera no fogo mais do que uma ou duas vezes. Preso ao fundo, havia um pouco de chumbo derretido, cinzento, com impurezas solidificadas em cima. Mas isso não prova nada. Um médico rural geralmente é um homem hábil que faz tudo sozinho, e Luke pode ter tido uma dúzia de razões para derreter chumbo em uma concha. Ele gostava de pescaria, por exemplo, e pode ter feito uma chumbada para uma noite de pesca; talvez precisasse de um peso para o relógio do corredor, ou algo parecido. Mesmo assim, quando encontrei a concha, tive uma sensação um tanto estranha, porque parecia muito com aquilo que eu tinha descrito quando lhes contei a história. Entende? Afetou-me desagradavelmente e a joguei fora. Está no fundo do mar a um quilômetro e meio da praia e vai estar muito enferrujada e difícil de reconhecer se por acaso for trazida pela maré.

Luke deve tê-la comprado na vila há anos, entende, porque o armazém ainda vende essas conchas. Suponho que sejam usadas para cozinhar. Em todo caso, não havia nenhuma razão para uma criada curiosa encontrar tal objeto jogado por aí, com chumbo dentro, perguntar-se o que seria e casualmente mencionasse o fato à criada que me ouviu contar a história naquele jantar... pois aquela jovem casou-se com o filho do encanador da vila e poderia muito bem se lembrar de tudo.

Você me entende, não é? Agora que Luke Pratt está morto e enterrado ao lado da esposa, sob a lápide de um homem honesto, não devemos revolver assuntos que possam manchar sua memória. Estão ambos mortos e o filho deles também. Já houve muitos transtornos em volta da morte de Luke, pelas circunstâncias de como foi.

Como foi? Uma manhã, ele foi encontrado morto na praia e houve o inquérito de um médico legista. Havia marcas na sua garganta, mas ele não tinha sido roubado. O veredicto determinou que ele tinha morrido "pelas mãos ou dentes de uma pessoa ou animal desconhecido". Metade do júri considerou que talvez um cão enorme, depois de tê-lo atirado ao chão, tenha mordido sua traqueia, embora não houvesse laceração na pele da garganta. Ninguém sabia a que hora ele tinha saído, nem onde estivera. Foi encontrado de costas acima da marca da maré alta e, debaixo da mão, uma velha caixa de chapéu que pertencera à esposa. Estava aberta, a tampa tinha caído. Ele parecia estar levando para casa um crânio na caixa... os médicos gostam de colecionar essas coisas. O crânio tinha rolado para fora da caixa e parado ao lado da sua cabeça. Era um crânio extraordinário, bastante pequeno, muito bem formado e muito branco, com dentes perfeitos. Quer dizer, o maxilar era perfeito, mas não havia mandíbula quando o vi pela primeira vez.

Sim, encontrei esse crânio aqui quando cheguei. Veja, era muito branco e polido, como algo concebido para ficar sob uma redoma de vidro. Ninguém sabia de onde veio, nem o que fazer com ele, então o colocaram de volta na caixa de chapéu e guardaram na prateleira do armário no melhor quarto e é claro que me mostraram quando tomei posse da casa. Levaram-me também à praia para me mostrarem o lugar exato onde Luke fora encontrado, e um velho pescador descreveu a posição do corpo e do crânio ao lado dele. Só não conseguiu explicar por que o crânio se havia deslocado areia acima até a cabeça de Luke e não para baixo, até seus pés. Naquele momento, isso não me pareceu estranho, mas desde então penso nisso com frequência, porque o lugar é muito íngreme. Levo você lá amanhã, se quiser... Fiz uma espécie de túmulo de pedras lá depois.

Quando ele caiu ou foi derrubado — o que seja que tenha acontecido — a caixa bateu contra a areia, a tampa caiu, a coisa saiu e deveria ter rolado para baixo. Mas isso não aconteceu. Ela estava ao lado da cabeça dele, quase a tocava e tinha a face voltada para o rosto de Luke. Digo que não me pareceu estranho quando o homem me fez o relato, mas não pude deixar de pensar nisso depois, muitas e muitas vezes, até que, ao fechar os olhos, vi a cena completa. Então, comecei a me perguntar por que aquela maldita coisa se deslocara para cima e não para baixo e por que tinha parado ao lado da cabeça de Luke e não em qualquer outro lugar, a um metro dele, por exemplo.

Naturalmente você quer saber a que conclusão cheguei, não é? Nenhuma que explicasse minimamente o deslocamento do crânio, em todo caso. Mas, depois de um tempo, comecei a pensar em outra coisa que me causou grande incômodo.

Ah, não! Não me refiro a nada sobrenatural! Talvez fantasmas existam, talvez não. Se existem, não estou inclinado a acreditar que possam fazer mal aos vivos, exceto assustá-los e, de minha parte, prefiro enfrentar qualquer tipo de fantasma a encarar a névoa no Canal da Mancha cheio de embarcações. Não. O que me incomodou foi uma ideia tola, só isso, e não sei dizer como começou nem como foi ganhando forças até se transformar numa certeza.

Uma noite, enquanto fumava meu cachimbo e lia um livro maçante, pensei em Luke e em sua pobre esposa e me ocorreu que o crânio possivelmente fosse dela. Desde então, nunca mais me livrei desse pensamento. Você vai dizer que não há nenhum sentido nisso, não há dúvida de que a Sra. Pratt foi sepultada como uma cristã no cemitério da igreja e que é monstruoso supor que seu marido tenha guardado, no próprio quarto, o crânio da esposa numa caixa que era dela. Mesmo assim, diante da razão, senso comum e probabilidade, estou convencido de que ele o fez. Os médicos fazem todo tipo de coisas extravagantes que podem causar arrepio em homens como você e eu, e são exatamente as coisas que não parecem razoáveis, nem lógicas, nem sensatas para nós.

E então, não percebe? Se era mesmo o crânio dela, pobre mulher, a única forma de explicar o fato de mantê-lo guardado é que ele realmente a matou, que fez isso da mesma forma que a mulher da história matou seus maridos e temia que pudesse algum dia haver um exame que revelasse tudo. Veja, eu contei esse detalhe também e acredito que realmente tenha acontecido há uns cinquenta ou sessenta anos. Sabe, exumaram os três crânios e havia um pedacinho de chumbo chacoalhando em cada um deles. Foi isso que levou a mulher para a forca. Luke se lembrou disso, tenho certeza. Não quero saber o que ele fez quando pensou nisso, nunca fui inclinado a histórias de horror, e imagino que tampouco você as aprecie, não é? Não. Se as apreciasse, poderia completar o que está faltando neste relato.

Deve ter sido bastante repugnante, hein? Queria não ver tudo de forma tão clara, exatamente como tudo deve ter acontecido. Ele pegou o crânio na noite anterior ao sepultamento, tenho certeza, depois que o caixão foi fechado, e quando a criada estava dormindo. Aposto que, depois de degolar o cadáver, colocou algo sob a mortalha para dar a aparência do crânio. O que imagina que ele colocou sob a mortalha?

Não acho que acredite no que estou contando! Primeiro digo que não quero saber o que aconteceu, que odeio pensar em coisas horrendas e, em seguida, descrevo tudo como se tivesse visto. Tenho certeza absoluta de que foi a bolsa de costura dela que ele colocou lá. Lembro-me dessa bolsa muito bem, pois ela sempre a usava à noite: era feita de pelúcia marrom e, quando cheia, tinha um tamanho similar ao de uma... você entendeu. Sim, lá vou eu de novo! Pode rir de mim, mas você não vive aqui sozinho, onde tudo aconteceu, e não contou a Luke a história sobre o chumbo derretido. Não fico nervoso, garanto que não; contudo, às vezes sinto que entendo por que algumas pessoas ficam. Fico pensando em tudo isso quando estou sozinho, sonho com isso e quando essa coisa grita. Bem, francamente, não gosto do barulho tanto quanto você, embora já devesse estar acostumado.

Eu não deveria ficar nervoso. Naveguei em um navio mal--assombrado. Dois terços da tripulação morreram de febre nos dez dias depois de ancorarmos. Eu fiquei bem, durante o episódio e depois. Vi coisas horríveis também, assim como você e todos nós. Porém, nada nunca me obsidiou tanto quanto essa história.

Veja, tentei livrar-me dessa coisa, mas ela não quer. Insiste em ficar lá, em seu lugar, na caixa da Sra. Pratt, no armário do melhor quarto. Não é feliz em nenhum outro lugar. Como sei isso? Porque já tentei. Não acha que não tentei, acha? Enquanto está lá, grita só de vez em quando, geralmente nesta época do ano. Mas se a coloco do lado de fora da casa, ela grita a noite toda, e nenhum criado permaneceria aqui mais de vinte e quatro horas. Pois é, muitas vezes fiquei sozinho e uma delas fui obrigado a me arranjar sozinho por duas semanas. Ninguém da vila jamais passaria uma noite sob esse teto agora. Quanto a vender o lugar ou até mesmo deixá-lo, isso está fora de questão. As velhas dizem que, se eu ficar aqui, logo acabarei mal.

Não tenho medo disso. Você ri diante da simples ideia de que alguém poderia levar tal absurdo a sério. Tem razão. É um completo absurdo, concordo com você. Afinal, eu não disse que era apenas um barulho quando você se assustou e olhou em volta como se esperasse ver um fantasma atrás da sua cadeira?

Posso estar completamente equivocado sobre o crânio e gosto de pensar que estou... quando consigo. Pode ser apenas um bom exemplar que Luke arrumou em algum lugar há muito tempo e talvez o que chacoalha dentro quando agitado seja apenas uma pedrinha ou um pouco de argila dura, ou qualquer coisa. Crânios que permaneceram muito tempo sob a terra geralmente têm algo dentro deles que chacoalha, certo? Não, seja o que for que haja lá dentro, eu nunca tentei tirar. Receio que possa ser chumbo, não vê? E, se for, não quero saber, pois prefiro não ter certeza. Se realmente for chumbo, eu a terei matado tanto quanto se tivesse cometido o ato com as próprias mãos. Qualquer um pensaria assim, suponho. Enquanto eu não tiver certeza, tenho o consolo de dizer que talvez tudo isso não passe de um absurdo, que a Senhora Pratt teve uma morte natural e que o belo crânio pertencia a Luke desde seus tempos de estudante em Londres. Contudo, se eu tivesse certeza absoluta, creio que teria de deixar a casa; de fato teria, com toda certeza. Diante disso, tive de desistir de tentar dormir no melhor quarto, onde fica o armário.

Você me pergunta por que não jogá-lo no oceano… Sim, mas, por favor, não o chame de "fantasma confuso"… ele não gosta de ser insultado.

Escute! Meu Deus, que grito! Eu avisei! Você está pálido, homem. Encha o cachimbo, arraste a cadeira para mais perto do fogo e tome outra bebida. O velho gim da Holanda nunca fez mal a ninguém. Já vi um holandês em Java beber meia garrafa de *hulstkamp* em uma manhã sem hesitar. Eu mesmo não bebo muito rum, porque não é bom para meu reumatismo, mas você não é reumático e a bebida não vai fazer-lhe mal. Além disso, está uma noite muito úmida lá fora. O vento está uivando de novo e logo rumará para o sudoeste. Está ouvindo como as janelas balançam? Pelos gemidos do mar, a maré deve ter virado também.

Não teríamos ouvido a coisa novamente se você não tivesse dito aquilo. Tenho certeza de que não. Ah, sim, se prefere ver nesses eventos uma coincidência, fique à vontade, mas eu prefiro que não insulte a coisa novamente, se não se importa. Pode ser que a pobre senhora ouça e fique magoada, entende? Fantasma? Não! Não chamamos de fantasma algo que podemos pegar nas mãos, olhar em plena luz do dia e perceber que chacoalha. Você chama? Mas se trata de algo que ouve e compreende, disso não há dúvida.

Tentei dormir no melhor quarto quando cheguei a esta casa, só porque era o melhor e o mais confortável, mas tive de desistir. Era o quarto deles e tem a cama grande onde ela morreu e o armário embutido perto da cabeceira, à esquerda. É ali que ela quer permanecer, em sua caixa. Só usei aquele quarto por duas semanas depois que vim para cá e acabei mudando para o quartinho lá embaixo, ao lado da sala de cirurgia, onde Luke costumava dormir quando esperava ser chamado por algum paciente durante a noite.

Sempre dormi bem em terra firme. Preciso de oito horas de sono, das 23 às 7 da manhã quando estou sozinho, da meia-noite às 8 da manhã quando tenho companhia. Porém, eu não conseguia dormir depois das 3 naquele quarto... 3h15, para ser exato... De fato, cronometrei com meu velho relógio de bolso, que ainda marca a hora exata, e sempre despertava exatamente às 3h17. Eu me pergunto se foi nessa hora que ela morreu...

Eu não acordava com um grito como esse que você ouviu. Se fosse, eu não teria ficado duas noites na casa. Era só um início de grito, parecia um gemido e uma respiração ofegante que durava alguns segundos no armário. Aquilo nunca me acordaria em circunstâncias normais, tenho certeza. Acho que você é parecido comigo nesse ponto, e nós somos como outras pessoas que já navegaram. Não existem sons naturais que nos perturbem, nem mesmo o barulho das velas içadas em um vendaval ou rolando com os cabos soltos diante do vento. Mas despertamos no mesmo instante se, em nossa cabine, um lápis rolar à deriva dentro da gaveta da mesa. Exatamente... você sempre me entende. Pois bem, o barulho no armário não era mais alto do que isso, mas me acordava instantaneamente.

Eu disse que era como um "início". Sei o que quero dizer, mas é difícil explicar sem parecer que digo uma tolice. É claro que não é possível exatamente "ouvir" uma pessoa "iniciar" — no máximo é possível ouvir a respiração ofegante entre os lábios separados e os dentes cerrados e o som quase imperceptível de roupas farfalhando súbita, embora muito suavemente. Era algo parecido com isso.

Como sabe, em alto mar, quem está no leme sente com antecedência de dois ou três segundos como o navio vai se comportar. Os cavaleiros dizem o mesmo de um cavalo, mas isso não é tão estranho, porque o cavalo é um animal vivo que tem sentimentos próprios, e somente os poetas e os homens que vivem em terra firme falam de navios e coisas do gênero como se fossem seres vivos. Todavia, sempre senti que, de algum modo, além de uma máquina a vapor ou a vela para transportar cargas, um navio é um instrumento sensível e um meio de comunicação entre a natureza e o homem e, em especial, o homem que está no leme, caso o navio seja conduzido manualmente. A embarcação tira suas impressões diretamente do vento e do mar, da maré e das correntes e as transmite para a mão do homem, da mesma forma como o telégrafo sem fio intercepta as ondas no ar e as transmite na forma de uma mensagem.

Você entende onde estou querendo chegar. Eu sentia que algo começava no armário e sentia de forma tão vívida que chegava a ouvir, embora talvez não houvesse nada para ouvir e o som dentro da minha cabeça me acordava de repente. Mas realmente ouvi o outro barulho. Era como se estivesse abafado dentro da caixa, longe, como que vindo através de um telefone e, ainda assim, eu sabia que vinha de dentro do armário junto à cabaceira da cama. Meus cabelos não arrepiaram e meu sangue não congelou daquela vez. Só me perturbava o fato de ser acordado por algo que, como um lápis rolando na gaveta da mesa na minha cabine, a bordo de um navio, não tinha nada que fazer barulho. Como eu não entendi, simplesmente supus que o armário tivesse algum tipo de comunicação com o exterior por onde o vento entrara e gemera, emitindo uma espécie de barulho muito fraco. Acendi uma luz e olhei no meu relógio, eram 3h17. Então, virei para o lado direito e adormeci. Meu ouvido direito é o bom, sou bastante surdo do esquerdo pois, ainda rapaz, ao mergulhar do alto da mezena, bati com ele contra a água. Coisa tola de se fazer, mas o resultado é muito conveniente quando há barulho e quero dormir.

Aquela foi a primeira noite e o mesmo aconteceu novamente e várias vezes depois, mas não todos os dias, embora sempre na mesma hora, no mesmo instante. Algumas vezes eu estava dormindo sobre meu ouvido bom, outras vezes não. Examinei o armário e não encontrei nenhuma fenda por onde pudesse entrar o vento ou qualquer outra coisa. A porta fecha perfeitamente, deve ter sido feita para afastar as traças, suponho. Certamente a Sra. Pratt guardava ali suas roupas de inverno, já que persiste o cheiro de cânfora e de óleo de terebintina.

Depois de duas semanas eu estava farto dos barulhos. Até então eu tinha dito a mim mesmo que seria bobagem ceder à impressão e tirar a caveira do quarto. As coisas sempre parecem diferentes à luz do dia, não é mesmo? Mas a voz ficou mais alta — suponho que podemos chamá-la de voz — e, uma noite, entrou também por meu ouvido surdo. Percebi quando despertei que meu ouvido bom estava mergulhado no travesseiro e eu não deveria ouvir nem uma sirene naquela posição. Mas ouvi aquele barulho e aquilo me fez perder a calma. Talvez tenha também me assustado, pois estes dois estados às vezes são simultâneos. Acendi a luz e levantei; abri o armário, peguei a caixa e a atirei pela janela o mais longe que pude.

Então meus cabelos se arrepiaram. A coisa gritou pelo ar como uma bala de canhão e foi cair do outro lado da estrada. A noite estava muito escura e eu não consegui vê-la cair, mas sei que caiu para lá da estrada. A janela está exatamente sobre a porta da frente, são mais ou menos 13 metros até a cerca e a estrada tem 9 metros de largura. Há uma cerca viva mais adiante, ao longo do terreno que pertence à paróquia.

Não dormi muito mais naquela noite. Depois que atirei a caixa pela janela, não passou meia hora e ouvi um grito lá fora... como aquele que ouvimos esta noite, porém muito pior, mais desesperado, eu diria. Pode ter sido minha imaginação, mas eu poderia jurar que os gritos se aproximavam cada vez mais. Acendi o cachimbo e durante alguns minutos andei de um lado para outro. Depois, peguei um livro e sentei para ler, mas, que me parta um raio se me lembro o que li ou mesmo que livro era, uma vez que, de tempos em tempos, surgia um grito que teria feito um homem morto revirar no caixão.

Um pouco antes do amanhecer, alguém bateu à porta. Não havia como confundir com qualquer outra coisa. Abri minha janela e olhei para baixo, pois imaginei que alguém precisasse de um médico e imaginasse que algum talvez se tivesse mudado para a casa de Luke. Era quase um alívio ouvir um ruído humano depois daquele barulho horrível.

A sacada não permite ver do alto quem está à porta. Bateram novamente e perguntei quem era, mas ninguém respondeu, embora a batida se repetisse. Gritei outra vez e disse que o médico não morava mais ali. Não houve resposta, mas me ocorreu que poderia ser algum velho camponês surdo como uma porta. Apanhei, então, minha vela e desci para ver quem era. Eu lhe dou minha palavra que não estava pensando na coisa e tinha quase me esquecido dos outros barulhos. Desci convencido de que encontraria alguém à porta com uma mensagem. Depositei a vela sobre a mesa da entrada para que o vento não a apagasse quando eu abrisse a porta. Enquanto puxava o velho ferrolho, ouvi baterem mais uma vez. Agora que eu estava perto, percebi que o som não era alto, e sim estranho, oco, recordo, mas sem dúvida pensei que era uma pessoa querendo entrar.

Não era. Não havia ninguém lá, mas, quando abri a porta e fiquei de lado a fim de espiar lá fora, algo rolou, atravessou o umbral e parou aos meus pés.

Recuei quando senti, pois já sabia o que era antes de olhar para baixo. Não sei dizer como eu sabia, e pareceu-me irracional, pois ainda tenho certeza de que a jogara do outro lado da estrada. O aposento tem uma janela francesa que se abre amplamente e tomei um bom impulso quando a atirei para longe. Além disso, quando saí pela manhã, vi a caixa além da cerca viva.

Você pode pensar que a caixa se abriu quando eu a joguei e o crânio caiu, mas isso é impossível, pois ninguém poderia atirar tão longe uma caixa de papelão vazia. Isso está fora de questão, seria como tentar arremessar uma bola de papel a 22 metros, ou uma casca de ovo.

Retomando, fechei e tranquei a porta do corredor, recolhi a coisa com cuidado e a coloquei na mesa ao lado da vela. Fiz aquilo mecanicamente, como quem por instinto faz a coisa certa quando está em perigo, sem pensar... a menos que se faça o oposto. Pode parecer estranho, mas acredito que meu primeiro pensamento foi que alguém pudesse chegar e me ver ali, na soleira, com aquele crânio a meus pés, um pouco de lado e com um dos olhos ocos virado para meu rosto, como se me acusasse. E, quando estava sobre a mesa, a luz e a sombra da vela brincaram nas cavidades dos olhos, que pareciam abrir-se e fechar-se para mim. Em seguida, a vela se apagou inesperadamente, embora a porta estivesse trancada e não houvesse a menor corrente de ar. Queimei pelo menos meia dúzia de fósforos antes de conseguir acendê-la novamente.

Sentei-me de repente, sem saber bem por quê. Provavelmente estava muito assustado, e talvez você admita que não é vergonhoso ter medo. A coisa tinha voltado para casa e queria retornar para seu armário lá em cima. Sentei-me em silêncio, fitei-a por um momento e logo me senti congelar. Em seguida, levei-a para cima de volta a seu lugar, e me lembro de ter falado com ela e prometido que ela teria sua caixa novamente quando amanhecesse.

Quer saber se fiquei no quarto até o amanhecer? Sim, todavia mantive o fogo aceso e fiquei sentado fumando e lendo, provavelmente para afugentar o medo; medo certo e inegável, e você não precisa chamar isso de covardia, porque não é a mesma coisa. Eu não poderia ter ficado sozinho com aquela coisa no armário, teria morrido de medo, embora eu não seja mais medroso do que outras pessoas. Diabos, homem!... a coisa atravessou a estrada sozinha, subiu os degraus da porta de entrada e bateu para entrar.

Quando amanheceu, calcei as botas e saí para buscar a caixa. Tive de andar um bom bocado junto do portão e perto da estrada até encontrar a caixa aberta, pendurada do outro lado da cerca viva. Estava presa pelo cordão sobre os galhos, a tampa tinha caído e estava no chão. Aquilo mostrava que a caixa se abrira só depois de se deter entre os galhos. Se não se abrira assim que a lancei, o que estava dentro dela teria ido além da estrada também.

Foi isso. Levei a caixa lá para cima, coloquei o crânio dentro e tranquei no armário. Quando a criada trouxe meu café da manhã, disse que lamentava, mas precisava ir embora e não se importava de perder o salário do mês. Olhei para ela e vi que seu rosto estava algo branco com um matiz meio amarelado, meio esverdeado. Fingi surpresa e perguntei qual era o problema; porém, de nada adiantou, pois ela retorquiu querendo saber se eu pretendia ficar em uma casa mal-assombrada e quanto tempo eu esperava continuar vivo se a resposta fosse sim, pois, embora ela tivesse notado que eu às vezes ouvia mal, nem assim acreditava que eu conseguisse dormir com tantos gritos e, se conseguia, por que, entre três e quarto horas da manhã, eu estava andando pela casa e tinha aberto e fechado a porta da frente? Não havia nenhuma resposta para aquela pergunta, já que ela tinha ouvido tudo, de modo que partiu e me deixou sozinho. Fui até a vila pela manhã e encontrei uma mulher que estava disposta a fazer o trabalho da casa e preparar meu jantar contanto que pudesse voltar para casa todas as noites. Quanto a mim, mudei-me para outro aposento no andar térreo naquele dia e, desde então, nunca mais tentei dormir no melhor quarto da casa. Pouco depois, consegui duas criadas escocesas de meia-idade, vindas de Londres, e as coisas ficaram calmas por um bom tempo. Expliquei-lhes que a casa estava em um terreno muito aberto e que o vento uivava bastante no outono e no inverno, o que havia dado à casa uma má reputação na vila, e que o povo da Cornualha era inclinado à superstição e a contar histórias de fantasmas. As duas irmãs, de rosto endurecido e cabelos cor de areia, esboçaram um sorriso débil e responderam com bastante indiferença que não tinham opinião formada sobre qualquer tipo de fantasma do Sul e que haviam servido em duas casas inglesas mal-assombradas, onde viram apenas a Dama Cinzenta, a quem consideravam relativamente comum na Escócia.

Elas ficaram comigo vários meses e, enquanto estiveram na casa, tivemos paz e tranquilidade. Uma delas está aqui novamente, mas dentro de um ano partirá com a irmã. Esta, que era a cozinheira, casou-se com o coveiro, que trabalha no meu jardim. Assim é a vida. É uma vila pequena, ele não tem muito trabalho. Sabe o suficiente sobre flores para me ajudar muito bem, além de fazer a maior parte do trabalho árduo. Pois, embora eu goste de exercício, minhas articulações estão ficando um pouco rígidas. Ele é discreto e silencioso e não se intromete na vida de ninguém. Era viúvo quando cheguei aqui. Chama-se James Trehearn. As irmãs escocesas jamais admitiram que havia algo de errado na casa, mas quando novembro chegou, avisaram que partiriam, alegando como motivo o fato de que a capela ficava na outra vila, a uma longa caminhada daqui, e que de forma alguma poderiam frequentar nossa igreja. Mas a mais nova voltou na primavera e, assim que corressem os proclamas, o vigário a casaria com James Trehearn e ela pareceu não ter problemas em ouvi-lo desde então. Se está satisfeita, também estou eu! O casal vive em um chalé com vista para o cemitério.

Suponho que você esteja se perguntando o que tudo isso tem a ver com o que eu falava. Estou sempre tão sozinho que, quando um velho amigo vem ver-me, às vezes disparo a falar só para ouvir minha própria voz. Mas, neste caso, há realmente uma relação entre os fatos. Foi James Trehearn quem enterrou a pobre Senhora Pratt e, depois, seu marido, na mesma sepultura que, aliás, não fica longe do seu chalé. Esta é a relação na minha mente, percebe? É bastante claro. Ele sabe de algo, tenho certeza de que sabe, mas é um rapaz muito reticente.

Sim, agora fico sozinho à noite. A Sra. Trehearn deixa tudo em ordem e, quando eu tenho um amigo em casa, a sobrinha do coveiro vem para cuidar da cozinha. No inverno, Trehearn busca a esposa e a leva todas as noites para casa. Somente no verão, quando há luz até mais tarde, ela vai sozinha. Não é uma mulher nervosa, mas já não tem tanta certeza de que os fantasmas da Inglaterra não merecem a atenção de uma escocesa. Não é engraçada a ideia de que a Escócia detém o monopólio do sobrenatural? Um tipo curioso de orgulho nacional, não acha?

O fogo está muito bom, não é mesmo? Não há nada como a lenha quando ela finalmente acende, acho. Sim, temos uma grande quantidade de lenha, pois, lamento dizer, ainda há muitos destroços de naufrágios na região. É uma costa solitária, e você pode ter toda a madeira que deseja se não se incomodar com o trabalho de buscá-la. Trehearn e eu pegamos emprestado um carrinho de vez em quando e o enchemos entre a península e aqui. Odeio fogo a carvão quando posso conseguir qualquer tipo de lenha. Uma tora é uma companhia, mesmo que seja apenas uma trave de convés ou um pedaço de madeira serrada e o sal que há nela produz belas faíscas. Veja como elas voam, parecem fogos de artifício japoneses! Palavra de honra, em companhia de um velho amigo, de um bom fogo e de um cachimbo, esqueço tudo sobre aquela coisa lá em cima, especialmente agora que o vento está calmo. Porém, é apenas um período de calmaria e um vento forte vai soprar antes do amanhecer.

Gostaria de ver a caveira? Não tenho nenhuma objeção. Não há nenhuma razão para você não dar uma boa olhada nela. Nunca viu um crânio mais perfeito, embora lhe faltem os dois dentes da frente na mandíbula.

Ah, sim, ainda não lhe contei sobre o maxilar. Na primavera passada, Trehearn o encontrou no jardim quando estava cavando um novo canteiro para plantar aspargos. Aqui plantamos aspargos a uma profundidade de dois metros e meio, sabia? Sim, sim... esqueci de lhe contar isso. Ele estava cavando em linha reta para baixo, da mesma forma como cava uma sepultura. Se quiser um bom canteiro para aspargos, sugiro que contrate um coveiro. Esses sujeitos têm uma habilidade admirável para esse tipo de tarefa.

Trehearn tinha cavado cerca de um metro quando encontrou uma camada de cal branca na cova. Tinha notado que ali a terra era menos compacta, embora, segundo ele, não era removida havia vários anos. Suponho que tenha pensado que a cal, mesmo velha, podia não ser boa para os aspargos. Então, ele a quebrou e jogou para cima. Era muito dura, ele disse, constituída de grumos grandes. Impelido pela força do hábito, rachou com a pá os grumos quando os tirou da cova e o maxilar de um crânio saiu de um dos pedaços. Ele acredita que arrancou os dois dentes da frente quando rompeu a cal, porém não os encontrou em nenhum lugar. É um homem muito experiente nesses assuntos, como você pode imaginar, e disse imediatamente que a mandíbula provavelmente era de uma mulher jovem e que tinha todos os dentes quando morreu. Ele trouxe o maxilar para mim e me perguntou se eu queria guardá-lo; caso contrário, disse que o colocaria no próximo túmulo que fizesse no cemitério da igreja, já que supunha tratar-se de um maxilar cristão e que, portanto, precisava de um enterro decente, independentemente de onde estivesse o resto do corpo. Disse-lhe que os médicos muitas vezes colocavam ossos em cal virgem para branqueá-los completamente e que eu supunha que o Dr. Pratt antigamente tivesse mantido um pequeno poço de cal no jardim para essa finalidade. Trehearn me olhou calmamente.

— Talvez essa mandíbula se encaixe naquele crânio que está no armário lá em cima, senhor — ele disse. — Talvez o Dr. Pratt tenha colocado o crânio na cal para branqueá-lo, ou algo assim, e quando o tirou, deixou para trás a mandíbula. Há cabelos humanos grudados na cal, senhor.

Eu notei que havia, e foi isso que Trehearn disse. Se ele não suspeitava de nada, por que raios teria sugerido que a mandíbula poderia encaixar no crânio? Aliás, encaixou. Isso prova que ele sabe mais do que aparenta. Você acredita que ele viu a defunta antes que fosse enterrada? Ou talvez quando sepultou Luke no mesmo túmulo...

Ora, ora, ora... é inútil repisar esse assunto, não acha? Eu disse que guardaria a mandíbula com o crânio, levei-a para cima e a encaixei no lugar. Não restava a menor dúvida de que pertenciam um ao outro e juntos eles estão.

Trehearn sabe muitas coisas. Há algum tempo, estávamos falando em trocar o gesso da cozinha e ele se lembrou casualmente de que isso não era feito desde a semana em que a Sra. Pratt morreu. Não mencionou que o pedreiro talvez tivesse deixado algum resto de cal no lugar, embora pensasse isso, nem que era a mesma cal que tinha encontrado quando cavava um canteiro para os aspargos. Ele sabe muito. Trehearn é um daqueles camaradas silenciosos que sabem tirar suas próprias conclusões. Aquele túmulo fica bem atrás do seu chalé, a curta distância e, reforço, ele é um dos homens mais rápidos que já vi manejando uma pá. Se quisesse saber a verdade, poderia, e ninguém mais ficaria sabendo a menos que ele resolvesse contar. Em um vilarejo tranquilo como o nosso, as pessoas não vão passar a noite no cemitério da igreja para ver o que o coveiro anda fazendo entre as dez da noite e o amanhecer.

O que é horrível de pensar é o motivo de Luke, se ele realmente o fez; sua certeza de que ninguém descobriria e, acima de tudo, sua extraordinária coragem. Às vezes penso que é muito ruim viver no lugar onde tal ato teria sido consumado, se é que realmente foi consumado. Digo no condicional, percebe, em consideração à memória de Luke e um pouco por mim mesmo.

Vou lá em cima e num minuto apanho a caixa. Deixe-me acender meu cachimbo; não há pressa! Jantamos cedo e são apenas nove e meia. Nunca deixo um amigo ir para a cama antes da meia-noite, ou com menos de três copos... pode beber quantos quiser, só não me diga não, em nome dos velhos tempos.

Está começando a ventar outra vez, está ouvindo? Foi só uma trégua até agora e vamos ter uma noite ruim.

Aconteceu uma coisa que me alarmou um pouco quando descobri que a mandíbula se encaixava perfeitamente no crânio. Não me assusto facilmente, mas já vi pessoas fazerem um movimento rápido, respirarem agitadas e, crendo estarem sozinhas, viram-se de repente e veem alguém ao seu lado. Ninguém pode chamar isso de medo. Você não chamaria, não é? Não. Bem, no exato momento em que encaixei a mandíbula no crânio, os dentes fecharam bruscamente no meu dedo. Foi realmente como uma mordida forte e confesso que me espantei antes de perceber que eu estava pressionando o crânio contra a mandíbula com minha outra mão. Asseguro-lhe que eu não estava nem um pouco nervoso. Era em plena luz do dia, um belo dia, e o sol inundava o interior do melhor quarto da casa. Teria sido um absurdo ficar nervoso. Foi apenas uma impressão equivocada, que logo passou, mas que de fato me causou uma sensação esquisita. De alguma forma aquilo me trouxe à mente o estranho veredicto do legista sobre a morte de Luke: "pelas mãos ou pelos dentes de uma pessoa ou animal desconhecido".

Depois daquilo, desejei ter visto aquelas marcas na garganta dele, embora a mandíbula estivesse desaparecida na época.

Muitas vezes vi homens inadvertidamente realizarem atos insensatos com as próprias mãos. Certa vez vi um sujeito pendurado nos cabos com o corpo para fora do convés. Ele se sustentava com apenas uma mão enquanto, com a outra, cortava um nó com a faca. Agarrei-o naquele momento. Estávamos no meio do oceano, navegando a uma velocidade de vinte nós. Ele não tinha a menor ideia do que estava fazendo, assim como eu quando coloquei o dedo entre os dentes daquela coisa. Agora compreendo. Era exatamente como se estivesse viva e tentasse morder-me. E morderia se pudesse, pois sei que me odeia, coitada! Você acredita que aquilo que chacoalha dentro dela é realmente um pedacinho de chumbo? Bem, vou buscar a caixa imediatamente e será problema seu se dela cair em suas mãos qualquer coisa que seja. Se for apenas um torrão de terra ou uma pedrinha, tudo não passará de uma ideia criada por minha mente e, nesse caso, penso que jamais devo voltar a pensar de novo no crânio. Mas eu próprio não consigo de forma alguma tirar aquele pedacinho de coisa endurecida que há ali. A simples ideia de que possa ser chumbo me causa um terrível desconforto. Contudo, estou convencido de que em breve saberei. Certamente saberei. Tenho certeza de que Trehearn sabe, mas ele é um sujeito muito discreto.

Vou subir agora para buscá-la. O quê? Acha melhor ir comigo? Ha, ha, ha! Acha que tenho medo de uma caixa de chapéu e de um ruído? Tolice!

E esta vela que não acende! Como se essa coisa ridícula conhecesse seu destino! Veja isto... já é o terceiro fósforo. Acendem rápido quando se trata do meu cachimbo. Aqui, está vendo? É uma caixa nova, estava na lata onde guardo os mantimentos para protegê-los da umidade. Ah, acha que o pavio da vela pode estar úmido, não é? Tudo bem, vou acender a danada na lareira. Em todo caso, ali o fogo não se apagará.

Sim, crepita um pouco, mas agora ficará aceso. Queima como qualquer outra vela, não é? O fato é que as velas não são muito boas por aqui. Não sei de onde elas vêm, mas ocasionalmente têm uma chama fraca e esverdeada que cospe pequenas faíscas e muitas vezes me irrito porque se apagam sozinhas. É inevitável, pois falta muito para termos eletricidade em nossa vila. É realmente muito fraca esta luz, não é?

Acha que é melhor deixar a vela com você e eu pegar a lamparina? Não gosto de levar lamparinas lá para cima, esta é a verdade. Nunca derrubei nenhuma, mas sempre acho que isso pode acontecer e é muito perigoso. Além disso, já estou bastante acostumado com estas velas péssimas.

Poderá também terminar de tomar sua bebida enquanto apanho o crânio, pois não pretendo deixá-lo ir para a cama sem que tenha bebido ao menos três taças. Você também não precisará subir, pois lhe reservei a velha sala de estudos junto à sala de cirurgia… é lá que durmo. O fato é que nunca deixo um amigo dormir lá em cima agora. O último homem que dormiu lá foi Crackenthorpe, e ele disse que ficou acordado a noite toda. Lembra do velho Crack? Ele se agarrou à Marinha e o promoveram a almirante. Sim, estou indo agora… a menos que a vela se apague. Não poderia deixar de perguntar se você se lembrava de Crackenthorpe. Teríamos caído na gargalhada se alguém dissesse que aquele magrelo tolo seria o mais bem--sucedido dentre nós todos, não é mesmo? Você e eu não nos demos mal, é verdade… mas agora realmente eu vou. Não quero que pense que estou adiando o passo com tanta conversa! Como se houvesse algo a temer! Se eu estivesse com medo, seria franco com você e lhe pediria que me acompanhasse.

Aqui está a caixa. Eu a trouxe com muito cuidado para não perturbá-la, coitada. Veja, se fosse agitada, a mandíbula poderia separar-se novamente, e tenho certeza de que ela não gostaria que isso acontecesse. Sim, a vela se apagou quando eu descia as escadas, mas foi apenas uma corrente de ar que passou pela janela mal vedada. Você ouviu alguma coisa? Sim, houve outro grito. Acha que estou pálido? Isso não é nada. Meu coração é um pouco fraco às vezes e subi as escadas depressa demais. De fato, é uma das razões pelas quais prefiro viver apenas no piso térreo.

Seja de onde for, o fato é que aquele grito não veio da caveira, pois eu estava com a caixa nas mãos quando o ouvi e aqui está ela. Portanto, provamos definitivamente que os gritos têm origem em outra coisa. Nunca duvidei de que algum dia eu descobriria de onde vêm. Uma fenda na parede, é claro, ou uma rachadura na chaminé, ou uma fissura na esquadria de uma janela. É assim que terminam todas as histórias de fantasmas na vida real. Ouça, fico feliz de ter subido e trazido a caveira para você ver, porque esse último grito resolve a questão. E pensar que fui tão fraco a ponto de fantasiar que o pobre crânio realmente poderia gritar como uma coisa viva!

Vou abrir a caixa agora, vamos tirar a coisa e examiná-la sob a luz. É horrível pensar que a pobre senhora costumava sentar-se ali, na sua cadeira, noite após noite, exatamente sob esta mesma luz, não é? Mas... já me convenci de que tudo isto, do começo ao fim, não passa de tolice. É só um velho crânio que Luke tinha quando era um estudante. Talvez o tenha colocado na cal apenas para clareá-lo e depois não conseguiu encontrar a mandíbula.

Lacrei o cordão, veja, depois de ter colocado a mandíbula no lugar. Também escrevi na tampa. Ainda está aqui a velha etiqueta branca da chapelaria, endereçada à Sra. Pratt quando o chapéu lhe fora enviado e, como havia espaço, escrevi na borda: "crânio que pertenceu ao finado Dr. Luke Pratt". Não sei bem por que escrevi isto, talvez pretendesse explicar como a coisa viera parar nas minhas mãos. Às vezes não consigo deixar de perguntar que tipo de chapéu havia nesta caixa. De que cor acha que era? Será que era um chapéu alegre de primavera, com uma pluma leve e uma bela fita? Estranho que a mesma caixa talvez guarde a cabeça que usava tal adorno. Não, já nos convencemos de que este crânio saiu do hospital em Londres, onde Luke fez residência. É muito melhor ver tudo por esse prisma, não é? Não há nenhuma relação entre o crânio e a pobre Sra. Pratt, como não havia entre minha história sobre o chumbo e...

Meu Deus! Pegue a lamparina... não a deixe apagar... vou trancar a janela num segundo. Que vento forte! Aí, apagou! Eu avisei! Não importa, temos a luz da lareira... Já fechei a janela, o trinco estava entreaberto. A caixa foi jogada para fora da mesa? Onde diabos está? Lá! A janela não se abrirá novamente, pois coloquei a tranca. É uma tranca como as que se fabricavam antigamente, não há nada igual. Agora, procure a caixa enquanto acendo a lamparina. Malditos fósforos! Uma tira de papel seria melhor... acender na lareira?... eu não tinha pensado nisso... obrigado... aqui estamos novamente. Agora, onde está a caixa? Sim, coloque-a de volta na mesa e vamos abri-la.

Que eu saiba, esta é a primeira vez que o vento abre aquela janela. Mas foi descuido da minha parte, quando a fechei pela última vez. Sim, claro que ouvi o grito. Parece que contornou toda a casa antes de entrar pela janela. Isso prova que é sempre o vento e nada mais, não é mesmo? Quando não era o vento, era minha imaginação. Sempre fui um homem muito fantasioso: devo ter sido a vida toda, embora não soubesse disso. Conhecemos melhor a nós mesmos à medida que envelhecemos, não sabia?

Vou beber uma dose de gim puro, excepcionalmente, já que você está enchendo seu copo. Esta rajada úmida me gelou e, com minha tendência reumática, receio ficar resfriado, pois o frio, depois que se instala, às vezes parece grudar em minhas juntas e lá ficar o inverno todo.

Minha nossa, que coisa boa! Vou só acender o cachimbo, agora que está tudo confortável novamente, e então abriremos a caixa. Estou tão feliz por termos ouvido este último grito juntos, com a caveira aqui na mesa entre nós, porque uma coisa não pode estar em dois lugares ao mesmo tempo, e o grito veio certamente de fora, como também vem de fora o som do vento. Você pensou ouvir o grito atravessar a sala depois que a janela se abriu abruptamente? Ah, sim! Eu também, mas isso é bastante natural, pois tudo estava aberto. Claro que o que ouvimos foi o vento. O que poderíamos esperar?

Olhe aqui, por favor. Quero que veja, antes de abrirmos a caixa, que o lacre está intacto. Aceita meus óculos? Não, você tem os seus. Está bem. O lacre está intacto, como vê, e deve também conseguir ler facilmente as palavras na cera. "Manso e leve"... é o verso de um poema de Tennyson que suplica ao vento do mar ocidental "sopra-o de volta para mim" e coisas do gênero.[2] A chancela está aqui, na corrente do meu relógio de bolso, onde o levo há mais de quarenta anos. Foi presente da minha pobre esposa quando estávamos namorando, e nunca tive outro. Era típico dela lembrar esses versos... sempre gostou muito de Tennyson.

É inútil cortar o cordão, está fixado à caixa. Vou quebrar a cera e desatar o nó, depois selamos de novo. Está vendo, gosto de saber que a coisa está segura, em seu lugar, e que ninguém pode pegá-la. Não que eu suspeite que Trehearn possa mexer aqui, mas pressinto que ele sabe muito mais do que aparenta.

Veja, consegui tirar o lacre sem romper o cordão. Quando o fixei, não esperava abrir a caixa novamente. A tampa sai com bastante facilidade. Aí está! Veja!

O quê? Não tem nada dentro? Vazia? Sumiu, homem, a caveira sumiu!

---

[2] Versos do poema "Sweet and Blow", de Alfred Tennyson, poeta inglês (1809-1892). O poema compõe a obra "The Princess: A Medley", longo poema narrativo de 1847. Trata-se de uma típica canção de ninar cujo sujeito lírico suplica melancolicamente ao vento que traga de volta em seu sopro o pai da criança a quem a canção é dirigida. (N.T.)

Não, não há nada de errado comigo. Estou apenas tentando organizar meus pensamentos. É tão estranho. Tenho certeza absoluta de que estava aí dentro quando coloquei o lacre na primavera passada. Não posso ter imaginado isto, é totalmente impossível. Se de vez em quando eu bebesse com um amigo, poderia admitir que cometi um erro tão idiota. Porém, não bebo assim, nem nunca bebi. Uma caneca de cerveja no jantar e meia dose de rum na hora de dormir foi o máximo que já bebi em meus melhores dias. Acredito que somos nós, camaradas sóbrios, que sempre sofremos de reumatismo e gota! O fato é que a caixa estava lacrada e está vazia. Isso é mais do que evidente.

Não gosto nem um pouco disso. Não está certo. Há algo errado nisso, na minha opinião. Você não precisa me falar sobre manifestações sobrenaturais, pois não acredito nelas, nem um pouco! Alguém deve ter adulterado o selo e roubado o crânio. Às vezes, no verão, quando saio para trabalhar no jardim, deixo meu relógio e a corrente sobre a mesa. Trehearn deve ter tirado o selo na minha ausência e depois usado meu relógio, pois sabia com certeza que eu estaria fora durante pelo menos uma hora.

Se não foi Trehearn... ah, não me fale sobre a possibilidade de que a coisa tenha saído sozinha da caixa! Se isso aconteceu, deve estar escondida em algum canto da casa, esperando. Podemos dar de cara com ela esperando por nós, em qualquer lugar, não acha? Apenas esperando na escuridão. Então ela vai gritar para mim, vai gritar para mim no escuro, pois me odeia, estou lhe dizendo!

A caixa está completamente vazia. Nenhum de nós está sonhando. Olhe, vou virá-la.

O que é aquilo? Algo caiu quando a virei. Está no chão, perto dos seus pés. Sei que está, temos de encontrar. Ajude-me, amigo! Achou? Pelo amor de Deus, entregue-me, rápido!

Chumbo! Eu sabia que era quando ouvi cair. Pelo ruído surdo que fez ao cair no tapete, eu sabia que não podia ser outra coisa... Então era chumbo, afinal, e Luke de fato fez isso...

Estou abalado... não exatamente nervoso, sabe, mas gravemente abalado, isso é fato. Qualquer um ficaria, eu acho. De qualquer modo, você não pode dizer que é medo da coisa, pois subi e a trouxe aqui para baixo... ou, pelo menos, acreditava estar trazendo-a aqui para baixo, o que é a mesma coisa. Minha nossa, em vez de ceder a essas tolices, vou levar a caixa lá para cima novamente, vou colocá-la de volta no lugar. Não é isso. É a certeza de que a pobre mulher se foi dessa forma, por minha culpa, porque eu contei a história. Isso é que é terrível. De alguma forma, sempre tive a esperança de que nunca teria certeza absoluta disso, mas não resta nenhuma dúvida agora. Veja isto!

Veja isto! Esta pelotinha disforme de chumbo. Pense no que ele fez, amigo! Não lhe causa arrepios? Ele deu a ela algo para fazê-la dormir, claro, mas deve ter havido um momento de terrível agonia. Pense em ter chumbo derretido despejado em seu cérebro. Pense nisso. Ela estava morta antes que pudesse gritar, mas apenas pense... Ah! Aí está de novo... é lá fora, certamente... sei de fato que é lá fora... não consigo tirar isso da cabeça!... Ah!... Ah!

Você achou que eu tivesse desmaiado? Não, bem que eu queria, pois isto teria logo cessado. Está muito bem dizer que é apenas um barulho e que um barulho nunca fez mal a ninguém... você também está branco como uma mortalha. Há apenas uma coisa a ser feita, se quisermos pregar os olhos esta noite. Temos de encontrá-la, colocá-la de volta na caixa e fechá-la no armário, onde ela gosta de ficar. Não sei como saiu, mas ela quer entrar novamente. É por isso que está gritando tanto esta noite... ela nunca gritou assim de forma tão hostil... nunca desde que eu...

Enterrá-la? Sim, se conseguirmos encontrá-la, vamos enterrá-la, mesmo que nos leve a noite toda. Vamos enterrá-la a dois metros de profundidade e pisar bem na terra para que ela nunca mais possa sair. Dificilmente vamos escutar se ela gritar a essa profundidade. Rápido, vamos pegar a lanterna e procurá-la. Não deve estar longe. Tenho certeza de que está logo ali fora... estava querendo entrar quando fechei a janela, eu sei.

Sim, você tem toda a razão. Estou perdendo o juízo e preciso controlar-me. Deixe-me quieto por uns minutos. Vou sentar e fechar os olhos e repetir uma coisa que sei. Esta será a melhor maneira.

"Somar a altitude, a latitude e a distância polar, dividir por dois e subtrair a altitude da metade da soma. Em seguida, adicionar o logaritmo da secante da latitude, a cossecante da distância polar, o cosseno da metade da soma e o seno da metade da soma menos a altitude". Isso! Não diga que perdi o juízo, pois minha memória está ótima, não está?

Claro, você pode dizer que isso é mecânico e que nunca esquecemos as coisas que aprendemos quando meninos se as usamos quase todos os dias durante a vida toda. Contudo, eis a verdadeira questão. Quando um homem está ficando louco, é a parte mecânica da sua mente que se danifica e não funciona direito. Ele se lembra de coisas que nunca aconteceram, vê coisas que não são reais ou ouve barulhos quando tudo está em perfeito silêncio. Isto não é o que está acontecendo com nenhum de nós, certo?

Venha, vamos pegar a lanterna e dar uma volta na casa. Não está chovendo... é só um pé de vento, como costumávamos dizer. A lanterna está no armário embaixo da escada, no corredor, e eu sempre a mantenho em condição de uso para o caso de alguma necessidade.

É inútil procurar a coisa? Não entendo como pode dizer isso. Foi tolice pensar em enterrá-la, é claro, ela não quer ser enterrada, quer voltar para sua caixa e ser levada lá para cima, coitada! Trehearn deve tê-la tirado da caixa, tenho certeza, e fechado o lacre de novo. Talvez a tenha levado para enterrá-la e pode até tê-lo feito com boa intenção. Deve ter pensado que ela não gritaria mais se fosse discretamente colocada em solo consagrado, próxima ao lugar ao qual pertence. Mas ela voltou para casa. Sim, é isso. Ele não é um mau sujeito, Trehearn, e acredito que tenha fortes tendências religiosas. Parece natural, razoável, e bem-intencionado, não é? Ele deve ter pensado que ela gritava porque não tinha sido enterrada decentemente... com o resto do corpo. Mas estava equivocado. Como saberia que ela grita para mim porque me odeia e porque é minha culpa que tivesse em si aquele pedacinho de chumbo?

Acha, então, que é inútil procurá-la? Tolice! Pois eu digo que ela deseja ser encontrada... Ouça! Que batidas são essas? Você ouviu? *Toc, toc, toc*... três vezes, depois uma pausa, e depois de novo. É um barulho oco, não é?

Ela voltou para casa. Já ouvi isso antes. Quer entrar e ser levada lá para cima, em sua caixa. Está à porta.

Vem comigo? Vamos colocá-la para dentro. Sim, admito que não gostaria de ir e abrir a porta sozinho. A coisa vai rolar e parar junto a meu pé, como já fez antes, e a luz se apagará. Estou profundamente abalado por ter encontrado aquele pedaço de chumbo. E, além disso, meu coração está disparado... talvez abusei do tabaco forte. Além disso, devo admitir que estou um pouco nervoso esta noite, como nunca estive antes.

Isso mesmo, venha comigo! Vou levar a caixa para não ter de voltar. Ouviu a batida? Não é como qualquer outra batida que já ouvi. Se você segurar esta porta aberta, posso encontrar a lanterna debaixo da escada apenas com a luz desta sala e não precisarei levar a lamparina para o salão, pois lá ela se apagaria.

A coisa sabe que estamos indo... ouça! Ela está impaciente para entrar. Aconteça o que acontecer, não feche a porta até que a lanterna esteja pronta. Suponho que teremos as dificuldades de sempre com os fósforos... Diabos, o primeiro já falhou! Já disse que ela quer entrar, então não haverá problema. Tudo bem com aquela porta agora, pode fechá-la, por favor. Agora, venha e segure a lanterna, pois o vento está soprando tão forte lá fora que terei de usar ambas as mãos. É isso, mantenha a luz embaixo. Ainda está ouvindo batidas? Lá vai... vou abrir apenas o suficiente e pôr o pé na parte de baixo da porta... agora!

Pegue-a! Foi só o vento que a soprou pelo chão, só isso... parece um furacão lá fora, é o que lhe digo! Você a pegou? A caixa está sobre a mesa. Um minuto, vou colocar a tranca. Pronto!

Por que a atirou na caixa de forma tão rude? Ela não gosta disso, você sabe.

O que você disse? Ela mordeu sua mão? Tolice, homem! Você fez o mesmo que eu, fechou as duas mandíbulas com uma mão e machucou a outra. Deixe-me ver. Está me dizendo que saiu sangue? Santo Deus, você deve ter apertado muito, a pele está mesmo cortada. Vou aplicar um pouco de fenol antes de irmos para a cama, pois dizem que o arranhão provocado pelo dente de um crânio pode trazer complicações.

Vou entrar para poder ver perto da lamparina. Vou levar a caixa... esqueça a lanterna, pode deixá-la acesa no salão, vou precisar dela para subir as escadas. Sim, feche a porta, se quiser; ficará mais alegre e iluminado aqui. Seu dedo ainda está sangrando? Vou buscar o fenol num instante, deixe-me apenas ver o crânio.

Ui! Tem uma gota de sangue no maxilar. No canino. Medonho, não é? Quando a vi rolar pelo piso, no salão, quase perdi a força nas mãos e senti os joelhos vacilarem. Logo entendi que era o vento que a empurrava pelo assoalho liso. Você não me culpa? Não, acho que não! Crescemos juntos, vimos tantas coisas e temos de admitir que ambos ficamos aterrorizados quando ela deslizou pelo chão até você. Não é de admirar que, ao pegá-la logo em seguida, tenha cortado o dedo na mandíbula. Por nervosismo, fiz o mesmo, e em pleno dia, com a luz do Sol jorrando sobre mim.

É estranho que mandíbula e maxilar fiquem grudados, não é? Suponho que seja a umidade, pois elas se fecham como uma morsa... Limpei a gota de sangue, não era agradável olhar para ela. Não vou tentar abrir a boca, não se preocupe! Não vou fazer mais nada com a coitada, vou apenas selar a caixa novamente e vamos levá-la lá para cima e deixá-la onde ela quer ficar, fora da vista. A cera está na escrivaninha perto da janela. Obrigado. Vai demorar muito até eu deixar minha chancela outra vez ao alcance de Trehearn, eu lhe garanto. Explicar? Eu não explico fenômenos naturais, mas, se preferir considerar que Trehearn a escondeu em algum lugar no mato e que o vendaval a trouxe até a casa e a fez bater contra a porta como se ela quisesse entrar, você não estará concebendo algo impossível e eu terei de concordar plenamente com você.

Está vendo? Você pode jurar que desta vez me viu realmente lacrar a caixa, caso aconteça algo semelhante outra vez. A cera prende os cordões à tampa, que possivelmente não poderá ser levantada, nem mesmo o suficiente para caber um dedo. Você está completamente satisfeito, não está? Sim. Além disso, vou trancar o armário e manter a chave no meu bolso daqui em diante.

Agora podemos pegar a lanterna e subir. Sabe de uma coisa, estou bastante inclinado a concordar com sua teoria de que o vento a soprou de volta para a casa. Vou na frente, pois conheço a escada. Apenas ilumine com a lanterna próxima a meus pés enquanto subimos. Como o vento uiva e sibila! Notou a areia no chão na sola dos seus sapatos quando cruzarmos o salão?

Sim, esta é a porta do melhor quarto. Levante a lanterna, por favor. Deste lado, próximo à cabeceira da cama. Deixei o armário aberto quando peguei a caixa. Não é estranho como o leve odor de roupas femininas pode pairar durante anos em um velho armário? Esta é a prateleira. Viu que coloquei a caixa ali e agora me verá girar a chave e guardá-la no meu bolso. Pronto!

Boa noite. Tem certeza de que está confortável? É um quarto comum, mas ouso dizer que pegará no sono mais rápido aqui do que se dormisse lá em cima esta noite. Se quiser alguma coisa, chame. Há apenas um tabique de ripas e gesso entre nós. Deste lado o vento não é tão forte. O gim está sobre a mesa, caso queira outro gole antes de dormir... Não? Bem, fique à vontade. Boa noite novamente e não sonhe com aquela coisa, se você puder.

* * *

O relato a seguir apareceu na edição de 23 de novembro de 1906 do *Penraddon News*:

CAPITÃO APOSENTADO DA MARINHA MORRE MISTERIOSAMENTE

A vila de Tredcombe está muito perturbada com a estranha morte do Capitão Charles Braddock. A respeito das circunstâncias, certamente difíceis de explicar, circulam histórias inacreditáveis de todos os tipos. O capitão aposentado, que em sua época comandou com êxito os maiores e mais rápidos navios de uma das principais companhias de transatlânticos a vapor, foi encontrado morto em sua cama na manhã de terça-feira em sua própria casa, a meio quilômetro da vila. O médico local realizou imediatamente um exame que revelou um fato terrível: o capitão fora mordido na garganta por um agressor humano com uma força tão espantosa que foi capaz de esmagar a traqueia, causando a morte. As marcas dos dentes da madíbula e do maxilar ficaram tão claramente visíveis que podiam ser contadas, o que evidenciou que o autor do crime não tem os dois incisivos inferiores. Espera-se que esta peculiaridade possa ajudar a identificar o assassino, que só pode ser um perigoso louco fugitivo. O capitão, embora tivesse mais de sessenta e cinco anos de idade, era conhecido como um homem vigoroso com considerável força física, e é notável que não haja sinais visíveis de luta no quarto. Também não é possível determinar como o assassino teria entrado na casa. Um alerta foi enviado a todos os manicômios do Reino Unido, porém ainda não há informação sobre a fuga de nenhum paciente perigoso.

Os legistas chegaram ao veredicto um tanto singular de que o Capitão Braddock encontrou a morte "pelas mãos ou dentes de uma pessoa não identificada". Mencionou-se que o cirurgião local expressou em particular a opinião de que o maníaco seria uma mulher. A conclusão a que chegou baseou-se no pequeno tamanho da boca, como indicavam as marcas dos dentes. Todo o caso está envolto em mistério. O Capitão Braddock era viúvo e morava sozinho. Ele não deixa filhos.

Nota do autor: Interessados em histórias de fantasmas e de casas assombradas podem encontrar as fontes da história acima nas lendas sobre uma caveira que ainda se encontra preservada na casa de uma fazenda chamada Bettiscombe Manor, situada, creio, na costa de Dorsetshire.

© *Copyright* desta tradução: Editora Martin Claret Ltda, 2019.

Direção
MARTIN CLARET
Produção editorial
CAROLINA MARANI LIMA / MAYARA ZUCHELI
Direção de arte e capa
JOSÉ DUARTE T. DE CASTRO
Diagramação
GIOVANA QUADROTTI
Revisão
WALDIR MORAES
Impressão e acabamento
GEOGRÁFICA EDITORA

A ortografia deste livro segue o novo Acordo Ortográfico da Língua Portuguesa.

Dados Internacionais de Catalogação na Publicação (CIP)
(Câmara Brasileira do Livro, SP, Brasil)

O horror bate à porta: contos macabros / H. P. Lovecraft...
[et al.]. — São Paulo: Martin Claret, 2019.

Outros autores: Bram Stoker, Elizabeth Gaskell, Ambrose Bierce, Rudyard Kipling
Título original: An occurrence at Owl Creek Bridge, The Signal-Man, The screaming skull, The outsider

ISBN 978-85-440-0231-5

1. Contos de horror 2. Contos norte-americanos I. Lovecraft, H. P. II. Stoker, Bram. III. Gaskell, Elizabeth. IV. Bierce, Ambrose. V. Kipling, Rudyard. VI. Porto, Alda.

189-29087   CDD-813

Índices para catálogo sistemático:

1. Contos de horror: Literatura norte-americana 813
Iolanda Rodrigues Biode - Bibliotecária - CRB-8/10014

EDITORA MARTIN CLARET LTDA.
Rua Alegrete, 62 — Bairro Sumaré — CEP: 01254-010 — São Paulo — SP
Tel.: (11) 3672-8144 — www.martinclaret.com.br
1ª reimpressão — 2022